Un palais sous la neige

ROSEMARY ROGERS

Un palais sous la neige

Roman

MOSAÏC *poche*

Collection : MOSAÏC POCHE

Titre original : SCANDALOUS DECEPTION

Traduction française de MARIE-JOSE LAMORLETTE

MOSAÏC®
est une marque déposée par Harlequin S.A.

Si vous achetez ce livre privé de tout ou partie de sa couverture, nous vous signalons qu'il est en vente irrégulière. Il est considéré comme « invendu » et l'éditeur comme l'auteur n'ont reçu aucun paiement pour ce livre « détérioré ».

Toute représentation ou reproduction, par quelque procédé que ce soit, constituerait une contrefaçon sanctionnée par les articles 425 et suivants du Code pénal.

© 2008, Rosemary Rogers.
© 2014, Harlequin S.A.

Tous droits réservés, y compris le droit de reproduction de tout ou partie de l'ouvrage, sous quelque forme que ce soit.
Ce livre est publié avec l'autorisation de HARLEQUIN BOOKS S.A.
Cette œuvre est une œuvre de fiction. Les noms propres, les personnages, les lieux, les intrigues, sont soit le fruit de l'imagination de l'auteur, soit utilisés dans le cadre d'une œuvre de fiction. Toute ressemblance avec des personnes réelles, vivantes ou décédées, des entreprises, des événements ou des lieux, serait une pure coïncidence.
HARLEQUIN, ainsi que H et le logo en forme de losange, appartiennent à Harlequin Enterprises Limited ou à ses filiales, et sont utilisés par d'autres sous licence.

Le visuel de couverture est reproduit avec l'autorisation de :
Paysage : © GRAPHICOBSESSION/LES AND DAVE JACOBS/ CULTURA/ROYALTY FREE
Femme : © SUSAN FOX/ARCANGEL IMAGES
Réalisation graphique couverture : ATELIER D. THIMONIER

Tous droits réservés.

ÉDITIONS HARLEQUIN
83-85, boulevard Vincent Auriol, 75646 PARIS CEDEX 13.
Service Lectrices — Tél. : 01 45 82 47 47
www.harlequin.fr
ISBN 978-2-2803-1538-8

1

Russie, 1820
Tzarskoye Selo

Le trajet de Saint-Pétersbourg à Tzarskoye Selo n'avait rien de pénible durant les brefs mois d'été, quand les routes étaient bonnes et que la brise fraîche portait un agréable parfum de fleurs des champs et de terre fertile.

C'était précisément pourquoi le tsar avait quitté le palais d'Eté deux jours plus tôt, déclarant qu'un si beau temps était trop fugace pour ne pas savourer quelques jours loin des pressions de la Cour.

Dernièrement, Alexander Pavlovich saisissait n'importe quel prétexte pour fuir ses lourdes charges, et lord Edmond Summerville considérait ces déplacements incessants comme une vraie corvée, fût-elle impériale.

Après avoir gravi une légère côte, il tourna son grand étalon noir en direction d'Ekaterinsky, le plus grand des deux palais qui s'étalaient avec une beauté majestueuse dans la campagne russe.

Le chef-d'œuvre de la Grande Catherine offrait un spectacle saisissant. De plus de trois cents pieds de long, avec des ailes élégantes, il était haut de trois étages et peint d'un bleu vif qui contrastait agréablement avec les cinq dômes dorés surmontant la chapelle. Le long de la façade s'alignaient des statues de femmes drapées qui étincelaient au soleil d'une chaude couleur bronze.

Edmond ne ralentit pas son allure quand il pénétra dans la cour par la grille dorée pour s'arrêter directement devant l'entrée.

Son arrivée fit accourir une douzaine de valets qui se chargèrent de sa monture et de celle de ses compagnons. Benjamin d'un duc, Edmond était habitué au faste et aux cérémonies qui entouraient la royauté si bien qu'il remarqua à peine les domestiques empressés tandis qu'il gravissait l'escalier de marbre et entrait dans le vaste vestibule.

Là, il fut accueilli par l'un des fidèles d'Alexander, vêtu d'une redingote mordorée et d'un gilet rayé qui auraient parfaitement convenu à n'importe quel salon de Londres. La mode européenne avait la préférence de l'aristocratie russe.

Herrick Gerhardt, d'ascendance prussienne, était arrivé à Saint-Pétersbourg alors qu'il avait à peine dix-sept ans. Il possédait une apparence sévère, d'épais cheveux gris et de perçants yeux bruns qui brillaient d'une intelligence froide et implacable.

C'était un homme qui tolérait mal les sots et s'était fait d'innombrables ennemis à la cour de Russie du fait de sa brutale capacité à percer leurs duperies.

L'amour qu'il portait au tsar était indéniable, mais il manquait cruellement de diplomatie.

— Edmond, voilà une surprise inattendue, dit-il dans le français parfait que parlaient tous les nobles russes, son regard scrutant les traits ciselés du jeune homme, ses yeux bleu vif qui offraient un contraste frappant avec ses épais cheveux noirs et ses sourcils sombres, sa bouche large qui n'arborait pas son habituel et charmant sourire.

Fils d'un duc anglais, Edmond possédait néanmoins les hautes pommettes slaves de sa mère russe ainsi que son menton fendu, détail qui fascinait les femmes depuis qu'il avait quitté la nurserie. Il était également doté d'un profond amour pour le pays de sa mère, que son frère jumeau et aîné ne comprendrait jamais.

Il inclina la tête avec respect.

— Je crains de devoir demander quelques instants avec l'empereur.

— Des ennuis ?

— Seulement de nature personnelle.

L'angoisse qui le hantait depuis qu'il avait reçu la dernière lettre de son frère lui contracta le cœur.

— Je dois rentrer en Angleterre sans délai.

Gerhardt se raidit, son visage mince se durcissant de déplaisir.

— C'est un mauvais moment pour quitter Sa Majesté, observa-t-il sévèrement. Je pensais que vous deviez vous rendre avec le tsar au congrès de Troppau.

— Une nécessité infortunée, j'en ai peur.

— Bien plus qu'infortunée. Nous savons tous les deux que la méfiance s'accroît envers Metternich et son influence grandissante sur le tsar. Votre présence aiderait à tenir le prince à distance.

Edmond haussa les épaules, incapable d'éprouver de la déception parce qu'il manquerait la conférence de la Quadruple Alliance à Opava. Il avait beau adorer la politique et les intrigues, il dédaignait la formalité étouffante des réunions diplomatiques. Que pouvait-il y avoir de plus ennuyeux que de regarder des dignitaires pompeux se pavaner et se remettre des médailles ?

Les négociations sérieuses avaient lieu derrière des portes fermées et loin des regards du public.

Le fait était qu'en l'absence de la Grande-Bretagne et de la France le congrès était condamné dès le début.

Mais il n'allait pas exprimer ses doutes devant Gerhardt. Le tsar était décidé à mener cette mission à bien, et l'on s'attendait à ce que ses loyaux sujets acclament sa détermination à écraser la révolution à Naples.

— Je crois que vous surestimez mon influence, murmura-t-il à la place.

— Non, je suis conscient que vous êtes l'un des rares confidents en qui Alexander Pavlovich a encore confiance.

Gerhardt considéra Edmond en fronçant farouchement les sourcils.

— Vous êtes en position d'aider votre patrie.

— Votre foi dans mes maigres talents est flatteuse, mais votre propre présence auprès du tsar émoussera les ambitions de Metternich bien plus que mon humble personne.

Une trace de frustration durcit les traits de Gerhardt.

— Je dois rester ici.

Edmond haussa un sourcil. Il était rare que le conseiller ne soit pas auprès du tsar lors d'une assemblée aussi importante.

— Vous soupçonnez des troubles ?

— Tant qu'Akartcheyeff est en charge du pays, le danger est toujours présent, marmonna le Prussien, ne se souciant pas de cacher son dégoût pour l'homme qui s'était élevé si haut en dépit de sa basse naissance. On ne peut remettre en question sa dévotion à l'empereur, mais il n'apprendra jamais que l'on ne peut employer la force pour gagner la loyauté. Il y a un baril de poudre sous nos pieds, et Akartcheyeff pourrait bien être l'étincelle qui y mettra le feu.

Edmond ne pouvait guère nier le péril. Lui, mieux que quiconque, comprenait l'insatisfaction qui couvait à propos du tsar et touchait non seulement le peuple, mais aussi un certain nombre d'aristocrates.

La dernière chose qu'il souhaitait était de partir durant cette période explosive, mais il n'avait pas le choix.

— Il est malheureusement… brutal dans sa façon de traiter les autres, admit-il, mais il est l'un des quelques ministres qui ont prouvé que leur intégrité ne peut être ébranlée.

S'approchant encore plus près, Gerhardt baissa la voix pour ne pas être entendu des deux valets en faction près de la porte.

— Et c'est pourquoi il est si important que vous restiez au côté d'Alexander Pavlovich ! Non seulement vous avez l'oreille du tsar, mais votre… réseau découvrira n'importe quel danger bien avant qu'un rapport officiel n'arrive sur mon bureau.

Edmond ne put réprimer un sourire à l'évocation par le Prussien de la toile d'araignée de voleurs, prostituées, étrangers, marins et même nobles qui travaillaient pour son compte. Ces huit dernières années, il avait réussi à organiser ce réseau d'espions qui l'informait de troubles dès qu'ils commençaient à naître.

C'était un atout précieux pour Alexander Pavlovich. Le tsar en était venu à compter dessus, comme tous ceux qui considéraient de leur devoir de le garder en sûreté.

— Je m'assurerai que mes associés restent en étroit contact avec vous, promit-il, la mine sombre, mais je ne peux remettre mon retour en Angleterre.

Comprenant qu'Edmond ne se laisserait pas dissuader, Gerhardt recula, le front plissé par l'inquiétude.

— Aurais-je des raisons de m'inquiéter pour vous ?

— J'espère que non, mon ami.

— Alors, que Dieu soit avec vous.

Edmond le gratifia d'une courbette, puis pivota sur ses talons et se dirigea d'un pas vif vers l'escalier principal, un magnifique ouvrage en marbre qui s'élevait sur trois étages. La plupart des invités au palais étaient fascinés par la vaste collection de vases et assiettes en porcelaine de Chine exposée le long des murs, mais Edmond avait toujours été captivé par le chaud éclat du soleil qui se reflétait sur le marbre précieux. Un véritable architecte pouvait insuffler de la vie dans un bâtiment sans ornements superflus.

De là, il traversa la galerie des Portraits où l'effigie de la tsarine Catherine Ire occupait une place glorieuse parmi les innombrables cadres dorés, puis une autre galerie, pour atteindre enfin le cabinet de travail privé d'Alexander Pavlovich.

Par contraste avec les somptueuses salles publiques, le tsar avait choisi une pièce agréablement petite et confortable, avec une vue sur les beaux jardins. Ignorant les gardes qui se tenaient devant la porte, impassibles, Edmond entra et s'inclina profondément.

— Sire.

Assis derrière le bureau strictement rangé, Alexander Pavlovich, Sa Majesté impériale, le tsar, leva la tête et arbora ce sourire si doux qui évoquait toujours un ange à ceux qui le croisaient.

— Edmond, rejoignez-moi, ordonna-t-il en français.

Ses hautes bottes claquant sur le parquet incrusté, Edmond s'avança et installa sa haute et mince silhouette dans l'un des fauteuils en acajou doré et sculpté, étudiant à la dérobée l'homme qui s'était gagné son amour infaillible et sa loyauté depuis les batailles contre Napoléon en 1812.

Le tsar possédait la stature imposante héritée de ses ancêtres russes, devenue corpulente au fil des années, et les traits fins et réguliers de sa mère. Ses cheveux blonds s'étaient dégarnis, mais ses yeux bleus demeuraient aussi clairs et intelligents que dans sa jeunesse.

C'était son air de lassitude mélancolique, cependant, qu'Edmond considérait en silence. Cela empirait. Avec chaque année qui passait, l'idéaliste impatient autrefois déterminé à changer l'avenir de la Russie devenait un homme vaincu, retiré en lui-même, accablé d'une telle méfiance vis-à-vis de sa propre personne et des autres qu'il s'éloignait de plus en plus de la Cour.

— Pardonnez-moi mon intrusion, commença Edmond d'une voix douce.

— Je considère maintes visites comme des intrusions, mais jamais la vôtre, mon ami.

Le tsar désigna d'un geste le plateau toujours présent sur son bureau.

— Du thé ?

— Non, merci. Je ne souhaite pas vous détourner de votre travail.

— Du travail, toujours. Du travail et des devoirs.

Alexander poussa un soupir, posant soigneusement sa plume avant de s'adosser à son fauteuil. Comme son père, le tsar Paul, il préférait les vêtements simples, de style militaire, relevés seulement par sa croix de Saint-Georges.

— Certaines nuits, je rêve de m'éloigner à pied de ce palais et de disparaître dans la foule.

— Les responsabilités s'accompagnent toujours d'un prix élevé, acquiesça Edmond.

Plus d'une nuit, il avait rêvé lui aussi de se perdre dans la foule. Une vie simple, sans complications, était un don rare que peu de gens appréciaient à sa juste valeur.

— Dommage que je n'aie pas été comme vous, Edmond. Je pense que j'aurais aimé être un benjamin, avoir mon mot à dire dans mon propre destin. Il y a même eu une époque où j'ai envisagé d'abdiquer pour mener une vie tranquille au bord du Rhin.

Le tsar eut un sourire nostalgique.

— C'était impossible, bien sûr, un rêve fou de jeunesse. Contrairement à Constantin, je n'avais d'autre choix que d'accepter mon devoir.

— Etre un benjamin apporte sa part d'ennuis, sire. Je ne souhaiterais ma vie à personne.

— Oui, vous cachez bien vos ennuis, Edmond, mais j'ai toujours senti que votre cœur n'était pas en paix, dit Alexander Pavlovich en surprenant le jeune homme. Un jour, peut-être, vous partagerez les démons qui vous hantent.

Edmond s'efforça de garder un visage impassible. Il s'était juré de ne jamais parler de la blessure à vif qui affectait son cœur. A personne.

— Peut-être, répondit-il en esquivant une réponse directe. Mais pas aujourd'hui, je le crains. Je suis venu vous demander de m'excuser.

— Qu'y a-t-il ?

— Je dois rentrer en Angleterre.

— Quelque chose est arrivé ?

Edmond pesa soigneusement ses mots.

— Je suis inquiet depuis un certain temps, sire, avoua-t-il. Les lettres que j'ai reçues de mon frère ces derniers mois mentionnaient quelques… incidents qui me font suspecter que quelqu'un lui veut du mal.

Alexander se pencha brusquement en avant.

— Expliquez-vous.

— Il y a eu des coups de feu provenant du bois voisin, que mon frère a mis sur le compte de braconniers, un pont s'est effondré au moment où sa voiture le traversait, et plus récemment un incendie s'est déclaré tard dans la nuit dans l'aile de Meadowland où il a sa chambre.

Edmond agrippait les bras de son fauteuil si fort que ses articulations en devenaient blanches, tandis qu'il se remémorait la dernière lettre de son frère. Il avait l'intention de tuer quiconque était assez stupide pour menacer la vie de son jumeau. Lentement, douloureusement et sans merci.

— C'est seulement grâce à un domestique alerte que l'on n'a eu à déplorer que quelques murs calcinés, et non une tragédie.

Le tsar ne feignit pas d'être choqué qu'une personne aussi puissante que le duc de Huntley puisse être en danger. Le tsar précédent avait été assassiné, avec des rumeurs scandaleuses insinuant qu'Alexander lui-même avait été impliqué dans son meurtre. Et puis, bien sûr, il ne se passait pas un mois sans que le trône soit menacé.

— Il est compréhensible que vous soyez inquiet, mais votre frère a sûrement pris des mesures pour assurer sa sécurité ?

Edmond fit une grimace. Bien qu'ils soient nés à dix minutes d'intervalle, les deux frères ne pouvaient être plus différents.

— Stefan est un duc brillant, déclara-t-il avec sincérité. Il s'occupe de ses terres avec l'amour d'une mère pour ses enfants. Ses investissements ont triplé la fortune de la famille et il est entièrement dévoué aux soins de ceux qui dépendent de lui, que ce soit son intrépide cadet ou le plus bas de ses serviteurs.

Un sourire crispé se peignit sur sa bouche. Aussi différents qu'ils soient, son frère et lui étaient très attachés l'un à l'autre, surtout depuis la tragique noyade de leurs parents des années plus tôt.

— En tant qu'homme du monde, cependant, il est

incroyablement naïf, se fiant complètement à autrui et totalement incapable de duperie.

Alexander hocha lentement la tête.

— Je commence à comprendre.

— Je n'ai pas seulement l'intention de protéger la vie de Stefan, reprit Edmond d'une voix douce et dangereuse. Je veux également tenir le responsable entre mes mains et l'étrangler.

— Savez-vous qui il est ?

Le corps d'Edmond se crispa d'une fureur qu'il pouvait à peine contenir. Avec les révélations réticentes de son frère sur les étranges incidents qu'il avait essuyés, il y avait eu la mention, en passant, du fait que leur cousin Howard Summerville était en visite chez sa mère — qui vivait à quelques lieues de la propriété Huntley.

Howard était le plus âgé de ses cousins et le troisième héritier en ligne du duché si quelque chose arrivait à Stefan et Edmond. Il était aussi un pathétique geignard qui manquait rarement une occasion d'informer la société que sa famille avait été maltraitée par les ducs de Huntley.

Qui était plus susceptible de vouloir la mort de Stefan ?

— J'ai mes soupçons.

— Je vois. Alors, il est très certainement de votre devoir de protéger votre frère, acquiesça Alexander en hochant gravement la tête.

— Je mesure que ce n'est pas une bonne période pour partir, mais…

Edmond fut interrompu par le tsar qui se leva abruptement.

— Edmond, allez rejoindre votre famille, commanda-t-il. Quand tout sera réglé, vous me reviendrez.

Le jeune homme se leva à son tour et s'inclina profondément.

— Merci, sire.

— Edmond.

— Oui ?

— Assurez-vous seulement de revenir, ordonna Alexander.

Le duc a octroyé sa loyauté à l'Angleterre, mais votre famille doit un de ses fils à la Russie.

Dissimulant un sourire à la pensée de ce que le roi George IV pourrait avoir à dire de cet ordre impérial, Edmond inclina la tête.

— Naturellement.

Laissant ses domestiques et sa voiture le suivre à distance, Edmond poussa sa monture à vive allure sur la route entre Londres et sa maison d'enfance dans le Surrey.

Stefan était peut-être un correspondant méticuleux, mais il en disait beaucoup plus dans ses lettres sur la rotation de ses cultures et les nouveaux aménagements de ses fermes que sur lui-même. Edmond connaissait en détail les plantations du champ nord, mais savait fort peu de choses sur la vie de son frère.

Toutefois, malgré l'urgence qui le pressait, il ne put réprimer l'envie toute-puissante de ralentir son allure lorsqu'il pénétra dans le paysage boisé, si familier, qui entourait sa demeure.

Tout était parfaitement ordonné, évidemment, des haies taillées avec soin aux champs récemment moissonnés. Même les cottages étaient repeints de frais, avec du chaume neuf sur les toits. Stefan exigeait toujours la perfection. C'était pourquoi on le considérait comme l'un des meilleurs propriétaires terriens du royaume.

Edmond fut surpris, cependant, de constater qu'il se rappelait précisément chaque tournant de la route, chaque ruisseau qui serpentait dans les pâturages, chaque chêne majestueux qui bordait la longue allée menant à la maison. Il se souvenait d'avoir joué aux pirates avec Stefan sur le lac scintillant, d'avoir fait des pique-niques avec ses parents affectueux dans la grotte, et même de s'être caché de son précepteur dans la grande serre.

Son cœur se serra d'une douleur douce-amère qui ne fit que s'accroître tandis qu'il passait au trot devant la tour d'entrée couverte de lierre et que son regard tombait sur la vaste demeure en pierre qui était le joyau de la campagne environnante depuis deux cent cinquante ans.

Les fondations de la maison qui se dressait au bout de l'allée bordée d'arbres étaient encore les constructions normandes d'origine, un témoignage de l'excellent travail de leurs ancêtres. Douze baies impressionnantes éclairaient la façade et des balustrades en pierre longeaient le toit. Le duc précédent avait ajouté une galerie de portraits et les jardins avaient été étendus pour accueillir plusieurs fontaines créées pour sa mère par des artistes russes, mais l'impression dominante était celle d'une solide beauté anglaise, sans âge.

Derrière la maison, les écuries formaient une belle structure qui conservait beaucoup de sa grâce rustique, avec de nombreuses stalles de bois et des piliers sculptés. Par le passé, les écuries avaient abrité les villageois quand la peste avait ravagé le pays, leur offrant un sanctuaire contre la mort qui s'étendait. Maintenant, toutefois, le bâtiment avait été rendu à son objet et abritait l'important troupeau de chevaux Huntley qui étaient encensés par le *Sporting Magazine* et recherchés par les chasseurs de renards de toute l'Angleterre.

Jeune, Edmond avait adoré l'odeur des écuries, quand il se cachait dans le grenier à foin pour fuir les ennuyeuses leçons de son précepteur ou, plus tard, pour profiter d'un moment d'intimité avec une servante consentante.

Inspirant vivement, il bannit sévèrement les souvenirs qui menaçaient de le submerger. Il n'était pas revenu en Angleterre pour raviver un passé pénible. Ou pour perdre son temps à ressasser ce qui aurait pu être.

Il était là pour Stefan.

Rien d'autre.

Il dirigea sa monture vers l'entrée latérale, espérant éviter la réception en fanfare qui ne manquait jamais de se produire lors de ses rares retours dans sa demeure ancestrale. Plus tard, il s'assurerait de saluer le nombreux personnel qu'il considérait plus comme de la famille que comme des domestiques, mais pour l'instant il voulait vérifier que Stefan ne risquait rien. Puis il devrait trouver un allié de confiance qui pourrait lui dire la vérité sur ce qui s'était passé dernièrement dans le Surrey.

Il réussit à se glisser en douce par les portes-fenêtres et traversa le petit bureau que son frère avait confisqué pour en faire un atelier. Les meubles de bois de citronnier avaient été poussés dans un coin, afin de laisser de la place sur le tapis persan pour un tas de toiles et un chevalet de bois. Même les jolis rideaux rayés vert et ivoire qui allaient si bien avec les panneaux muraux étaient pliés et empilés sur le secrétaire de sa mère. Edmond esquissa un sourire. C'était une ridicule perte de place, considérant que Stefan n'avait réussi à créer qu'une poignée d'horribles paysages durant les vingt dernières années.

En secouant la tête, il traversa le salon de musique adjacent avant d'être surpris par le mince majordome aux cheveux gris, qui se tenait en faction près de l'escalier en marbre comme s'il sentait que quelqu'un avait envahi son domaine.

Durant un bref instant, une trace de confusion passa sur le visage émacié du domestique, à croire qu'il se demandait pourquoi le duc de Huntley se faufilait dans la maison comme un voleur, puis il comprit brusquement.

Même les serviteurs qui avaient connu Stefan et Edmond toute leur vie avaient du mal à les distinguer d'un regard.

— Milord, dit-il dans un souffle, choqué, en s'empressant de s'avancer avec un rare sourire. Quelle délicieuse surprise !

Edmond lui rendit son sourire. Goodson était un vrai trésor, toujours efficace, bien organisé, conservant une parfaite maîtrise sur l'ensemble du personnel. Son vrai talent, toutefois, consistait à maintenir le calme paisible qui plaisait tant à Stefan.

Rien ne venait jamais troubler la sérénité de Meadowland. Pas de disputes entre les domestiques, pas de troubles causés par des visiteurs importuns qui étaient fermement mais diplomatiquement éloignés de la porte, pas d'incidents déplaisants lors des rares réceptions données dans la grande maison.

Il était, en bref, le majordome idéal.

— Merci, Goodson, dit Edmond. Je suis terriblement content d'être ici.

— Il est toujours bon de rentrer chez soi, répondit le serviteur, d'une manière sibylline qui dissimulait opportunément sa réprobation.

Le personnel ne se résignerait jamais complètement à accepter la préférence d'Edmond pour la Russie. Pour eux, malgré son sang maternel, il était anglais avant tout et, qui plus est, le fils d'un duc. Sa place était à Meadowland, pas dans un lointain pays étranger.

— Oui, je suppose. Le duc est-il à la maison ?

— Il est dans son cabinet de travail. Voulez-vous que je vous annonce ?

Bien sûr, Stefan était dans son cabinet de travail. Quand son diligent jumeau ne supervisait pas les travaux des champs, il était *toujours* dans son bureau.

— Non, déclina Edmond. En dépit de mon âge avancé, je crois que je connais encore le chemin, plaisanta-t-il.

Goodson inclina la tête d'un air digne.

— Je vais demander à Mme Slater de vous apporter un plateau.

Edmond eut l'eau à la bouche rien qu'à cette idée. Il avait dégusté les plats des plus célèbres cuisiniers du monde, mais aucun ne pouvait se comparer à la simple nourriture anglaise de Mme Slater.

— Voulez-vous lui demander d'ajouter ses fameux gâteaux aux graines ? Je n'en ai pas mangé de convenables depuis des années.

— Inutile de le préciser, répondit Goodson d'un ton sec. Elle sera si ravie que vous soyez de retour à Meadowland qu'elle ne sera pas satisfaite avant d'avoir confectionné tous les mets que vous préférez depuis que vous êtes en culottes courtes.

— En cet instant, je crois que je pourrais tous les dévorer.

Sur ces mots, Edmond s'engagea dans l'escalier, puis se retourna abruptement vers le domestique.

— Goodson.

— Oui, milord ?

— Mon frère a mentionné dans une de ses lettres que M. Howard Summerville était en visite chez sa mère.

— Je crois que sa famille et lui ont passé plusieurs semaines chez Mme Summerville, sir.

Rien ne pouvait se détecter dans le ton neutre du majordome, mais Edmond était sûr qu'il connaissait le jour exact où Howard était arrivé dans le Surrey et la date précise à laquelle il en était reparti. Après tout, c'était le devoir désagréable du valet de s'assurer que ce profiteur ne parvienne pas à déjouer sa surveillance et à ennuyer le duc avec de lassantes demandes d'argent.

— Combien de semaines ?

— Il est arrivé six jours avant Noël et n'est pas reparti avant le 12 septembre.

— Plutôt étrange pour un gentleman appréciant les plaisirs de la ville de quitter Londres pour une si longue période, non, Goodson ?

— Très étrange, à moins de croire les ragots du village.

— Et que disent ces ragots ?

— Que M. Summerville a été contraint de fermer sa maison de ville et de se retirer à la campagne.

Le dédain du domestique s'accrut.

— On dit qu'il ne pouvait sortir de chez lui sans être assailli par des créanciers.

— A ce qu'il semble, mon cousin est devenu un plus grand balourd que je ne m'y attendais.

— De fait, milord.

Edmond inspira à fond.

— Quand j'aurai parlé à mon frère, j'aimerais dire un mot à son valet.

La lueur de surprise qui passa dans les yeux de Goodson fut si brève qu'elle aurait pu ne pas exister.

— Je demanderai à James de vous attendre dans la bibliothèque, milord.

— En vérité, je préférerais l'intimité de mon salon personnel, en présumant qu'il n'a pas été converti en nurserie ou rempli jusqu'au plafond des manuels de fermage de Stefan.

— Vos pièces sont telles que vous les avez laissées, assura gravement le majordome. Sa Grâce insiste pour qu'elles soient toujours prêtes pour votre retour.

Edmond eut un petit sourire. C'était prévisible de la part de son frère. Et étrangement réconfortant. Il était bon de savoir qu'il y avait un endroit où il était toujours le bienvenu.

— Dites à James de me rejoindre dans mon salon dans une heure.

— Comme vous voudrez, milord.

Certain que Goodson obtiendrait non seulement que James l'attende, mais le ferait en outre avec la discrétion propre à éviter les commentaires inutiles chez les domestiques, Edmond pivota et monta au premier.

Evitant délibérément la galerie des portraits, il choisit celle des musiciens, moins fréquentée, pour se diriger vers les appartements privés de la vaste demeure. Un léger sourire pointa sur ses lèvres quand il constata que les panneaux muraux en damas bleu pâle étaient les mêmes que lorsqu'il était enfant, ainsi que les rideaux de soie ivoire et bleu qui garnissaient les hautes fenêtres arrondies.

Son amusement s'accrut lorsqu'il poussa sans bruit la porte du grand cabinet de travail qui était envahi par les livres de comptes et les manuels d'agriculture, empilés sur toutes les surfaces disponibles. Seul le lourd bureau en chêne était relativement exempt de fatras, avec un registre ouvert. Stefan était assis derrière la table dans un fauteuil en cuir, la plume à la main.

— Sais-tu, Stefan, il est remarquable de voir combien rien ne change à Meadowland, y compris toi, déclara-t-il doucement. Je crois que tu étais assis à ce même bureau, rédigeant les mêmes rapports trimestriels dans cette même vieille redingote bleue le jour où je suis parti.

Relevant sa tête brune, Stefan le fixa d'un air choqué pendant un long moment.

— Edmond ?
— Lui-même.

Avec un son étouffé, entre rire et sanglot, Stefan se leva et s'empressa de venir étreindre son jumeau.

— Par Dieu, c'est bon de te voir.

Edmond lui rendit son étreinte. Ses sentiments pour Stefan n'avaient jamais été compliqués. Son frère était l'unique personne au monde qu'il aimait vraiment.

— Toi aussi, Stefan.

En s'écartant, Stefan laissa pointer un sourire contraint sur son visage qui était l'exacte réplique de celui d'Edmond.

Certes, un œil observateur pouvait remarquer que la peau hâlée de Stefan était un peu plus sombre du fait des heures qu'il passait au grand air, et que ses yeux bleu vif contenaient une douce confiance qui n'appartiendrait jamais à Edmond. Mais leurs épais cheveux bruns ondulaient de la même manière, leurs traits ciselés avaient la même beauté slave ; même leurs grands corps minces étaient identiques.

Durant leur enfance, tous deux avaient pris grand plaisir à échanger leur place et à troubler ceux qui ne pouvaient les distinguer l'un de l'autre.

C'est-à-dire tout le monde, sauf leurs parents et leur jeune voisine Brianna Quinn. La petite coquine aux sauvages boucles couleur d'automne ne pouvait jamais être trompée.

— Je te ferai savoir que cette redingote n'a pas plus de deux ou trois saisons, déclara Stefan en lissant l'étoffe bleue.

Edmond rit doucement.

— Je parierais dix écus que ton valet me dirait le contraire.

Stefan plissa le nez, parcourant du regard la redingote ajustée de son frère, couleur de mûre, et son gilet argenté.

— Je n'ai jamais été aussi pimpant que toi.
— Grâce à Dieu, répondit Edmond avec sincérité. Contrairement à ton incapable de frère, tu as des questions bien plus importantes pour occuper ton temps que la coupe

de ta redingote ou l'éclat de tes bottes. Et cela ne me permet pas de vivre dans le superbe confort qui est le tien.

— Je ne considérerais guère le fait d'être l'ange gardien du tsar de toutes les Russies comme une marque d'incapacité, rétorqua Stefan. Loin de là.

— L'ange gardien ?

Edmond eut un petit rire incrédule.

— Tu es loin du compte, mon cher Stefan. Je suis un vulgaire pécheur, un vaurien et un aventurier plein d'indulgence pour lui-même qui n'a réussi à éviter la potence que grâce à la chance d'avoir un frère duc.

Stefan plissa ses yeux bleus.

— Tu peux peut-être tromper les autres, Edmond, mais pas moi.

— Parce que tu es toujours déterminé à croire le meilleur de tout le monde, y compris de ton fripon de frère.

Edmond s'installa dans un fauteuil à oreillettes près du bureau, prêt à continuer la conversation.

— Mme Slater est probablement occupée à préparer un banquet, mais en vérité j'ai plus besoin d'une rasade de ce whisky écossais que tu gardes dans ton tiroir.

— Bien sûr.

Avec un sourire entendu, Stefan regagna son bureau et sortit la bouteille et deux verres. Versant une bonne mesure de l'alcool ambré dans les deux verres, il en tendit un à Edmond et se rassit derrière la table.

— A ta santé.

Vidant le whisky d'un trait, Edmond en savoura la délicieuse brûlure.

— Ah… parfait.

Il posa son verre vide sur une table voisine, s'adossa à son siège et inspira profondément. Il sourit à son frère.

— Cette pièce sent l'Angleterre.

— Et que sent l'Angleterre ?

— Le bois ciré, le vieux cuir, l'air humide. Cela ne change pas.

Stefan finit son verre et le posa.

— Peut-être pas, mais je trouve cette familiarité rassurante. Je ne suis pas comme toi, Edmond, toujours à courir de nouvelles aventures. Je préfère une existence plus terne et plus ennuyeuse.

— La familiarité a du bon. Je suis content que tu n'aies pas modifié Meadowland. J'aime savoir que, lorsque je reviendrai, il sera tel que dans mon souvenir.

Edmond étudia son frère, une lueur malicieuse dans les yeux.

— Bien sûr, une fois que tu prendras femme, tu seras sans doute poussé à faire de constantes rénovations. Nous aimons peut-être cette vieille maison avec ses cheminées qui fument, ses toits qui fuient et ses meubles démodés, mais je doute qu'une dame de bonne éducation serait heureuse de vivre dans un décor aussi élimé.

Comme toujours, Stefan refusa de prendre la mouche.

— C'est sans doute la raison pour laquelle je ne suis pas encore marié, murmura-t-il avec une indifférence placide à son statut de célibataire.

Il pouvait se le permettre. Tout le monde savait qu'il n'existait pas une jeune fille dans toute l'Angleterre, ou même dans le reste du monde, qui ne sauterait pas sur l'occasion de devenir duchesse de Huntley.

— Je ne supporte pas l'idée de changer ma maison chérie.

— Plus probablement, tu es assez insensé pour attendre que l'amour frappe ton cœur, et quand cela arrivera je prédis que ce sera pour une demoiselle parfaitement inconvenante, qui te mènera par le bout du nez.

Stefan haussa un sourcil sombre.

— De fait, j'ai toujours pensé que tu serais celui qui tomberait éperdument amoureux d'une dame au fort tempérament qui te ferait danser sur sa musique. Ce ne serait que juste, vu les ravages que tu as causés parmi le beau sexe.

Edmond n'eut pas à feindre un frisson. Il était doté d'un désir naturel pour les belles femmes, mais cela n'allait jamais au-delà d'une aventure passagère.

Il était volontiers prêt à partager son corps et sa fortune, mais pas plus.

— Mon Dieu, même moi je ne mérite pas un sort aussi horrible, marmonna-t-il.

Stefan gloussa, mais ne parut pas aussi convaincu qu'il l'aurait dû.

— Maintenant, donne-moi toutes les nouvelles de Russie. Tu sais que je n'entends rien dire, ici, à la campagne.

Edmond se pencha en avant, son sourire s'évanouissant.

— De fait, Stefan, je suis bien plus intéressé par ce qui s'est passé dernièrement à Meadowland.

Une heure plus tard, Edmond entra dans son salon privé. Décorée dans des tons apaisants crème et saphir, la pièce affichait une sobre élégance. Le mobilier était de style anglais, solide, avec un canapé en satin, un bureau en acajou rehaussé de dorures et de laiton et quelques fauteuils cannés qui sentaient la cire. Aux murs étaient accrochées plusieurs peintures flamandes collectionnées par un lointain ancêtre ; le parquet était recouvert d'un superbe tapis d'Orient.

Ce furent les bûches placées dans la cheminée et les fleurs fraîches disposées sur le manteau de marbre, cependant, qui retinrent son attention.

Visiblement, Goodson n'avait pas menti, songea-t-il, un sourire retroussant ses lèvres. La pièce donnait l'impression qu'il n'était jamais parti.

Détournant son attention du décor, il porta les yeux sur la petite silhouette ronde du valet de son frère, qui se tenait près de la fenêtre en arcade offrant une vue magnifique du lac. Le domestique était proprement vêtu d'une livrée noir et or, son visage joufflu exprimant une patience stoïque.

— James, merci d'être venu.

— Milord. C'est bon de vous avoir à la maison.

Le valet, qui servait Stefan depuis plus de dix ans, fit

une profonde courbette. Quand il se redressa, une légère lueur de reproche brillait dans ses yeux pâles.

— Votre compagnie manque à Sa Grâce quand vous êtes absent.

— Eh bien, je suis ici, maintenant.

— Oui, sir.

James observa à la dérobée la tenue élégante d'Edmond.

— Je serais heureux de vous servir dans vos appartements quand mes devoirs auprès de votre frère...

— Non, mon valet devrait arriver avec mes bagages avant la tombée de la nuit, coupa Edmond. Ce que j'attends de vous, ce sont des informations.

James fronça les sourcils, perplexe.

— Des informations ?

— Je veux connaître tous les incidents, même anodins, qui ont mis mon frère en danger l'année passée.

— Oh... Dieu merci.

Sans prévenir, le domestique s'avança et tomba à genoux devant Edmond, surpris.

— J'ai essayé de convaincre monsieur le duc qu'il est en danger, mais il refuse de croire que quelqu'un pourrait lui vouloir du mal.

— Je m'en doutais, c'est pourquoi je suis revenu. Contrairement à Stefan, je ne suis pas assez naïf pour écarter des tentatives de meurtre aussi évidentes. Et je puis vous assurer que je ne me reposerai pas avant d'avoir découvert qui est derrière ces attaques.

2

La maison de Curzon Street était un bâtiment étroit, avec des grilles en fer forgé et une façade qui n'avait rien de remarquable. L'intérieur avait jadis été à la mode, avec un parloir chaleureux et une longue salle à manger solennelle. A présent, toutefois, il ne pouvait se réclamer d'autre chose que d'une vulgaire collection de meubles d'inspiration égyptienne, comprenant même un sarcophage et une momie qui avaient fait défaillir d'horreur plus d'une visiteuse.

C'était précisément cette opulence, ce mauvais goût qui désignaient le propriétaire des lieux comme l'un de ces parvenus prétentieux dotés de plus d'argent que d'éducation.

Néanmoins, la maison possédait un jardin soigné à l'arrière, avec l'avantage d'une petite grotte où l'on pouvait se cacher des regards curieux.

Se tenant près de l'étroite fenêtre de la grotte qui donnait sur le portail du fond, une jeune femme pressait la main sur son estomac, douloureusement noué.

Debout dans l'ombre, ses boucles brillantes sévèrement attachées sur sa nuque et son petit corps délicat engoncé dans une lourde robe noire manifestement trop chaude pour cette agréable journée d'octobre, elle aurait dû avoir l'air d'une matrone mal fagotée. Cela avait certainement été son intention lorsqu'elle avait quitté sa chambre ce matin-là.

Malheureusement, rien ne pouvait affadir ses jolis traits dominés par de magnifiques yeux verts en amande, bordés de cils épais, et une belle bouche pulpeuse. Et rien ne pouvait non plus altérer l'éclat de sa superbe chevelure auburn, qui avait des reflets roux, dorés et couleur de bronze.

Son nez était fin et ses sourcils élégamment arqués faisaient ressortir la perfection ivoire de sa peau. Même ses pommettes étaient délicieusement sculptées.

Pour les hommes, elle semblait receler l'essence et l'attrait de l'Eve originelle, une femme qui pouvait inspirer à un gentleman la tentation de vendre son âme pour la posséder.

Mais, en ce moment, elle aurait tout donné, y compris sa confortable dot, pour être invisible aux yeux des hommes.

Du moins, aux yeux d'un homme en particulier.

Le grincement familier du portail de derrière mit un terme à ses sombres pensées, et elle se pencha en avant pour siffler doucement afin d'attirer l'attention de sa soubrette.

— Janet ! appela-t-elle à mi-voix.

L'accorte jeune femme, vêtue d'une robe grise de domestique et d'une coiffe blanche qui couvrait ses boucles brunes, jeta un coup d'œil sur le jardin qui paraissait vide.

— Je suis dans la grotte !

D'un pas vif, la soubrette vint la rejoindre et pressa une main sur son ample poitrine.

— Seigneur Dieu, miss, vous m'avez fait une peur bleue !

— M. Wade est rentré de son club de bonne heure, je ne pouvais risquer qu'il nous entende, chuchota Brianna Quinn.

Janet fit une grimace, son joli visage se durcissant de dégoût. C'était l'expression que la plupart des femmes arboraient quand on leur parlait de M. Thomas Wade.

— Oui, il est toujours à fureter partout, vous surveillant comme un chat affamé lorgnant une souris.

Un frisson parcourut l'échine de Brianna avant qu'elle hausse fermement le menton et prenne une profonde inspiration. Non, elle ne pouvait céder à la panique qui la guettait. Le seul moyen de se sauver était de garder l'esprit clair et de se concentrer sur sa fuite.

— Il va découvrir que je ne suis pas une souris, déclara-t-elle farouchement. Peu m'importe ce qu'il faudra, je serai débarrassée de mon vil beau-père avant la fin de la semaine.

— A ce propos…

Janet baissa la tête d'un air d'excuse, glissa la main dans la poche de son tablier et en sortit l'enveloppe de vélin que Brianna lui avait remise le matin même.

La jeune femme fronça les sourcils, incrédule. Elle avait passé la semaine précédente à envoyer lettre sur lettre à la maison de ville de Stefan. Quand elle avait appris que le duc solitaire était en ville, elle avait été certaine qu'il serait son sauveur.

Mais, au fur et à mesure que les jours passaient sans nouvelles de son ami d'enfance, elle avait finalement décidé de lui envoyer directement sa soubrette. Ses lettres avaient dû se perdre, ou Stefan n'avait pas encore eu le temps de les lire. Il fallait que ce soit cela. Elle ne pouvait croire qu'il rejetterait délibérément ses demandes d'assistance.

— Vous n'avez pas pu parler au duc ? demanda-t-elle.

Janet souffla.

— Non seulement je n'ai pas été autorisée à lui parler, mais je n'ai même pas pu lui laisser votre billet.

— Pourquoi donc ?

— Un grand domestique costaud a ouvert la porte. Il m'a regardée comme si j'étais un tas d'ordures et m'a ordonnée de m'en aller sans même me saluer.

Janet secoua la tête d'un air dégoûté. Bien qu'elle ait le même âge que Brianna, vingt-deux ans, elle possédait une volonté de fer et se laissait rarement repousser, même par l'adversaire le plus redoutable. Brianna l'avait vue frapper un marin ivre à mort, ou presque, avec son parapluie, simplement parce qu'il lui avait pincé les fesses.

— Ce butor n'a même pas voulu accepter la lettre que vous avez écrite à Sa Grâce. Il a dit que son maître était en ville pour affaires et ne recevait pas de visiteurs. Puis il m'a fermé la porte à la figure. Le scélérat !

Brianna était franchement déroutée. Elle connaissait tous les domestiques de Huntley, car la plupart étaient au service du duc depuis bien avant la mort de son père. Elle ne se souvenait certainement pas d'un homme aussi intimidant.

— Décrivez-moi ce serviteur.

Janet haussa une épaule.

— Comme je l'ai dit, il était grand et costaud, avec un visage dur et d'épais cheveux blonds. Je suppose qu'on pourrait le trouver assez beau, à condition d'aimer les hommes forts comme un bœuf.

Elle fronça les sourcils, pensive.

— Oh, et il avait un drôle d'accent. Ce n'était pas un Anglais, je peux vous l'assurer.

— Comme c'est étrange.

Brianna arpenta la petite grotte d'un pas vif et déterminé, les nerfs tendus à l'extrême.

— Cela ne ressemble pas du tout à Goodson.

— A qui ?

— Le majordome du duc, répondit distraitement Brianna. De fait, à ma connaissance, les Huntley n'ont jamais engagé d'étrangers. Leur personnel les sert depuis des années.

— Il avait plus l'air d'un criminel que d'un domestique, si vous voulez mon avis.

— Je ne comprends pas, Janet.

Le bruissement de sa robe de crêpe noir sur le sol de terre battue résonnait dans l'air confiné tandis que Brianna continuait à faire les cent pas, ses doigts jouant nerveusement avec le fichu qu'elle avait glissé dans son modeste décolleté.

— Stefan ne rejetterait jamais une requête de ma part, à moins qu'il ait terriblement changé ces dernières années. Mon père l'avait nommé l'un de mes tuteurs, bonté divine.

— Qu'allez-vous faire ? Si vous ne pouvez parler au duc...

Brianna s'arrêta brusquement, les poings serrés.

— Oh, je lui parlerai. Même si je dois en personne prendre d'assaut la porte de sa maison de ville.

— Vous ne pouvez pas faire ça, miss. Pas sans causer un terrible scandale.

— Vous pensez que je ne préférerais pas essuyer un scandale, plutôt que d'être emmenée dans un relais de chasse isolé par mon beau-père ? lança Brianna d'une voix sifflante, son corps entier se révoltant à la seule idée de ce qui arriverait quand Thomas l'aurait à sa disposition, seule et impuissante.

— Toutefois, ah...

Janet retint son souffle.

— Je viens de me rappeler quelque chose.

— Quoi ?

— Pendant que j'essayais d'entrer dans la maison, un jeune garçon est arrivé avec un paquet pour le duc.

— Et alors ?

— Le paquet était un domino et un masque que Sa Grâce avait commandés.

Brianna comprit lentement, et son espoir faiblissant revint avec force.

— Ainsi, il projette d'assister à un bal masqué.

— Et bientôt. Le domestique a grondé le garçon pour son retard, disant que le costume avait intérêt à convenir, car il était trop tard pour le modifier.

— Alors, ce doit être ce soir.

Relevant ses lourdes jupes, Brianna se dirigea vers l'entrée de la grotte.

— Il faut que je parle à Mme Grant. Elle sait toujours quels événements mondains ont lieu en ville.

Il était près de 11 heures du soir quand la maison fut enfin assez tranquille pour que Brianna puisse se glisser par la porte de derrière. Elle se fraya un chemin dans les rues sombres jusqu'à ce qu'elle arrive devant la prétentieuse maison de ville où le bal masqué des Courtisanes devait avoir lieu.

Cela ne semblait pas être le genre d'endroit où des gentlemen de la haute société se mêlaient à des courtisanes, des catins et des femmes de petite vertu. Pas avec ces beaux murs de briques et ces colonnes qui flanquaient l'entrée principale avec une sobre élégance.

Néanmoins, Mme Grant avait été catégorique : le seul bal masqué de ce soir était la réception annuelle de lord Blackwell.

Brianna secoua la tête en voyant la longue rangée de

voitures arrêtées dans la rue et les gentlemen masqués qui franchissaient la porte. Manifestement, seules les dames de la haute société désapprouvaient les festivités de ce soir-là.

— Je n'aime pas ça, miss, lâcha Janet à son côté. Je pense que je devrais rester avec vous dans le cas où vous auriez des ennuis.

Brianna serra son domino autour d'elle en réprimant un frisson. Quand elle avait trouvé la cape de velours noir doublée d'argent et le masque noir orné de plumes dans le vieux coffre de sa mère, au grenier, elle avait eu l'impression que le destin la poussait à prendre ce risque. Elle avait même découvert une robe de bal assortie, en satin rose pâle, avec des nœuds noirs et argent semés le long de l'ourlet et du décolleté échancré. C'était exactement le genre de toilette frivole qui convenait à un bal masqué.

A présent, cependant, elle avait les mains moites et ses genoux tremblaient à l'idée de pénétrer dans cette maison étrangère emplie de gentlemen en goguette et de catins consentantes. Si on la reconnaissait ? Ou, pire, si elle était accostée avant de découvrir Stefan, en supposant qu'il se trouvait là ?

Il lui fallut plus de courage qu'elle pensait en posséder pour tendre la main et serrer celle de Janet.

— Sottise. J'ai besoin de vous à la maison, pour s'assurer que Thomas ne découvre pas que je ne suis pas dans ma chambre.

— Ce n'est pas un endroit pour une dame. On ne trouve que des catins, dans ce genre de bal.

— Mais on ne me verra pas, objecta Brianna, la voix bien ferme malgré ses nerfs en pelote. En outre, j'ai entendu dire que des dames du monde assistent à de telles soirées. Incognito, bien sûr.

Janet inspira vivement. Les domestiques tendaient à avoir une vision assez rigide de la façon dont un noble devait se comporter. Bien plus rigide que les nobles eux-mêmes.

— Pas des jeunes dames *convenables*.

— Je ne peux plus me permettre d'être convenable,

Janet, dit Brianna d'un ton amer. Si je ne parviens pas à convaincre Stefan de me recueillir comme sa pupille, je serai obligée de m'enfuir et de me frayer mon propre chemin dans le monde. Dans ce cas, je doute qu'un bal risqué soit mon plus grand souci.

Janet mordilla sa lèvre inférieure, sachant qu'elle ne pouvait discuter les propos de sa maîtresse et leur cruelle vérité. Elles disposaient de trois courtes journées avant que Brianna soit emmenée dans les sauvages contrées aux environs de Norfolk. Une fois là, personne ne pourrait empêcher son beau-père de la prendre de force dans son lit.

— Promettez-moi juste d'être prudente, demanda Janet en poussant un soupir résigné. Les gentlemen seront sûrement ivres et d'humeur à causer des troubles.

— Je serai très prudente, je vous l'assure.

Brianna pressa les doigts de sa servante.

— Mais, Janet, je compte sur vous. Nul ne doit savoir que je ne suis pas endormie dans mon lit.

Janet carra ses épaules rebondies.

— Pas une âme ne franchira la porte de votre chambre, je vous le jure.

— Je rentrerai dès que j'aurai parlé à Stefan, affirma la jeune femme.

— Bonne chance à vous, miss.

Lâchant la main de sa soubrette, Brianna se redressa et ramena son attention sur la maison.

— Espérons que je n'en aurai pas besoin.

Elle attendit que sa servante ait disparu avant de se forcer à traverser la rue encombrée.

Se sentant aussi exposée que si elle était nue, elle s'approcha de la file de gentlemen et commença à monter les marches. Sa logique lui disait que personne ne pouvait la reconnaître sous son domino et son masque, d'autant qu'elle n'était jamais allée dans le monde, mais, dans son esprit, elle avait l'impression que tous les yeux étaient rivés sur elle.

Et, en vérité, ils l'étaient.

Bien qu'elle ait natté sa chevelure voyante et l'ait nouée sur sa nuque, sa couleur réussissait pourtant à briller d'une vibrante beauté à la lueur des torches. Et aucun masque ne pouvait entièrement dissimuler ses yeux verts en amande et la courbe pleine de sa bouche.

Gardant la tête basse tandis qu'elle s'avançait, elle réussit à franchir la porte avant qu'une main s'abatte sur son bras et la force à s'arrêter.

— Et où diable pensez-vous aller ? demanda une voix d'homme, grinçante.

Brianna leva les yeux et rencontra le regard agacé d'un valet en livrée. Sa bouche s'asséchait et son cœur se logea dans sa gorge.

— Je… je vais au bal.

Le domestique plissa les lèvres avec dégoût.

— Oh, oui, et vous croyez que vous pouvez entrer comme si vous apparteniez à la royauté ? Que le majordome va vous annoncer ?

— Je…

Le valet ne se soucia pas d'écouter ses excuses embarrassées, et la repoussa dans l'escalier pour livrer passage aux gentlemen.

— Faites le tour par-derrière, la fille. Seuls les gentlemen passent par la porte d'entrée.

Brianna trébucha brièvement avant de reprendre son équilibre et de se hâter vers l'entrée de derrière. Ignorant l'humidité qui pénétrait ses pantoufles brodées, elle trouva la porte étroite. Une gouvernante au visage aigri lui fit gravir l'escalier de service, puis elle se retrouva dans les salons richement décorés de plafonds dorés, de satin cramoisi sur les murs et de cheminées de marbre veiné d'or. Le sol était un parquet ciré qui luisait chaudement à la lumière vacillante de chandeliers en cristal. Le long d'un mur, de grandes tables offraient un somptueux buffet et de nombreuses bouteilles de champagne rafraîchi.

Elle avait atteint son objectif, mais elle découvrit que trouver Stefan n'était pas aussi simple qu'elle l'avait pensé.

Une centaine d'invités devaient se presser dans les pièces rouge et or, tous déguisés avec des capes et des masques. Ou ils se frayaient un chemin parmi la foule étincelante, ou ils se prélassaient sur les petits divans et les fauteuils disposés dans des alcôves. Quelque part dans l'animation, un quatuor à cordes jouait, mais il était pratiquement impossible d'entendre la musique — du Mozart, pensa Brianna — par-dessus les rires, les exclamations et les gloussements aigus.

En des circonstances normales, elle aurait peut-être été choquée par la vue des femmes qui avaient ouvert leurs capes pour révéler qu'elles ne portaient que des corsets de dentelle, et des hommes qui tendaient les mains pour se saisir des appas ainsi offerts. Ce n'était guère ce qu'une innocente jeune fille était habituée à voir.

De fait, elle était trop avide de trouver le duc de Huntley pour être aussi choquée qu'elle l'aurait dû. Ou même pour se demander pourquoi un homme aussi doux et aimable que Stefan choisissait d'assister à une soirée aussi vulgaire.

Une détermination de fer lui permit de gagner le milieu de la pièce avant d'être arrêtée par une grande femme aux courbes rebondies.

— Hé là, on ne pousse pas, il y a suffisamment de gentlemen pour tout le monde, dit-elle, son visage marqué par la vérole couvert de rouge.

— Je cherche le duc de Huntley, déclara crânement Brianna.

La femme haussa ses sourcils noircis.

— Mais oui, bien sûr. Vous croyez que votre belle façon de parler va impressionner un si grand seigneur ?

— Savez-vous où je peux le trouver ?

La femme haussa les épaules.

— J'ai entendu dire qu'il est dans la salle de jeux. Il semble préférer les cartes aux dames.

— Grâce à Dieu, murmura Brianna dans un souffle.

— Qu'est-ce que vous avez dit ?

— Je demandais où était la salle de jeux.

35

Il y eut une pause, puis la femme désigna le couloir d'un signe de tête.

— Par là. La dernière porte à gauche.
— Merci.

Brianna pivota et commença à lutter pour rejoindre la porte. Un cri étouffé lui échappa quand un grand bras masculin lui ceignit la taille par-derrière.

— Voyons, où allez-vous si vite ? demanda une voix épaisse et ivre à son oreille.

Elle se débattit contre la répugnante emprise.

— Je vais retrouver un autre homme, lâchez-moi, dit-elle en imitant l'accent des courtisanes présentes dans la pièce.

— Vous pourrez le retrouver plus tard. J'ai envie d'une fille impertinente, et quelque chose me dit que vous pouvez être très impertinente.

Une bouffée de fureur et de terreur traversa Brianna, et, de toutes ses forces, elle donna un coup de pied dans le tibia de l'homme.

— J'ai dit que j'avais un rendez-vous, dit-elle, les dents serrées, en parvenant à se libérer pendant que l'homme grognait de douleur et relâchait son emprise.

— Espèce de harpie…

Une ouverture apparut et Brianna se précipita vers la porte, la foule se refermant derrière elle pour empêcher son assaillant de la suivre.

Remerciant le ciel en silence, elle ne ralentit pas et s'engouffra dans le couloir jonché de tapis, en direction de la salle de jeux.

3

Debout dans la salle de jeux enfumée, Edmond luttait pour contenir son impatience.

De manière prévisible, il n'avait pas été facile de convaincre son obstiné de frère qu'il était réellement en danger. Malgré son intelligence, Stefan était terriblement réticent à admettre que quelqu'un pouvait vouloir sa mort, en particulier son propre cousin.

Et puis, bien sûr, il avait dû se battre pour endosser l'identité de Stefan afin d'attirer le danger à Londres et l'éloigner de Meadowland, en espérant que le brigand se mettrait à découvert. Peu importait le nombre de fois où Edmond avait expliqué à son frère qu'il était le mieux placé pour découvrir la vérité derrière ces attaques, et que lui seul pouvait faire du chasseur une proie.

Finalement, Edmond avait été forcé de faire remarquer que l'obstination de Stefan pourrait fort bien mettre en danger le personnel et les fermiers de Meadowland, car un homme désireux d'assassiner un duc n'hésiterait pas à tuer un simple roturier se mettant sur son chemin. Alors seulement, Stefan s'était résigné à l'inévitable.

Toutefois, quinze jours avaient passé avant qu'Edmond puisse quitter la propriété sous le nom de son frère et arriver à la maison de ville de Stefan à Londres. Et une semaine encore avant qu'il remplace les loyaux serviteurs du duc par ses propres domestiques. S'il devait être l'appât d'un tueur déterminé, il avait l'intention de s'entourer de gens entraînés à le protéger.

Il n'avait pas eu trop de mal à retrouver la trace de Howard Summerville. Tout ce qu'il avait eu à faire, c'était de découvrir l'événement le plus obscène et le plus licencieux du calendrier, le bal des Courtisanes de lord Blackwell.

Il n'avait pas été déçu. En quelques instants, il avait trouvé Howard dans la salle de jeux. Maintenant, tout ce qu'il lui fallait était que son cousin remarque sa haute silhouette plantée devant lui.

Au cours des vingt dernières minutes, il était passé une douzaine de fois devant la chaise de cet homme stupide, attendant d'être reconnu. Après tout, peu d'hommes du monde avaient la taille d'Edmond et de son frère, et nul autre ne portait les armes de Huntley gravées sur une chevalière en or.

Toutes les autres personnes de la salle enfumée avaient aussitôt incliné la tête dans sa direction, lui livrant discrètement le passage comme il sied quand un duc s'approche.

Juste comme Edmond devenait convaincu qu'il devrait céder à son impulsion et écarter son cousin de la table en l'empoignant par le col de sa redingote, Howard jeta ses cartes, signa sa longue liste de dettes et se mit debout en chancelant.

Il serait de loin préférable que la rencontre semble être le fruit du hasard. La dernière chose qu'Edmond désirait était de montrer son jeu à son cousin. Howard Summerville était débauché, dépravé et détestable, mais il n'était pas sot. Il serait déjà bien assez intrigué que le solitaire duc de Huntley vienne se jeter dans les coquins plaisirs de Londres ; mieux valait ne pas en rajouter.

Se dirigeant en vacillant vers la porte, l'homme brun et mince au teint bistré, aux petits yeux noirs et à l'expression pincée faillit heurter Edmond avant de s'arrêter.

Il plissa les paupières et leva des yeux rougis qui mirent un long moment à se fixer. Enfin, son regard s'élargit et il inspira d'un air choqué.

— Sapristi, c'est vous, Huntley ?

Edmond hocha la tête avec raideur, comme si cette

rencontre était une surprise désagréable. C'était ainsi que Stefan réagirait.

— Howard.

— Que diable faites-vous ici ? demanda son cousin, passant une main dans ses cheveux décoiffés.

Il était blafard. Il avait ôté son masque et son domino, et sa pâleur maladive ressortait crûment, accentuant les poches sous ses yeux. Même son coûteux habit de soirée était aussi froissé que s'il l'avait porté pendant des jours.

— Ce n'est guère un endroit pour un grand pair du royaume.

Edmond réprima une réponse acerbe. Pour l'heure, il était censé être le duc de Huntley, et Stefan ne laisserait jamais disparaître sa contenance ducale, même si elle devenait assez froide quand il était contrarié.

— Je dirais que plusieurs pairs du royaume sont présents ici, déclara-t-il en jetant un coup d'œil délibéré aux deux comtes et au baron assis aux tables de jeu.

— Oh, oui, je suppose, marmonna Howard d'un ton maussade. Toutefois, je n'ai jamais entendu dire que vous preniez part aux divertissements les plus piquants que Londres a à offrir. A bien y réfléchir, je n'ai même jamais entendu dire que vous participiez à quelque divertissement que ce soit.

— C'est précisément pourquoi je suis ici.

— Ce qui signifie ?

— Edmond est revenu à Meadowland pour une brève visite et a exigé que je me rende à Londres pour me distraire pendant qu'il s'occupe de la propriété. Il a insisté sur le fait que je devenais trop ennuyeux pour être supportable et, quand Edmond a une idée, on ne peut l'en faire changer.

— Je l'imagine fichtrement bien. Votre frère est une vraie menace. Damnation, la dernière fois que nous nous sommes croisés, il m'a agressé. La Russie est le bon endroit pour lui — son cœur est aussi froid que la Sibérie. Certes, à présent que j'y pense, il a eu raison de vous envoyer en ville, Huntley. J'ai toujours dit que vous travailliez beaucoup trop. Un peu de distraction est ce qu'il vous faut. Je l'ai dit à ma mère une douzaine de fois.

— Vraiment ?
— Oui.

Les lèvres de Howard s'étirèrent en un vilain sourire.

— Et, maintenant que vous êtes ici, je m'aperçois que c'est un vrai coup de chance. Presque inquiétant.

Edmond croisa les bras sur sa poitrine, sachant déjà ce qui allait venir.

— Et quel est ce coup de chance ?
— Eh bien, j'ai essayé d'aller vous voir à Meadowland à plusieurs reprises, de fait, mais ce filou de majordome ne m'a même pas laissé franchir le seuil.
— Vous m'en direz tant.
— Oui.

Howard marqua une pause embarrassée devant le ton clairement réservé d'Edmond.

— Je... Il semble que j'ai eu quelques ennuis avec ces gredins de créanciers, dernièrement.
— Y a-t-il eu une époque où vous n'avez pas eu d'ennuis avec des créanciers ?
— Des broutilles.

Howard tira sur sa cravate à moitié défaite.

— Cette fois, cependant, je crains d'être vraiment coincé. De fait, j'ai envisagé de fuir sur le continent si ma situation ne s'améliore pas.

Edmond garda une expression froidement indifférente, même si ses muscles se crispaient sous la tension. Que Howard se trouve dans une mauvaise passe était aussi prévisible que le lever du soleil. Mais cette fois, visiblement, il était désespéré.

— Et néanmoins vous êtes ici à dilapider vos fonds inexistants aux cartes et en catins, accusa-t-il, sachant que c'était ce que son frère dirait.

— J'espérais me refaire au jeu.
— Ah, bien sûr. C'est toujours une saine réaction.

Ignorant cette remarque moqueuse, Howard plongea plus avant.

— Si vous pouviez juste trouver le moyen de m'accorder une petite assistance...

— Laissez-moi m'assurer que je ne me méprends pas. Me demandez-vous de l'argent ?

— Juste assez pour couvrir mes besoins les plus urgents.

— Dites-moi, Howard, à combien se montent vos dettes ?

L'espoir brilla un instant dans les yeux noirs de Howard, avant d'être brusquement remplacé par de la méfiance. Pas même le tendre Stefan n'était enclin à financer ce gentleman sans valeur, sachant qu'il dépenserait aussitôt l'argent dans la salle de jeux la plus proche.

— Pourquoi voulez-vous le savoir ?

Mesurant qu'il avait failli aller trop loin, Edmond jeta un regard ennuyé sur la salle.

— Simple curiosité.

Howard poussa un soupir dégoûté, ses soupçons aisément écartés.

— J'aurais dû savoir que ce serait une perte de temps de vous demander de m'aider. Votre famille a toujours pris plaisir à la misère de la mienne.

— Et vous nous avez toujours blâmés de vos propres échecs, rétorqua Edmond d'un ton glacé.

— Ce n'étaient pas des échecs. J'ai simplement connu une période de malchance. Cela arrive à tout le monde...

Les jérémiades de Howard s'interrompirent abruptement tandis que son regard se portait sur quelqu'un qui s'approchait derrière Edmond.

— Eh bien, qu'avons-nous ici ?

Irrité par l'interruption, Edmond ne prit pas la peine de se détourner, espérant que quiconque osait s'immiscer dans sa conversation privée s'aviserait que sa présence était malvenue.

— Votre Grâce, je dois vous parler, déclara une voix féminine, basse et étonnamment cultivée, tandis qu'Edmond sentait que l'on tirait légèrement sur sa manche.

Il jeta un regard noir à la femme couverte d'un domino et d'un masque à plumes, avec une expression de dédain furieux.

— Passez votre chemin, je ne suis pas intéressé.

La fille obstinée refusa de se laisser intimider, et malgré lui Edmond remarqua qu'elle était d'une beauté saisissante. Même sous son déguisement, il pouvait deviner ses traits fins et de magnifiques yeux verts. Et cette chevelure… cette superbe chevelure aux nuances d'automne, elle ne pouvait être réelle.

— Mais il est vital que vous m'accordiez quelques minutes de votre temps, insista-t-elle.

Edmond ignora sombrement la réponse instinctive de son corps à ce captivant parfum de lavande et de douceur féminine.

— Je vous ai dit de passer votre chemin, répéta-t-il d'un ton coupant. Il y a ici de nombreux gentlemen qui vous offriront la compagnie que vous cherchez.

— Moi, pour commencer, intervint Howard, son visage blafard reflétant une faim insatiable. Contrairement à mon prude cousin, je sais apprécier une si belle femme.

Ignorant cette offre spontanée, la créature se déplaça pour se tenir directement devant Edmond, sa peau ivoire pâle à la lueur vacillante des bougies.

— Je vous en prie, Stefan, ceci ne peut attendre. Je…

Les yeux verts en amande, qui paraissaient étrangement familiers, s'élargirent brusquement.

— Juste ciel, vous n'êtes pas Ste…

« Mon Dieu », pensa Edmond.

Passant les bras autour de la dangereuse intruse, il la souleva de terre et couvrit sa bouche d'un baiser brutal.

Ce baiser n'était censé être qu'un moyen de la faire taire. D'une manière quelconque, elle savait qu'il n'était pas Stefan, et jusqu'à ce qu'il parvienne à découvrir qui diable elle était il devait garder sa bouche occupée autrement.

Cette nécessité, néanmoins, se révéla un plaisir certain tandis qu'il goûtait à ses lèvres pleines et sensuelles, son souffle fleurant la menthe et la magie pure. Resserrant ses bras autour d'elle, Edmond la souleva davantage encore et plaqua son petit corps frétillant contre son torse.

— Voyons, Huntley, vous avez dit que vous n'étiez pas intéressé, protesta son cousin. Où allez-vous ?

Edmond l'ignora, comme il ignora les sifflements égayés des hommes ivres, tandis qu'il pivotait et se dirigeait vers la porte voisine. Il n'interrompit pas son baiser profond et implacable alors que la foule s'écartait devant lui et qu'il s'enfilait dans le couloir, puis dans l'escalier qui menait aux chambres de l'étage.

Franchissant la première porte ouverte, il la referma d'un coup de pied et reposa lentement la femme par terre, ses lèvres ne quittant pas sa bouche. Il savourait cette douceur qui le rendait dur et tendu de désir. L'irritation qu'avait suscitée l'intervention inopportune de l'inconnue était envolée.

Howard et ses sombres menaces pouvaient bien attendre. A présent, il n'était habité que par l'impérieuse envie de prendre cette fille sur-le-champ. Il pressentait qu'elle pourrait lui offrir le genre d'intense jouissance pour laquelle n'importe quel homme se damnerait.

Relevant la tête avec réticence, il arracha son masque ridicule et jeta un regard sur la pièce, constatant rapidement qu'il s'agissait bien d'une des nombreuses chambres. Les murs étaient lambrissés de bois de rose clair, avec une cheminée sculptée près de la porte de la penderie. Elle était certes agréablement décorée, mais il n'avait d'intérêt que pour le lit à baldaquin qui apparaissait à la lumière du feu. Oui. Ce serait parfait.

Alors qu'il voulait conduire sa compagne à l'autre bout de la chambre, elle se mit à se débattre avec vigueur pour échapper à son emprise.

— Arrêtez ceci ! ordonna-t-elle d'un ton sifflant, levant les mains pour frapper son torse. Bonté divine, Edmond, lâchez-moi.

Edmond se raidit tandis que ces mots autoritaires résonnaient dans la pièce. *Juste ciel*. Il connaissait cette voix.

D'un geste vif, il lui arracha son masque emplumé, et ses yeux se plissèrent quand la masse vibrante de ses cheveux s'écroula en une brillante coulée de feu.

Brianna Quinn!

Il aurait dû la reconnaître dès qu'elle s'était approchée de lui. Ils avaient été voisins pendant des années, avant que sa mère se remarie et l'emmène à Londres. Et, bien qu'il n'ait pas posé les yeux sur elle depuis dix ans, il ne pouvait exister d'autre femme avec ce regard vert de chatte et ces boucles étonnantes.

Certes, il se souvenait d'un petit corps trop mince et des traits indécis d'une enfant. Elle était d'ordinaire couverte de boue, sa robe déchirée pour avoir grimpé aux arbres du verger ou passé la matinée à pêcher avec Stefan.

Maintenant, elle était une vraie femme, avec une peau aussi lisse que de la crème et des lèvres pulpeuses qui appelaient les baisers d'un homme.

Une exquise tentation qui lui aiguisait les sens. Et son désir inassouvi l'emplissait d'une frustration qui ne faisait rien pour améliorer son humeur.

— Brianna Quinn, grommela-t-il, une note sinistre dans la voix. J'aurais dû m'en douter. Vous n'avez pas changé. Vous surgissez toujours quand on vous désire le moins.

Une rougeur teinta les joues de la jeune femme alors qu'elle se rappelait certainement le nombre de fois où elle avait interrompu ses entreprises de séduction, quand elle grimpait dans le grenier à foin ou venait fouiner dans la serre.

— Peut-être pas désirée par vous, Edmond, car vous étiez toujours occupé à quelque coquin passe-temps, mais jamais par Stefan, rétorqua-t-elle.

Finalement, elle avait changé, et d'une manière plus que physique.

Quand elle était petite, il la terrifiait et elle détalait lorsqu'il regardait dans sa direction, ou bredouillait quand elle s'adressait à lui. Il l'appelait « ma souris ». A présent, elle le regardait droit dans les yeux, le menton haut et l'expression butée.

— Où est-il ?

Edmond croisa les bras sur sa poitrine, n'envisageant même pas de mentir. Brianna était l'une des rares personnes qui savaient toujours le distinguer de son jumeau.

— Confortablement couché dans son lit, je suppose, répondit-il d'une voix traînante. Vous savez combien il tient aux horaires de la campagne.

Elle se figea à ces mots, son teint ivoire pâlissant.

— Il est à Meadowland ?

— Oui.

— Mais...

Elle fronça les sourcils avec colère. Manifestement, elle était mécontente de découvrir que Stefan ne se trouvait pas à Londres.

— Vous prétendez être le duc. Pourquoi ?

Edmond plissa les paupières. Cette femme avait déjà réussi à gâcher ses plans de la soirée : son vaurien de cousin lui avait échappé. Par-dessus le marché, elle avait failli déjouer sa comédie — et embrasé son corps d'une fièvre ardente. Il était temps qu'elle explique sa maudite présence dans un bal aussi mal famé.

— De fait, je pense que la question appropriée est de savoir ce qu'une jeune dame censée être respectable fait dans un bal de courtisanes, rétorqua-t-il.

Elle ne tressaillit pas et ne se démonta pas ainsi qu'il s'y attendait. A la place, elle mit ses mains sur ses hanches et le fusilla de ses yeux verts étincelants.

— Je n'ai pas l'intention de répondre à vos questions tant que vous ne m'aurez pas dit pourquoi vous vous faites passer pour le duc de Huntley.

— Vous vous méprenez, ma souris.

Utilisant sa haute taille et son poids à son avantage, Edmond s'avança vers la jeune fille, le visage fermé et menaçant, l'acculant au mur.

— Vous répondrez à chacune de mes questions, et vous allez le faire sur-le-champ.

Le pouls à la base de la gorge de Brianna palpita. Malgré sa peur évidente, elle refusa fermement de céder.

— Vous ne pouvez m'y forcer, lança-t-elle d'un ton sifflant.

Malgré lui, Edmond ne put réprimer une petite bouffée de respect devant son refus de se laisser intimider. Il avait fait frémir maints hommes adultes d'un seul regard incisif, et cependant elle tenait bon.

Brianna Quinn continuait peut-être à mettre son nez là où elle ne le devait pas, mais le désir habituel d'Edmond de l'étrangler s'était changé en un désir bien différent.

Un désir qui supposait de l'étendre nue sur ce lit et de goûter chaque pouce de sa belle peau ivoire.

— Vous n'avez sûrement pas oublié combien il est dangereux de me provoquer ? demanda-t-il d'un ton rauque, en pressant contre elle les muscles durs de ses cuisses.

Il étouffa un grognement au contact de son corps délicat, aux courbes parfaites, sous sa lourde cape.

— Je ne résiste jamais à un défi.

Elle frissonna, ses yeux s'assombrissant tandis qu'elle prenait conscience de la situation.

— Lâchez-moi, Edmond.

Un sourire aguicheur se peignit sur les lèvres du jeune homme pendant qu'il pressait délibérément son membre en érection contre le ventre de Brianna. Constater qu'elle n'était pas indifférente à sa proximité ne fit qu'intensifier son besoin croissant d'être en elle.

— Dites-moi ce que vous faites ici, ou j'ouvrirai cette porte et annoncerai votre présence à tout le bal.

S'attendant à ce qu'elle fléchisse sous la menace, il fut pris au dépourvu quand elle leva les mains pour le repousser rudement. Cela ne lui fit pas plus d'effet que le frôlement d'un papillon, mais cela suffit à le distraire assez pour qu'elle réussisse à lui échapper et à marcher vers la porte.

— Fort bien, dévoilez-moi à toute l'assistance si vous

voulez, il ne me reste rien à perdre, dit-elle en rejetant sa cape pour révéler la robe de bal rose qui exposait le doux arrondi de ses seins.

Paraissant indifférente au regard brûlant qu'il fixait sur son décolleté, elle ouvrit brusquement la porte et pivota pour jeter un regard noir à son visage distrait.

— Mais soyez assuré que, dès que vous révélerez mon identité, je clamerai haut et fort que vous n'êtes qu'un imposteur.

C'était du bluff. Cela devait l'être, se dit Edmond en se ruant à son côté et en essayant de repousser la porte.

Aucune femme n'était assez téméraire pour compromettre volontairement son avenir avec un tel dédain.

— Mettons cette théorie à l'épreuve, voulez-vous ? demanda-t-il d'un ton lisse.

Elle haussa le menton et s'avança dans le couloir.

— Allons-y.

Entendant des pas qui approchaient, Edmond n'eut d'autre choix que de l'attraper par le bras et de la ramener dans la chambre. Il claqua la porte et tourna la clé, avant de pivoter vers elle avec un mélange d'impatience et de fureur.

— Avez-vous complètement perdu l'esprit ? Votre réputation sera ruinée, fulmina-t-il.

Brianna serra ses bras autour de sa taille, très pâle.

— A moins de convaincre Stefan de m'aider, je suis déjà perdue.

— De quoi diable parlez-vous ?

— D'abord, j'exige que vous me disiez pourquoi vous feignez d'être le duc de Huntley.

Il maugréa un juron.

— Brianna, ne me poussez pas à bout. Avouez-moi pourquoi vous cherchez Stefan.

— Sinon quoi ? releva-t-elle. Vous allez me frapper ?

Edmond plissa lentement les yeux. Il était un gentleman qui avait développé le talent d'obtenir les informations qu'il désirait, que ce soit d'un voleur, d'un politicien corrompu ou de la belle épouse d'un ambassadeur.

Si une méthode ne marchait pas, il était habile à changer de tactique.

Les doigts qui serraient le bras de la jeune femme se relâchèrent pour remonter d'une manière intime, s'attardant sur le pouls qui battait à la base de sa gorge. Une vive chaleur le traversa au contact de sa peau lisse et soyeuse. Elle était exactement ce qu'elle promettait : de l'ivoire tiède.

— Et meurtrir cette peau magnifique ? demanda-t-il en cédant à l'impulsion qui le ravageait depuis qu'il avait baisé ses lèvres.

D'un geste gracieux, il la souleva dans ses bras et alla vers le lit. Ignorant ses efforts pour se débattre, il la jeta sur le matelas de plumes et la suivit promptement, pour couvrir sa mince silhouette de la sienne, bien plus imposante.

— J'ai un bien meilleur moyen d'obtenir ce que je désire.

Ses yeux étaient élargis et brillaient comme de superbes émeraudes à la lueur du feu, ses cheveux étalés sur l'oreiller évoquaient de saisissantes flammes d'automne.

— Edmond, que faites-vous ?

Il secoua la tête d'un air déconcerté.

— Quand êtes-vous devenue une telle beauté, ma souris ?

Fronçant les sourcils avec fureur, Brianna essaya en vain de se dégager de sous son grand corps.

— Bonté divine, ce n'est pas drôle.

Edmond inspira vivement en la sentant frétiller contre ses muscles tendus. Juste ciel, cette coquine le rendait fou. Comment était-il censé se rappeler qu'elle était son ennemie, pour l'heure, quand son corps était en feu ?

Incapable de résister à la tentation, il courba la tête et enfouit son visage au creux de son cou. Il huma profondément son parfum de lavande, frémissant tandis que les captivants arômes emplissaient ses sens.

C'était ce qu'une femme devait sentir, s'avisa-t-il avec un plaisir étonné. De doux effluves féminins, et non les lourds parfums dont s'inondaient tant de dames.

— Dites-moi pourquoi vous êtes ici, Brianna, chuchota-t-il en frôlant de ses lèvres le creux sensible sous son oreille.

Elle poussa un petit cri et sursauta en réaction à cette douce caresse.

— Edmond, arrêtez ceci tout de suite, murmura-t-elle, les mains serrées sur les plis de sa cape.

Fermant les yeux pour mieux savourer son goût exquis, il promena les lèvres sur la ligne de sa mâchoire.

— Dites-moi.
— Non.

Il lui mordilla doucement le menton, caressant sa taille fine et remontant lentement vers la délectable courbe de sa poitrine.

— Brianna, je ne m'arrêterai pas tant que je n'aurai pas la vérité.

Les yeux verts flamboyèrent de fureur et d'un trouble obscur qu'elle ne pouvait entièrement cacher.

— Je suis venue ici pour parler à Stefan.

Il lui vola un bref baiser possessif, avant de s'écarter à regret pour la regarder avec attention, les paupières plissées.

— A quel propos ?
— Stefan est mon tuteur. J'ai besoin qu'il fasse valoir ses droits et m'ôte de chez M. Wade.
— Votre beau-père ?

Edmond n'avait jamais rencontré l'homme qui avait épousé la mère de Brianna, Sylvia. Il savait seulement qu'il était le fils d'un boucher et qu'il avait fait fortune dans les Indes occidentales.

Un parvenu ambitieux pour qui la haute société n'avait nul égard. Sylvia, avait-il supposé à l'époque, devait être au désespoir de trouver le moyen de payer ses dettes de jeu, et aurait sans doute épousé Belzébuth lui-même s'il s'était proposé.

— Pourquoi ?
— C'est quelque chose dont je préférerais discuter avec Stefan.
— Je ne vous ai pas demandé ce que vous préférez, ma souris. Répondez à ma question.

— Thomas a l'intention de m'emmener à Norfolk vendredi.

Edmond émit un son dégoûté. Quelle sottise ! Existait-il une femme qui ne se laissât pas guider par ses caprices au lieu de son bon sens ?

— Et vous avez risqué de ruiner votre réputation parce que vous ne voulez pas quitter la société londonienne ?

Il secoua la tête, incrédule.

Sans prévenir, elle leva les mains et frappa son torse, le visage rouge de fureur.

— Je me moque bien de la société londonienne, espèce de vaurien, lâcha-t-elle, les dents serrées. De fait, je serais ravie de ne pas avoir à passer une nuit de plus dans cette horrible ville.

— Alors, pourquoi diable êtes-vous si désespérée d'éviter Norfolk ?

Elle crispa les paupières, comme si elle souffrait.

— S'il vous plaît, ne faites pas cela, Edmond, murmura-t-elle.

Il se figea, se rendant compte qu'il y avait plus là-dedans qu'un simple caprice.

— Brianna ?

Elle frissonna, puis ses cils épais se relevèrent enfin pour révéler un regard troublé.

— Mon beau-père a l'intention de m'emmener dans son relais de chasse pour… pour agir à sa guise avec moi.

— Agir à sa guise ?

— Il compte me violer, lâcha-t-elle d'un ton sifflant. Là, êtes-vous satisfait ?

— Bon sang, Brianna, dit-il d'une voix rauque, choqué jusqu'aux tréfonds de son être. Qu'est-ce qui vous fait penser une chose pareille ?

— Il a essayé de venir de force dans mon lit, il y a trois mois.

Sa voix était de bois, mais Edmond ne se laissa pas abuser par ce manque d'émotion. Elle était si tendue qu'elle était à deux doigts de s'effondrer, il le savait.

— Je l'ai prévenu que je me mettrais en contact avec Stefan et que je révélerais ses méfaits s'il osait me toucher. Je pensais que cette menace suffirait, mais voilà quinze jours il m'a informée qu'il avait acheté un relais de chasse à Norfolk et qu'il avait l'intention de m'y emmener. Il a également précisé que tous les serviteurs qu'il engagerait lui seraient totalement loyaux. Si loyaux qu'ils fermeraient les yeux s'il décidait de m'enfermer dans ma chambre.

Sifflant entre ses dents, Edmond quitta le lit, tremblant de fureur. La pourriture. L'ordure.

— Pourquoi n'avez-vous pas pris contact avec Stefan plus tôt ? demanda-t-il d'un ton sec.

Sans le quitter de son regard méfiant, Brianna se laissa glisser à bas du lit et noua ses bras autour d'elle ; le corselet de sa robe glissa, révélant un aperçu bien trop tentant de ses seins crémeux.

— Je lui ai envoyé une lettre dès que j'ai appris que Thomas voulait quitter Londres, mais il ne m'a pas répondu. Quand j'ai entendu dire qu'il était arrivé en ville, j'ai espéré qu'il était venu m'aider.

Son ton était accusateur. Elle le blâmait visiblement de l'absence de Stefan.

— Bien sûr, il ne s'est pas montré, alors j'ai envoyé près de douze messages à sa maison de ville. J'ai même demandé à ma soubrette de lui porter une lettre — mais elle a été écartée par une grande brute qui ne lui a même pas laissé franchir le seuil.

— Je n'ai pas engagé Boris pour ses talents à respecter l'étiquette, dit sèchement Edmond.

Les yeux de Brianna étincelèrent et ses beaux cheveux voltigèrent sur ses épaules.

— Eh bien, à cause de ce Boris, j'ai été obligée d'assister à cet horrible bal dans l'espoir de pouvoir parler à Stefan. Et maintenant vous avez tout gâché.

Edmond n'était pas homme à se laisser fustiger. Même Alexander Pavlovich n'aurait osé lui faire plus qu'un léger reproche. Et cependant ce petit brin de femme se tenait là et le tançait vertement, comme s'il n'était qu'un enfant désobéissant.

Curieusement, il n'en éprouva pas de ressentiment, mais de la fascination.

Brianna Quinn possédait le genre de tempérament qui se trouvait trop rarement chez les dames bien élevées. Pour l'amour du ciel, toute autre femme aurait été folle de terreur ou pour le moins hystérique après avoir été menacée de viol par son beau-père. A la place, elle avait ourdi un plan téméraire pour se sauver, osant même paraître au bal le plus dévoyé de Londres.

— Je vais informer Stefan de vos ennuis, promit-il, sans se soucier de lui indiquer qu'il avait l'intention de s'occuper de Thomas Wade à sa manière, directe et discrète. Jusque-là, vous resterez chez une amie. Vous devez connaître des gens à Londres.

Les lèvres de Brianna se pincèrent devant son ordre autoritaire.

— Je connais plusieurs personnes, mais aucune n'est en mesure d'empêcher Thomas de m'emmener. Seul Stefan...

Edmond fronça les sourcils lorsqu'elle s'interrompit brusquement, ses yeux se plissant comme si elle venait d'avoir une idée brillante.

— Seul Stefan quoi ? demanda-t-il, impatient de retourner au bal et à Howard Summerville maintenant qu'il avait éclairci le mystère de Brianna Quinn.

— Seul Stefan peut me protéger.

Elle haussa le menton tandis qu'un petit sourire déterminé incurvait ses lèvres tentantes.

— Et c'est exactement ce qu'il va faire.

— J'en suis certain, dès qu'il découvrira...

— Non, je ne puis attendre que Stefan vienne à mon secours. *Vous* êtes déjà ici, après tout, vous faisant passer pour lui. Il n'y a aucune raison que je ne puisse m'installer chez vous. Cette nuit.

4

Les traits d'Edmond se crispèrent, son admiration pour le courage de Brianna à présent remplacée par une sombre colère.

Pensait-elle qu'il était le doux et tendre Stefan, prêt à se laisser attendrir et manipuler par la première petite orpheline venue ?

Ou croyait-elle que l'indéniable attirance qu'il avait montrée pour ses courbes sensuelles lui donnait du pouvoir sur lui ?

— Je peux seulement présumer qu'il s'agit d'une plaisanterie.

Sa voix était sourde et coupante tandis qu'il s'avançait pour la dominer d'une manière menaçante.

Le souffle court de Brianna résonnait dans l'air tranquille, mais elle se retint de reculer.

— Pas le moins du monde. Tout Londres pense que le duc de Huntley est en résidence dans sa maison de ville. Pourquoi n'inviterait-il pas sa pupille à venir séjourner chez lui ?

— Même une pupille ne peut rester seule sous le toit d'un célibataire. Votre réputation serait ruinée.

— Pas si vous engagez un chaperon, rétorqua-t-elle avec entêtement.

Edmond émit un rire acide.

— Alors maintenant, je dois voir mon intimité envahie non seulement par une agaçante pupille dont je ne veux pas, mais aussi par un dragon d'un certain âge, lança-t-il. Vous

53

avez vraiment perdu l'esprit si vous pensez que je considérerais une proposition aussi ridicule ne fût-ce qu'un instant.

Elle siffla de frustration.

— Vous me laisseriez plutôt emmener et violer par mon beau-père ?

Edmond ignora son noir dédain. Thomas Wade ne serait bientôt qu'un cadavre oublié. Pour l'heure, il était beaucoup plus concerné par l'irritante coquine qui se tenait devant lui.

— Je vous donne l'assurance que cette affaire sera réglée.

— Pardonnez-moi si je ne me fie pas entièrement à une promesse aussi ambiguë, répliqua-t-elle avec une expression amère.

— Vous devrez vous en contenter, ma souris.

Elle resta silencieuse un bref instant, comme si elle livrait une bataille intérieure. Puis, inspirant profondément, elle rencontra son regard étincelant.

— Non, cela ne suffira pas.

Sa voix vacilla avant qu'elle se ressaisisse et continue :

— Vous semblez oublier que j'ai le moyen de vous forcer à m'accueillir dans la maison du duc.

Edmond se figea, sa nature de prédateur tendue et prête à frapper comme chaque fois qu'il sentait le danger. Tendant les mains, il l'empoigna par les épaules, l'attirant assez près pour être enveloppé par son parfum de lavande.

— Prenez garde, Brianna. Je ne réagis pas bien au chantage.

Elle déglutit fortement, mais fut assez sage pour ne pas lutter contre son emprise mordante.

— Vous ne me laissez pas le choix, dit-elle, les dents serrées. Ou vous acceptez de me recevoir comme votre pupille, ou je retournerai dans la salle de bal et informerai tout le monde que vous n'êtes pas Stefan.

Edmond avait été un homme puissant en politique ces huit dernières années. Il avait poussé les autres à se plier à sa volonté en les intimidant, les séduisant ou parfois en les trompant.

Et maintenant ce brin de fille pensait le bousculer ?

Il resserra ses doigts.

— Vous êtes bien imprudente de me menacer, ma souris.

— Pas imprudente, seulement désespérée. Je ne resterai pas une nuit de plus sous le toit de mon beau-père.

D'une brusque secousse, il la pressa contre la porte, son corps s'appuyant lourdement sur sa frêle silhouette en un avertissement évident.

— Vous croyez que vous serez plus en sécurité sous mon toit ?

Sa voix s'assourdit tandis que cette chaleur de plus en plus familière lui embrasait le sang. Brianna Quinn était peut-être une jouvencelle entêtée et indocile, mais elle attisait ses passions d'une manière incroyable. Si elle dormait à quelques portes de sa chambre, cela mettrait certainement fin à son innocence.

— Je ne suis pas le si honorable Stefan. Je ne sauve pas des damoiselles en détresse sans attendre une récompense quelconque.

Elle trembla, mais pas de peur. Elle avait beau être vierge, elle était terriblement consciente de la tension qui crépitait entre eux.

— Vous n'avez nul besoin de me rappeler que vous avez toujours été un mufle et un vaurien.

Il haussa un sourcil noir.

— Eh bien, alors ?

— Je ne toucherai pas mon héritage avant mon anniversaire, au printemps, mais je possède quelques bijoux…

Le rire rauque d'Edmond emplit la pièce obscure.

— Je n'ai pas besoin de votre argent ou de vos bijoux.

Elle fronça les sourcils, déconcertée, révélant combien elle était innocente, en réalité.

— Alors, quelle sorte de récompense voulez-vous ?

Edmond laissa délibérément courir son regard brûlant sur ses traits d'ivoire, avant de l'abaisser sur sa poitrine.

— Manifestement, vous n'avez rien d'autre à offrir que vos charmes féminins.

Elle s'efforça de prendre une expression outragée, mais

la façon dont ses beaux yeux s'assombrirent n'échappa pas au jeune homme. Même si elle ne l'admettrait jamais, elle ne semblait pas entièrement opposée à l'idée de voir ses charmes goûtés. Peut-être même dévorés.

— Vous ne valez pas mieux que Thomas, lança-t-elle d'une voix tremblante.

Edmond sourit froidement, reculant brusquement et l'écartant de la porte. Il avait perdu assez de temps. Il était là pour découvrir un meurtrier, pas pour séduire la pupille de son frère. Stefan était beaucoup plus apte que lui à traiter cette ennuyeuse affaire.

Il avait toujours l'intention de tuer Thomas Wade. C'était un point acquis. Mais, ce soir, sa priorité était Howard Summerville.

— Alors, je suggère que vous restiez avec votre beau-père, où est votre place, ou que vous trouviez une autre solution, l'informa-t-il en la lâchant pour pouvoir ouvrir la porte.

— Soyez damné, lâcha-t-elle entre ses dents.

Edmond s'arrêta pour lui jeter une œillade moqueuse par-dessus son épaule.

— Vous arrivez trop tard, ma souris. Je suis damné depuis des années.

Il était un peu plus de 3 heures du matin quand Brianna et sa soubrette se glissèrent par le portail de derrière de la résidence Huntley et se dirigèrent vers la porte de la cuisine.

Même si la demeure ne se trouvait qu'à quelques pâtés de maisons de celle de son beau-père, les deux bâtiments n'avaient rien de comparable.

Tout le quartier avait appartenu autrefois à l'abbaye de Westminster et avait été confisqué par Henry VIII. Plus tard, il avait été développé par la famille Curzon, qui l'avait appelé Mayfair du nom de la foire annuelle qui se tenait jadis dans les champs.

Contrairement à beaucoup de grandes maisons, Huntley House avait été bâtie par James Stuart, qui préférait une sobre façade en pierre blanche et des grilles en fer forgé au style plus élaboré de Robert Adam. L'élégant intérieur, cependant, était un somptueux étalage de richesses.

Brianna se souvenait d'être entrée dans la maison, enfant, et de s'être émerveillée devant le grand escalier à double circonvolution qui menait à une galerie ornée de lourds piliers en marbre et de statues grecques. Le parfait décor pour que le duc et la duchesse reçoivent leurs hôtes d'une façon royale.

Le joyau de la demeure, bien sûr, était le salon néoclassique avec sa série de hautes fenêtres qui surplombaient Hyde Park. Cette pièce grandiose impressionnait la petite Brianna, que l'idée de casser une œuvre d'art sans prix terrifiait.

Et maintenant elle était là, sur le point d'entrer dans la maison comme une voleuse.

Plus énervée par cette perspective qu'elle ne voulait l'admettre, elle posa les lourds sacs qu'elle avait apportés de chez elle et observa sa soubrette qui se penchait sur la serrure pour l'examiner au clair de lune.

Pour l'heure, elles étaient dissimulées dans le renfoncement de l'entrée de service. Elles avaient accompli le plus difficile : traverser la pelouse pour rejoindre l'arrière de l'imposante demeure. Derrière elles, le silence de la roseraie donnait l'impression d'être isolé de l'agitation de Londres, mais Brianna ne se faisait pas d'illusions. Huntley House employait plus d'une douzaine de domestiques, et l'un d'eux pouvait surgir à l'improviste.

— Vous pouvez y arriver, Janet ? chuchota-t-elle.

Janet se redressa, le visage grave.

— Oui, c'est une serrure assez simple.

— Alors, qu'attendez-vous ?

— Vous êtes sûre que c'est une bonne idée, miss Quinn ? demanda abruptement la soubrette. La façon dont vous parlez du gentleman me fait craindre que vous sautiez de la poêle dans le feu.

Brianna réprima un frisson instinctif.

Quand Edmond l'avait abandonnée dans cette chambre au bal masqué, elle avait été momentanément paralysée par la peur, sachant qu'elle n'avait plus personne vers qui se tourner.

Elle s'était sentie perdue.

Et puis, rassemblant son courage, elle avait carré les épaules et pris une grave décision. Peut-être la plus dangereuse de sa vie.

Edmond ne souhaitait pas l'aider, mais ce n'était que son devoir. Il se faisait passer pour Stefan, aussi pouvait-il bien endosser les responsabilités de son frère, y compris son obligation de la sauver des griffes de Thomas Wade.

Armée de sa détermination, Brianna s'était glissée sans bruit dans la maison de son beau-père et avait réveillé Janet, qui dormait dans un fauteuil à côté de son lit vide. La soubrette n'avait pas été enchantée par cette entreprise risquée, mais, en grommelant entre ses dents, elle avait au moins aidé Brianna à mettre tous les vêtements qu'elle pouvait dans ses valises.

En moins d'une heure, les deux femmes s'étaient retrouvées dans les rues sombres, loin des artères éclairées où elles risquaient de croiser des nobles qui rentraient chez eux après une nuit de réjouissances. Elles s'étaient brièvement arrêtées dans les écuries pour s'assurer que l'attelage d'Edmond n'était pas encore rentré, puis elles s'étaient faufilées dans le jardin de derrière en longeant d'élégantes statues et de superbes fontaines.

Si Edmond ne voulait pas l'aider de son plein gré, il le ferait contre son gré.

— Edmond n'est pas un cadeau, mais il est certainement préférable à Thomas Wade, marmonna Brianna.

— Mais si cet homme a promis d'informer le duc…

— Je ne peux prendre le risque d'attendre, coupa la jeune femme. Si Thomas soupçonnait que j'essaie de m'enfuir, il me traînerait à Norfolk avant que je puisse rien faire pour l'arrêter.

Janet poussa un gros soupir.

— Je suppose que vous avez raison, miss.

— Je vendrai mon âme au diable avant de permettre que cela arrive.

— C'est peut-être ce que vous êtes sur le point de faire, grommela Janet en tirant un fil de fer de sa poche, puis en se mettant à crocheter la serrure.

La soubrette parlait rarement de son enfance, mais Brianna savait qu'elle était la fille d'un des plus grands voleurs de Londres. Et que, avant qu'elle quitte les bas-fonds, elle avait appris plus d'un tour. Ses talents avaient servi plus d'une fois.

Il y eut un léger déclic, puis la clé tourna et la porte s'ouvrit. Brianna relâcha son souffle, soulagée. Elle savait qu'Edmond allait rentrer d'une minute à l'autre, et elle devait être fermement installée dans la maison avant qu'il arrive.

Soulevant ses lourds bagages, elle passa devant sa servante et pénétra dans la cuisine. Si on devait leur tirer dessus comme sur des cambrioleurs, il était juste qu'elle prenne la balle en premier.

Par chance, il n'y eut pas de coup de feu lorsqu'elle franchit le seuil. Elle s'arrêta un moment et contempla la longue pièce.

Elle ne nota rien de plus menaçant que les bouquets d'herbes accrochés aux chevrons, une série de casseroles en cuivre reluisantes et la lueur de braises mourantes dans la massive cheminée en pierre.

Avec un geste en direction de Janet, Brianna traversa sans bruit le sol dallé, gardant les yeux rivés sur la porte qui menait aux quartiers des domestiques. Elle contourna les longues tables de bois, son estomac gargouillant à l'odeur du pain frais et des tartes aux framboises qu'on avait laissées à refroidir. Il était tentant de s'attarder un moment et d'assouvir sa gourmandise avec une des pâtisseries, mais, au prix d'un effort, elle continua à avancer, franchissant l'arcade qui donnait sur l'escalier de service.

Si elle ne se retrouvait pas dans le caniveau le lendemain matin, elle pourrait savourer toutes les tartes qu'elle voudrait.

Pour le moment, seule une pure chance leur permettrait d'atteindre les chambres d'hôtes avant d'être prises.

L'étroit escalier était plongé dans l'obscurité, et Brianna jura à mi-voix de devoir ralentir comme un escargot. Quels que soient sa panique et son sentiment d'urgence, elle ne risquerait pas de se rompre le cou en gravissant à toute allure les marches inégales.

Posant la main sur le mur de pierre, elle monta lentement, se concentrant sur chaque pas. Quand elle atteignit le deuxième étage, son souffle court résonnait dans le silence et son dos était douloureux sous l'effort inhabituel de devoir porter ses sacs. Elle s'arrêta pour ouvrir la porte à tâtons, son cœur se logeant dans sa gorge quand les gonds grincèrent.

Dans son imagination enfiévrée, le bruit parut se répandre dans tout Londres.

Avait-elle alerté toute la maison ?

Janet se pressant nerveusement dans son dos, Brianna s'obligea à compter jusqu'à dix. Comme des domestiques ne se précipitaient pas sur elles et qu'il n'y avait pas de cris d'alarme, elle s'autorisa à inspirer avec soulagement et à quitter la cage d'escalier.

Le large corridor était baigné par la douce lumière des bougies d'un candélabre, qui révélait le plafond voûté et les moulures en plâtre peintes en ivoire. Le tapis persan luisait de vives nuances rouges, bleues et dorées, reflétées dans les miroirs qui ornaient les murs.

Brianna essayait de se rappeler lesquelles des nombreuses portes donnaient sur les chambres d'hôtes, lorsqu'une ombre imposante se détacha du mur et qu'un grand homme au visage de faucon et aux farouches yeux bleus apparut. Brianna se figea sous le choc. Bien que l'homme fût vêtu de la livrée des Huntley, elle ne crut pas un seul instant qu'il s'agissait d'un simple domestique. Il avait l'air d'un soldat.

Ou d'un assassin.

— Qu'est-ce que cela ? gronda-t-il avec un fort accent russe. Que pensez-vous faire ?

Ce devait être la brute que Janet avait rencontrée plus tôt, et, avec cet accent, indubitablement un homme d'Edmond.

Malédiction. Il n'y avait rien d'autre à faire que de braver la situation.

— Permettez-moi de me présenter.

Posant de nouveau ses sacs, Brianna fit une élégante courbette.

— Je suis miss Quinn, la pupille du duc de Huntley. Je vais rester ici quelques jours, avec ma soubrette.

Des sourcils de la même couleur que les épais cheveux blonds de l'homme se froncèrent avec une incrédulité méfiante.

— On ne m'a rien dit d'une pupille. Vous allez partir sur-le-champ.

Brianna releva le menton d'un air hautain. Elle n'avait peut-être pas de sang royal dans les veines, mais son père était le cousin d'un comte et elle pouvait feindre une attitude suffisante quand c'était nécessaire. Et parfois même quand ça ne l'était pas.

— Je ne partirai certainement pas. J'habite ici, désormais.

— Vous allez partir, ou je vous jetterai dehors.

— Vous oseriez poser la main sur la pupille légale du duc ? rétorqua-t-elle d'un ton glacé.

— On m'a ordonné de ne laisser entrer personne.

L'homme commença à s'avancer sur elle.

— C'est ce que je vais faire.

Brianna était tout à fait convaincue que le garde avait l'intention de l'expulser, même si cela signifiait la traîner dans la rue alors qu'elle hurlerait et donnerait des coups de pied. C'était visiblement le moment de dégainer sa seule et unique arme.

— Avant que vous fassiez un pas de plus, je dois vous avertir que j'ai laissé un billet à une amie, avec l'instruction de le poster au *London Times* si elle n'a pas de nouvelles de moi demain matin de bonne heure, annonça-t-elle, sa voix résonnant dans le large couloir avec autant de courage qu'elle pouvait en rassembler.

Au moins le menaçant domestique s'arrêta-t-il, ses yeux pâles brillant de la méfiance d'un soldat aguerri. Il sentit visiblement qu'elle ne bluffait pas.

— Que m'importe ce billet ?

Brianna s'avisa que Janet venait se poster à son côté, comme si elle se préparait à la protéger contre l'homme — une courageuse mais assez inutile marque de loyauté.

— Il informera tout Londres que ce n'est pas le duc de Huntley qui est en résidence dans sa maison de ville, mais son frère jumeau, lord Edmond, répondit la jeune femme en affichant un sourire quand l'homme sursauta, surpris. Je doute que votre maître apprécierait que cette information fasse l'objet des ragots demain matin.

— Comment avez-vous...

Ne voulant pas perdre son bref avantage, Brianna saisit ses valises et se dirigea vers la chambre la plus proche.

— Venez, Janet. Nous devrons attendre demain matin pour parler à Edmond.

Elle entra dans la pièce obscure, claqua fermement la porte au nez du domestique, posa ses bagages et chercha la clé à tâtons pour la tourner dans la serrure.

— Vous allez nous faire étrangler pendant notre sommeil, marmonna Janet dans le noir.

— Sottise.

Tendant une main en avant pour ne pas rentrer dans les meubles, Brianna se mit en quête de la cheminée, sur le manteau de laquelle se trouvait sûrement un briquet pour allumer les bougies.

— Edmond est peut-être un butor au cœur froid, mais Stefan ne lui pardonnerait jamais de me tuer.

Janet poussa un gros soupir.

— Je dormirais plus tranquillement si vous ne donniez pas l'impression de vouloir vous convaincre vous-même.

Edmond s'appuya au chambranle de la porte et étudia en silence la femme blottie au milieu du grand lit à baldaquin.

Il retint son souffle à la vue du soleil matinal qui faisait luire la superbe chevelure étalée sur les oreillers et réchauffait les traits délicats au teint d'ivoire. Il s'était attendu à ce que la vision qu'il gardait à l'esprit depuis la nuit précédente lui paraisse affadie à la lumière crue du jour. Aucune femme ne pouvait être aussi exquise qu'il l'avait imaginé.

Mais il se trompait.

Bonté divine, elle était encore plus charmante.

Il combattit l'envie primaire de sortir son corps délicat des couvertures et de la porter dans son propre lit, où était sa place. Fichtre, que lui arrivait-il ? Brianna Quinn était peut-être une beauté, mais il n'était pas disposé à lui pardonner son intrusion éhontée chez lui.

Quand il était rentré chez lui dans la nuit après avoir cherché en vain Howard Summerville pendant des heures, il avait été stupéfait d'apprendre par Boris que deux femmes s'étaient enfermées dans une des chambres d'hôtes et que l'une d'elles avait menacé d'envoyer un billet au *London Times* en révélant son identité.

Sa première idée avait été de briser la porte et de jeter Brianna dans le caniveau le plus proche. La diabolique jouvencelle constituait une distraction dont il n'avait pas besoin. Malheureusement, même s'il ne croyait pas du tout à son bluff, il ne pouvait être entièrement certain qu'elle ne hurlerait pas au meurtre et ne réveillerait pas tout Londres s'il osait la chasser de chez lui.

Brianna Quinn avait été assez maligne pour le dépasser pour l'instant, mais cela ne signifiait pas qu'elle détenait toutes les cartes.

Il avait bien l'intention de s'assurer qu'elle paye, et qu'elle paye très cher, d'avoir osé s'opposer à lui.

Se redressant, Edmond s'avança dans la chambre délicatement décorée dans le style français avec des panneaux muraux ambrés et des tapisseries de la Savonnerie au-dessus de la cheminée sculptée. Les meubles de bois de citronnier étaient recouverts de chintz anglais que sa grand-mère avait jugé de rigueur dans une demeure londonienne.

Il ferma la porte et tourna la clé qu'il avait obtenue de sa gouvernante, avant d'enfermer la soubrette dans une autre pièce, puis il s'approcha du lit. Pieds nus et ne portant qu'une robe de chambre en velours, il traversa sans bruit le tapis persan.

Il s'arrêta un instant pour admirer les traits délicats de la dormeuse. Son petit nez droit, la courbe pulpeuse de ses lèvres, l'éventail de ses cils reposant sur sa claire peau ivoire.

Une Aphrodite endormie.

Comme mue par une volonté propre, sa main se tendit pour caresser la joue de la belle endormie, mais il la retira comme si ce contact l'avait brûlé. Il était là pour se débarrasser de cette irritante donzelle, non pour s'emmêler encore plus dans ses fascinants filets.

D'un geste brusque, il saisit la courtepointe et les draps et les rejeta pour découvrir son corps mince vêtu seulement d'une fine camisole.

Brianna ouvrit les yeux d'un coup et poussa un petit cri d'alarme, sa terreur s'accroissant encore quand son regard élargi aperçut Edmond la dominant de sa haute taille.

— Edmond.

Il esquissa un froid sourire.

— Eh bien, eh bien, je vois que Boris ne s'était pas trompé. Ma maison a été infestée par petites souris durant la nuit.

Elle tendit la main pour ramener les couvertures sur elle, marmonnant de frustration quand il refusa de les lâcher.

— Pour l'amour du ciel, essayez-vous de me donner une attaque ?

— Une attaque devrait être le dernier de vos soucis, déclara-t-il d'un ton traînant.

Ne se souciant pas de résister à la tentation, il se glissa entre les draps de soie derrière elle et attira son corps tremblant pour le blottir intimement contre lui.

— Je vous ai prévenue de ce qui arriverait si vous restiez sous mon toit.

Elle se raidit, choquée, tandis qu'il la touchait, explorant ses courbes avec l'assurance confiante d'un séducteur aguerri.

— Que faites-vous ? s'exclama-t-elle à mi-voix.

Il courba la tête pour promener les lèvres sur son épaule nue, écartant le fin ruban qui retenait sa chemise afin de goûter sa peau au parfum de lavande.

— Je réclame ma récompense, murmura-t-il en mordillant la courbe de son cou, avant de l'effleurer du bout des lèvres.

— Arrêtez ceci, Edmond…

Elle retint son souffle quand ses mains trouvèrent la ligne fière de ses seins et que ses pouces en taquinèrent les pointes sensibles.

— Seigneur Dieu.

— Cela vous plaît-il, ma souris ? chuchota-t-il à son oreille, en caressant de la langue la délicate aréole d'un mamelon.

— Non, vous ne pouvez pas, grogna-t-elle, posant les mains sur les siennes sans toutefois faire d'effort pour arrêter ses douces caresses.

— Peut-être préférez-vous ceci ?

Il taquina les tendres mamelons jusqu'à ce qu'ils se durcissent en fermes petits boutons, son sexe se raidissant de désir tandis qu'elle gémissait.

— Oui, chantez cette suave chanson pour moi.

Semant des baisers le long de son cou, Edmond inhala profondément son parfum enivrant et fit descendre une main sur son ventre, pressant plus fortement ses reins contre son érection palpitante.

Il avait entamé cela pour effrayer la coquine et la pousser à fuir sa maison, pour lui prouver qu'il ne se laisserait pas amadouer, menacer ou manipuler pour la garder chez lui. Mais à présent il succombait à ses charmes, incapable de s'arrêter, ravagé par la faim brûlante qui le saisissait alors.

Il deviendrait fou s'il ne la possédait pas tout de suite.

Tout en continuant à lui caresser la poitrine, Edmond laissa son autre main descendre le long de son ventre, vers la douce chaleur nichée au creux de ses jambes. Il grogna de plaisir lorsqu'il perçut sa moiteur à travers la fine étoffe de sa camisole.

Elle le désirait. Son corps ne pouvait mentir.

Débattant entre relever ses jambes et la prendre par-derrière ou l'allonger sur le dos pour pouvoir observer son visage lorsqu'elle le recevrait en elle, Edmond fut pris de court lorsqu'elle se mit soudain à lutter contre lui.

— Non.

Elle se démena avec détermination et parvint à lui faire face, même s'il refusait de la lâcher. Ses yeux verts brûlaient d'un mélange de colère et de désir terrifié.

— Maudit soyez-vous, Edmond. Tout ce que je demande est votre protection en attendant que Stefan puisse devenir mon tuteur légal. Est-ce une trop lourde charge pour vous ?

Il grommela de frustration.

— Vous n'avez aucune notion de ce que vous me demandez.

— Je promets de ne pas vous ennuyer. Vous ne saurez même pas que je suis ici…

— Juste ciel, dit-il d'une voix rauque. Vous ne pouvez être innocente à ce point.

Elle fronça les sourcils.

— Que voulez-vous dire ?

— Ceci.

Sans un soupçon de modestie, Edmond lui prit la main et la glissa sous sa robe de chambre. Brianna émit un son choqué quand il resserra ses doigts fins autour de son sexe raidi.

— Mon Dieu…, murmura-t-elle, le regard captif de ses yeux bleus.

— C'est ce que vous me faites en étant simplement près de moi, grommela-t-il. Si vous restez ici, je vous ferai mienne.

— Je ne vous plais même pas, protesta-t-elle, la voix étrangement altérée.

Il garda la main autour de la sienne, mais ce fut elle qui se mit à le caresser lentement, comme si elle était curieuse malgré elle au contact de son érection. Elle toucha ses bourses gonflées, puis fit remonter ses doigts, frôlant de son pouce la goutte de semence qui avait perlé au bout de son sexe. Edmond gémit sous les exquises sensations qui le traversaient. Il avait juste ses doigts sur lui, mais elle lui prodiguait plus de plaisir que maintes femmes qui avaient consacré des heures à le conduire à l'extase.

— Vous êtes une femme désirable et je suis un homme qui apprécie grandement la beauté, parvint-il à marmonner, la voix enrouée tandis que la tension montait en lui avec une rapidité étonnante. Seigneur... Oui, c'est si bon.

Il remua et sema des baisers sur son visage étonné.

— Serrez-moi plus fort.

Elle frémit sous ses lèvres, le souffle court.

— Edmond, je ne pense pas...

— Exactement.

— Quoi ?

— Ne pensez pas.

S'emparant de sa bouche en un baiser exigeant, il ferma les yeux pour savourer les délices que prodiguaient ses doigts fins sur son sexe et bougea les hanches. Il avait su dès qu'il avait plongé les yeux dans son magnifique regard vert qu'il en serait ainsi. Un désir brûlant et ravageur qui dépouillait un homme de son fin vernis de civilisation.

La prochaine fois qu'il vivrait ceci, il avait l'intention d'être enfoui profondément en elle tandis qu'elle crierait de contentement.

Il plongea la langue dans la chaleur moite de sa bouche tandis qu'il jouait frénétiquement avec ses seins gonflés. Soudain, ses muscles se tendirent sous l'effet d'une vive et soudaine volupté.

— Brianna !

Avec un grognement, il se mit sur le ventre et laissa échapper sa semence dans un ultime spasme de plaisir.

5

Brianna était une jeune fille innocente et bien élevée à qui l'on avait appris que toute intimité charnelle était réservée aux époux, et elle savait qu'elle aurait dû être choquée et horrifiée par ce qui s'était passé.

Mais elle ne pouvait nier qu'elle avait éprouvé une sombre fascination en regardant les beaux traits d'Edmond se contracter sous l'effet de ce qui semblait être un intense plaisir, un plaisir qu'elle avait brièvement goûté quand ses mains et ses lèvres avaient exploré son corps.

Pendant un moment de folie, elle avait eu envie de laisser ses caresses expérimentées se poursuivre, pour découvrir où la conduiraient ces sensations qui fourmillaient en elle. C'était seulement la peur et un refus obstiné de céder à cet homme exaspérant qui l'avaient ramenée à ses sens.

A présent, elle ne pouvait ignorer un sentiment de frustration, comme si son corps était déterminé à la punir de lui avoir refusé la satisfaction qu'Edmond semblait vouloir lui offrir.

Juste ciel, que lui arrivait-il?

Elle avait passé des mois à repousser les répugnantes avances de Thomas, et même celles de ses quelques prétendants qui essayaient d'obtenir plus qu'un chaste baiser. La seule pensée de sentir leurs mains sur ses seins suffisait à la rendre malade.

Mais avec Edmond... elle n'éprouvait pas de répulsion. Loin de là.

Avec un rire sourd, il roula sur lui-même pour lui faire

face, ses cheveux noirs délicieusement décoiffés et son visage scandaleusement beau dans la lumière du matin.

— Eh bien, voilà une manière parfaite de commencer une journée, ma souris, murmura-t-il en levant la main pour jouer nonchalamment avec une boucle auburn qui caressait sa joue. Certes, j'aurais préféré être confortablement niché entre vos cuisses. La prochaine fois, je serai profondément en vous quand je parviendrai à l'extase.

Brianna eut l'impression qu'un éclair lui parcourait le corps à ces paroles détachées ; l'image d'Edmond allongé sur elle tandis qu'elle s'abandonnait aux plaisirs de la passion s'imposa à son esprit avec une cruelle acuité.

— Il n'y aura pas de prochaine fois, répliqua-t-elle.

Il tira sur sa boucle d'un geste sec.

— Alors, vous avez l'intention de partir ?

Quelque chose qui ressemblait à de la douleur serra brièvement le cœur de la jeune femme. C'était ridicule, bien sûr. Cet homme avait sans nul doute joui des faveurs de centaines de femmes, beaucoup plus expérimentées qu'elle. Pourquoi quelques moments sans importance altéreraient-ils son désir de se débarrasser d'elle ?

— Vous avez… eu votre plaisir, cela m'a sûrement gagné quelques jours ? rétorqua-t-elle d'un ton vif.

Soudain, elle se retrouva sur le dos, le corps musclé d'Edmond la clouant au matelas. Elle réprima un grognement quand il lui prit les deux mains et les leva au-dessus de sa tête, semant des baisers comme une traînée de feu le long de son cou.

— Tant que vous serez ici, je vous convoiterai. Et si vous ne fuyez pas je serai votre amant, marmonna-t-il en explorant la ligne de son décolleté. Sacrebleu, peut-être est-il déjà trop tard.

— Edmond…

La voix de Brianna s'étrangla lorsqu'elle sentit ses lèvres mordre la pointe d'un sein à travers le frêle tissu.

— Oh !

Elle ferma les yeux tandis que son corps tout entier

réagissait à cette caresse. Etait-ce le paradis ? Elle n'avait jamais imaginé que des sensations aussi délicieuses puissent exister. Cela pouvait faire perdre l'esprit même à la plus honnête des femmes.

La langue d'Edmond cerna son mamelon sensible, lui arrachant de sourds gémissements. En même temps, il pressait une jambe entre les siennes afin de les écarter et de se couler entre ses cuisses.

Elle lâcha une exclamation quand sa chemise fut remontée jusqu'à sa taille et qu'elle sentit des jambes musclées la frôler. Puis il s'installa encore plus intimement et pressa son sexe durci contre la chair tendre de sa féminité.

Oh, cela était… indécent. Et merveilleux. Et tellement dangereux.

Edmond prit une vive inspiration, comme s'il était aussi ébranlé qu'elle par la violente secousse de plaisir.

— Maudite soyez-vous, murmura-t-il, ses yeux d'un bleu orageux dénotant de tumultueuses émotions.

Ne comprenant pas pourquoi il était en colère, Brianna ouvrit les lèvres pour demander une explication quand elle fut arrêtée par des coups secs frappés à la porte, qui les firent se figer tous les deux.

— Sir, appela une voix étouffée à travers le panneau.

— Allez-vous-en, Boris, lança Edmond d'un ton hargneux, sans quitter du regard les yeux élargis de Brianna.

— Nous avons un intrus, annonça le domestique.

— Débarrassez-vous de lui, ordonna Edmond d'une voix qui promettait un sévère châtiment pour cette interruption.

— C'est le beau-père de miss Quinn, insista Boris. Il a menacé d'appeler la police si on ne lui laisse pas voir sa fille.

— Juste ciel, dit Brianna dans un souffle, une peur bleue lui serrant le cœur. Comment m'a-t-il trouvée si vite ? Comment m'a-t-il trouvée, pour commencer ?

Maugréant ce qui devait être de terribles jurons russes, Edmond quitta le lit et attacha la ceinture de sa robe de chambre.

— Habillez-vous, commanda-t-il.

— Non. Je ne veux pas retourner à lui.

Descendant à son tour, Brianna se pressa contre le mur, secouant la tête avec horreur.

— Je me jetterai plutôt par la fenêtre, je le jure.

— Il est trop tôt pour un tel drame, ma souris, lâcha-t-il d'un ton traînant, toute trace de passion remplacée par une fureur brûlante. Habillez-vous et descendez.

— Comptez-vous me remettre à lui ?

— Soit cela, soit je vous jetterai moi-même par la fenêtre.

Son regard bleu parcourut à regret son corps mince à peine voilé par la fine camisole.

— Vous êtes une complication dont je ne veux pas et n'ai pas besoin.

— Si vous faites cela, tout Londres saura que vous n'êtes pas Stefan, le prévint-elle. Vous semblez oublier que je tiens un billet prêt à être envoyé au *Times*.

Edmond eut un sourire crispé.

— Votre soubrette a été enfermée dans sa chambre, avec aucune possibilité de s'échapper tant que je ne déciderai pas de la libérer. Et, comme je doute que vous ayez pu remettre un billet à quelqu'un entre le moment où vous avez quitté le bal et celui où vous vous êtes introduite chez moi, j'ai assez confiance que mon secret est sauf.

La colère de Brianna s'enflamma.

— Vous êtes… un scélérat doublé d'un homme sans cœur. Que vous puissiez être apparenté à Stefan dépasse l'entendement.

Avec une aisance pathétique, il lui prit le menton et lui fit relever la tête. Puis il couvrit ses lèvres d'un baiser brutal.

— Habillez-vous et descendez, répéta-t-il contre sa bouche. Boris vous attendra. Si vous essayez de fuir, je lui ordonnerai de vous ligoter, de vous bâillonner et de vous traîner en bas.

Sans attendre sa réponse, Edmond traversa la chambre et ouvrit brusquement la porte. Il parla brièvement au géant qui attendait dans le couloir, avant de se tourner pour jeter à Brianna un dernier regard d'avertissement et de lui claquer la porte au nez.

Edmond était livide quand il regagna sa chambre pour se préparer avant d'affronter son visiteur importun.

Il nota à peine que son valet le rasait dans un silence efficace et coiffait ses cheveux de la manière que son frère préférait. Mais il se reprit suffisamment pour choisir une redingote bleu roi assortie à un gilet bleu et argent. Et il se chargea lui-même de nouer son écharpe avec une élégance compliquée.

Néanmoins, ses pensées demeuraient fixées sur miss Brianna Quinn. Enfer et damnation. Cette femme menaçait de tout gâcher. D'abord en le menaçant de révéler son identité, et maintenant en l'obligeant à la sortir d'affaire.

D'une humeur massacrante, qui présageait mal pour Thomas Wade, il descendit dans l'antichambre où l'intrus avait été prié de patienter, le temps de refroidir ses ardeurs. Parvenu sur le seuil de la pièce, Edmond s'arrêta afin d'étudier le grand homme corpulent aux traits épais et rubiconds, et aux lourdes bajoues, héritage de ses ancêtres. Bien qu'il fût correctement vêtu d'une redingote noire et d'un gilet blanc, Wade avait plus l'air d'un boucher que d'un gentleman, tandis qu'il se perchait inconfortablement sur le bord d'un délicat fauteuil Louis XV.

Une nouvelle bouffée de fureur meurtrière envahit Edmond à la seule pensée des mains de cet homme posées sur Brianna, de son gros corps répugnant s'agitant sur elle. Sacrebleu, il enverrait d'abord Thomas Wade au fond de la Tamise.

Se rendant enfin compte qu'il n'était plus seul, Wade bondit sur ses pieds, ses petits yeux luisant de colère.

— Il était temps que vous décidiez d'apparaître, Huntley, gronda-t-il, son accent trahissant encore ses humbles origines. Vous êtes fortuné que je sois un homme patient, sans quoi vous auriez la police à votre porte.

Edmond franchit le seuil et laissa son regard passer sur l'homme en une condamnation silencieuse.

— Vous êtes un sot si vous pensez qu'un policier viendrait souiller la porte d'un duc.

Wade serra les poings aux paroles froides et provocantes du jeune homme.

— Ainsi, vous vous croyez au-dessus de la loi ?
— De fait, oui.

Edmond se rapprocha nonchalamment de son visiteur, jaugeant en lui-même la masse corpulente de son adversaire. Peut-être que dans sa jeunesse Wade aurait été capable de lutter contre lui, mais à présent il était ramolli par des années d'excès. Il n'était qu'une brute qui espérait intimider les autres par sa taille.

— Mais la question n'est pas là. Si quelqu'un enfreint la loi, c'est vous, Wade. De quel droit vous immiscez-vous de force chez moi ?

— Du droit de n'importe quel père de venir chercher sa fille.

Edmond plissa les paupières.

— Et qu'est-ce qui vous rend si certain qu'elle est ici ?
— Je dispose de mes moyens.

Bougeant si rapidement que Wade n'eut pas le temps de réagir, Edmond le plaqua contre le mur, son avant-bras pressé sur sa gorge épaisse.

— Je vous ai posé une question, dit-il, sa voix douce et meurtrière faisant pâlir l'autre de peur.

— Que diable pensez-vous faire, Huntley ?

Edmond pressa son bras plus fort.

— Je vous ai posé une question, répéta-t-il.

Wade émit un son étranglé, tout en luttant pour respirer.

— Un de mes domestiques l'a entendue sortir en douce de la maison la nuit dernière et l'a suivie jusqu'ici.

— Vous la faites surveiller ?

Les petits yeux de Wade avaient une expression méfiante, comme s'il calculait ce que le duc de Huntley pouvait savoir exactement de ses plans outrageux pour Brianna.

73

— Quel père ne voudrait pas protéger sa fille ? Londres est un endroit dangereux pour une jeune fille innocente, grommela-t-il.

— Mais elle n'est pas votre fille, observa Edmond. Elle n'est que votre belle-fille.

— Elle est confiée à mes soins.

— Et aux miens. Si je me souviens bien, nous sommes tous deux ses tuteurs.

Wade laissa tomber sa mâchoire sous l'effet du choc. Edmond ne l'en blâma pas. Stefan s'était montré impardonnablement négligent vis-à-vis de la sécurité et du bien-être de Brianna. Si son frère avait fait son devoir, la jeune fille ne serait pas en train de semer le chaos dans ses plans minutieux.

— Vous n'avez jamais montré le moindre intérêt pour elle, déclara Wade d'un ton essoufflé.

— Une négligence regrettable à laquelle j'ai l'intention de remédier immédiatement, lâcha Edmond d'une voix traînante. Il était naïf de ma part de penser que l'on pouvait confier le sort d'une jeune dame à un homme tel que vous.

La méfiance de Wade s'accrut.

— Mettez-vous mon honneur en cause ?

— Quel honneur, espèce de vermisseau pathétique ?

Edmond dut faire un effort pour ne pas briser le gros cou de ce scélérat.

— Je devrais faire une faveur au monde en vous tuant sur-le-champ.

— Bon sang, Huntley, que vous a dit cette petite ? bredouilla Wade, le front perlé d'une sueur qui sentait la peur. Quoi que ce soit, c'est un mensonge.

— Vous n'avez donc pas l'intention de l'emmener à Norfolk dans deux jours ?

— Je… je juge préférable que nous quittions la ville quelque temps. Brianna ne s'est pas entièrement remise de la mort de sa mère, et l'air de la campagne lui fera du bien.

Wade s'obligea à rire, d'un rire rauque qui irrita Edmond.

— Bien sûr, comme toute jeune fille, elle est furieuse

de devoir quitter ses amies et ses soupirants. Il est naturel qu'elle veuille faire le nécessaire pour rester en ville.

— Ainsi, ce voyage vise uniquement son bien ?
— Evidemment.
— Gredin.

Changeant brusquement de position, Edmond empoigna violemment les revers de l'homme et le secoua sans ménagement.

— Vous l'emmenez loin de Londres afin de lui imposer vos répugnantes attentions.
— Non...
— N'essayez pas de me mentir, gronda Edmond. Je connais la vérité, et bientôt tout Londres l'apprendra si vous ne quittez pas cette maison et n'oubliez pas jusqu'au nom de miss Brianna Quinn.

Quelque chose qui ressembla à du désespoir tordit les traits lourds de Wade à l'idée que Brianna lui avait peut-être vraiment échappé.

— Sapristi, elle est ma fille ! lança-t-il d'un ton grinçant. Vous ne pouvez simplement me la prendre.
— Je l'ai déjà fait.
— J'exigerai son retour ! éclata Wade d'une voix aiguë. Sa mère me l'a confiée.

Edmond fronça les sourcils devant la lueur frénétique qui brillait dans les yeux de son visiteur et l'écume qui se formait aux coins de sa bouche. Bonté divine, cet homme était visiblement au bord de la démence.

Du moins, quand il s'agissait de sa belle-fille.

— Sa mère était sotte et faible, et ne se souciait de rien d'autre que des tables de jeux. Elle aurait vendu Brianna au diable pour quelques livres.

Edmond devait s'assurer que Wade comprenne le prix de causer un scandale. En attendant qu'il ait le temps de débarrasser discrètement le monde de cette brute, il était vital de la faire taire.

— Et je vous mettrai en garde contre le fait d'attirer l'attention sur le changement de résidence de Brianna. A moins que vous ne vouliez que j'informe toute la haute société de ce que vous projetiez pour votre belle-fille.

Le souffle court de Wade résonna dans l'antichambre.

— Ce serait ma parole contre la sienne.

Edmond sourit avec l'arrogance innée d'un véritable aristocrate.

— Non, ce serait la parole du duc de Huntley contre celle d'un fils de boucher. Qui croira-t-on, à votre avis ?

Le visage charnu de Wade devint cramoisi, tandis que l'insulte détachée blessait sa fierté.

— Je ne suis pas sans influence. L'argent a ses avantages.

— Alors, augmentons les enjeux, déclara Edmond en souriant froidement. Si vous tentez de me retirer Brianna, je vous castrerai.

Wade frissonna, alarmé, puis son regard se fixa par-dessus l'épaule du jeune homme et un appétit intense s'alluma dans ses yeux. Edmond n'eut pas besoin de se détourner pour savoir que Brianna était entrée dans la pièce.

Soudain, il regretta d'avoir insisté pour que la jeune fille descende.

— Brianna…

Wade essaya de s'avancer, mais fut rudement repoussé contre le mur.

— Sacrebleu. Ma chère, dites à ce forcené de me lâcher.

Brianna hésita brièvement avant de venir se placer au côté d'Edmond, paraissant bien trop tentante dans sa robe de mousseline indienne semée de petits bouquets dorés. Des rubans assortis étaient mêlés à ses boucles auburn qu'elle avait relevées en chignon au sommet de sa tête. Même sans ornements, elle était aussi jeune et fraîche qu'une brise de printemps.

— Il se trouve que ce forcené est mon tuteur et le duc de Huntley, déclara-t-elle, le visage fermé.

Wade se débattit en vain contre Edmond, au désespoir d'atteindre la jeune fille.

— Je vous en prie, vous devez m'écouter, ma chère. Tout cela n'a été qu'un terrible malentendu, dit-il d'un ton enjôleur. Si vous vouliez simplement revenir à la maison, nous réglerions cette affaire en privé.

Edmond perçut le frisson d'horreur de Brianna tandis qu'elle nouait ses bras autour de sa taille.

— Cette maison est la mienne, désormais.

— Brianna, ne soyez pas stupide.

Wade décocha un regard venimeux à Edmond.

— Cet homme est quasiment un étranger pour vous. Il n'a certainement fait aucun effort pour revendiquer ses droits de tuteur avant aujourd'hui. Il va sans aucun doute vous marier au premier balourd qu'il convaincra de demander votre main, juste pour se débarrasser de vous.

— Ce serait un sort préférable à rester avec vous.

— Comment pouvez-vous dire cela, après tout ce que j'ai fait pour vous et votre mère ?

Brianna se rapprocha encore d'Edmond, quêtant visiblement du réconfort de sa présence.

— Vous avez détruit toute loyauté que je pouvais avoir envers vous quand vous avez essayé de me violer, décocha-t-elle d'une voix sifflante.

— Je pense qu'il s'agit d'une bonne conclusion à ce désagréable entretien, déclara Edmond.

Serrant toujours les revers de Wade, il le traîna vers la porte.

— Il est temps que vous retourniez au caniveau qui vous a craché.

Luttant contre son sort inévitable, Thomas Wade se dévissa le cou pour jeter un regard frénétique à Brianna.

— Non, sapristi. Brianna. Vous devez être avec moi, et je ne permettrai à personne de se mettre entre nous.

D'une violente poussée, Edmond expédia son visiteur à travers le vestibule et la porte d'entrée ouverte par son valet.

— Boris, tenez ce scélérat à l'œil, ordonna-t-il en tournant le dos tandis que Thomas Wade descendait les marches en trébuchant, suivi de près par le solide Russe.

Impassible comme si aucun incident ne venait de se

produire, Edmond s'arrêta devant un miroir, ajusta calmement son écharpe et lissa sa redingote.

Debout près de la haute fenêtre telle une statue de marbre, Brianna observait sans bouger son beau-père qui grimpait dans sa voiture et s'en allait.

Une partie d'elle-même voulait se sentir soulagée d'être apparemment à l'abri de Thomas Wade, qui avait été bel et bien tancé par Edmond. Quel homme oserait revenir après une telle humiliation ?

Mais sa partie la plus raisonnable savait que ce qui avait poussé Edmond à renvoyer Thomas avec un tel dédain, quoi que ce soit, n'avait rien à voir avec le désir de lui prêter assistance. Il se souciait uniquement de ses mystérieuses raisons d'être à Londres, et si elle s'avisait de menacer ces plans elle serait traitée tout aussi brutalement.

Sinon pire.

Un frisson la parcourut quand elle sentit Edmond revenir dans la pièce. Elle n'avait pas besoin de se détourner pour savoir qu'il était là. Chacun de ses nerfs semblait soudain accordé à lui.

C'était étrange. Quand elle était petite, elle était impressionnée par sa présence intimidante, et même effrayée parfois par ses brillants yeux bleus qui paraissaient tout voir. Elle n'aurait jamais pensé qu'elle pourrait ressentir autre chose qu'un malaise en sa compagnie. Il ne ressemblait en rien au doux et gentil Stefan, qui avait compris d'une certaine manière son enfance terriblement solitaire et l'avait toujours bien accueillie à Meadowland.

Elle n'aurait certainement jamais imaginé qu'elle éprouverait à son égard cette puissante attirance qui faisait tressauter son cœur et contractait son estomac de désir.

— Pourquoi ne m'avez-vous pas remise à lui ? demanda-t-elle, ayant besoin d'une réponse à la question qui la hantait depuis qu'elle avait descendu l'escalier et entendu Edmond menacer de castrer son beau-père.

Elle l'entendit approcher et venir se placer juste derrière

elle. Un picotement d'excitation parcourut son échine et, dans un vain sursaut de défense, elle pivota pour lui faire face.

Cela, bien sûr, ne fit qu'aggraver les choses. Son souffle se coinça dans sa gorge. Il était si… magnifique. L'élégance de ses traits virils, ses yeux du même bleu qu'un ciel sans nuages, ses boucles sombres qui avaient l'éclat de l'ébène polie concouraient à créer rien moins qu'un chef-d'œuvre.

Edmond l'examina avec une expression songeuse.

— Parce que je n'en ai pas fini avec vous, ma souris.

Brianna fronça les sourcils, ne sachant que penser de ses paroles, puis, haussant les épaules, elle ramena ses pensées à son souci le plus immédiat.

— Croyez-vous qu'il soit parti pour de bon ?

— Je ne crois pas qu'il ose revenir à la charge contre cette citadelle, mais je serais fort surpris qu'il ait renoncé à l'obsession qu'il a de vous.

Son visage se durcit.

— Le seul fait que vous soyez devenue inaccessible ne fera qu'alimenter sa folie.

Brianna pressa une main sur son estomac qui se révulsait. Maudit soit Thomas Wade. Et maudite soit sa mère de l'avoir laissée à la merci de ce monstre.

— Je dois quitter Londres.

— Pour aller où ?

— Vous pourriez m'envoyer à Meadowland dans votre voiture, suggéra-t-elle.

Sans se rendre compte de ce qu'elle faisait, elle tendit la main et lui prit le bras avec un soudain espoir. Bien sûr. Elle aurait dû y penser dès qu'elle s'était avisée que c'était Edmond qui se trouvait à Londres, et non Stefan.

— Je serais sûrement en sécurité avec vos domestiques pour me protéger.

— Pourquoi n'êtes-vous pas allée trouver Stefan plus tôt ? demanda-t-il.

— Parce que j'aurais été obligée de prendre la diligence et que Thomas m'aurait aisément rattrapée avant que j'atteigne Meadowland.

Elle haussa les épaules.

— En outre, Stefan n'a jamais répondu à mes lettres. Pour autant que je le sache, il aurait pu être absent du domaine, et qu'aurais-je fait ?

Edmond l'étudia entre ses paupières mi-closes.

— Je ne doute pas que vous auriez trouvé une solution. Vous êtes une femme...

Il laissa planer ses mots tandis que son regard s'abaissait sur son modeste décolleté.

— ... pleine de ressources.

Brianna rougit, mais refusa de prendre la mouche. Elle avait fait ce qui était nécessaire. Elle n'en éprouverait pas de honte.

Elle se redressa et afficha un sourire.

— Maintenant, toutefois, je suis sûre que Stefan est là-bas et avec votre voiture...

— Non.

— Pourquoi ? Vous ne voulez pas de moi ici et je préférerais de beaucoup être avec Stefan. C'est la parfaite solution.

— Hormis le fait que, aux yeux du monde, Stefan se trouve à Londres pendant qu'Edmond s'occupe de Meadowland, déclara-t-il d'un ton bref. Ne pensez-vous pas que cela susciterait la curiosité si j'envoyais ma pupille sous le même toit que mon frère, débauché renommé ?

Elle laissa retomber sa main et le dévisagea avec une confusion méfiante. Pourquoi se montrait-il si difficile ? Il n'aurait pu établir plus clairement qu'il souhaitait se débarrasser d'elle. Il aurait dû être ravi de l'envoyer à Meadowland.

— Vous pourriez dire que je suis souffrante et que j'ai besoin de l'air de la campagne, fit-elle observer, lentement.

Les lèvres d'Edmond s'incurvèrent.

— Alors, on supposerait que je vous ai mise enceinte et envoyée à Meadowland jusqu'à la naissance du bébé.

— C'est absurde, protesta-t-elle d'une voix étranglée, sentant de nouveau le rouge lui monter aux joues. Vous venez juste d'arriver à Londres, comment m'auriez-vous mise enceinte ?

Edmond haussa les épaules, son visage légèrement hâlé indéchiffrable.

— Stefan vient parfois à Londres pour remplir ses devoirs à la Chambre des lords, même s'il ouvre rarement la maison. En outre, les ragots ne se soucient pas d'être logiques.

C'était exact. Brianna vivait à Londres depuis assez longtemps pour savoir que répandre des rumeurs était le passe-temps favori de la haute société. Et plus le scandale était outrageux et excitant, plus il était apprécié.

Toutefois, elle trouvait ridicule de penser que l'on croirait Stefan capable de séduire sa pupille et de l'abandonner.

— Même si quelques langues mal intentionnées s'agitent, cela importe peu.

— Cela importe beaucoup, rétorqua Edmond d'un ton coupant, en s'approchant si près qu'elle percevait la chaleur qui émanait de lui à travers la fine mousseline de sa robe. J'essaie d'éviter que l'on accorde une attention malvenue à ma présence à Londres, une tâche qui est devenue considérablement plus difficile grâce à votre interférence.

Brianna se sentit piégée tandis qu'elle luttait pour ne pas réagir à son parfum de santal et à son odeur virile.

— Vous ne m'avez toujours pas dit pourquoi vous vous faites passer pour Stefan.

— Je révèle rarement mes secrets à un maître chanteur attesté.

Piquée au vif par son ton moqueur, Brianna leva les mains pour le repousser.

— En revanche vous êtes tout disposé à en mettre un dans votre lit !

Les yeux bleus foncèrent, et sans prévenir il lui empoigna les bras pour l'attirer brutalement contre lui.

— Avez-vous besoin d'une autre preuve, ma souris ? Dois-je vous posséder ici et maintenant ?

Pas certaine du tout qu'elle pourrait résister au désir de

le laisser faire ce qu'il voulait à son corps tremblant, elle secoua désespérément la tête.

— Je vous en prie, Edmond.
— Quoi ?
— S'il vous plaît, envoyez-moi à Stefan.

Il recula, les narines frémissant de quelque chose qui ressemblait à de la colère.

— Jamais.
— Mais…
— Assez.

Tournant les talons, Edmond se rua vers la porte, s'arrêtant sur le seuil pour jeter un regard dur par-dessus son épaule.

— Vous avez été assez imprudente pour vous introduire de force dans cette maison. Maintenant, vous en supporterez les conséquences.

6

Quittant brusquement l'antichambre et la troublante présence de Brianna Quinn, Edmond se dirigea vers la vaste bibliothèque de Huntley House. C'était sa pièce préférée.

Longue salle rectangulaire avec de hautes fenêtres qui donnaient sur les jardins en terrasse, elle était renommée pour les portes sculptées et dorées qui avaient été offertes par le roi précédent, ainsi que pour le plafond peint qui figurait un lointain parent sur un char se rendant au temple de Zeus.

De chaque côté de la cheminée de marbre noir et or se trouvaient des fauteuils anglais assortis et, près des fenêtres, un lourd bureau en noyer qui était dans la famille Huntley depuis deux siècles.

Néanmoins, c'était plus que le sol de marbre blanc ou les imposantes lampes en bronze, ou même les toiles de Gainsborough que son père avait collectionnées au fil des années, qui touchait Edmond.

Il était sensible au riche parfum des livres reliés de cuir et du bois ciré qui lui rappelait les soirées où son père leur lisait des récits de voyage ou leur apprenait à jouer aux échecs. Des jours où la vie ne contenait rien d'autre qu'un bonheur insouciant et la promesse d'un avenir brillant.

Des jours révolus depuis longtemps.

A présent, ses pas l'avaient porté dans cet endroit familier, presque comme si son inconscient avait besoin de ce paisible refuge.

Ou peut-être était-ce simplement du bon whisky qu'il savait trouver dans le tiroir du bas du grand bureau.

S'installant dans le fauteuil en cuir, il ouvrit le tiroir et sortit la bouteille, buvant au goulot.

Maudite soit cette fille.

Il venait de la sauver de l'animal en rut qu'elle appelait son beau-père, mais s'était-elle jetée à ses pieds en marque de gratitude ? S'était-elle simplement souciée de le remercier ?

Non. Tout ce à quoi elle pouvait penser, c'était à son précieux Stefan et à sa hâte de se retrouver en sa présence rassurante.

Eh bien, il serait damné s'il lui accordait sa poignée de domestiques et l'une de ses voitures pour la conduire à Meadowland. Pas quand il commençait à mesurer que son irritante présence sous son toit pouvait de fait être un cadeau du ciel.

Continuant à avaler de longues rasades de whisky, Edmond s'appesantit sur le meilleur moyen de tourner le bouleversement de ses plans à son avantage, jusqu'à ce qu'il soit interrompu par l'arrivée de Boris.

Le grand Russe descendait d'une longue lignée de fiers soldats et son héritage était inscrit sur chaque angle et chaque aplat de sa massive silhouette. Mais, tandis qu'il possédait les cheveux dorés et les traits accusés de son père, ses yeux bleus étaient ceux de sa mère anglaise.

Il était également doté d'une vive intelligence, qui avait retenu l'attention d'Edmond dès qu'ils s'étaient rencontrés près de six ans plus tôt. Il avait fallu quelques efforts pour convaincre Alexander Pavlovich que l'un de ses soldats les plus prometteurs devait lui être confié pour l'assister dans ses activités clandestines, mais, finalement, il avait eu gain de cause.

Une fois la porte close et fermée à clé, Boris abandonna son masque d'imposant domestique étranger pour révéler le soldat implacable et bien entraîné qu'il était.

S'adossant à son fauteuil, Edmond posa la bouteille de whisky.

— Eh bien ?

Boris haussa les épaules, un sourire inattendu détendant ses lèvres.

— Le poltron a regagné sa maison de Curzon Street.

La voix du Russe était grave, mais dénuée du fort accent qu'il affectait dans son rôle de serviteur. De mère anglaise, il maîtrisait la langue aussi bien qu'Edmond.

— Qu'est-ce qui est si amusant ?

— Le sot est tombé deux fois en courant à sa porte. On aurait cru qu'il avait le diable à ses trousses.

Boris souffla d'un air moqueur.

— C'est peut-être un sot, mais un sot dangereux.

D'un geste élégant, Edmond se leva et alla à une fenêtre voisine. Il ne lui fallut qu'un instant pour repérer l'homme mince qui essayait de paraître nonchalant tandis qu'il arpentait la rue pavée.

— Il a laissé un garde pour surveiller la maison.

— Bien, marmonna Boris en le rejoignant. Je vais le tuer.

— Non, Boris.

Edmond secoua la tête avec regret.

— Pas encore. Lorsque j'aurai découvert qui essaie de faire du mal à Stefan, je m'occuperai de Thomas Wade et de ses ineptes employés. Jusque-là, je ne dois pas attirer l'attention.

— Alors, pourquoi ne pas restituer la fille à ce scélérat ? Cela mettrait fin à l'intérêt de cet individu, et nous pourrions nous concentrer sur des affaires plus importantes.

Edmond pivota abruptement et alla s'appuyer à la cheminée de marbre, prenant soin de garder une expression indéchiffrable.

— Parce que j'ai décidé qu'elle pourra être utile.

— Utile ?

Boris grimaça. Malgré tous ses talents, il était incroyablement réservé quant au beau sexe.

— En quoi une femme peut-elle donc être utile ?

— Vous avez passé trop de temps sur le champ de

bataille, Boris, si vous avez oublié qu'il existe au moins un moyen de se servir d'une femme.

Boris marmonna un juron.

— Vous pouvez trouver ce genre de moyen dans l'allée la plus proche. Nul besoin de s'ennuyer à l'amener chez vous.

Une vive chaleur envahit le corps d'Edmond à la pensée de Brianna pressée contre le mur d'une allée, ses jambes nouées autour de sa taille pendant qu'il la prenait d'assaut. Cela pouvait difficilement se comparer à un lit moelleux et à une lente exploration de sa chair satinée, mais les étreintes rapides et fougueuses avaient leur charme.

Avec réticence, il chassa cette image.

— En cette occasion, j'ai besoin de sa présence, quelque irritante et contrariante qu'elle soit.

Boris plissa les paupières, une trace de suspicion dans ses yeux pâles.

— Pourquoi ?

Edmond allongea un bras sur le manteau de la cheminée, tambourinant impatiemment de ses doigts minces sur le marbre lisse. Il ne souhaitait pas expliquer son raisonnement pour garder Brianna à son côté. Peut-être parce qu'il ne s'était pas encore entièrement convaincu lui-même de ces raisons. Mais Boris méritait une explication. Après tout, il mettait sa vie en danger pour lui.

— Tant que je reste à Londres en me faisant passer pour Stefan, je suis certain que le danger est loin de lui. Howard pourrait se montrer plus réticent à frapper. De fait, il est beaucoup plus facile d'ourdir un accident sur une route de campagne déserte qu'en pleine ville.

— Je croyais que c'était la raison pour laquelle vous étiez si pressé de le trouver ? objecta Boris. Pour le pousser à se dévoiler ?

Edmond haussa les épaules.

— J'ai trouvé un meilleur moyen de le provoquer.

La suspicion de Boris s'accrut.

— La femme ?

— Oui.

— Pourquoi diable se soucierait-il que miss Quinn habite chez vous ?

— Il ne s'en souciera pas, répondit Edmond avec un froid sourire, jusqu'à ce que je fasse courir la rumeur qu'elle deviendra bientôt mon épouse.

— Votre…

Le Russe écarquilla les yeux. Edmond n'avait jamais fait mystère de sa ferme résolution de ne jamais se marier. Alexander Pavlovich lui-même n'avait pas été capable de l'obliger à cimenter sa position à la cour de Russie par une alliance avantageuse.

— Votre épouse ?

— Exactement.

Boris s'avança d'un pas avant de s'arrêter.

— Avez-vous reçu un coup sur la tête, ou cette fille vous a-t-elle simplement ensorcelé ? grommela-t-il.

L'expression d'Edmond se durcit.

— L'enfer gèlera avant qu'une femme ne m'ensorcelle jusqu'à l'autel, mon vieil ami, lâcha-t-il d'un ton coupant, sans savoir pourquoi il était en colère.

— Alors, c'est un coup sur la tête ?

Edmond inspira profondément pour se calmer, son tempérament visiblement plus éprouvé qu'il ne le pensait par les dernières heures.

— Réfléchissez, Boris, dit-il d'un ton posé. Pour l'heure, Howard doit seulement se débarrasser de Stefan et de moi pour gagner une immense fortune et un titre prestigieux. Ce qui n'est pas impossible, s'il se montre assez patient et attend la bonne occasion. Mais, s'il est convaincu que le duc de Huntley est sur le point de se marier, il sera forcé de prendre des mesures rapides avant que Stefan se mette à procréer une flopée d'héritiers potentiels.

Boris retourna cet argument dans son esprit avant de hocher la tête avec réticence.

— Je suppose que cela pourrait le provoquer.

— Vous supposez ?

Edmond s'écarta de la cheminée.

— C'est une idée brillante.

— Et qui vous permet de garder miss Quinn à votre disposition.

Cette fois, Edmond se contenta de sourire, gardant parfaitement son contrôle.

— Avez-vous une objection ?

— Oui, affirma le Russe. Cela ne vous ressemble pas de vous laisser distraire quand vous avez décidé d'une action. Surtout pas par une simple femme.

Edmond émit un rire bref.

— Brianna Quinn n'est pas une simple femme, Boris, c'est une force de la nature. Et je ne me laisse pas distraire. Comme tout bon tacticien, j'ai simplement modifié mes plans pour tirer profit des ressources inattendues qui s'offrent à moi.

— Et c'est tout ce qu'elle est ? Une ressource inattendue ?

— Assez !

Edmond leva la main en signe d'avertissement. Il ne discuterait pas de son désir pour Brianna. Avec personne.

Boris soupira, signe qu'il s'avouait vaincu.

— Fort bien. Qu'attendez-vous de moi ?

— J'ai besoin que vous teniez miss Quinn à l'œil.

— Vous craignez qu'elle révèle la vérité comme elle a menacé de le faire ? demanda le Russe, surpris.

— Non, mais je pense qu'elle est toujours en danger. Thomas Wade ne la laissera pas échapper de son plein gré.

— Bon sang, Edmond, je ne suis pas une nourrice. C'est votre cousin, que je devrais surveiller. Si votre plan fonctionne, et que Summerville soit forcé de frapper rapidement, vous serez en grand danger.

Edmond réprima un sourire devant son ton offensé.

— Oui, c'est pourquoi aucun de nous ne pourra surveiller Howard d'assez près.

Les yeux bleus de Boris étincelèrent d'irritation.

— Alors maintenant, non seulement je dois m'abaisser à jouer les nourrices, mais vous insultez mes talents ?

De nouveau, Edmond dut dissimuler un sourire. Nul

n'était moins fait que Boris pour un rôle de nourrice. Mais, d'un autre côté, nul ne pouvait mieux garder Brianna en sécurité.

— Jamais de la vie, assura-t-il. Mais je peux difficilement faire suivre un gentleman qui me connaît si bien et vous, mon vieux, ne vous fondez pas précisément parmi les Londoniens. Même Howard n'est pas assez simplet pour ne pas s'apercevoir qu'une grande brute le suit dans Londres. La dernière chose que je désire est de terroriser ce scélérat avant qu'il essaie de me tuer.

Il leva la main tandis que Boris pinçait les lèvres de réprobation.

— Et, avant que vous protestiez, je vous assure que cela n'a rien à voir avec miss Quinn. J'ai pris la décision d'engager un professionnel avant de quitter le Surrey. De fait, je dois rencontrer un candidat potentiel cet après-midi.

Le Russe s'apprêtait une fois de plus à discuter, mais l'expression d'Edmond le fit taire.

— Ainsi, je dois me contenter de traîner derrière un brin de fille durant les prochaines semaines ? lança-t-il au bout d'un moment.

Edmond gloussa, retourna au bureau et prit la bouteille de whisky. Il pivota et la mit dans les mains de Boris.

— De fait, j'ai une tâche bien plus dangereuse pour vous ce matin.

Boris avala une bonne rasade d'alcool avant de l'interroger.

— Et en quoi consiste-t-elle ?

— J'ai besoin que vous libériez la glapissante soubrette de Brianna de la chambre où je l'ai enfermée.

En fin d'après-midi, malgré la voix insistante qui l'exhortait à être reconnaissante envers Edmond de l'avoir libérée des griffes de Thomas Wade, Brianna ne décolérait toujours pas.

Maudit soit Edmond. Comment osait-il sortir en trombe de la pièce où elle se trouvait et disparaître des heures d'affilée ? Il devait se rendre compte qu'elle était malade d'inquiétude pour son avenir.

Il était fort bien de jeter Thomas hors de la maison et de menacer de le castrer, mais ensuite ? Il avait refusé de l'envoyer à Meadowland et clairement établi qu'elle n'était pas la bienvenue chez lui, alors qu'était-elle censée faire ?

Par ailleurs, elle avait été incapable de retrouver Janet dans la maison. La fidèle soubrette ne l'aurait jamais abandonnée à moins d'y être forcée.

Qui pouvait dire ce qui était arrivé à la pauvre fille ?

Finalement, Brianna n'y tint plus.

Par le ciel, elle n'allait pas attendre, impuissante, qu'Edmond fasse une sorte d'apparition royale et lui annonce quel serait son sort. Elle avait passé trop d'années à la merci des autres. Elle s'était promis que, si elle réussissait à échapper à Thomas, elle traverserait même l'enfer pour garder le contrôle de sa vie.

Et si affronter Edmond était l'enfer à traverser pour l'instant, qu'il en soit ainsi.

Carrant les épaules, Brianna longea d'un pas décidé les pièces solennelles avec leurs sièges recouverts de damas de soie et leurs murs couverts de portraits de famille et de miroirs étincelants. La maison était étrangement vide et elle se demanda, non pour la première fois, pourquoi Edmond semblait avoir congédié l'important personnel de Stefan. La seule explication paraissait être qu'il préparait quelque chose d'obscur et craignait que cela soit découvert par les domestiques.

Mais, si c'était vrai, Stefan devait être impliqué aussi. Après tout, Edmond ne pouvait prendre le commandement de Huntley House et des serviteurs sans son approbation. Et, alors que Brianna était disposée à croire Edmond capable du pire, elle ne pouvait se convaincre que Stefan approuverait quelque chose de mauvais. Son sens de l'honneur ne le permettrait pas.

Ne trouvant nulle trace de lui dans les pièces de réception, elle orienta ses recherches vers des boudoirs et des salons privés, allant même sur la galerie de l'étage supérieur avant d'en conclure qu'Edmond devait se cacher dans la bibliothèque.

Elle ne s'autorisa pas à hésiter quand elle poussa la porte et entra dans la vaste et belle pièce. D'instinct, elle porta les yeux vers le grand bureau installé sous les fenêtres et ne fut pas surprise de découvrir Edmond assis derrière.

Son cœur bondit étrangement quand elle le vit lever sa tête brune pour révéler ses traits parfaitement ciselés. Il ne semblait pas juste qu'un homme doté d'une telle fortune et d'un tel pouvoir possède en outre le visage et la silhouette d'Adonis.

Mais, après tout, la vie était rarement juste.

Brianna rencontra son farouche regard bleu. Un éclat dangereux, presque possessif, brûla un instant dans les prunelles d'azur, mais ce fut si bref qu'elle se demanda si ce n'était pas seulement le fruit de son imagination.

— Brianna.

Son expression était indéchiffrable tandis qu'il posait sa plume.

— Que voulez-vous ?

Elle haussa le menton devant la réprimande qui perçait dans sa voix grave et attirante.

— Je vous ai attendu pour déjeuner, mais vous ne m'avez pas rejointe.

— Je ne vous ai pas rejointe parce que je suis occupé. Aussi, si vous voulez bien refermer la porte derrière…

— Oh, non, je ne vais pas me laisser congédier si aisément. Je veux savoir ce que vous avez fait à Janet.

— Janet ?

— Ne vous montrez pas délibérément obtus, Edmond. Vous savez parfaitement que Janet est ma soubrette, et qu'elle a disparu. Où est-elle ?

— Ah, vous craignez que je l'aie fait assassiner et jeter dans la Tamise ?

— Je vous en crois bien capable.

— Quelle vive imagination vous possédez, ma souris !

Brianna avança d'un autre pas, ne désirant rien tant que de chasser ce sourire d'un soufflet. Sa vie n'avait été qu'un long purgatoire depuis la mort de sa mère, et la seule chose qui l'avait rendue à peu près supportable avait été la compagnie de sa soubrette. Elle serait damnée si elle laissait cet homme minimiser son inquiétude.

— Vous n'avez pas répondu à ma question.

Edmond étudia un instant son expression tendue, puis adoucit la voix.

— Je vous assure qu'elle va bien. J'avais simplement quelques courses à lui faire faire. Est-ce tout ?

Soulagée, mais loin d'être satisfaite, Brianna refusa de bouger.

— Non, ce n'est pas tout. Je veux savoir ce que vous avez l'intention de faire de moi.

— Brianna, je n'ai pas l'habitude de voir ignorer mes ordres. Nous discuterons de cela plus tard.

— Nous allons en discuter maintenant.

Elle croisa les bras sur sa poitrine, ignorant la tension soudaine qui était montée entre eux et transperçait l'air comme une pointe acérée.

— Vous ne pouvez espérer que je reste terrée dans ma chambre en attendant que vous m'informiez si je dois être jetée dans le caniveau le plus proche ou remise à mon horrible beau-père.

Edmond déplia lentement sa haute silhouette et contourna le bureau d'un pas déterminé. Involontairement, Brianna recula jusqu'à ce qu'elle heurte les rayonnages derrière elle.

S'avançant jusqu'à se trouver à quelques pouces de son corps raidi, Edmond la considéra entre ses paupières mi-closes.

— De fait, je peux attendre ce qui me plaît de vous, et vous ne pouvez absolument rien y faire.

Elle inspira vivement, le parfum de sa peau chaude et propre assaillant ses sens et faisant trembler son corps tout entier.

— Je suppose que c'est votre façon de me punir ? Me

garder ainsi dans l'ignorance, dans la peur constante d'être jetée à la rue ou livrée à Thomas.

Elle s'agrippa à l'étagère derrière elle.

— Juste ciel, je voudrais que Stefan soit ici. Il ne se montrerait jamais si cruel.

Ses paroles parurent l'agacer pour une raison quelconque, et il s'écarta en maugréant un juron pour la regarder d'un air irrité.

— Fort bien, grommela-t-il, ses beaux traits contractés. Si vous tenez à le savoir, je fais des plans pour votre avenir alors même que nous parlons.

— Et quel genre de plans ?

Il désigna le bureau.

— Lisez par vous-même.

Brianna contourna avec méfiance sa silhouette tendue pour aller jusqu'au grand bureau. Là, elle prit la feuille de parchemin posée sur la surface brillante et parcourut rapidement les quelques lignes rédigées d'une écriture élégante.

Puis elle les relut, une fois, deux fois, incapable d'accepter le fait qu'elle ne se trompait pas.

Stefan Edward Summerville, sixième duc de Huntley, annonce ses fiançailles avec miss Brianna Quinn, fille du défunt M. Frederick Quinn.

Finalement, elle se laissa choir dans le fauteuil en cuir et secoua la tête d'un geste abasourdi.

— Est-ce censé être une plaisanterie ?

Edmond croisa les bras sur sa poitrine, les traits implacables dans la lumière de fin d'après-midi.

— Ai-je l'air de quelqu'un qui plaisante ?

— Non, mais j'essayais d'être aimable.

— Aimable ?

Elle agita la feuille qu'elle serrait dans sa main.

— Il y a seulement deux raisons possibles pour que vous annonciez les fiançailles de Stefan avec moi.

Elle put à peine se forcer à prononcer ces mots choquants. Ses lèvres étaient rigides.

— Ou il s'agit d'une horrible plaisanterie, ou c'est la preuve que vous êtes fou.

— Pas les fiançailles de Stefan, corrigea-t-il d'un ton coupant. L'annonce concerne l'actuel duc de Huntley, qui se trouve être moi.

Brianna ignora sévèrement l'étrange sursaut qui la traversa devant cette farouche précision.

— A présent, je sais que vous êtes fou.

Au prix d'un effort visible, Edmond détendit son grand corps crispé, un sourire moqueur sur les lèvres.

— Je ne suis pas certain du tout que j'en débattrais avec vous.

— C'est ridicule.

Se levant, Brianna jeta la feuille et lui décocha un regard noir. Décidément, cet homme était devenu le fléau de son existence. Au moins, Thomas Wade était prévisible, même s'il était répugnant. Edmond lui donnait le tournis et l'emplissait de confusion.

— Pourquoi annonceriez-vous nos fiançailles ?

— Parce que cela convient à mes desseins.

— Et c'est là votre explication ? Parce que cela convient à vos desseins ?

— Oui.

— Eh bien, il se trouve que cela ne convient pas aux miens.

— Cela le devrait.

— Pourquoi ? Parce que vous croyez que toutes les femmes brûlent de vous épouser ?

— La plupart, oui.

Il s'appuya contre les rayonnages, sa fine chemise de linon révélant ses muscles sculptés et ses culottes noires moulant ses jambes nerveuses. Dans cette posture, il évoquait un élégant félin qui observe sa proie, attendant le bon moment pour fondre sur elle.

Cette pensée fit frissonner Brianna.

— Espèce de crapaud vaniteux, marmonna-t-elle,

refusant de laisser voir son malaise. Je ne voudrais pas de vous pour mari même si…

— Une chance, car l'enfer gèlera avant que je devienne le mari de n'importe quelle femme, coupa-t-il d'un ton glacial. Ceci n'est rien de plus qu'un inconvénient temporaire que j'ai l'intention d'éliminer le plus rapidement possible.

Elle se raidit. Eh bien, voilà qui la remettait certainement à sa place. Elle était assez bonne pour servir à ses sombres manigances, mais loin d'être assez convenable pour être épousée.

Pourquoi ce constat la troublait, c'était un mystère.

— Alors, pourquoi dites-vous que ces fiançailles devraient me convenir ? demanda-t-elle d'une voix raide.

— C'est le seul moyen d'assurer que, lorsque vous quitterez enfin cette maison, votre réputation ne sera pas ruinée définitivement.

Ainsi, il faisait cela pour elle ? Sûrement pas.

— Il n'est pas utile d'aller aussi loin. Vous pourriez m'envoyer à Meadowland…

— Non.

Elle fronça les sourcils, irritée par sa brutale interruption. Pourquoi diable ne voulait-il pas l'envoyer dans le Surrey ? Cela ne pouvait être que parce que Stefan était impliqué dans les mystérieux complots qui entouraient Edmond.

— Alors, engagez un chaperon.

Edmond haussa les épaules.

— J'ai l'intention d'inviter ma tante à venir ici pendant votre séjour. Même en tant que ma fiancée, vous ne pouvez rester chez moi sans une dame de compagnie.

— Votre tante ?

Brianna battit des cils, choquée. Il était bien connu qu'Edmond dédaignait la plupart de sa famille. Seul Stefan semblait échapper à son aversion universelle.

— Juste ciel. Je ne puis croire que vous faites cet effort simplement pour sauvegarder ma réputation.

— Je le fais plus pour la réputation de Stefan, précisat-il d'un ton lisse. Il n'aimerait pas être considéré comme le genre de noble à séduire sa propre pupille sous son toit.

— Parce qu'il est un gentleman. Quelque chose dont vous ne savez rien.

Il plissa ses yeux bleus.

— Prenez garde, ma souris. Agacez-moi suffisamment, et je vous enfermerai dans votre chambre jusqu'à ce que j'en aie fini avec mes affaires à Londres.

Brianna tint sagement compte de cette menace. S'il décidait de l'enfermer, elle ne pourrait pas faire grand-chose pour l'arrêter.

— Avez-vous considéré le fait que lorsque ces fiançailles seront annulées ma réputation sera ternie de toute façon ?

Elle leva une main comme il ouvrait la bouche.

— Alors que je suis prête à troquer ma réputation pour être débarrassée de Thomas Wade, un homme peut peut-être passer sur des fiançailles rompues, mais une femme n'a pas cette chance. Il y aura des ragots sans fin et des spéculations sur les raisons de Stefan de me répudier.

Un sourire sardonique se peignit sur les lèvres d'Edmond.

— Si vous étiez abandonnée par n'importe quel gentleman peut-être, mais une femme capable de retenir l'attention du réservé duc de Huntley, même brièvement, sera à coup sûr l'une des jeunes filles les plus recherchées de tout Londres. Nul doute que lorsque ceci sera réglé, vous pourrez trouver un fade et faible gentleman qui n'oubliera pas de se glisser de temps en temps dans votre lit pour vous donner une flopée d'enfants pleurnichards.

Son ton moqueur fit hausser le menton à Brianna. Le butor ! Quel choix avaient la plupart des femmes à part le mariage et les enfants ? Elles n'avaient pas les mêmes opportunités que le fortuné fils d'un duc.

Grâce au ciel, elle éviterait cet horrible sort.

— Aucun homme ne se glissera dans mon lit pour quelque raison que ce soit, rétorqua-t-elle.

— L'un d'eux l'a déjà fait.

Les yeux bleus d'Edmond s'assombrirent d'une faim

presque tangible tandis qu'il parcourait lentement du regard le corps mince de Brianna.

— Ou avez-vous déjà oublié notre échange de ce matin ?

Ce fut sa réponse échauffée à ce simple regard qui poussa Brianna à marcher vers la porte. Au moins savait-elle que Janet allait bien et que, pour le moment, Edmond n'avait pas l'intention de la jeter à la rue.

C'était assez dans l'immédiat.

S'arrêtant sur le seuil, elle tourna la tête pour lancer ses derniers mots par-dessus son épaule.

— Si vous voulez vraiment mon bonheur, Edmond, envoyez-moi à Stefan.

Il sursauta presque comme si elle l'avait frappé, mais avant qu'il puisse répondre elle ferma la porte et gravit en courant l'escalier vers sa chambre. Elle avait beaucoup de choses à considérer.

Et la moindre d'entre elles n'était pas l'horrifiante perspective de devenir la fiancée du duc de Huntley.

7

Quand Brianna se fut enfuie de la bibliothèque, Edmond se retrouva à arpenter le sol de marbre d'un pas vif et nerveux. Pourquoi diable laissait-il cette petite attiser sa colère ? Après tout, il la tenait complètement à sa merci. Elle avait beau crier et tempêter, elle n'avait d'autre choix que d'obéir à ses ordres ou quitter sa protection, ce qu'elle n'était visiblement pas encline à faire pour l'instant. Il était ridicule d'être froissé par sa langue acerbe.

Ce fut sa seule volonté qui le fit rester dans la pièce tandis qu'elle sortait en trombe. Il avait envie de dompter cette maudite diablesse jusqu'à ce qu'elle admette qu'il était son maître. Et le meilleur moyen d'y parvenir était de l'avoir sur le dos, dans son lit.

Juste ciel.

Ressassant les maintes façons de faire de miss Quinn son esclave dévouée et satisfaite, Edmond fut soulagé quand un valet apparut à la porte, accompagné d'un mince gentleman à l'aspect quelconque, qui arborait de ternes cheveux gris et un visage si ordinaire qu'on l'oubliait aisément.

Vêtu d'une modeste écharpe et d'un simple costume noir un peu trop grand pour lui, l'homme aurait pu être un banquier, un avoué ou l'un des innombrables marchands qui pullulaient dans Londres.

Il ne faisait certainement pas penser à un enquêteur de Bow Street d'excellente réputation.

— Ah, Chesterfield.

Edmond lissa son expression avec l'aisance de l'habitude, congédiant le valet d'un signe de tête.

— Soyez le bienvenu.
— Votre Grâce.

L'homme s'inclina fort gracieusement. Edmond haussa un sourcil, s'avisant qu'avec un costume plus élégant et des cheveux mieux coiffés il pourrait aisément fréquenter les rues de Mayfair. Même sa voix était soigneusement cultivée, bien qu'il puisse sans aucun doute parler comme un vulgaire ramoneur s'il le choisissait. Quel meilleur talent pour un limier que de pouvoir se mouvoir des échelons les plus bas aux plus élevés de la société sans attirer l'attention? Edmond pourrait utiliser une telle recrue dans son réseau russe.

— Permettez-moi de dire que c'est un véritable honneur.
— Je vous en prie, asseyez-vous.

Edmond désigna une chaise vénitienne de bois doré, et attendit que Chesterfield s'installe avant de prendre sa place derrière le bureau.

— Un cognac? Ou peut-être préférez-vous un whisky?
— Non, merci. Je ne touche jamais aux alcools forts.
— Un abstinent?
— Juste un homme qui préfère garder l'esprit clair et la bouche close, ce qui est impossible avec un ventre plein de boissons alcoolisées.

Edmond s'adossa à son fauteuil et sourit.

— Je vois que vous êtes exactement l'homme qu'il me faut.
— Puis-je demander comment vous avez eu vent de mon nom?
— J'ai écrit à Liverpool avant d'arriver à Londres, en lui demandant son aide pour me trouver un bon enquêteur. Il m'a assuré que vous êtes non seulement le meilleur limier de Bow Street, mais que vous possédez une admirable capacité à garder vos intentions pour vous.
— C'est très aimable à Sa Seigneurie, murmura Chesterfield.

Edmond éclata de rire.

— Liverpool est rarement aimable, mais il est remarquablement intelligent et, la plupart du temps, un juge avisé des caractères. C'est pourquoi j'ai demandé à vous rencontrer.

Finalement, l'enquêteur laissa une légère trace de curiosité passer sur son visage placide.

— Comment puis-je vous servir ?

— Tout d'abord, je tiens à insister sur la délicatesse de la situation.

Edmond soutint le regard de Chesterfield, un avertissement manifeste dans la voix.

— On ne doit pas découvrir que je vous ai engagé.

Le limier ne tressaillit pas, ni n'essaya de balbutier nerveusement une promesse comme beaucoup le feraient sous le regard incisif d'Edmond. A la place, il hocha la tête avec gravité.

— Je puis vous assurer que je ferai tout mon possible pour que personne ne sache jamais que nous nous sommes rencontrés.

— Vous aurez peut-être à engager des associés pour vous assister. Je ne veux pas que mon nom soit mentionné.

Chesterfield acquiesça de nouveau.

— Je peux faire appel à plusieurs associés que je connais depuis des années. Ils ont l'habitude de ne pas chercher à savoir pour qui je travaille.

— Bien.

Certain que l'enquêteur était exactement l'homme requis, Edmond ouvrit le tiroir supérieur de son bureau et en sortit une miniature de Howard Summerville. Ce ridicule bouffon l'avait offerte à Stefan au Noël précédent. D'un geste lisse, il poussa le portrait sur le bureau.

— Regardez bien ce gentleman.

Chesterfield se pencha en avant et ne regarda le médaillon qu'une seconde.

— M. Summerville.

— Vous le connaissez ? demanda Edmond, surpris.

— Seulement de vue.

Le limier haussa les épaules.

— Je fais toujours en sorte de surveiller les gentlemen qui ont des ennuis avec leurs créanciers. On ne sait jamais quand un commerçant peut m'engager pour suivre un client.

— Pourquoi diable un commerçant voudrait-il que vous suiviez un de ses clients ?

— Pour s'assurer qu'il ne quitte pas le pays sans payer ses dettes.

— Ah.

Les lèvres de Chesterfield se relevèrent légèrement, comme s'il avait conscience du déplaisir d'Edmond à l'idée d'être espionné par son tailleur.

— Voulez-vous que je tienne Summerville à l'œil ?

— Plus que cela, Chesterfield.

Edmond s'inclina et croisa les bras sur son bureau.

— Je ne veux pas que cet homme éternue sans que vous le sachiez. Je veux que vous fassiez une liste des endroits où il va, des gens qu'il rencontre et, si possible, de ceux à qui il doit de l'argent. Je veux aussi que vous fouilliez sa maison et que toute référence au duc de Huntley ou à Meadowland me soit rapportée directement.

L'enquêteur réfléchit un long moment, visiblement pris de court par les nombreuses requêtes d'Edmond.

— Cela demandera un bon nombre d'hommes...

Edmond glissa de nouveau la main dans un tiroir et tira une petite bourse en cuir emplie de pièces.

— Engagez-en autant qu'il vous en faudra. Assurez-vous simplement que Summerville ne s'avise pas qu'il est suivi ou surveillé.

D'un geste qu'il semblait avoir esquissé maintes fois, Chesterfield saisit la bourse et la coula sous sa veste.

— Vous avez ma parole, il ne soupçonnera rien. Je resterai en contact avec vous en laissant des messages au tavernier du Nid de Dragon, près des quais. Connaissez-vous cet endroit ?

Edmond sourit.

— Non, mais je ne doute pas que mon valet, Boris, le

connaîtra. Il est remarquablement doué pour localiser un grand nombre de pubs mal famés.

Sur un signe de tête, l'enquêteur se leva.

— Dites-lui de se présenter comme Teddy Pinkston et on lui remettra les informations que j'aurai réunies.

Edmond inscrivit le nom dans sa mémoire et se leva à son tour.

— Et si j'ai besoin de vous joindre ?

— Faites porter une rose rouge à La Russa, au théâtre du Roi. Elle organisera une rencontre.

Edmond haussa un sourcil à la mention de la talentueuse chanteuse d'opéra qui avait conquis Londres. Ce que pouvaient être ses relations avec le limier défiait son imagination.

— Vous avez manifestement déjà fait ce genre de chose, murmura-t-il, impressionné par la discrète organisation de l'homme.

Un très léger sourire pointa sur les lèvres de Chesterfield.

— Cela, milord, est un secret que j'emporterai dans ma tombe.

L'heure du dîner approchait quand la porte de la chambre de Brianna s'ouvrit.

— Janet, enfin !

Se levant de l'embrasure de la fenêtre, elle pressa une main sur son cœur, mesurant combien elle s'était sentie horriblement perdue assise toute seule dans la grande maison vide.

— Je commençais à craindre que vous ayez été enlevée.

— Il s'en est fallu de peu.

Fronçant les sourcils, Brianna s'avança, inquiète.

— Allez-vous bien ? On ne vous a pas fait de mal ou…

Ses paroles se figèrent sur ses lèvres quand elle s'approcha de la porte et aperçut les boîtes empilées dans le couloir.

— Qu'est-ce que tout cela ?

Avec un sourire énigmatique, Janet se courba pour ramasser un certain nombre de paquets gaiement colorés.

— Le simple minimum de ce qu'il vous faudra au

cours des prochaines semaines, annonça-t-elle à Brianna stupéfaite, en déposant les paquets sur le lit. Demain, vous avez l'ordre d'aller chez des couturières et de commander une nouvelle garde-robe pour être proprement vêtue.

Tirant sur les rubans argentés, Brianna ouvrit les boîtes pour révéler l'étonnant trophée. Il y avait des camisoles de la soie la plus fine, bordées de dentelle de Bruxelles, des corsets et des bas brodés de fleurs délicates, une douzaine de bonnets ornés de rubans en satin et de voilettes, avec des capes assorties dans toutes sortes de nuances et d'étoffes. Janet s'affaira à apporter les boîtes restantes, qui contenaient de douces bottines en vélin et plusieurs paires de pantoufles que Brianna brûlait d'essayer.

— J'ai l'ordre de me rendre chez des couturières ?

S'écartant des magnifiques atours qui couvraient tout le lit, Brianna regarda sa soubrette, confuse.

— De quoi parlez-vous ?

— Oh, oui, vous pouvez avoir l'air choqué, dit Janet qui s'assit sur le bord du lit en soupirant. J'ai failli avoir une attaque quand ce grand costaud m'a tirée de ma chambre et a exigé que j'achète tout ce qu'il pourrait vous falloir.

Avec l'impression d'avoir atterri dans quelque comédie française, Brianna s'efforça de saisir les explications décousues de sa soubrette.

— Quel grand costaud ?

— Boris.

Comme Brianna fronçait toujours les sourcils, Janet secoua la tête avec impatience.

— Vous devez bien vous rappeler le domestique qui a failli nous rejeter à la rue cette nuit ?

— Boris vous a emmenée faire des emplettes ?

— C'est ce que je viens de dire, non ?

— C'est juste que je ne puis le croire.

La soubrette s'esclaffa.

— Oh, Seigneur, c'était un spectacle, miss ! Quand j'ai compris qu'on ne m'emmenait pas pour me trancher la gorge ou me vendre à des marchands d'esclaves, j'ai failli mourir de rire en voyant cette grande brute marcher dans Bond Street en faisant une tête de dix pieds de long.

Elle s'arrêta pour essuyer les larmes qui coulaient sur ses joues.

Brianna sourit, mais elle était trop troublée pour apprécier vraiment l'humour de la situation.

— Il a dû recevoir l'ordre d'Edmond de vous accompagner, marmonna-t-elle. Mais pourquoi diable cet homme se soucierait-il de ma garde-robe ?

Janet souffla.

— Oh, oui, Boris ne m'aurait jamais libérée de ma chambre et m'aurait encore moins laissée mettre un pied dans le quartier s'il n'y avait pas été forcé.

Alors, pourquoi Edmond… Brianna retint une exclamation quand elle comprit. Bien sûr. Il n'avait sans doute rien à faire de la garde-robe de miss Brianna Quinn, mais il se souciait des toilettes de sa future fiancée.

Ce qui signifiait qu'il avait envoyé sa soubrette commencer ses achats bien avant qu'elle ait agréé avec réticence à sa ridicule parodie de fiançailles.

Pivotant sur ses talons, Brianna rejoignit à grands pas la fenêtre qui offrait une belle vue sur le parc voisin.

— Cet homme est l'individu le plus arrogant, le plus autoritaire, le plus exaspérant que la terre ait porté !

— Il est vrai que les nobles ont rarement plus d'intelligence qu'une puce, mais il me semble que celui-là vous a plutôt bien traitée, miss, observa Janet avec lenteur et prudence. Beaucoup mieux que nous aurions pu l'espérer la nuit dernière, je dirais.

Brianna courba les épaules devant la vérité indéniable exprimée par sa compagne. Feindre d'être la prochaine duchesse de Huntley était un progrès considérable par rapport à la nécessité de repousser les avances de son ignoble beau-père.

Ou même à la possibilité de fuir sur le continent sans destination précise et aucune idée de la manière dont elle pourrait survivre.

Cela ne signifiait pas, cependant, qu'elle n'était pas furieuse contre Edmond et sa détermination à l'utiliser pour ses mystérieux desseins. Surtout lorsqu'il serait si simple de l'envoyer à Stefan.

— Je suppose, marmonna-t-elle finalement.

Percevant la tension de sa maîtresse, Janet vint se placer près d'elle, l'air inquiet.

— Qu'y a-t-il ?

Soudain, ses yeux s'élargirent.

— Seigneur Dieu, il ne vous a pas…

— Non. Non, bien sûr que non. Je peux penser qu'Edmond est le pire des vauriens, mais il ne violenterait jamais une femme.

Brianna eut un petit rire sans humour.

— Il n'en a pas besoin.

— C'est vrai. Peu de femmes refuseraient de partager la couche d'un tel gentleman.

Janet poussa un soupir appréciateur, puis une lueur spéculative s'alluma dans ses yeux.

— Bien sûr, il est un peu trop policé à mon goût. Je préfère un homme plus rude.

Brianna mit un instant à comprendre que sa soubrette se référait à Boris, un homme définitivement rude.

— Janet ! s'exclama-t-elle, choquée.

— Quoi ?

La servante planta ses mains sur ses hanches.

— C'est une belle brute, et quand il ne piétine pas sur place en soufflant du feu il peut être assez plaisant. Et si nous sommes coincées ici pour les prochaines semaines il n'y a pas de mal à s'amuser un peu.

Brianna fit une grimace, luttant pour ne pas laisser son opinion d'Edmond déteindre sur le pauvre Boris. Il se pouvait que, sous son apparence plutôt brutale, ce soit un homme charmant. C'était peu probable, mais possible.

— Oh, nous sommes bien coincées ici, Janet. Au moins pour le moment.

— Quelque chose s'est-il passé pendant mon absence ?

— Pas encore, mais cela va venir.
— Quoi ? Qu'est-ce que c'est ?

Brianna frissonna, et les mots se bousculèrent sur ses lèvres sans considération pour l'effet qu'ils pourraient produire sur sa compagne.

— Edmond s'apprête à annoncer mes fiançailles avec le duc de Huntley.

Un silence choqué emplit la chambre, mais, avant que Janet puisse recouvrer sa voix pour demander une explication, elles entendirent des pas approcher dans le couloir, et ce qui semblait être le bruit d'une canne de bois sur le tapis.

— Non, non, dit une voix de femme, douce mais implacable. Cette chambre, je pense.

— Mais le maître…

Le timbre grave de Boris fut interrompu par le babil de l'autoritaire dame.

— Les tons lavande sont tellement agréables, ne trouvez-vous pas ?

Brianna s'empressa de traverser sa chambre, stupéfaite de constater qu'elle reconnaissait cette voix suave.

De toutes les tantes d'Edmond, lady Aberlane était de loin sa préférée. Oh, elle pouvait certes se montrer extrêmement agaçante quand elle le voulait mais, contrairement à beaucoup, Brianna ne se laissait pas duper par les manières vagues et frivoles de la dame âgée, qui préférait passer pour une vieille personne écervelée.

Sous ces dehors trompeurs se cachaient un esprit aussi acéré qu'une rapière et une incroyable capacité à voir la vérité de n'importe quelle situation.

Ce qui faisait paraître la décision d'Edmond de la prendre comme chaperon excessivement étrange. Il devait sûrement savoir que sa tante ne se laisserait pas abuser un instant par sa comédie ?

Atteignant la porte, Brianna vit Boris porter une grande malle dans la chambre située de l'autre côté du couloir, puis elle ramena son attention sur la minuscule femme aux cheveux d'argent et au visage en forme de cœur. Bien qu'elle n'ait pas vu la vieille dame depuis des années, lady Aberlane ne semblait pas avoir changé dans sa robe grise, simple mais bien coupée, avec autour du cou le gros médaillon en or qui contenait une miniature de son époux bien-aimé. Et, bien sûr, elle avait la canne en ébène dont elle semblait ne jamais vraiment se servir, si ce n'était pour frapper la jambe de quelque créature infortunée attisant son courroux.

Elle n'avait jamais été une jolie femme, mais ses traits légèrement hâlés étaient bien dessinés et il y avait dans son expression une douceur qui compensait largement son absence de beauté.

Percevant la présence de Brianna, lady Aberlane se tourna, un sourire ravi sur les lèvres.

— Oh, bonjour, ma chère, dit-elle doucement, ses yeux noirs pétillants. Vous ai-je dérangée ?

— Pas du tout.

Brianna fit une profonde révérence et se redressa en souriant aussi.

— Lady Aberlane, c'est un plaisir de vous revoir.

— Charmante, charmante Brianna.

La vieille dame soupira.

— C'est si aimable à vous de vous souvenir d'une vieille dame comme moi.

Brianna gloussa.

— Bien sûr que je me souviens de vous. Vous m'apportiez toujours de délicieux massepains.

— Un joli présent, pour une jolie fille.

Lady Aberlane pencha la tête sur le côté, ayant l'air d'un oiseau curieux.

— Et maintenant, vous voilà, une jeune dame fiancée à mon cher Stefan.

— En effet. Une surprise pour tout le monde, je dirais.

Il y eut une longue pause, comme si la vieille dame considérait sérieusement ces mots lancés d'un ton léger. Ce qu'elle faisait sans aucun doute. Malgré ses meilleures intentions, Brianna trouvait de plus en plus difficile de mentir sous ce regard sombre et pénétrant.

— Pas vraiment une surprise, dit-elle lentement. Après tout, Stefan a toujours été très attaché à vous. Cependant…

Lady Aberlane fronça légèrement les sourcils, puis secoua la tête.

— Aucune importance.

Elle tendit la main pour tapoter celle de Brianna.

— Comme votre père aurait été heureux. Et votre mère aussi, bien entendu.

Brianna eut un petit sourire crispé. Qu'elle se marie dans la famille Summerville avait été le vœu le plus cher de ses parents. Son père parce qu'il pensait vraiment qu'elle serait heureuse et bien soignée à Meadowland, et sa mère… eh bien, les motifs de Sylvia Quinn étaient moins honorables.

— Ma mère aurait certainement été contente, marmonna-t-elle avec une pointe d'amertume. Il lui aurait fallu au moins quelques années pour dilapider la fortune des Summerville.

— Ah, oui.

Lady Aberlane fit claquer sa langue.

— Pauvre Sylvia. Une créature si belle et si fragile. J'ai toujours su qu'elle n'aurait pas dû épouser votre père.

Brianna se raidit à la subtile implication que son père était à blâmer de la méprisable faiblesse de sa mère. Frederick Quinn avait été le meilleur gentleman et le plus honorable qu'elle avait jamais connu.

— Il l'aimait beaucoup, rétorqua-t-elle.

Lady Aberlane sourit tristement.

— Oh, oui, tout à fait, ma chère. Et Sylvia adorait Frederick. Mais il existe simplement des âmes troublées qui ne devraient pas se lier à une autre. Elles ont beau vouloir se ranger et se dévouer à une famille, elles ne peuvent s'empêcher de se sentir emprisonnées. De fait, il n'est pas étonnant qu'elles cherchent l'excitation dans des voies infortunées.

Brianna pinça les lèvres, se rappelant la gaieté factice de sa mère qui ne dissimulait pas tout à fait son insatisfaction. Peut-être lady Aberlane avait-elle raison. Peut-être sa mère était-elle l'une de ces personnes qui ne pouvaient être heureuses confinées entre un mari et des enfants. Mais cela n'excusait pas le fait qu'elle avait dilapidé sa propre fortune, puis la dot de Brianna, avant d'épouser un répugnant individu qui était devenu un danger pour sa fille.

Rien ne pouvait excuser cela.

— Plus qu'infortunées, dit Brianna d'un ton acerbe.

De nouveau, la vieille dame lui tapota la main, l'expression légèrement troublée.

— Il est stupide de ma part d'avoir abordé un sujet aussi douloureux. D'autant qu'il appartient au passé.

— Oui, cela remonte à longtemps.

Brianna inspira profondément, écartant la souffrance de ses anciennes blessures. Il était futile de souhaiter que sa mère ait pu être différente. Et il était certainement encore plus futile de diriger ses vieilles frustrations contre la délicieuse lady Aberlane.

— Il est très aimable à vous d'être venue me servir de chaperon.

Lady Aberlane revint promptement à ses manières frivoles, mais la pointe de spéculation qui brillait dans ses yeux noirs n'échappa pas à Brianna.

— Non, non, ma chère, je suis profondément reconnaissante de l'invitation. Je vivais bien trop tranquillement, assura-t-elle. Ce sera une merveilleuse diversion d'être de nouveau en société. Et, bien sûr, j'apprécie le plaisir de votre compagnie. Nous passerons de grands moments ensemble.

Brianna sourit avec réserve, plus convaincue que jamais que la rusée vieille renarde ne laissait rien échapper. Elle parierait sa dernière guinée que lady Aberlane suspectait déjà que ce n'étaient pas de simples fiançailles.

— Cela devrait au moins être intéressant, murmura-t-elle.

Sa compagne sourit et lui décocha un clin d'œil.

— Cela le sera, ma douce Brianna, cela le sera.

8

Edmond choisit ce soir-là de délaisser la maison de ville et d'aller savourer un dîner tranquille et une bonne bouteille de bourgogne au club de son frère. Situé dans St James's Street, le club décoré par Henry Holland était un lieu confortable avec des fauteuils en cuir et des tables rondes, qui permettait à un gentleman d'avoir une conversation privée.

Il s'était dit qu'il serait avisé de suivre la routine de Stefan, sans mentionner le fait qu'il eût été sot de rester cloîtré chez lui alors qu'il pouvait sortir chercher des informations sur son meurtrier de cousin.

Sa première raison, néanmoins, était la nécessité de se débarrasser de l'agaçante distraction représentée par miss Brianna Quinn.

Comment diable un homme pouvait-il réfléchir clairement quand ses pensées étaient consumées par le souvenir d'une peau de satin et d'un captivant parfum de lavande ?

Malheureusement, la distance ne sembla rien faire pour dissiper cet inconvénient, et, convenant finalement qu'il n'y avait rien à découvrir dans le paisible club, il retourna à Huntley House et aux tentations qui l'y attendaient.

La maisonnée était couchée lorsqu'il se glissa sans bruit par la porte d'entrée. En gravissant l'escalier qui menait à sa chambre, il fut accueilli par un mince domestique chauve, au visage étroit et aux yeux noirs acérés, qui attendait son retour.

Edmond sourit quand l'homme s'empressa de venir

l'aider à ôter sa redingote ajustée. Fils d'un professeur russe, Nikolai n'était pas seulement un valet efficace, mais il était capable en outre de déchiffrer les codes les plus secrets. En plus d'une occasion, il avait aidé Edmond à déjouer un complot destiné à renverser le tsar Alexander Pavlovich.

Mais son plus grand talent, peut-être, était son dédain pour les bavardages inutiles. A moins d'avoir à transmettre une information, Nikolai préférait garder un silence stoïque.

En quelques instants, Edmond fut dépouillé de son élégante tenue et drapé dans une robe de chambre en brocart. Restant juste assez longtemps pour s'assurer que son maître n'avait plus besoin de ses services, Nikolai sortit sans bruit de la pièce, laissant Edmond seul avec son verre de cognac.

Durant un moment, le jeune homme considéra la sage perspective de se mettre au lit. Il était tard et Brianna était sans doute endormie. Elle ne le remercierait certainement pas de la réveiller à une heure pareille.

Ce ne fut qu'un court moment, toutefois, et après avoir vidé son verre Edmond se dirigea vers le mur du fond de sa chambre. Là, il déplaça un tableau de Reynolds pour révéler le déclic caché. Brusquement, un pan du mur s'ouvrit sur l'obscur passage qu'il dissimulait.

S'arrêtant pour prendre une bougie allumée sur la cheminée, le jeune homme pénétra dans le couloir secret et parcourut la courte distance jusqu'à la chambre de Brianna. Il connut un instant de tension quand il essaya de se rappeler l'endroit exact du levier, puis, après avoir enlevé la poussière de plusieurs années, il poussa enfin l'étroite portion de la cloison.

Il ne fit aucun bruit quand il entra dans la chambre obscure et referma derrière lui la porte secrète, mais, comme si elle était capable de détecter sa présence, Brianna se retourna dans le lit et ses yeux s'ouvrirent brusquement avec un choc.

— Edmond ?

D'un mouvement maladroit, elle s'assit au milieu du lit en serrant les couvertures sur sa poitrine.

A sa vue, Edmond prit une vive inspiration.

Ciel, elle était exquise.

Même nattée, sa magnifique chevelure luisait des feux de l'automne à la lumière de sa bougie. Et son visage... Il était si élégamment sculpté qu'il évoquait l'œuvre d'un superbe artiste plutôt qu'un caprice de la nature. Il porta son attention sur ses beaux yeux verts, qui révélaient le tempérament impétueux couvant en elle.

Un tempérament aussi captivant que sa beauté.

Rougissant sous l'intensité de son regard, Brianna humecta nerveusement ses lèvres, ce qui arracha un grognement à Edmond.

— Comment êtes-vous...

— Chut, ordonna-t-il en venant s'asseoir au bord du lit, et en posant la bougie sur la table de nuit laquée.

Brianna se pressa contre la tête de lit, serrant encore plus fort les couvertures. Femme absurde, pensa-t-il. Comme si un peu d'espace et quelques lambeaux d'étoffe allaient la protéger de lui.

— Comment êtes-vous entré dans ma chambre ? demanda-t-elle dans un murmure rauque.

— Mon grand-père a fait aménager des passages secrets pendant le règne de la Terreur en France. Il craignait, je crois, que ce soit seulement une question de temps avant que les paysans anglais ne fomentent une révolution semblable.

Il eut un sourire ironique.

— Il était prêt à fuir, plutôt que de faire front et d'avoir la tête coupée. Une sage décision, même si elle n'était pas très courageuse.

— Des passages secrets ? Comme c'est pratique.

Avant qu'elle puisse deviner les intentions d'Edmond, il se pencha et planta ses mains de chaque côté de ses hanches, l'empêchant ainsi de s'échapper. Puis il s'approcha de la bouche pulpeuse et suave qui avait hanté ses pensées toute la journée.

— Je n'avais aucune idée que c'était aussi pratique avant ce soir, murmura-t-il.

Il la regarda résister visiblement à l'envie d'humecter de nouveau ses lèvres. Il était clair qu'elle sentait la faim qui ravageait son corps tendu.

— Que désirez-vous ? demanda-t-elle.

Il gloussa, s'avançant pour lui voler un baiser avant de se reculer et de voir la rougeur s'accroître sur ses joues ivoire.

— Voilà une question imprudente, ma souris. Vous savez exactement ce que je désire.

— Avez-vous perdu l'esprit ? Votre tante est juste de l'autre côté du couloir. Si jamais elle soupçonne que vous êtes ici, ma réputation sera ruinée au-delà de toute réparation.

— C'est précisément pour cela que j'ai utilisé le passage secret, lâcha-t-il d'un ton traînant. Personne ne saura jamais que je suis venu à moins que vous n'ayez l'imprudence d'attirer l'attention.

Brianna souffla avec dédain devant sa logique.

— Vous pouvez utiliser tous les passages secrets que vous voulez, Edmond, mais rien n'échappe à votre tante Letty.

Elle plissa les paupières avec suspicion.

— Vous devez savoir qu'elle est de loin la plus intelligente de toutes vos parentes. Elle ne croira jamais à cette farce. De fait, je doute beaucoup qu'elle vous prenne pour Stefan.

Edmond haussa les épaules.

— Elle peut être péniblement perspicace.

— Alors, pourquoi l'avez-vous choisie pour être mon chaperon ? insista Brianna, fronçant les sourcils. Edmond ?

— Parce que je savais que vous l'aimiez bien.

— Oh.

Prenant avantage de sa surprise, Edmond s'approcha encore plus. Assez près pour sentir la douce courbe de sa cuisse contre sa hanche et le frôlement de son souffle sur sa joue.

— Vous paraissez étonnée.

Elle lutta pour faire appel à sa nature d'ordinaire épineuse, mais il était évident qu'elle restait prise de court, et qu'elle n'était pas qu'un peu déconcertée.

— Pourquoi ne le serais-je pas ? Vous n'avez pas fourni beaucoup d'efforts pour me plaire, jusqu'ici.

Edmond huma profondément son suave parfum de lavande, le corps frémissant déjà d'anticipation.

— Au contraire, Brianna. J'ai fait de gros efforts pour vous plaire, rétorqua-t-il d'un ton rauque. C'est vous qui avez repoussé ces efforts.

Il la sentit trembler, tandis qu'elle cherchait à nier la puissante attirance qui les liait.

— Vous voulez dire vous faire plaisir à vous-même.

— Si c'est ce que vous croyez, laissez-moi vous prouver qu'il n'en est rien.

D'un mouvement souple, il se haussa pour capturer ses lèvres, sa langue la pressant de les écarter et de lui livrer accès à la douce moiteur de sa bouche.

Elle trembla de nouveau, s'abandonnant brièvement à son entreprise de séduction avant de lever les mains pour les presser sur son torse.

— Edmond… non. Vous ne devez pas faire cela.

— Si.

Privé de ses lèvres, il laissa courir sa bouche le long de sa mâchoire jusqu'au creux sensible sous son oreille.

— J'ai brûlé de vous toucher de nouveau depuis que nous avons été si rudement interrompus par votre beau-père.

Brianna soupira doucement, renversant la tête en arrière pour lui livrer accès à son cou. Une partie d'elle-même, cependant, refusait de céder à l'inévitable.

— Je pense que vous m'avez assez touchée.

— Oh, non, pas assez, et de loin.

Il sema une traînée de baisers sur sa gorge, s'attardant sur son pouls rapide.

— Comme vous en conviendrez bientôt.

— Vous êtes si certain de votre adresse ?

Il rit doucement devant sa tentative de se montrer dédaigneuse.

— Je suis certain de ce feu qui brûle entre nous. Ce

n'est pas une question d'adresse, mais de tendre… — il lui mordilla l'épaule — … et poignant besoin.

Il taquina de sa langue le mince ruban qui retenait sa chemise de nuit.

Le gémissement de Brianna emplit l'air tandis qu'elle glissait les mains sous sa robe de chambre et les appuyait sur la peau nue de son torse. Edmond sursauta comme s'il avait été brûlé. Et il avait l'impression que c'était le cas, tant ce seul contact le marquait d'une manière indéfinissable.

Ignorant ces dangereuses sensations, il abaissa doucement les couvertures. Brianna résista brièvement, mais il fut prompt à la distraire par de légers baisers sur son visage, jusqu'à ce qu'il puisse découvrir entièrement son corps frissonnant.

Alors seulement, il s'écarta pour savourer le spectacle qu'elle lui offrait.

— Juste ciel, dit-il d'une voix rauque, parcourant du regard la mince silhouette révélée par la chemise de nuit champagne.

La dentelle et le satin étaient à peine décents.

— Votre soubrette est dotée d'une malice fort coquine.
— Quoi ?

La voix de Brianna était vague, comme si elle avait du mal à parler. Edmond sourit, sentant que son trouble commençait à dominer ses réticences virginales.

— Ce vêtement a visiblement été créé pour attiser les fantaisies d'un homme.

Il passa une main pleine de vénération sur la peau lisse de son épaule et écarta le ruban de satin doré qui maintenait la chemise de nuit en place. C'était un geste simple, qu'il avait accompli plus de fois qu'il ne pouvait s'en souvenir, mais jamais auparavant il n'avait ressenti cette étrange vibration qui résonnait au fond de lui. C'était comme si une parfaite symphonie se jouait entre eux. Une vague puissante et troublante qui montait vers un formidable crescendo.

Il ferma les yeux pour capturer ses lèvres en un baiser prenant et exigeant. Ce n'était pas le moment de s'abandonner à d'absurdes comparaisons. Rien ne le distrairait du plaisir qui l'appelait.

En savourant profondément sa bouche consentante, il écarta l'autre ruban et abaissa son corselet pour pouvoir prendre dans ses mains la douce rondeur de ses seins. Son sexe se durcit aussitôt tandis que Brianna gémissait, et ses doigts taquinèrent les pointes roses qui se dressèrent sous ses caresses.

Les mains de Brianna s'agitaient nerveusement sur son torse, comme si elle était déchirée entre le désir d'explorer sa chair et l'embarras hésitant propre à toute vierge. Edmond quitta sa robe de chambre pour l'encourager, murmurant son approbation tandis que ses gestes se faisaient plus audacieux, que ses doigts glissaient sur ses muscles tendus et sur le dur aplat de son ventre.

Certain que la jeune fille était convenablement distraite, Edmond s'allongea sur les draps de lin à côté d'elle. Il tendit les mains pour continuer son voyage le long de son corps mince, ôtant l'agaçante chemise de nuit du milieu et la jetant sur le parquet. Il avait besoin de sentir la chaleur satinée de sa peau, de se noyer dans son merveilleux parfum de lavande.

Seigneur, elle était si fine, si délicate sous ses doigts. Et cependant ce petit corps féminin recelait une fièvre qui lui embrasait le sang d'excitation.

— Vous êtes... parfaite, murmura-t-il, sa bouche se promenant sur sa joue et sa mâchoire avant de descendre vers les pointes roses de ses seins.

Brianna retint une exclamation lorsqu'il prit un mamelon entre ses lèvres, se servant de sa langue pour la faire frétiller de plaisir.

— Juste ciel ! dit-elle dans un souffle, ses ongles s'enfonçant dans les épaules d'Edmond.

— Chut, ma souris, vous devez rester tranquille, déclara-t-il tandis qu'une vague d'intense satisfaction le parcourait.

Quoi que cette femme éprouve d'autre pour lui, elle ne pouvait cacher le plaisir qu'elle prenait à ses caresses.

Ramenant son attention sur le bouton rose et crispé, il le lécha avec un soin exquis, savourant ses petits cris tout en faisant descendre sa main le long de sa hanche, puis sur la légère rondeur de son ventre. Les muscles de Brianna se tendirent sous son toucher, mais elle n'essaya pas de l'arrêter. De fait, elle plongea les mains dans ses cheveux tandis que sa respiration entrecoupée emplissait la pénombre de la chambre.

Edmond n'eut pas besoin d'autre encouragement. Se pressant contre son flanc, il couvrit ses lèvres en un baiser farouche et glissa les doigts dans les boucles soyeuses nichées au creux de ses jambes, pour trouver enfin la chaude moiteur qu'il cherchait.

Le cri surpris de Brianna eût réveillé les morts s'il ne l'avait pas étouffé de sa bouche. Souriant contre ses lèvres, il introduisit un doigt dans les replis tendres de sa féminité, quêtant de son pouce la délicieuse perle de son plaisir.

Il se mit à la caresser lentement, rythmiquement, en pressant son érection douloureuse contre sa cuisse. Il avait envie de s'enfouir entre ses jambes. Il avait envie de sentir son sexe gainé par sa chaleur lorsqu'elle atteindrait l'extase. Mais il s'était fait une promesse avant d'entrer dans la chambre de Brianna.

Elle ne l'accuserait plus jamais de chercher seulement sa propre satisfaction. Après cette nuit-là, elle comprendrait que la volupté à trouver dans son lit devait être mutuelle.

Elle arqua son corps contre lui et noua les bras autour de son cou. Elle gémit doucement contre ses lèvres, visiblement en proie à la montée du plaisir.

Accélérant ses caresses, Edmond grogna sourdement, frottant son érection sur sa hanche. Seigneur Dieu ! Qui eût cru que porter une vierge à l'orgasme pouvait être si… érotique ? Il était concentré sur le plaisir qu'il lui donnait, mais à l'instant où il la sentit se raidir sous l'effet du contentement suprême il fut submergé par son propre orgasme, qui l'ébranla jusqu'à l'âme.

Il continua à la contenter jusqu'à ce que son corps délicieux fonde enfin contre lui dans une léthargie satisfaite. A ce moment-là seulement, il s'écarta pour contempler son expression rassasiée et ses yeux verts stupéfaits.

— C'était...

— Ce n'était que le début, acheva-t-il avec un sourire espiègle.

Malgré un coucher tardif et le fait qu'il devait encore déflorer sa magnifique fiancée, Edmond était d'une humeur étonnamment enjouée lorsqu'il descendit dans le salon du petit déjeuner le lendemain matin.

Ainsi qu'il s'y attendait, il trouva la jolie pièce safran et or déserte à part les deux valets imposants qui se tenaient avec raideur près de la desserte. Bien qu'Edmond possédât deux fois moins de personnel que Stefan, ses domestiques étaient tous bien formés et tout à fait capables de maintenir la maison en parfait ordre de marche durant quelques semaines. Ils étaient également d'une extrême loyauté, très discrets et aptes à écarter tout danger le menaçant.

Allant à la desserte, Edmond emplit une assiette de jambon, d'œufs, de toasts et de marmelade avant de s'asseoir à l'extrémité de la table. Un valet s'approcha pour lui servir le café qu'il préférait au thé, puis plaça une édition du *Morning Post* près de son assiette.

Avec une grimace, Edmond s'obligea à parcourir les derniers scandales et les événements à venir. Bien qu'il ait engagé Chesterfield pour surveiller Howard Summerville, il avait l'intention de s'assurer de croiser bientôt le chemin de son cousin. L'annonce de ses fiançailles figurerait dans le journal, mais on ne pouvait guère s'attendre à ce qu'un benêt comme Howard lise la presse. Ce serait à Edmond de faire en sorte qu'il comprenne que le duc de Huntley s'apprêtait à se marier.

Cela provoquerait sûrement une prompte réaction.

N'accordant qu'une brève attention aux diverses spéculations concernant l'hôtesse qui avait le mieux régalé ses invités, ou la débutante qui avait été courtisée par lord Mallory, Edmond faillit manquer l'information laconique indiquant qu'un gentleman nommé Viktor Kazakov était arrivé à Londres et logeait à l'hôtel Pultney's de Piccadilly.

Il n'était pas rare qu'un riche et noble russe vienne en visite à Londres. Ou même qu'il choisisse de rester à l'hôtel plutôt que d'accepter l'hospitalité du roi. Mais Edmond savait fort bien qu'Alexander Pavlovich avait envoyé Viktor en Sibérie quand il avait été entendu porter un toast à la mort imminente du tsar.

Interrogé, Kazakov avait désespérément soutenu qu'il était ivre et n'avait fait que plaisanter, mais Alexander n'avait nulle tolérance envers les germes d'insatisfaction qui se faisaient jour à sa cour. Kazakov avait été banni en Sibérie sous la surveillance de la propre garde du tsar.

Alors, comment s'était-il échappé, s'interrogea Edmond, et que diable faisait-il à Londres ?

Sachant que cela était une autre distraction dont il n'avait pas besoin, il demanda une plume et du papier pour rédiger une courte note à l'intention de l'ambassadeur de Russie.

Il venait de dépêcher un valet avec la missive, quand la porte de la salle à manger s'ouvrit et que lady Aberlane entra à petits pas dans la pièce.

Edmond se leva aussitôt et sourit d'un air crispé tandis que la vieille dame s'avançait, se souvenant seulement de temps en temps d'utiliser sa canne en ébène. Elle lui adressa un sourire ravi.

— Bonjour, mon cher.

Elle s'arrêta à son côté, attendant qu'il se penche pour pouvoir poser un baiser sur sa joue, puis elle prit le siège qu'il lui offrait.

— Bonjour, tante Letty.

S'assurant qu'elle était bien installée, Edmond fit un signe de tête au valet qui se mit à emplir une assiette, et se rassit.

— J'espère que vous bénéficiez du confort voulu ?

— Oh, tout à fait. C'est toujours un tel plaisir d'être invitée à Huntley House.

Elle sourit quand le valet plaça l'assiette devant elle, puis, avec ce charme papillonnant dont elle usait avec une efficacité redoutable, elle s'éclaircit délicatement la gorge.

— Ce sera tout pour l'instant, vous pouvez nous laisser.

Le domestique attendit qu'Edmond confirme d'un hochement de tête réticent, s'inclina et quitta la pièce. Lorsqu'ils furent seuls, Edmond considéra sa parente avec une méfiance teintée de malaise.

Comme Brianna l'avait fait remarquer la veille, sa tante était non seulement terriblement intelligente, mais également fort perspicace. Il ne doutait pas qu'il devrait révéler au moins une partie de la vérité pour apaiser ses soupçons.

— Eh bien.

La vieille dame l'étudia de son regard noir et perçant.

— Peut-être serez-vous assez bon pour me dire pourquoi vous prétendez être Stefan, et pourquoi, au nom du ciel, vous risquez la réputation de Brianna en annonçant ces ridicules fiançailles ?

Edmond émit un rire bref. Perspicace, en effet. Et tout à fait prête à donner son avis.

Repoussant son assiette vide, il haussa les épaules.

— C'est pour préserver la réputation de Brianna que j'ai annoncé ces fiançailles. Elle ne pouvait guère rester sous mon toit, ou plutôt sous celui de Stefan, sans la protection d'un mariage imminent.

Lady Aberlane leva les yeux vers le plafond délicatement sculpté.

— Et c'est un mariage charmant, mais pourquoi est-elle chez vous, pour commencer ? Ne réside-t-elle pas chez son beau-père ?

L'expression d'Edmond se durcit tandis qu'il donnait des explications brèves et concises sur l'attitude de Thomas Wade et sa malveillante tentative d'emmener Brianna de force à Norfolk. Sa tante écouta en silence, ses lèvres se plissant de dégoût quand il révéla l'intrusion de Wade chez lui et sa propre conviction que l'homme continuerait à constituer une menace tant qu'il resterait obsédé par sa belle-fille.

— Pauvre enfant, marmonna la vieille dame en secouant la tête. J'ai toujours suspecté qu'on ne devait pas se fier à ce vilain homme pour lui confier une si belle jeune femme.

Elle frappa le tapis d'Aubusson de sa canne.

— A quoi a donc pensé Frederick ? Il aurait dû être plus avisé que de laisser sa fille aux soins de Sylvia. Elle n'a jamais été une mère convenable.

Edmond fit une grimace au souvenir de la belle femme impétueuse qui n'avait jamais caché son manque d'amour maternel. Il n'était pas étonnant que Brianna se soit si souvent enfuie de sa maison solitaire pour venir à Meadowland.

— Je n'en discuterai pas, dit-il, curieusement ennuyé que Sylvia soit morte et hors d'atteinte de son châtiment. Mais vous n'avez pas à craindre que Thomas Wade harcèle de nouveau Brianna. J'ai l'intention de m'occuper de lui quand le moment se présentera.

Lady Aberlane lui jeta un regard sévère devant son ton indéniablement meurtrier.

— Vous ne projetez pas quelque chose de téméraire, n'est-ce pas, Edmond ?

— Je suis rarement téméraire, tante Letty.

— Oui, c'est vrai.

Il y eut un silence tandis que la vieille dame l'étudiait de son air troublant. Enfin, elle poussa un petit soupir et hocha la tête, comme si elle acceptait que Thomas Wade mérite son sort inévitable.

— Eh bien, je dois dire que je suis contente que vous ayez arraché Brianna à cet horrible individu, mais je ne comprends pas pourquoi vous insistez pour la garder ici. Vous savez que vous auriez pu me l'envoyer, ou, encore mieux, l'envoyer à Meadowland.

Edmond haussa les épaules, surpris par la colère noire qui l'envahit à la simple idée que Brianna soit enlevée à sa garde.

— Je dirai simplement que sa présence est un cadeau inattendu que j'ai été prompt à utiliser à mon avantage.

Letty battit des cils devant cette explication concise, qui ne contenait pas d'excuse.

— Que voulez-vous dire ?

— Je ne peux vous le confier, ni révéler pourquoi je suis ici sous l'identité de Stefan.

Son expression était dure.

— Tout ce que je peux dire, c'est que Stefan est en danger et que je le protégerai. Quoi que j'aie à faire ou qui que j'aie à utiliser pour atteindre mon but.

La vieille dame se pencha vers lui en fronçant les sourcils d'un air soucieux.

— Stefan est en danger ?

— Oui, je le crains.

Elle fit claquer sa langue.

— Alors, bien sûr, vous devez faire ce qu'il faut. Et vous savez que vous n'avez qu'à demander, si je peux vous aider.

Edmond sourit, sachant que l'offre de sa tante n'était pas une creuse promesse. Non seulement sa position en tant que lady Aberlane était très respectée dans la haute société, mais son défunt mari était un politicien habile qui pouvait se targuer de l'amitié des gentlemen les plus puissants dans le grand monde.

— Merci.

Il tendit la main pour presser la sienne avec gratitude.

— Je garderai votre offre à l'esprit.

Les yeux noirs se plissèrent. Elle acceptait visiblement son besoin de protéger Stefan, mais elle n'était pas satisfaite de la façon dont il traitait sa jeune fiancée.

— J'espère, mon très cher Edmond, que vous mesurez que Brianna Quinn n'est pas le genre de femme endurcie et sophistiquée que vous avez l'habitude de fréquenter.

Elle frappa la table d'un doigt noueux.

— Elle pourrait très facilement être blessée.

Edmond se leva abruptement. Il avait peut-être besoin de la présence de lady Aberlane, mais cela ne signifiait pas qu'il avait l'intention de se laisser sermonner comme un petit garçon.

— Ce n'est pas mon intention de la blesser, dit-il d'un ton sec.

— Pas votre intention, peut-être, mais...

— Je crains de ne pouvoir m'attarder, j'ai plusieurs rendez-vous aujourd'hui. Si vous voulez être assez aimable pour cela, j'apprécierais que vous accompagniez Brianna chez une modiste. Je suis certain que vous devez connaître celles qui ont les faveurs des jeunes dames à la mode.

— Comptez-vous sortir Brianna dans le monde ?

Edmond baissa les yeux sur sa tante, un sourire jouant sur ses lèvres.

— Il paraîtrait étrange que nous n'assistions pas au moins à quelques soirées, vous ne pensez pas ? Heureusement, le dédain notoire de Stefan pour les événements mondains nous permettra d'en limiter le nombre.

Lady Aberlane pinça les lèvres.

— Et qu'avez-vous l'intention de faire de Brianna quand le danger qui menace Stefan sera passé ? L'enverrez-vous à Meadowland, où est sa place ?

— Et pourquoi diable pensez-vous que sa place est là-bas ? rétorqua Edmond avant de pouvoir se retenir.

— Stefan est son tuteur.

— Alors, il aurait dû faire son devoir plus tôt et l'arracher aux griffes de Thomas Wade.

Quelque chose qui ressemblait à de la satisfaction brilla dans les yeux noirs de la vieille dame.

— Comme vous l'avez fait ?

— Comme je l'ai fait.

Edmond s'inclina avec raideur.

— Bonne journée.

9

Durant les trois jours suivants, Brianna essaya le nombre effarant de robes que lady Aberlane jugeait nécessaires pour la future duchesse de Huntley.

Des robes du matin en mousseline, des soies stylées incrustées de dentelle, de parements et de fleurs en satin. Des robes de promenade avec des spencers assortis et des capes doublées d'hermine. Une robe de voyage en velours rubis avec un manchon délicieusement doux, sans mentionner une robe du soir coupée dans un taffetas d'un marron chaud, avec des ganses dorées, ainsi qu'une robe de soie à rayures roses bordée d'une double épaisseur de tulle.

Et, bien sûr, aucune garde-robe n'eût été complète sans les exquises robes de bal en satin qui coûtaient assez cher pour donner le tournis à la jeune femme.

Brianna n'avait pas possédé une telle profusion de toilettes élégantes et sophistiquées depuis la mort prématurée de son père.

Ce n'était pas que sa mère souhaitait la voir mal habillée, mais Sylvia se rendait rarement compte que sa fille pouvait avoir besoin d'une nouvelle garde-robe et, lorsqu'elle le faisait, elle préférait faire reprendre ses propres robes qu'elle ne mettait plus. Elle avait besoin de la précieuse allocation que Thomas lui donnait pour payer ses dettes de jeu.

Plus d'une fois, Brianna se demanda si elle ne devrait pas se sentir fautive de dépenser la fortune d'Edmond avec une telle légèreté. Certes, c'était lui qui la contraignait à cette parodie de fiançailles, mais elle s'était bel et bien introduite chez lui de force.

Elle écartait aisément ce genre de pensées, cependant, en s'avisant que pour la première fois depuis plus d'un an elle se sentait… presque heureuse.

Bien sûr, si elle était parfaitement honnête, elle devait reconnaître que ce n'étaient pas les belles robes, les châles et les bonnets ornés de plumes qui mettaient un petit sourire sur ses lèvres tandis qu'elle était assise à sa coiffeuse et laissait Janet arranger ses cheveux.

Non, c'était la façon indéniable dont l'étau de peur qui l'étreignait depuis la mort de sa mère se desserrait lentement. Pour la première fois, Thomas Wade ne pouvait pas l'atteindre. Pas tant qu'elle resterait cachée, en sûreté, dans la grande maison de ville.

En dépit du personnel réduit, la demeure londonienne était une vraie forteresse. Et, comme elle n'était pas autorisée à sortir sans la présence imposante de Boris, elle pouvait profiter de ses sorties et de ses emplettes dans Londres sans s'inquiéter. Son beau-père était un sot, mais même lui n'était pas assez stupide pour oser essayer de l'enlever pendant qu'elle était sous la surveillance constante du redoutable garde.

Et puis, il y avait la présence agréable de lady Aberlane. Qui n'eût été distrait de ses soucis par les charmants bavardages de la vieille dame ? Cela faisait si longtemps que Brianna n'avait eu la compagnie de quelqu'un en dehors de sa fidèle soubrette, que c'était un vrai plaisir d'écouter les derniers ragots en prenant une tasse de thé.

Autant d'explications sensées à son sentiment croissant de confort, mais, au fond d'elle-même, elle ne pouvait chasser l'idée qu'il était directement lié à Edmond Summerville.

Ce qui était ridicule, bien sûr. Elle avait à peine aperçu cet homme irritant lors des derniers jours.

Toutefois, aux moments les plus malvenus, elle se rappelait Edmond mettant dehors un Thomas glapissant, ou refusant platement qu'elle quitte la maison sans Boris, ou encore la tenant serrée dans ses bras tandis qu'elle tremblait en goûtant pour la première fois à la passion…

Brianna mit un terme impérieux à ses pensées déplacées. Cela faisait trois nuits qu'elle avait découvert la séduction expérimentée d'Edmond. Trois nuits où elle était revenue sans cesse sur la stupéfiante sensation de ses doigts la touchant de façon si intime, où elle s'était rappelée l'explosion de plaisir qui l'avait laissée faible et ébranlée bien après qu'il s'était retiré par la porte secrète.

Ce soir, elle braverait pour la première fois la haute société londonienne. Elle aurait besoin de tous ses esprits si elle ne voulait pas que cela s'achève par un désastre.

— Voilà, murmura Janet en s'écartant pour admirer la chevelure auburn de Brianna, ramassée en un chignon compliqué au sommet de sa tête, avec de petites boucles effleurant ses tempes. C'est parfait.

— Peut-être pas parfait, mais cette robe est superbe.

Brianna se leva et lissa la robe de dentelle blanche qui recouvrait un fourreau de satin indigo. Le corselet était bien plus décolleté que ce qu'elle avait jamais porté, avec des manches ballon qui dégageaient ses épaules. De petites roses en satin ornaient l'ourlet, assorties à celles qui agrémentaient sa coiffure.

— Lady Aberlane possède un goût exquis.

— Ce n'est pas la robe qui va attirer l'attention du grand monde, même si elle est très belle, remarqua Janet.

— C'est vrai, Janet. Il n'y aura pas une âme dans tout Londres qui ne sera pas avide d'apercevoir la fiancée du duc de Huntley. Je vais me sentir comme un animal de la ménagerie royale.

Brianna pressa une main sur son estomac.

— Espérons que je ne ferai rien pour embarrasser ce pauvre Stefan.

Janet souffla, les mains sur ses hanches rebondies, en examinant Brianna.

— Je voulais dire que vous n'avez jamais été plus jolie. Aussi belle qu'une vision.

— Une vision, en effet, murmura une voix grave depuis le seuil.

Avec un cri de surprise, Brianna pirouetta et découvrit Edmond qui entrait calmement dans sa chambre.

Elle voulut croire que c'était la surprise qui faisait bondir son cœur et tressaillir son corps d'excitation. Mais la surprise n'expliquait pas pourquoi son regard s'attardait sur sa haute silhouette, magnifiquement avantagée par ses culottes blanches, sa jaquette noire ajustée et son gilet argenté. Ni pourquoi ses doigts brûlaient de se couler dans la douceur satinée de ses cheveux sombres. Ni pourquoi elle souhaitait qu'il soit entré chez elle pour autre chose que pour l'escorter à une soirée.

Une rougeur poudra ses joues lorsqu'elle s'avisa que les émotions passant sur ses traits expressifs n'avaient pas échappé au regard scrutateur d'Edmond, et qu'il avait parfaitement conscience de ses pensées.

— Vraiment, Edmond, vous ne pouvez entrer ainsi dans ma chambre, lança-t-elle d'un ton vif, ennuyée d'être troublée par un simple regard.

Il ne quitta pas des yeux son visage échauffé.

— Laissez-nous, ordonna-t-il à la soubrette.

De manière prévisible, Janet refusa de bouger avant que sa maîtresse hoche lentement la tête.

— Tout ira bien, Janet.

La domestique décocha un regard noir à Edmond en se dirigeant vers la porte.

— Oh, oui. Vous avez intérêt à ce que cela aille bien, ou vous m'en répondrez, marmonna-t-elle.

Edmond haussa un sourcil sombre, surpris.

— Votre soubrette vient-elle de me menacer ?

— Je crois que oui.

— Et qu'est-ce qu'une femme deux fois moins grande et lourde que moi pense pouvoir me faire ?

— Ne sous-estimez pas ma femme de chambre, Edmond. Janet n'est pas seulement rusée, mais il se trouve qu'elle est la fille d'un des bandits les plus redoutés de tout Londres.

Je ne doute pas qu'elle pourrait appeler à la rescousse bon nombre de vauriens.

Il parut plus curieux qu'inquiet devant ses paroles assurées.

— Alors, pourquoi ne les a-t-elle pas appelés à l'aide pour vous débarrasser de Thomas Wade ?

Brianna noua ses bras autour d'elle, frissonnant à la mention de son beau-père, se rappelant combien il avait été tentant de céder aux injonctions de Janet la pressant de faire assassiner Thomas dans son sommeil.

— Parce que j'ai refusé de la laisser faire, avoua-t-elle, la voix sourde.

— Pourquoi ?

— Si je désirais que l'on assomme Thomas Wade, je devais le faire moi-même. Pourquoi quelqu'un d'autre aurait-il dû risquer la potence pour moi ?

— Tellement indépendante, ma souris ? demanda-t-il d'un ton traînant, en s'avançant.

Brianna haussa le menton à sa pointe de moquerie.

— J'ai découvert qu'il est bien trop dangereux d'être autre chose qu'indépendante. Grâce au ciel, je pourrai bientôt percevoir mon héritage et je ne serai plus jamais sous l'autorité de quelqu'un d'autre.

Son regard vert était ferme.

— Je ne puis attendre ce jour.

— Votre héritage ?

— Oui.

Elle haussa une épaule.

— Mon père a laissé une partie de ma dot dans des fonds auxquels ma mère ne pouvait pas toucher. Je pourrai recevoir cet argent quand j'aurai vingt-trois ans, au printemps prochain. Ce n'est pas une grosse somme selon les critères du duc de Huntley, mais elle me suffira pour louer une modeste maison et avoir du personnel.

Elle prit une profonde inspiration.

— Janet et moi serons enfin en sécurité.

La pointe d'amusement disparut des yeux sombres d'Edmond, presque comme si sa réponse l'agaçait.

— C'est absurde, dit-il. Tout le monde ne vous veut pas de mal.

— Peut-être pas de mal, rétorqua-t-elle, mais tout le monde est certainement enclin à m'utiliser pour ses propres desseins.

Elle marqua une pause.

— Vous compris, Edmond.

Le nez aquilin du jeune homme frémit, ses yeux bleus luisant d'une émotion dangereuse.

— Ah, oui, mes infâmes desseins.

Il désigna la chaise placée devant sa coiffeuse.

— Asseyez-vous.

— Pourquoi ?

— Vous êtes supposée m'obéir, non ?

Il s'approcha encore.

— Asseyez-vous.

— Bien.

Refusant de s'engager dans une lutte qu'elle était destinée à perdre, Brianna pivota vers la chaise et s'assit d'un geste irrité.

— Un jour, Edmond, vous rencontrerez quelqu'un que vous ne pourrez pas tyranniser et…

Ses mots s'éteignirent quand Edmond se plaça derrière elle et qu'elle sentit un poids froid glisser sur sa peau. Alors qu'elle regardait dans le miroir, son souffle se coinça dans sa gorge devant les pierres étincelantes qui encerclaient son cou.

— Seigneur Dieu…

Elle releva les yeux vers le reflet d'Edmond.

— Ce sont les émeraudes des Huntley.

Son visage était indéchiffrable tandis qu'il caressait ses épaules nues.

Elle leva la main pour toucher les joyaux sans prix, son cœur se contractant d'une étrange douleur. Au fond d'elle-même, elle savait que ces pierres et tout ce qu'elles représentaient étaient destinés à une autre femme. Le genre de femme qui pourrait offrir la grâce et le maintien exigés par la position de duchesse de Huntley. Le genre de femme qu'elle ne serait jamais.

— Non, ce n'est pas bien, je ne peux pas porter ce bijou, murmura-t-elle, ne comprenant pas pourquoi elle combattait une absurde envie de pleurer.

L'humeur d'Edmond s'enflamma devant son refus.

— La monture est un peu démodée, je vous l'accorde, mais ce collier demeure le plus bel ensemble d'émeraudes de toute l'Angleterre, déclara-t-il, son ton glacial faisant se hérisser ses cheveux sur sa nuque. Peu de femmes rechigneraient à le porter à leur cou. Au contraire.

Brianna refusa de plier sous son brûlant déplaisir. Même plus jeune, Edmond avait l'habitude de courber les autres à sa volonté par la simple force de sa personnalité. La seule façon d'éviter d'être emportée par son pouvoir était de planter les talons dans le sol et de refuser de céder.

Quelque chose qu'elle savait fort bien faire.

— Ce collier est parfait, Edmond, comme vous le savez.

Se levant, elle pivota pour lui faire face.

— Mais il est destiné à la future duchesse de Huntley, pas à une simple usurpatrice. Il ne serait pas bien que quelqu'un d'autre que l'épouse de Stefan soit vu avec.

— Ce sont des pierres, ma souris, elles ne se soucient pas de savoir si vous êtes ou non la future duchesse de Huntley, ironisa-t-il.

— Non, mais toute la haute société se souviendra de les avoir vues sur moi. Cela les ternira pour la future épouse de Stefan.

— Les ternira ?
— Oui.
— Vous…

Au prix d'un visible effort, Edmond domina sa colère. Il fit une courbette exagérée et pivota pour se diriger vers la porte.

— Comme je ne peux décider si je dois vous étrangler ou vous posséder, je vais vous laisser finir de vous préparer.

Ayez l'amabilité de me rejoindre dans le vestibule quand vous serez prête.

Dissimulée dans l'ombre du palier, Janet observa Edmond Summerville qui drapait un châle en cachemire, brodé de perles, sur les épaules de sa maîtresse.

Son corps svelte semblait être tendu d'une colère contenue, mais ses mains étaient étonnamment douces tandis qu'il caressait les bras de Brianna, et il courbait la tête comme s'il voulait inhaler le parfum de sa délicate compagne.

Janet était très consciente que les manières de lord Edmond envers la pupille de son frère avaient été par trop intimes dès qu'elles s'étaient introduites dans la maison. Elle ne doutait pas qu'il avait l'intention de la séduire et, à en juger par la réaction de Brianna au beau gentleman, il pourrait bien parvenir à ses fins.

Mais la soubrette s'inquiéta davantage quand elle vit lord Edmond jeter un regard noir au valet qui s'avança pour aider la jeune femme lorsqu'elle laissa tomber son éventail en ivoire. Il était possessif, presque de façon agressive, à croire qu'il la considérait comme sa propriété.

Ce qui était bien plus dangereux que de la simple concupiscence.

Se demandant une nouvelle fois si elles n'avaient pas sauté de la poêle dans le feu, Janet fut prise au dépourvu quand deux bras forts se nouèrent autour de sa taille, par-derrière, et l'écartèrent de la rampe.

— Et que pensez-vous faire, à espionner mon maître ? demanda une voix masculine, au fort accent, à son oreille.

Janet se dégagea pour faire face à son grand agresseur, et leva une main pour frapper son torse massif.

— Oh, cessez cela, dit-elle d'un ton sifflant.

S'attendant visiblement à une autre réaction, Boris laissa tomber ses bras.

— Cesser quoi ?

— De prétendre que vous parlez à peine l'anglais.

Elle croisa les bras sur sa poitrine, essayant d'ignorer les volettements de son cœur tandis que la lumière des bougies

131

jouait sur les traits forts du domestique. Son père lui avait appris au berceau à ne jamais se laisser émouvoir par un beau visage ou une paire de jolis yeux, même s'ils avaient la couleur d'un ciel de printemps.

— Je viens peut-être des bas-fonds, mais je ne suis pas stupide, prévint-elle, ses lèvres se pinçant de contrariété devant sa tentative de la tromper. Je sais reconnaître un gentleman éduqué, surtout un qui se trouve être un soldat, quand il croise mon chemin.

Boris se figea, les paupières plissées.

— Ah, oui ?
— Oui.

Il se pencha, son souffle effleurant la joue de Janet d'une chaude caresse.

— Il est souvent dangereux d'en voir trop.
— C'est une menace ? demanda-t-elle en frissonnant de plaisir.
— Etes-vous effrayée ? s'enquit-il, son accent moins marqué.

Janet haussa le menton et souffla.

— Par quelqu'un comme vous ? Bah ! J'ai rencontré des brigands qui pourraient vous faire pleurer de peur. Mon propre père en est un.

Les lèvres de Boris frémirent d'amusement tandis qu'il se redressait et baissait les yeux sur le visage obstiné de la soubrette.

— Vous n'avez pas répondu à ma question, dit-il. Pourquoi espionnez-vous mon maître ?

Elle ne vit pas de raison de mentir.

— Il se trouve que je ne me fie pas à lord Edmond Summerville.
— Vous mettez son honneur en cause ?
— Je mets en cause la façon dont il regarde miss Quinn.
— La façon dont il la regarde ?
— Comme s'il préparait quelque chose de coquin.
— C'est une très belle femme. Bien sûr qu'il envisage quelque chose de coquin.

— Si cette remarque se veut amusante, elle tombe à côté.

Les traits durs de Boris s'adoucirent lorsqu'il s'avança et promena légèrement les mains sur les bras de Janet.

— Quel homme n'aurait pas à l'esprit quelque chose de coquin quand il est face à une telle tentation ?

— Attention ! Surveillez vos mains, ou…

Les mots courageux de la soubrette furent efficacement interrompus quand Boris l'attira soudain à lui et écrasa ses lèvres d'un baiser qui lui recroquevilla les orteils sous l'effet d'une douce anticipation.

Edmond observait Brianna à travers le salon surpeuplé, son corps durci par un désir frustré. Même entourée par les plus célèbres beautés de Londres, elle parvenait à briller d'une splendeur stupéfiante qui ferait perdre l'esprit à n'importe quel gentleman.

Certes, sa nouvelle sophistication ne faisait rien pour adoucir son ombrageuse personnalité, admit-il avec une crispation en se rappelant leur précédente confrontation.

A ce moment-là, il avait été assailli par des émotions confuses qui bataillaient toutes pour prendre le dessus. La fureur qu'elle ose défier ses souhaits. Un désir aigu de la prendre dans ses bras et d'envoyer le reste du monde aux oubliettes.

Et une farouche satisfaction qu'elle n'aspirât pas à porter les bijoux de Stefan.

C'était cette dernière émotion qui le troublait le plus. La fureur et un désir contrarié étaient assez courants en présence de Brianna. Juste ciel, ils le tourmentaient même quand elle n'était pas là. Une constatation qu'il avait faite durant les trois derniers jours où il avait fait tout son possible pour l'éviter.

Mais pourquoi serait-il content qu'elle rejette spontanément les indéniables tentations qui accompagnaient la position de duchesse de Huntley ?

— Ah, vous voilà, Votre Grâce.

L'accorte brunette vêtue d'une robe en velours vert pomme et parée de diamants scintillants s'arrêta près de lui. Belle plutôt que jolie, lady Montgomery était la plus habile des hôtesses politiciennes de Londres. De fait, nul ne doutait que la position de lord Montgomery au gouvernement était le fruit de ses efforts.

Edmond inclina légèrement la tête.

— Lady Montgomery.

Le sourire taquin qui jouait sur les lèvres pleines de la dame ne cachait pas la curiosité brillant dans ses yeux.

— Je ne suis pas sûre de savoir comment vous remercier, murmura-t-elle.

— Me remercier ?

— Votre présence à mon humble soirée fait en sorte que ma position en société s'est considérablement accrue. Il n'y aura pas une hôtesse dans tout Londres qui ne grincera pas des dents d'envie, parce que vous avez choisi de présenter votre fiancée sous mon toit.

L'air satisfait de la dame à avoir réussi un tel coup n'échappa pas à Edmond.

— Votre gratitude doit aller à ma tante.

Edmond tourna la tête pour regarder l'élégante vieille dame qui restait près de Brianna d'un air protecteur, prête à guider sa jeune protégée à travers les eaux dangereuses de la haute société avec une douce efficacité.

— Elle m'a assuré que miss Quinn se sentirait bien accueillie parmi vos invités.

— Naturellement !

Lady Montgomery le regarda à la dérobée.

— Une jeune dame vraiment charmante. Et aux manières si agréables. Il n'est pas étonnant qu'elle ait réussi à capturer votre cœur fuyant, Votre Grâce.

Edmond sourit, savourant la délectable chaleur qui l'envahissait tandis qu'il ramenait son regard sur sa fiancée.

— Elle est exquise.

Lady Montgomery déplia son éventail de gaze d'un geste exercé.

— Quel dommage que sa mère ait épousé ce…

Elle marqua une pause délicate.

— … déplaisant commerçant. Nul doute que quelques langues acérées rappelleront à la haute société cette regrettable relation, je le crains.

— Ces gens seraient sages de diriger leurs malveillants commentaires sur d'autres sujets que miss Quinn, rétorqua Edmond, d'un ton d'avertissement. Ma famille serait fort mécontente que l'on prononce le nom de Thomas Wade et de ma fiancée dans la même phrase.

Sa voix était glacée.

— De fait, en ce qui me concerne, Thomas Wade n'existe plus.

— Ah, oui. Oui, je vois.

Lady Montgomery parut momentanément surprise par le formidable pouvoir qui émanait du duc de Huntley, d'ordinaire si placide, puis elle émit un petit rire.

— Pour un gentleman qui se mêle si rarement à la société, vous possédez un talent remarquable pour nous plier à votre volonté, Votre Grâce.

— Mon seul désir est de m'assurer que miss Quinn soit jugée sur ses propres mérites, et non sur les choix infortunés de sa mère.

Son expression s'adoucit sans qu'il le veuille tandis qu'il contemplait le délicat profil de Brianna.

— Elle a suffisamment souffert des faiblesses de Sylvia.

Quelque chose qui ressemblait à de l'étonnement passa sur les beaux traits de lady Montgomery, avant qu'elle affiche de nouveau son sourire exercé.

— C'est tout à fait compréhensible. Il a été sage de choisir lady Aberlane pour la guider dans le monde.

— Tante Letty ne m'aurait jamais pardonné si j'avais choisi quelqu'un d'autre pour chaperonner miss Quinn.

L'hôtesse rit délicieusement.

— Sans doute.

Elle inclina la tête sur le côté.

— Mais pourquoi avez-vous insisté pour que j'invite votre cousin ?

Edmond joua distraitement avec la lourde chevalière de Stefan, qu'il avait glissée à son doigt avant de sortir. Il savait que son billet demandant à lady Montgomery d'inclure Howard Summerville dans la soirée attiserait la curiosité. Néanmoins, il valait la peine de faire hausser quelques sourcils pour avoir l'occasion d'observer la réaction de son cher cousin à ses fiançailles.

— Bien que je le regrette, il fait partie de la famille, déclara-t-il d'un ton qui coupait court à tout autre commentaire.

Lady Montgomery ne se montra pas satisfaite.

— Certes, mais votre brouille est bien connue depuis des années. Personne ne se serait étonné que vous l'excluiez de la liste des invités.

Edmond haussa vaguement une épaule.

— Ma fiancée est dotée d'un cœur bien plus tendre que mon frère ou moi. L'idée d'une fracture dans la famille lui déplaît.

— Ah.

Ayant supporté assez de questions peu subtiles, il inclina la tête vers le mince gentleman au teint bistré qui buvait l'onéreux champagne dans un coin comme s'il s'agissait d'un vulgaire gin.

— Avec cette pensée à l'esprit, je suppose que je ferais bien d'aller trouver mon cousin et de faire la paix avec lui.

Il courba la tête vers son hôtesse.

— Voulez-vous m'excuser ?

Lady Montgomery sourit, tout en gardant une expression spéculative.

— Bien sûr.

Laissant de côté la curiosité de la dame, Edmond traversa d'un pas lisse la pièce ivoire et rose pâle, adressant de temps en temps un signe de tête aux gentlemen les plus puissants, et ignorant fermement les œillades aguicheuses de leurs épouses.

Il pouvait volontiers savourer les délectables attentions d'une épouse qui s'ennuyait ; Stefan, en revanche, ne prendrait jamais une femme mariée dans son lit.

10

Appuyé aux panneaux de satin qui recouvraient le mur, Howard Summerville, ses cheveux sombres déjà décoiffés et son écharpe en berne, contemplait d'un air maussade les invités. Edmond fronça les sourcils en s'arrêtant près de lui, reconnaissant que son cousin paraissait plus pathétique que dangereux.

Certes, les apparences étaient souvent trompeuses.

Il avait connu des femmes au visage d'ange qui lui auraient volontiers plongé une dague dans le dos.

— Bonsoir, Howard, murmura-t-il.

Au prix d'un effort visible, Summerville concentra son regard sur Edmond qui le dominait de sa haute taille.

— Oh. Vous voilà, Huntley, dit-il d'une voix épaisse.
— En effet.

Après avoir brièvement combattu les lois de la gravité, le gentleman parvint à s'écarter du mur, son visage étroit échauffé, ses yeux noirs brillant d'une lueur vindicative.

— Vous ne manquez pas de nerf, gronda-t-il. J'ai bien envie de vous donner un coup de poing.

Ah. Edmond cacha un sourire satisfait. C'était là la réaction qu'il avait espéré provoquer.

— Je me sentirais beaucoup plus inquiet si vous n'étiez pas si ivre que vous tenez à peine sur vos pieds, Howard, se moqua-t-il.

Le visage de son cousin se crispa de colère.

— Si je le suis, c'est entièrement votre faute.
— Alors, mes pouvoirs sont plus grands que je ne le

pensais, dit Edmond en jetant un coup d'œil désabusé à la tenue négligée de Howard. J'ignorais que je pouvais forcer un gentleman à boire à travers un salon.

— Ha !

Howard agita les bras, manquant renverser un buste en terre cuite de Charles II.

— Vous savez très bien pourquoi je suis furieux contre vous.

Edmond le prit par le coude et le guida vers les portes-fenêtres qui donnaient sur un étroit balcon.

— Allons discuter de cela dans un endroit où nous pourrons parler sans alimenter les rumeurs.

— Il y a une bibliothèque…

— De fait, je préfère le balcon.

Edmond continua à le conduire d'un geste implacable parmi les invités étonnés.

— Le balcon.

Howard trébucha, remis sur ses pieds par la ferme emprise d'Edmond.

— Bon sang, Huntley, il gèle, dehors.

— Peut-être cela aidera-t-il à éclaircir votre cerveau embrumé.

Edmond jura quand son cousin faillit les faire tomber sur un tabouret de bois de citronnier.

— Pas que cela fasse une grande différence, maugréa-t-il.

— Qu'avez-vous dit ?

— Rien d'important. Venez.

S'arrêtant pour ouvrir les portes-fenêtres, Edmond poussa son cousin sur le balcon en pierre qui surplombait le jardin et referma derrière eux.

Les deux hommes frissonnèrent quand l'épais brouillard tournoya autour d'eux avant de les envelopper de sa froideur collante.

— Sapristi.

Courbant les épaules, Howard jeta un regard noir aux torches fixées sur la balustrade, qui essayaient vainement de dissiper l'obscurité.

— Le temps anglais dans toute sa splendeur.

Edmond acquiesça en silence. Même habitué au climat brutal de la Russie, cette humidité pénétrante lui paraissait désagréable. Toutefois, elle gardait les autres invités au chaud dans la maison et leur octroyait quelques instants d'intimité.

Prenant le temps d'allumer un fin cigare à l'une des torches, il pivota pour étudier l'expression pétulante de son cousin.

— Peut-être aurez-vous l'amabilité de m'expliquer pourquoi vous voulez me donner un coup de poing ?

— Ha. Vous savez très bien pourquoi.

Edmond haussa les épaules, observant la maigre lumière qui jouait sur les traits de son compagnon.

— Je suppose que cela a à voir avec mes récentes fiançailles ?

— Bien sûr que oui.

— Vous saviez sûrement que je finirais par me marier ? Après tout, le devoir le plus important d'un duc est de produire un héritier.

Passant une main dans ses cheveux en désordre, Howard eut un rire amer.

— Pour être honnête, j'espérais que vous étiez le genre d'homme qui n'apprécie pas les femmes. Je veux dire, vous avez pas mal attendu pour peupler le monde de petits Huntley.

Edmond se raidit devant cette insulte à la virilité de son frère. Juste ciel, il devrait pousser ce scélérat par-dessus la balustrade et en finir avec lui. Malheureusement, il devait d'abord s'assurer que Howard Summerville était bien le responsable des attaques contre Stefan.

— Et vous pensiez que si j'éprouvais de l'aversion pour les femmes vous seriez plus près du titre ? demanda-t-il d'une voix grinçante.

— Quoi ? Ne soyez pas stupide. Même si vous ne vous souciez jamais d'avoir des rejetons, votre irritant frère en aura sûrement. Nul ne croirait qu'Edmond n'aime pas les femmes.

Edmond ravala un juron exaspéré. L'homme était-il assez malin pour se douter qu'il était soupçonné des mystérieux accidents de Stefan ?

Cela semblait hautement improbable, mais quelle autre explication y avait-il à sa réaction ?

— Alors, pourquoi mes fiançailles vous fâchent-elles ?
— Parce que vous m'avez ridiculisé.
— Je vous demande pardon ?

Howard chancela en renversant la tête en arrière pour fusiller Edmond du regard.

— Pourquoi diable m'avez-vous dit que vous veniez à Londres pour vous distraire ? Vous auriez pu au moins me fournir un indice de vos véritables intentions.

Edmond fronça les sourcils.

— Je n'étais pas encore prêt à dévoiler mon intérêt pour miss Quinn.

— Eh bien, vous m'avez fait perdre une sacrée fortune, grommela Howard.

— Par le ciel, qu'entendez-vous par là ?
— Le livre des paris, chez White's.

Howard lutta pour rester droit.

— Les paris étaient à cinquante contre un que vous étiez venu à Londres pour choisir une fiancée. Si vous m'aviez donné le moindre indice, j'aurais pu empocher un bon gain. De fait, j'ai perdu vingt livres.

— C'est pour cela que vous êtes en colère ? Parce que vous avez parié sur mes fiançailles ?

— Et parce que votre attitude est grossière.

Howard essaya vainement de lisser ses revers froissés.

— Que vous choisissiez ou non de reconnaître notre parenté, je suis votre cousin. Je ne devrais pas être le dernier à apprendre que vous vous êtes fiancé.

Edmond leva les yeux vers le ciel embrumé.

— Seigneur Dieu.

Brianna fut agréablement surprise de constater que, si les hôtes de lady Montgomery étaient naturellement impatients de rencontrer celle qui avait réussi à capturer l'insaisissable duc de Huntley, ils étaient assez polis pour ne pas se ruer sur elle.

De fait, après avoir installé Brianna et lady Aberlane sur un joli sofa en brocart au milieu du grand salon, leur hôtesse avait pris soin de s'assurer que pas plus de deux ou trois personnes à la fois ne s'attardent auprès d'elles avant d'être gentiment poussées vers les tables de rafraîchissements.

Ces présentations minutieusement chorégraphiées permirent à Brianna de se rappeler sans mal les diverses réponses qu'elle avait répétées lors des derniers jours et d'écarter les questions les plus impertinentes. Cela lui laissa aussi bien trop souvent l'occasion de porter son regard vers le beau gentleman brun qui se mouvait si aisément parmi la foule.

Elle avait beau essayer de chasser son irritant fiancé de son esprit, elle était vivement consciente de chacun de ses mouvements. C'était comme si toute autre personne dans la pièce devenait insignifiante, laissant Edmond briller d'une force puissante et implacable qui appelait son attention indéfectible.

Maudit soit-il.

Naturellement, ce fut cette incapacité à ignorer sa présence qui lui permit de suivre son avancée délibérée à travers le salon pour aller trouver le mince gentleman aux cheveux noirs qui se tenait dans un coin. Elle haussa les sourcils en s'avisant qu'elle reconnaissait l'homme, visiblement ivre.

Ouvrant son éventail d'un mouvement du poignet, elle se pencha vers lady Aberlane pour murmurer :

— Juste ciel, est-ce Howard Summerville ?

La vieille dame suivit son regard et fit un petit signe de tête.

— Oui, je crois bien.

Brianna plissa les paupières. Lady Aberlane devrait être aussi surprise qu'elle de la présence du gentleman. Après tout, toute la haute société savait que le duc de Huntley refusait de se trouver sous le même toit que son cousin.

Ce qui posait la question de savoir jusqu'où lady Aberlane était impliquée dans les infâmes plans de son neveu.

— Je pensais que les deux familles étaient à couteaux tirés, chuchota-t-elle. Quelque chose comme les Capulet et les Montaigu.

Sa compagne agita les mains, mais Brianna ne manqua pas le vif coup d'œil qu'elle lançait à Edmond, qui conduisait l'homme éméché vers une porte-fenêtre.

— Oh, certainement rien d'aussi dramatique, répondit Letty à mi-voix.

— Non ?

Lady Aberlane sourit d'un air contraint devant cette repartie.

— Eh bien, je suppose qu'il est exact que Stefan et Edmond n'éprouvent guère d'affection pour leur cousin.

— Alors, pourquoi s'éloignent-ils ensemble comme s'ils étaient des frères de lait ?

— Cela, ma chère, je ne peux le dire.

— Hmm.

Refermant brusquement son éventail, Brianna se leva.

— Brianna, où allez-vous ?

Un sourire déterminé incurva les lèvres de la jeune femme.

— Il règne une chaleur assez étouffante ici, vous ne trouvez pas ? Je crois que je vais sortir prendre l'air sur le balcon.

Lady Aberlane posa une main sur son bras.

— Pensez-vous vraiment que vous devriez les déranger, ma chère ? Votre fiancé a peut-être des affaires à discuter avec son cousin.

Brianna plissa les yeux.

— Quel genre d'affaires ?

— Celles qu'il désire sans doute ne pas voir interrompre.

Ce qui signifiait que c'était précisément le genre d'entretien que Brianna souhaitait interrompre. Ou, plus exactement, surprendre.

D'une manière ou d'une autre, elle voulait découvrir les secrets d'Edmond. Et, quand elle le ferait, elle mettrait fin à ces ridicules fiançailles et partirait pour Meadowland, où elle serait en sécurité.

— Alors, il ne devrait pas traiter ses affaires au beau milieu d'une soirée, déclara-t-elle, et elle pivota pour se diriger vers la porte-fenêtre d'un pas décidé.

Jetant son cigare, Edmond saisit la pierre froide et humide de la balustrade et fixa d'un air sombre les ombres noires du jardin, au-dessous.

Sacrebleu.

Ou Howard Summerville était le scélérat le plus rusé qu'il avait jamais pourchassé, ou il était vraiment le benêt qu'il semblait être.

Et le fait qu'il ne puisse trancher le rendait furieux.

Il avait consacré des années à dévoiler des calculateurs, des conspirateurs et des traîtres. Il avait étouffé d'innombrables complots contre Alexander Pavlovich, simplement parce qu'il était capable de distinguer les avertissements les plus subtils et de sentir quand les autres lui mentaient.

Et maintenant, alors que c'était plus important que jamais, il découvrait que ses instincts refusaient de le servir.

Jurant à mi-voix, Edmond luttait pour recouvrer son sang-froid péniblement ébranlé quand la porte-fenêtre du balcon s'ouvrit et qu'un enivrant parfum de lavande emplit l'air nocturne.

— Brianna.

Il fronça les sourcils, irrité.

— Par tous les diables, que faites-vous ici ?

Elle sourit avec une joyeuse indifférence à son manque brutal d'égards.

— J'avais besoin de prendre l'air.

Elle pivota pour faire face à Howard Summerville, qui essayait vivement de coiffer ses cheveux et de lisser sa jaquette froissée. Howard était peut-être un sot et un ivrogne, mais même lui réagissait à la captivante beauté de Brianna.

— Je vous dérange ?

Avant que son cousin ne retrouve sa langue, Edmond se plaça juste derrière Brianna. Il glissa les bras autour de sa taille pour l'attirer contre les durs aplats de son corps.

— De fait, oui, répondit-il à son oreille, d'une voix traînante. Mais c'était votre intention, n'est-ce pas ?

Elle frémit mais, avec ce courage qu'il commençait à bien connaître, elle refusa de s'en laisser imposer.

— Vraiment, Stefan, vous ne devriez pas me taquiner ainsi, murmura-t-elle en glissant la main entre eux pour lui pincer le bras en cachette.

Ignorant la petite douleur, Edmond pressa délibérément son sexe durci contre ses douces courbes.

— Non, j'ai des moyens beaucoup plus agréables de vous taquiner, vous ne croyez pas ? la provoqua-t-il.

Elle inspira vivement, s'arracha à son étreinte et s'avança vers Howard médusé. Avec une élégance innée, elle fit une petite révérence.

— Monsieur Summerville, c'est un plaisir.

Elle tendit sa main fine.

— Cela fait bien trop longtemps.

— En effet.

Se courbant, Howard posa un baiser sur ses doigts, inconscient de la fureur sauvage qui parcourait Edmond à la vue d'un autre homme touchant Brianna.

— Qui eût pu supposer que vous deviendriez une si belle femme ?

— Moi, pour commencer, gronda Edmond, en entourant les épaules de Brianna d'un bras possessif.

Howard se recula prestement, assez mâle pour percevoir l'avertissement de son cousin. Toutefois, cela ne l'empêcha pas d'essayer de tirer profit de l'arrivée de Brianna. Il espérait sans nul doute qu'elle serait une touche plus facile que Stefan ou Edmond.

— Et maintenant que vous allez faire partie de la

famille, nous devons faire plus ample connaissance. Peut-être accepteriez-vous de vous joindre à ma femme pour…

Les mots alourdis par l'alcool s'arrêtèrent brusquement quand un coup de feu retentit, tiré du jardin au-dessous. Edmond émit un sifflement, choqué, et tournoya vers la balustrade tandis que Howard poussait un cri alarmé.

Il n'était pas certain de ce qu'il voulait faire. Il pouvait facilement sauter par-dessus la balustrade et atterrir dans le jardin, mais avec la nuit et le brouillard il n'y verrait quasiment rien. Ce n'était pas le meilleur moyen d'affronter un attaquant armé.

Toutefois, il ne pouvait laisser disparaître son assaillant sans même essayer de le poursuivre.

— Brianna, rentrez à l'intérieur et ne partez pas avant que je revienne, ordonna-t-il, les mains sur la balustrade, en se préparant à plonger dans l'obscurité.

Il marmonna un juron quand elle ne répondit pas, et tourna la tête pour la fusiller du regard. Par le ciel, il n'avait pas de temps à perdre à…

Son cœur s'arrêta douloureusement lorsqu'il rencontra son regard stupéfait, et nota le sang sombre qui jaillissait de sa tempe et coulait le long de sa joue en un sinistre ruisselet.

Il fut aussitôt ramené dix ans en arrière, redevenant le jeune homme qui avait hurlé de fureur et d'impuissance quand on lui avait appris que ses parents s'étaient noyés dans le naufrage de leur yacht entre le Surrey et Londres. A l'époque, il avait été incapable de faire plus que d'endurer sombrement leur perte. Il avait été si… pitoyablement dénué de moyens.

Cette fois, il franchirait les portes de l'enfer avant de laisser mourir quelqu'un d'autre dans sa vie.

Ces pensées torturantes lui brûlaient l'esprit quand Brianna se mit à basculer en avant. Avec un cri rauque, il se rua sur elle et la saisit dans ses bras.

Ainsi qu'il fallait s'y attendre, le chaos se déclencha quand les cris étranglés de Howard attirèrent les élégants invités vers le balcon, où ils découvrirent qu'une des leurs avait été touchée par un coup de feu.

Edmond eut vaguement conscience des explications balbutiantes de son cousin et des ordres de lady Montgomery, très choquée, demandant que toute la maison et les jardins soient fouillés par les domestiques.

Mais son attention était rivée sur le corps terriblement inerte qu'il serrait dans ses bras tandis qu'il traversait la maison en trombe, appelant sa voiture à grands cris et grondant si quelqu'un était assez imprudent pour lui couper le passage.

Une voix à l'arrière de son esprit lui soufflait qu'il serait plus sage de porter Brianna dans la chambre de lady Montgomery et d'appeler un docteur, mais il l'écarta avec une dureté implacable. Il était saisi d'un besoin urgent de la ramener chez Stefan. Là seulement, elle serait entourée par ses serviteurs bien entraînés qui montaient constamment la garde et étaient loyaux au-delà de toute question.

C'était le seul endroit où il savait pouvoir la garder en sûreté.

En cet instant, rien d'autre ne comptait.

Edmond jeta un regard noir au docteur qui enfilait sa redingote et coiffait son chapeau en castor sur ses cheveux gris clairsemés. Il n'appréciait guère l'arrogance inscrite sur le visage étroit du médecin, ni la façon cavalière dont il traitait la blessure de Brianna — une broutille, d'après lui. Mais Letty l'avait convaincu que ce condescendant individu était le meilleur médecin de Londres.

— Vous êtes certain que miss Quinn se remettra ? gronda-t-il tandis que l'homme continuait à tripoter son chapeau.

— Votre Grâce, je vous assure que la balle n'a fait qu'érafler sa tempe. Le saignement s'est déjà arrêté et la blessure devrait être complètement guérie dans quelques jours.

— Alors, pourquoi est-elle inconsciente ?

— Le frôlement d'une balle sur la tempe suffirait à faire s'évanouir même un homme adulte, a fortiori une délicate jeune femme.

Il se racla la gorge, jetant un coup d'œil discret vers la porte. Son arrogance s'effritait rapidement sous la colère brûlante d'Edmond.

— Elle a sans doute eu l'impression de recevoir le coup de pied d'une mule.

Edmond marmonna un juron. Le souvenir des grands yeux de Brianna emplis de douleur, avant qu'elle se pâme, lui serra le cœur d'horreur. Juste ciel, si elle avait bougé la tête d'un pouce, la balle aurait...

Il refusa de laisser la pensée se former. A la place, il fusilla du regard le médecin décontenancé qui se glissait toujours plus vers la porte et la liberté.

— Qu'en est-il d'une infection ? demanda-t-il rudement.

— C'est peu probable, mais je reviendrai demain matin pour m'assurer que tout va bien.

— A-t-elle quelque chose pour la douleur ?

— J'ai laissé un flacon de laudanum à sa soubrette, mais il vaudrait mieux ne l'utiliser qu'en cas d'absolue nécessité.

— Et vous reviendrez avant demain, si nécessaire ?

— Vraiment, Votre Grâce... Oui, oui, bien sûr. Je m'occuperai de miss Quinn quand vous le voudrez.

Edmond hocha la tête d'un air dédaigneux, puis pivota et se dirigea vers le grand escalier. Il n'avait pas vraiment besoin de la réticente promesse de Haggen. S'il devait requérir ses services, il enverrait Boris le chercher. A la pointe d'un pistolet si nécessaire.

Ses pas résonnèrent lugubrement dans la maison silencieuse, pour ralentir quand il atteignit le palier. Le besoin de monter à l'étage supérieur, dans les chambres, frémissait dans son corps tendu. La peur qui le tenaillait ne diminuerait pas tant que Brianna n'aurait pas quitté son lit et ne sèmerait pas de nouveau son agitation habituelle dans la maison.

Il savait qu'il n'avait pas intérêt à essayer de rejoindre

la blessée, au moins pour le moment. Sa tante et Janet veillaient sur Brianna comme des blaireaux enragés, qui le mettraient en pièces s'il osait interférer dans leurs soins nerveux.

Avec aigreur, il se rendit d'un pas lourd dans la bibliothèque. Quand il entra dans la pièce silencieuse, juste éclairée par les braises du feu mourant, il alla se servir une bonne rasade de cognac, qu'il avala d'un trait. Le vieil alcool laissa dans sa gorge une traînée de feu qu'il apprécia, aidant à dissiper la peur glacée qui l'avait étreint dès qu'il s'était tourné pour voir que Brianna avait été touchée.

Il se versait un deuxième cognac, quand Boris le rejoignit. Le robuste soldat s'arrêta pour ajouter une bûche dans le feu, avant d'ôter son lourd manteau et de s'appuyer à la cheminée sculptée.

Dès qu'Edmond était revenu à la maison, il avait envoyé son fidèle serviteur chez lady Montgomery, dans le vague espoir que l'assaillant ait pu être aperçu par un domestique, ou qu'il ait été assez peu soigneux pour laisser derrière lui un indice de son identité.

Tendant le verre à moitié plein à son compagnon visiblement fatigué, il se percha sur le coin du bureau.

— Eh bien ?

Boris fit une grimace après avoir vidé et reposé le verre.

— On n'a rien découvert dans le jardin, mais il faisait trop sombre pour une fouille approfondie. J'y retournerai à l'aube.

— Avez-vous parlé aux domestiques ?

— A tous ceux qui voulaient parler à un étranger.

Edmond grimaça à son tour. Il y avait des choses qui ne changeaient pas sous le soleil, et le dédain des Anglais pour les étrangers en était une.

— Je suppose qu'aucun d'eux n'a eu le bon sens de remarquer un inconnu tapi dans le jardin ?

Boris haussa les épaules.

— La plupart se trouvaient dans les cuisines, même

si quelques-uns des plus aventureux avaient profité de la distraction de la gouvernante pour aller badiner sur la pelouse.

Il marqua une pause pour piquer l'attention d'Edmond.

— L'une des soubrettes se souvient très bien d'avoir entendu un bruit de course venant des écuries et se rendant dans le jardin quelques instants avant le coup de feu.

— Des écuries ? Alors, le tireur n'attendait pas dans le jardin ?

— Pas si les pas lui appartenaient.

— Est-il possible de voir quelqu'un sur le balcon, de cette position ?

— Oui.

Boris hocha la tête.

— De fait, si j'essayais de surveiller quelqu'un dans la maison, la pelouse serait l'endroit parfait.

Edmond se redressa abruptement, se mettant à arpenter la pièce tandis qu'il considérait les implications de la découverte du Russe.

— Ainsi, cela a été la chance de l'assassin que je me montre assez imprudent pour sortir sur le balcon et lui offrir une si belle cible ?

— Ce n'est pas votre cousin qui vous a demandé de sortir sur le balcon ? s'enquit Boris, troublé.

— Non.

Edmond s'immobilisa, rencontrant le regard plissé de son compagnon.

— En vérité, il était réticent à sortir dans le froid.

Boris secoua lentement la tête, son expression crispée indiquant sa frustration devant cette attaque. Une frustration qui faisait écho à celle d'Edmond.

Ce n'était pas seulement le fait que quelqu'un ait été assez audacieux pour lui tirer dessus en plein Londres. Ni que la balle ait dévié et touché Brianna. Mais le côté apparemment hasardeux du coup de feu.

Se tapir devant une maison bondée d'invités et de domestiques en comptant sur la chance que le duc de Huntley s'offre comme une cible facile n'était guère un plan brillant.

— Ainsi, si Summerville est celui qui a payé le scélérat pour vous abattre, il n'était pas prévu que cela se passe sur le balcon, marmonna Boris.

— Pas à moins qu'il possède une foi illimitée dans le tireur, dit sèchement Edmond. Nous n'étions qu'à quelques pas l'un de l'autre quand le coup a été tiré.

Boris haussa les épaules.

— Bien sûr, s'il se tenait à côté de vous lors de votre meurtre manqué, cela lui fournit un alibi inébranlable.

— Howard n'a pas la cervelle, et encore moins le courage, pour tramer un plan aussi dangereux. Damnation. Ce n'était pas censé être si compliqué.

Pendant un long moment, seuls les craquements des bûches rompirent le silence de la pièce. Puis Boris se racla la gorge.

— Vous êtes certain que vous étiez la victime prévue ?

— Qui diable gâcherait une balle pour Howard Summerville ?

— C'est miss Quinn qui a été touchée.

Edmond s'arrêta net, son sang se glaçant.

— Sapristi, Boris, c'est déjà assez difficile d'accepter que Brianna a été blessée à cause de moi. Je ne veux même pas envisager que quelqu'un ait essayé de la tuer.

— Ne pas vouloir quelque chose ne le fait pas disparaître.

— Non.

Le ferme déni d'Edmond résonna dans la pièce.

— Le seul qui pourrait vouloir du mal à Brianna est Thomas Wade, et il est obsédé par l'idée de la mettre dans son lit, pas dans sa tombe. Il n'essaierait jamais de la tuer.

— Peut-être pas, dit Boris, visiblement sceptique. Qui hériterait de sa dot si elle mourait ?

— Assez, Boris.

Le Russe leva les mains dans un geste d'apaisement.

— Je suis d'accord, il est peu probable que la balle ait été destinée à quelqu'un d'autre que le duc de Huntley, mais un homme sensé m'a dit un jour qu'il est imprudent de sauter sur des conclusions hâtives et d'écarter d'autres possibilités.

Au prix d'un effort, Edmond détendit ses muscles noués et inspira à fond. C'étaient ses propres mots, bien sûr. C'était ainsi qu'il formait tous ses employés.

Il était bien trop facile de se laisser aveugler par l'évidence ou, pire, de laisser l'émotion dominer la logique.

— Un homme sensé, vraiment.

Il eut un sourire crispé tandis qu'il reconnaissait sa défaite. Boris avait raison. Il restait trop de questions sans réponse pour faire des suppositions.

— Demain, je veux que vous découvriez tout ce que vous pouvez sur les finances de miss Quinn, et si quelqu'un profiterait de sa mort.

Boris hocha la tête.

— Que comptez-vous faire ?

— J'ai déjà envoyé une rose rouge au théâtre du Roi pour convenir d'une rencontre avec Chesterfield.

Edmond leva la main pour masser sa nuque douloureuse.

— S'il fait surveiller Howard Summerville, comme il est payé pour le faire, quelqu'un doit avoir vu quelque chose.

— Oui.

L'expression de Boris se fit plus acérée en comprenant qu'il pouvait fort bien y avoir un témoin de l'attaque.

— Je devrais peut-être me rendre dans ce pub, voir si Chesterfield a laissé un message…

— Demain matin, Boris, coupa Edmond d'un air implacable. J'ai demandé à Danya de surveiller la maison, mais je préfère vous avoir sous la main si le scélérat décide de finir ce qu'il a commencé.

— Personne ne serait sûrement assez intrépide pour essayer de se glisser dans cette maison !

— Tant que Brianna sera sous ce toit, je ne veux pas prendre de risques.

Ignorant l'expression spéculative de son compagnon,

Edmond tourna les talons pour quitter la bibliothèque. Il avait laissé assez de temps aux femmes pour s'affairer autour de Brianna. Pour le reste de la nuit, elle serait sous sa garde.

11

Ce fut le bruit d'une altercation étouffée, mais vive, qui tira Brianna de son sommeil. Durant un long et pénible moment, elle lutta pour se rappeler où elle était et ce qui s'était passé.

Elle se souvint qu'elle se trouvait à la soirée de lady Montgomery. Et d'avoir suivi Edmond sur le balcon. Mais après cela tout se perdait dans la sensation d'être serrée dans les bras d'Edmond, puis ballotée dans une voiture. A présent, il semblait qu'elle était couchée dans son lit de Huntley House, avec Janet qui montait la garde à sa porte et Edmond fort mécontent d'être empêché d'entrer dans la chambre.

— Je vous ai dit de vous écarter, Janet, dit-il d'un ton sec.
— Non.

La soubrette se montrait plus obstinée que jamais.

— Je ne laisserai pas déranger miss Brianna.
— Je n'ai pas l'intention de la déranger, ni de rester dans ce couloir à me quereller avec vous. Ecartez-vous, ou je vous écarterai.

Brianna aurait pu savourer la dispute entre les deux implacables adversaires, si elle n'avait pas eu besoin de se concentrer pour repousser l'obscurité qui menaçait.

— Maintenant, écoutez-moi bien, sir. Je me moque que vous preniez vos grands airs, vous ne me faites pas peur.

Janet était indomptable, comme toujours.

— C'est votre faute si ma maîtresse est blessée. Le moins que vous puissiez faire est de la laisser guérir en paix.

— Vous suivez un chemin dangereux, Janet.

— C'est mon devoir de protéger ma maîtresse. Surtout quand elle est incapable de se protéger elle-même.

Brianna entendit Edmond inspirer vivement et elle força ses paupières lourdes à se soulever pour pouvoir voir son expression dure et outragée. Elle doutait que M. Edmond Summerville voie souvent son honneur remis en cause par une simple servante.

— Par tous les diables, que pensez-vous que je compte faire avec elle ?

Janet souffla.

— Il n'y a qu'une seule raison pour laquelle un homme veut entrer dans la chambre d'une femme.

— Juste ciel ! Je ne suis pas Thomas Wade. Et je n'ai pas besoin de m'imposer aux femmes. Surtout à celles qui sont inconscientes.

— Peut-être pas, mais...

Brianna se sentit soulagée, quand les mots acerbes de Janet furent brusquement interrompus. Boris apparut soudain sur le seuil, un léger sourire sur ses traits taillés à la hache.

— Permettez-moi, sir, murmura-t-il avant d'empoigner une Janet stupéfaite par la taille et de la jeter sur son épaule.

— Espèce de démon !

La soubrette frappa le dos de Boris de ses poings serrés.

— Je vous ferai châtrer ! Je vous ferai trancher la gorge et jeter dans les égouts !

— Merci, Boris, dit Edmond en gloussant, tandis que le grand Russe s'éloignait dans le couloir avec Janet qui se débattait.

Les menaces de la servante furent soudain étouffées quand il ferma la porte et s'avança pour s'asseoir sur le bord du lit. Nichée au creux du matelas, Brianna frissonna malgré les couvertures que l'on avait empilées sur elle pendant qu'elle dormait. Même avec ses yeux magnifiques assombris par la fatigue et sa mâchoire ombrée de barbe, Edmond parvenait encore à emplir la pièce de sa puissance.

Et à traverser Brianna d'un plaisir troublant.

Instinctivement, elle essaya de s'écarter de son grand corps dominateur, mais elle en fut empêchée quand Edmond s'allongea à côté d'elle et la prit tendrement dans ses bras.

Elle se raidit, l'observant avec méfiance en s'avisant qu'ils étaient seuls dans sa chambre et qu'il ne portait que ses culottes et sa chemise en lin, alors qu'elle était seulement vêtue d'une fine camisole.

— Edmond ?
— Chut. Ne bougez pas, ma souris, murmura-t-il, ses lèvres frôlant l'endroit de sa blessure.
— Que va faire Boris de Janet ? demanda-t-elle.
— Je pense que nous devrions nous inquiéter davantage du sort de Boris, dit-il d'une voix traînante. Où diable avez-vous trouvé cette mégère ?

Brianna savait qu'elle devrait se dégager de ses bras. Même avec les épaisses couvertures et son habit de soirée froissé entre eux, elle sentait sa chaleur attirante commencer à s'immiscer dans son corps glacé. Mais pour le moment, elle était trop fatiguée pour combattre l'inévitable. En outre, c'était si merveilleux de se blottir contre lui et de poser sa tête au creux de son épaule. Il y avait en lui une force farouche et implacable qui bannissait l'étrange sensation d'irréalité qui l'habitait.

— Elle est très protectrice.
— C'est ce que j'ai constaté.

Il effleura de ses lèvres la courbe de sa joue, ce contact cherchant à la réconforter plus qu'à la séduire.

— Ce soir, cependant, elle n'a pas besoin de monter la garde. Je suis ici pour vous veiller.
— Je crois qu'elle est convaincue que vous avoir ici pour me veiller revient à faire garder les poules par le renard, déclara sèchement Brianna.

Edmond s'écarta pour pouvoir regarder son visage pâle et tiré par la souffrance, les sourcils froncés.

— Je veux bien être comparé à un renard, mais je ne veux pas être pris pour un monstre. Je ne prends pas des femmes blessées par la force.

Blessées.

Oui. Cela expliquait cette vive souffrance à sa tempe. Elle leva la main et découvrit un pansement.

— Que s'est-il passé ?

— Vous ne vous en souvenez pas ?

Elle commença à froncer les sourcils et tressaillit sous la douleur.

— Je me souviens d'être sortie sur le balcon et d'avoir entendu une forte explosion. Je crois que quelque chose m'a frappée à la tête.

Les traits durs d'Edmond étaient indéchiffrables.

— On vous a tiré dessus, Brianna.

— Tiré dessus ?

Elle se figea, choquée, les doigts toujours pressés sur sa tempe.

— C'est une balle qui a fait cela ?

— Oui.

— Juste ciel ! dit-elle dans un souffle. Qui voudrait me tirer dessus ?

— Qui peut le dire ?

— Vous ! dit-elle, le fusillant du regard.

— Quoi ?

Elle se redressa prudemment sur ses oreillers, juste assez pour ne pas être allongée sur le dos.

— Vous savez quelque chose.

— Ce n'est pas le moment de discuter...

— Bon sang, Edmond, dites-moi.

— Je suspecte que c'était un accident.

Elle fit claquer sa langue.

— Vous pensez que je suis assez stupide pour croire que quelqu'un tirait au hasard sur le balcon de lady Montgomery ?

— Non, je ne pense pas un instant que c'était au hasard.

Elle frémit à son ton sourd, farouche. Pour l'amour du ciel, il prétendait qu'il s'agissait d'un accident et pourtant il affirmait que ce n'était pas un hasard...

— Oh !

Ses yeux s'agrandirent tandis qu'elle comprenait.

— Vous croyez que l'accident a été que *je* sois touchée. Vous pensez que l'on a tiré sur vous.

Ce fut seulement parce qu'il la tenait fermement contre lui qu'elle sentit ses muscles se raidir.

— C'est une possibilité, éluda-t-il.

— Pourquoi ? Pourquoi quelqu'un vous tirerait-il dessus ?

Les lèvres d'Edmond esquissèrent un sourire crispé.

— Sûrement que vous, en particulier, ne pouvez être surprise que quelqu'un veuille me voir mort ?

Non, elle n'en serait pas surprise. Après tout, il était le genre de vaurien arrogant et implacable à collectionner des ennemis comme d'autres collectionnaient des boîtes à priser. Sans parler du fait qu'il était un séducteur renommé qui avait sans doute forgé son chemin par le charme à travers toute l'Angleterre et la plus grande partie de la Russie.

Le seul miracle était qu'il n'ait pas été tué plus tôt.

Mais sa blessure à la tête ne lui avait pas complètement brouillé l'esprit.

— Mais personne à Londres ne sait que c'est vous. Tout le monde pense que vous êtes le duc de Huntley, fit-elle observer, soupçonneuse. Cela a quelque chose à voir avec le fait que vous prétendez être Stefan, n'est-ce pas ?

Il pinça les lèvres.

— Il est tard, Brianna. Vous devriez vous reposer.

— Non.

Elle fit un geste pour s'asseoir, mais il resserra ses bras autour d'elle.

— Je mérite de connaître la vérité, Edmond.

Il haussa un sourcil sombre.

— Vous *méritez* ?

— C'est moi qui ai été touchée.

Il y eut un silence pesant tandis qu'il examinait son expression entêtée. Brianna savait qu'il désirait ignorer ses demandes d'explication. C'était un homme qui donnait des ordres et s'attendait à être obéi sans questions. Alors que son regard s'attardait sur le pansement, ses beaux traits trahirent une trace de résignation.

— Je suppose que c'est exact, accorda-t-il de mauvais gré.
— Je vous en prie.

Elle porta une main à sa joue, le picotement de sa barbe naissante sur sa paume lui causant une sensation étrangement agréable.

— Pourquoi êtes-vous à Londres sous le nom du duc de Huntley ? Quels secrets cachez-vous ?

Ses yeux foncèrent sous sa caresse, puis ses traits se crispèrent et il s'écarta pour lui jeter un regard dur.

— Je suis ici parce que je suspecte que quelqu'un essaie de tuer mon frère.

Une incrédulité glacée traversa le corps de Brianna. Elle ignorait ce qu'elle avait escompté, mais certainement pas cela.

— Non. Je ne peux pas le croire.

Les lèvres d'Edmond s'incurvèrent légèrement tandis qu'il touchait doucement son pansement.

— Vous avez cette blessure pour vous en convaincre.
— Mais... Stefan ?

Elle secoua la tête, se sentant étrangement engourdie pendant qu'elle bataillait pour accepter l'idée choquante que quelqu'un pouvait vouloir du mal au duc de Huntley.

— Vous devez vous tromper. Il est si aimable, si bon. Tout le monde l'aime.

L'expression d'Edmond était lugubre tandis qu'il suivait du bout des doigts la ligne de sa joue.

— Il a beau être aimable et bon, il est aussi un noble puissant qui a hérité de sa part d'ennemis.

— Je suppose.

Brianna prit une profonde inspiration.

— Néanmoins, cela semble...
— Cela semble quoi ?
— Inconcevable, marmonna-t-elle, incapable de trouver le mot qui convenait pour décrire la nausée qui lui étreignait l'estomac.

Elle n'était pas innocente au point de ne pas comprendre que le mal existait dans le monde. Thomas Wade s'en était assuré. Mais il était pratiquement impossible d'imaginer le doux et gentil Stefan poursuivi par un assassin au sang-froid.

— Qui soupçonnez-vous ?

La frustration crispa les traits d'Edmond. Il secoua la tête.

— Howard Summerville semblait être le coupable idéal. Si Stefan et moi devions mourir, il hériterait du titre et d'une grande fortune — dont il n'a pas fait mystère qu'il a désespérément besoin.

— Oh !

Brianna ouvrit de grands yeux.

— C'est pour cela que vous avez laissé inviter votre cousin chez lady Montgomery ?

— Oui.

Elle réfléchit un long moment.

— Peut-être était-il le coupable idéal, mais il ne peut guère avoir appuyé sur la détente ce soir. A moins d'être un magicien.

— Il aurait pu payer quelqu'un pour commettre le forfait à sa place pendant qu'il se tenait à mon côté. Quel meilleur moyen de prouver qu'il est innocent ?

Elle battit des cils devant cette explication perverse.

— Ainsi, vous pensez...

— Pour l'heure, je ne sais que penser.

Il poussa un soupir exaspéré en la blottissant contre son torse et en appuyant sa joue sur le sommet de sa tête.

— Tout ce dont je suis sûr, c'est que je suis fatigué et que j'ai besoin de quelques heures de sommeil. Nous pourrons terminer cette conversation demain. Ou plutôt, aujourd'hui, rectifia-t-il en regardant vers la fenêtre où l'on distinguait les prémices roses de l'aube.

Brianna ne pouvait nier son désir de se lover contre Edmond et de reposer un moment sa tête douloureuse. Malgré la conscience aiguë qu'elle avait de lui, ou peut-être à cause d'elle, elle se sentait en sûreté, protégée et étrangement paisible dans ses bras. Comme si aucun mal ne pouvait lui être fait tant qu'il la tenait dans son étreinte.

Une sensation bien plus dangereuse que le simple désir.

— Edmond.
— Mmm ?
— Vous ne pouvez rester dans ce lit avec moi.
— Soyez tranquille, ma souris. Je vous confie ma vertu. Au moins pour les prochaines heures.
— Et qu'en est-il de la mienne ?
— Elle ne craint rien.

Il sourit en la regardant profondément dans les yeux, avant de se tourner pour souffler la bougie près du lit.

— Au moins pour les prochaines heures.

Quand Brianna se réveilla, elle était toujours blottie dans les bras d'Edmond. Cela ne la choqua pas vraiment. Elle n'avait opposé qu'une résistance de principe pour lui faire quitter son lit, et avait rapidement ruiné cette tentative en s'endormant avec une facilité déconcertante.

Ce qui était choquant, en revanche, c'était de découvrir qu'à un moment donné Edmond s'était dévêtu et qu'elle était pressée de façon possessive contre son corps nu.

Durant un certain laps de temps, elle s'autorisa à savourer le bien-être de s'éveiller dans les bras d'un homme. Puis, avec un juron étouffé devant sa stupidité, elle commença à se dégager prudemment de la jambe qu'Edmond avait jetée sur ses hanches. Seigneur Dieu, toute la maison devait savoir qu'il était dans sa chambre et qu'ils avaient dormi dans le même lit.

Que devait-on penser ?

Décidée à s'échapper, Brianna avait réussi à se libérer d'un pouce à peine quand les bras passés autour d'elle se resserrèrent avec une force inflexible.

— Bonjour, ma souris. Avez-vous bien dormi ?

Incapable de bouger, Brianna renversa la tête en arrière et découvrit deux fentes d'un bleu brillant entre ses épais cils noirs. Son cœur sursauta violemment à la vue de ses beaux traits encore adoucis par le sommeil et de ses cheveux sombres qui retombaient sur son front.

Il paraissait plus jeune, plus... vulnérable. Comme s'il

possédait peut-être un cœur, finalement, sous sa force implacable.

— Assez bien, répondit-elle, étant donné que vous avez occupé bien plus que votre part du lit.

Elle avait le souffle court. Il rit doucement contre sa joue.

— Vraiment ? On peut y remédier aisément.

— Oui, très aisément, rétorqua-t-elle d'un ton sec.

Il avait beau jeu de se moquer de son embarras. Sans doute se réveillait-il chaque matin avec une femme ou une autre dans son lit. Elle, en revanche, n'avait aucune expérience dans ce domaine.

— Tout ce que vous avez à faire est de vous écarter pour que je puisse me lever…

Ses mots s'achevèrent dans un cri étranglé quand Edmond roula sur le dos et l'installa, saisie, sur son superbe corps dur.

— Est-ce mieux ?

Affalée sur son torse, elle baissa les yeux sur son magnifique visage, frissonnant en voyant la faim qui brûlait dans son regard bleu. C'était une faim qui l'habitait elle aussi, profondément. Elle aspirait à ses baisers, à ses caresses habiles. A ce qu'il la touche de la façon la plus intime.

— Non, ce n'est certainement pas mieux.

Son sourire malicieux indiquait qu'il était parfaitement conscient des délicieuses sensations qui l'assaillaient. Délibérément, il promena les mains dans son dos, son sourire s'élargissant lorsqu'elle trembla.

— Comment va votre tête ?

La question et son inquiétude la surprirent.

— Vous fait-elle encore souffrir ?

Brianna humecta ses lèvres sèches, sentant qu'il serait dangereux d'admettre que la douleur de la nuit précédente avait diminué au point qu'elle devait se concentrer pour éprouver un léger élancement.

— Pour l'heure, ce qui m'afflige est le fait que toute la maison sait que vous êtes ici, marmonna-t-elle. Vous devez me lâcher.

— Vraiment ?

Ses mains caressèrent son dos, ses hanches.
— Pourquoi ?
Le souffle de Brianna s'entrecoupa tandis que ses doigts la brûlaient à travers la fine soie de sa camisole.
— Parce que ce n'est pas bien.
— Pas bien ? Diantre. C'est… parfait.

Sa voix s'épaissit, contenant étonnamment un soupçon d'accent russe, comme si son désir croissant attisait les émotions plus intenses de ses ancêtres maternels.

Brianna se figea, les mains à plat sur son torse, son dos arqué pour pouvoir croiser son regard brûlant. Il bougea sous elle, afin de presser son érection contre son ventre.

Chacun de ses instincts la poussait à ouvrir les jambes pour lui permettre de lui faire découvrir l'ultime volupté entre un homme et une femme.

— Vous allez ruiner ma réputation, dit-elle d'une voix altérée, plus dans une tentative de se rappeler le danger qu'il y avait à se laisser emporter par ce déluge de sensations que pour arrêter les caresses de ses mains, qui exploraient le creux de ses reins et l'arrière de ses cuisses.

Avec un juron farouche, Edmond leva la tête et enfouit son visage dans son cou. Ses lèvres semèrent une traînée brûlante jusqu'au pouls qui battait à la base de sa gorge. Il le mordilla, puis passa sa langue dessus.

— Ceci a-t-il un goût de ruine ? demanda-t-il, relevant sa camisole pour glisser les mains sous l'étoffe et caresser sa peau nue.

Puis, sans prévenir, il introduisit une main entre ses jambes et les écarta, si bien qu'elle se retrouva en train de chevaucher ses hanches. Elle gémit quand son sexe durci se pressa contre sa féminité, moite et péniblement sensible.

— Alors ? insista-t-il.

Cela avait un goût de paradis. Un paradis dévoyé qui faisait tambouriner son cœur et la faisait haleter.

— Que voulez-vous de moi, Edmond ?
— Vous, répondit-il d'une voix rauque. Je vous veux.

Comme s'il ne pouvait résister, il roula sur le ventre et

la captura sous son corps qui tremblait. Le soleil de fin de matinée éclairait leurs silhouettes emmêlées et il explora son visage de ses lèvres, fermant ses yeux éblouis avant de prendre sa bouche en un baiser qui réclamait son âme.

Une petite voix à l'arrière de son esprit avertissait Brianna de ne pas répondre. Une partie d'elle-même, encore, comprenait le danger de se donner à cet homme. Point tant pour la perte de son innocence, même si cela aurait dû être son souci principal, mais parce qu'elle savait qu'Edmond Summerville pouvait lui voler bien plus que sa virginité.

La voix, cependant, fut aisément étouffée sous le flot de plaisir sensuel qui traversait son corps. Au lieu de le repousser, elle noua les bras autour de son cou et lui ouvrit ses lèvres.

Il lui semblait qu'elle menait une guerre contre le destin depuis la mort de son père. D'abord dans ses vains efforts pour arrêter la lente et irrémédiable chute de sa mère dans le désastre, puis dans sa détermination terrifiée d'empêcher les avances croissantes de son beau-père.

En cet instant, elle ne souhaitait plus se battre. Elle avait envie d'abaisser les barrières implacables qu'elle avait érigées autour d'elle et d'être simplement, pour quelques heures, une jeune femme insouciante qui désirait un homme.

Percevant sa capitulation, Edmond se redressa pour la regarder avec un désir intense.

— Je ne suis pas Stefan, ma souris. Je ne suis ni noble, ni convenable, ni altruiste.

Soutenant le regard assombri par la passion de Brianna, il empoigna le corselet de sa camisole et, d'un geste farouche, le déchira en deux. Il retint son souffle à la vue de ses seins, et ses doigts effleurèrent un mamelon rose.

— Je vous veux et j'ai l'intention de vous prendre. Quelles que soient les conséquences.

Quelles que soient les conséquences.

Glissant les doigts dans ses boucles brunes, Brianna attira sa tête à elle, gémissant quand il répondit à son geste par un baiser ardent. Il avait un goût de feu, de péché et de tentation tandis qu'il plongeait la langue dans sa bouche.

— S'il vous plaît…, murmura-t-elle lorsqu'il mordilla la ligne de sa mâchoire et la courbe de son cou.

— S'il vous plaît quoi ?

Il couvrit de sa bouche la pointe d'un sein, la suçant avec insistance.

— Dites-moi ce que vous désirez.

— Je…

Elle poussa un cri étranglé quand il coula une main entre eux pour caresser la chaleur moite de sa féminité.

— Je n'en suis pas… certaine.

Relevant la tête, il plongea les yeux dans les siens en souriant, avec une expression si tendre que cela contracta étrangement le cœur de Brianna.

— Alors, ma souris, nous allons découvrir ensemble ce qui vous plaît.

Il abaissa sa tête brune et se remit à taquiner ses seins sensibles, tandis que ses doigts habiles trouvaient cette petite perle de plaisir qui envoyait des décharges de volupté dans tout son corps. Elle crispa les doigts sur ses cheveux, tirant dessus tandis qu'elle soulevait les hanches en une requête silencieuse.

Elle avait besoin… de quelque chose de plus.

Comme s'il devinait sa confusion, Edmond lui écarta les jambes pour s'installer entre elles, pressant son érection contre ses chairs gonflées de désir.

Brianna rouvrit brusquement les yeux sous une subite bouffée d'embarras, et rencontra son brillant regard bleu.

— Tenez-vous à moi, Brianna, marmonna-t-il, le visage échauffé et un éclat fiévreux dans les yeux. Tenez-vous très fort.

Elle eut à peine le temps d'enregistrer ce conseil qu'il bougea les hanches et la pénétra d'un assaut plein de souplesse. Elle cria sous la douleur cuisante qu'elle ressentit et planta les ongles dans ses épaules, le corps luttant pour accepter cette brutale invasion.

Edmond resta parfaitement immobile, lui murmurant à l'oreille de doux mots russes en attendant que sa tension se dissipe. A ce moment-là seulement, il se retira lentement, avec précaution, avant de la posséder de nouveau.

Ce fut une sensation singulière, au début. Un mélange de douleur et de plaisir. Mais, quand la crispation diminua, Brianna trouva la friction de son sexe en elle plus qu'agréable.

— Juste ciel ! grogna Edmond en proie au plaisir.

Il prit son visage entre ses mains et réclama ses lèvres en un baiser possessif.

Les mains de Brianna glissèrent le long de son dos musclé et s'agrippèrent à ses hanches qui se soulevaient et s'abaissaient, et elle planta les talons dans le matelas tandis que tout son corps s'arquait de tension. Il s'enfonça de plus en plus profondément en elle, son souffle court étant le seul bruit qui rompait le silence.

Alors, avec une force qu'elle n'aurait jamais pu imaginer, le corps entier de Brianna explosa d'une volupté qui lui arracha un cri.

Ce fut un pur moment d'extase.

Tremblant de l'intensité de son contentement, elle se noua étroitement à Edmond, savourant ses assauts rapides et ses gémissements de plaisir qui semblaient provenir du fond de son âme.

Ce n'était pas du tout ce que l'on pouvait attendre d'un séducteur expérimenté, pensa-t-elle vaguement.

12

Le lendemain en fin d'après-midi, le message de La Russa arriva, informant Edmond qu'il pouvait passer la voir à sa convenance.

Dans des circonstances normales, il aurait été exaspéré par la mise en scène ridicule à laquelle Chesterfield tenait. Après avoir envoyé la rose rouge demandée, il s'était attendu à ce que l'enquêteur arrive à Huntley House avec une discrète dignité. A la place, il avait été forcé d'attendre des heures avant de recevoir un billet lui demandant de se rendre chez la chanteuse, à plusieurs pâtés de maisons de là.

Etant donné la petite fortune qu'il versait au limier, le moins que ce satané individu aurait pu faire était de modifier son emploi du temps quand Edmond avait besoin de lui.

La fureur, cependant, n'était pas ce qui animait Edmond quand il rejoignit Boris dans l'élégant coupé qui les transporterait sur la courte distance, jusqu'au square récemment aménagé.

En vérité, il essayait vainement de chasser de son esprit le souvenir de Brianna allongée sous lui.

Seigneur Dieu… Il avait passé des heures dans son lit, et il ne pouvait toujours penser à rien d'autre qu'à revenir chez lui le plus vite possible, pour s'abandonner à sa tentation au parfum de lavande.

Plus il était avec Brianna, plus sa fascination pour elle semblait s'accroître.

S'avisant soudain que Boris l'étudiait avec une expression satisfaite, il haussa les sourcils.

— Puis-je savoir pourquoi vous me regardez avec ce sourire vaguement agaçant ? demanda-t-il.

Le sourire du Russe s'élargit encore.

— Je réfléchissais si je devais vous offrir mes félicitations ou ma sympathie.

— Et pourquoi cela ?

— Miss Quinn est sans nul doute une très belle femme.

— Sans nul doute.

— Et avec un formidable tempérament.

— Oh, oui, elle a du tempérament. Où voulez-vous en venir ?

— Au point qu'elle n'est pas votre genre habituel.

— J'ignorais que j'avais un genre habituel.

Boris croisa les bras sur son large torse.

— Vous savez fort bien que vous avez toujours préféré des dames sophistiquées, pour ne pas dire blasées, qui ne croient plus à la romance. Des femmes qui comprennent vos règles de séduction.

Il pesa longuement ses mots.

— Vous n'avez jamais encouragé une innocente aux grands yeux ingénus, assez naïve pour croire que quelques baisers sont une déclaration d'amour.

— Brianna n'est pas une innocente aux yeux ingénus.

— Peut-être ne l'est-elle plus, marmonna le Russe.

— Prenez garde, Boris, l'avertit Edmond. Personne n'est autorisé à parler de Brianna, pas même vous.

— Je parle de vous, Summerville. Innocente ou non, miss Quinn est une jeune dame bien élevée qui n'a pas encore appris à protéger son cœur.

Edmond eut un petit rire surpris.

— Essayez-vous de me sermonner parce que je séduis une belle jeune dame ?

Boris haussa les épaules.

— C'est une chose de séduire une petite jeune fille, et une autre de la faire tomber amoureuse de vous.

Une chaleur étrange et inattendue envahit Edmond à la pensée de miss Quinn le contemplant avec un sourire conquis, les bras grands ouverts pour l'accueillir dans son lit, ou simplement assise en face de lui à la table de la salle à manger, l'écoutant avec une adoration captivée.

C'était le genre d'image à lui donner des sueurs froides, pas à le faire sourire de plaisir.

Que pouvait-il y avoir de pire qu'une femme traînant après lui, battant des cils et se tenant constamment sur son chemin en cherchant à attirer son attention ?

Bien sûr, si la femme en question était Brianna, le désagrément pouvait en valoir la peine.

« Plus que la peine », murmura une petite voix à l'arrière de son esprit.

— Et si elle se croit amoureuse de moi ? murmura-t-il, un sourire involontaire jouant sur ses lèvres. Pour l'heure, nous sommes contraints d'être ensemble. Il est bien plus plaisant de l'avoir pour amante que pour ennemie.

— Vous voulez lui briser le cœur ?

Edmond haussa les épaules.

— Toutes les jeunes femmes doivent avoir le cœur brisé une fois ou l'autre, non ?

Boris secoua la tête, l'expression crispée par la surprise et l'agacement.

— Vous détestez les femmes qui essaient de s'accrocher à vous.

— Vraiment ?

— Très bien.

Le Russe leva les mains d'un geste dégoûté.

— Si vous voulez jouer avec le feu, soit. Cela ne me regarde pas.

Edmond lissa la manchette de sa redingote bleu clair et lui décocha un coup d'œil ironique.

— Je dirais que vous jouez vous-même pas mal avec le feu, Boris. Ou voulez-vous me faire croire que vous avez emporté la jolie soubrette dans sa chambre hier soir sans même lui voler un baiser ?

Une légère rougeur colora le visage du soldat.

— Janet n'est pas une innocente.

— Non, bien au contraire, lâcha Edmond d'un ton traînant, en se demandant ce qui se passait au juste entre son compagnon et la servante. C'est une femme qui n'hésiterait pas à châtrer un homme si elle pensait qu'il lui avait causé du tort. Et, si elle ne le faisait pas sa famille s'en chargerait. Je dirais que vous avez autant de chances de vous faire trancher la gorge par cette dangereuse soubrette que par son brigand de père.

Boris se montra étonnamment indifférent au danger qu'il courait, et se pencha pour regarder par la fenêtre tandis que la voiture s'arrêtait.

— Je suppose qu'on est arrivés.

Edmond haussa les sourcils à la vue de la maison de ville entourée d'un jardin récemment agrandi, orné de statues grecques et de fontaines. Même si elle ne pouvait se comparer à la résidence Huntley, c'était un joli bâtiment néoclassique en retrait de la rue et flanqué de hautes colonnes de marbre.

— Plutôt élégant pour une chanteuse d'opéra, murmura-t-il, avant de lancer un regard sombre à Boris. Restez ici et surveillez la maison. Je veux savoir si quelqu'un s'intéresse à ma présence.

Boris fronça les sourcils.

— Vous comptez y aller seul ?

Edmond tapota sa redingote, qui cachait un pistolet et deux dagues.

— Jamais seul, mon ami.

La demeure de La Russa était aussi élégante et de bon goût à l'intérieur qu'à l'extérieur.

Laissant un majordome en livrée le guider dans le double escalier arrondi qui menait à un palier, Edmond nota les rares vases grecs exposés dans des niches et la collection de toiles de maîtres hollandais qui ornaient les murs. Même s'il ne se targuait pas du même amour de l'art que son père, il savait apprécier la valeur de certains objets.

Introduit dans un long salon qui offrait une vue ravissante sur le square planté d'arbres, Edmond fut de nouveau accueilli par le mélange agréable de mobilier classique et de splendides œuvres d'art. Jetant un coup d'œil sur la pièce ivoire et or, il s'avisa qu'il y avait au moins un Rembrandt et deux Rubens sur les murs couverts de damas, et un Van Dyck accroché au-dessus de la cheminée en marbre noir.

Il eut un sourire contraint, reconnaissant que ce n'était pas du tout ce à quoi il s'attendait. Et la femme qui se leva gracieusement à son entrée le surprit aussi.

Grande et mince, elle incarnait la traditionnelle beauté anglaise, si justement comparée à une rose. Certes, ses superbes cheveux blonds commençaient à montrer quelques fils d'argent et de petites rides bordaient ses yeux bleus, mais cette captivante fragilité qui avait ensorcelé le public durant deux décennies demeurait aussi attirante que jamais.

Edmond s'avança, prit la main fine qu'elle lui tendait et la porta à ses lèvres.

— Ah, l'exquise La Russa. Aussi belle que la rumeur le prétend.

Il promena un regard appréciateur sur sa robe de satin mauve pâle, assez décolletée pour révéler la courbe tentante de sa poitrine, et bordée de lamé argent. Elle ne portait pas de bijoux, mais la pureté de sa peau crémeuse n'avait pas besoin d'ornements.

— Je comprends pourquoi on refuse de servir à dîner à mon club avant qu'un toast ait été porté en votre honneur.

— De grâce, appelez-moi Elizabeth, dit-elle d'une basse voix de gorge, terriblement invitante. J'essaie de laisser La Russa au théâtre.

— Cela se comprend.

Edmond se redressa, prenant soin de cacher son impatience en constatant que Chesterfield était invisible.

— Merci d'avoir accepté de me recevoir.

Les lèvres en bouton de rose s'incurvèrent en un sourire entendu.

— Sornettes. Mon humble demeure est honorée de la visite d'un pair du royaume aussi renommé.

— Pas si humble.

Edmond porta les yeux vers le Van Dyck.

— Vous avez un goût exquis.

— Certaines femmes apprécient les toilettes à la mode ou les bijoux voyants. Je suis plus modeste dans mes attentes.

Edmond ne fut pas dupe un instant de ses manières ingénues.

— Vous êtes extrêmement sage, dirais-je. Cette collection vaut une fortune et prendra encore de la valeur au fil des années.

— Une femme dans ma position doit penser à l'avenir.

Comme si elle se rendait compte qu'Edmond était trop perspicace pour se laisser abuser par sa comédie bien huilée, elle lui offrit un vrai sourire et se dirigea vers une porte à moitié cachée par un grand palmier en pot.

— Par ici, Votre Grâce.

Edmond la suivit avec empressement.

— Vous savez, je ne puis m'empêcher d'être curieux sur la façon dont Chesterfield et vous vous êtes connus.

Elle eut un rire de gorge.

— Je n'ai pas toujours été La Russa, Votre Grâce. Quand je suis arrivée à Londres, j'étais Lizzy Gilford, la pauvre fille d'un forgeron aux poches vides et à la tête emplie de folles idées sur le grand destin qui m'attendait.

— Un destin qui s'est réalisé.

— La grandeur ne consiste pas à chanter sur une scène ou à parader au bras d'un gentleman fortuné. Ni même à acquérir ces belles œuvres d'art, ainsi que M. Chesterfield me l'a appris.

Elle jeta un bref coup d'œil par-dessus son épaule.

— La grandeur est de ne jamais fermer les yeux sur la souffrance d'autrui.

— Ah.

Edmond reconnut les blessures qui assombrissaient ses yeux. Des blessures anciennes, peut-être, mais qui n'avaient jamais entièrement guéri.

— Il vous a sauvée.

— Oui.

Elle poussa une porte qui donnait sur une antichambre lambrissée menant à une autre porte.

— J'étais à peine descendue de la diligence de Liverpool quand j'ai été accostée par un gentleman très élégant et très sophistiqué qui a promis de lancer ma carrière sur scène. Des balivernes, bien sûr. Après m'avoir complètement débauchée, il m'a vendue à un bordel et a ri quand je l'ai supplié de me renvoyer à mon père.

Elle marqua une pause, comme si elle s'efforçait de garder son contrôle.

— Il a dit que le seul endroit pour une catin sans valeur était le caniveau.

Edmond grimaça. Cela ne le surprenait pas qu'un prétendu gentleman ait voulu garnir ses poches en séduisant une jeune fille candide et en la vendant à un lupanar. Que diable, il connaissait des hommes qui vendraient leur propre sœur pour quelques livres.

— Je suppose que c'est trop espérer qu'il ait été châtré ?

Elle s'arrêta devant la porte fermée, pivotant pour révéler une expression froide et implacable que l'on ne voyait jamais sur scène.

— Il n'a pas été châtré, mais il a certainement été puni.

Edmond hocha lentement la tête. Il savait reconnaître le visage d'un archange vengeur. Il ne doutait pas qu'elle avait tué le vilain, la seule question étant de savoir qui l'avait aidée à couvrir le crime.

Il y avait un suspect évident.

— Et Chesterfield ? demanda-t-il.

Son expression s'adoucit, révélant de nouveau cette touchante vulnérabilité qui l'avait rendue célèbre dans toute l'Angleterre.

— M. Chesterfield déteste profondément ceux qui abusent des femmes ou des enfants, murmura-t-elle en ouvrant la porte et en lui faisant signe d'avancer.

— C'est juste ici.

Edmond pénétra dans la pièce étroite, glissant la main dans sa poche pour saisir la crosse de son pistolet et fouillant l'ombre du regard. Il n'avait nulle raison de suspecter une embuscade mais, la dernière fois qu'il avait abaissé sa garde, Brianna avait été blessée.

Il n'était pas décidé à s'offrir lui-même, ou à offrir quelqu'un d'autre, en sacrifice.

Comme s'il sentait qu'Edmond était prêt à tirer au moindre signe de danger, Chesterfield sortit de l'ombre, les mains levées en un geste de paix.

— Votre Grâce, murmura-t-il en s'inclinant.

S'étant assuré qu'aucun criminel n'était tapi derrière le secrétaire de bois de rose ou les fauteuils cannés, Edmond lâcha son pistolet et alla vers la cheminée en marbre de Sienne.

La pièce était charmante avec ses panneaux vert pâle et ses plafonds moulurés, mais il supposa qu'elle avait été choisie à cause des portes-fenêtres qui donnaient sur le jardin de derrière et la pelouse. Il serait très simple pour un homme du talent de Chesterfield d'entrer dans la maison et d'en sortir sans même que les domestiques s'aperçoivent de sa présence.

— Chesterfield.

— Je vais vous laisser seuls, dit La Russa depuis le seuil. Il y a du cognac et du xérès sur la table basse, Chesterfield, et vos gâteaux favoris sur le plateau.

Un sourire affectueux se dessina sur les traits ordinaires de l'enquêteur.

— Merci, ma douce.

Edmond attendit que la porte se referme et qu'ils soient seuls pour sortir un cigare et l'allumer à une bougie.

— Une femme très belle et très intrigante, dit-il.

— En effet, acquiesça Chesterfield, son intonation indiquant un amour aussi profond qu'inébranlable pour la chanteuse.

Oui, pensa Edmond. Voilà un homme qui aurait traversé les flammes de l'enfer pour protéger cette femme fragile.

— Et une personne très sensée sous son élégance policée, je dirais.

Le limier gloussa en allant servir le cognac, puis il mit un verre dans la main d'Edmond et s'appuya à la cheminée pour boire l'alcool vieilli.

— Vous êtes plus perspicace que beaucoup. La plupart des gentlemen ne voient pas plus loin que les charmes évidents d'une femme.

Edmond eut un sourire ironique.

— J'ai atteint un âge où il faut plus qu'un joli visage pour me distraire.

— Oui.

Chesterfield hocha lentement la tête, avec dans ses yeux pâles une lueur qui fit passer un frisson dans le dos d'Edmond.

— Je pense que seule une femme extraordinaire pourrait vous distraire, Votre Grâce.

C'était presque comme s'il pouvait lire dans son esprit et savait exactement à quel point Brianna commençait à perturber sa vie. Edmond fronça les sourcils, agacé par cette intrusion dans ses émotions les plus intimes. Il ne les partageait avec personne. Jamais.

— En parlant de distractions, je présume que vous savez pourquoi j'ai demandé à vous rencontrer ?

S'avisant qu'il avait franchi la ligne, l'enquêteur hocha la tête d'un signe bref et professionnel.

— Le coup de feu chez lady Montgomery.

— Oui.

— Une affaire désagréable.

L'expression de Chesterfield se durcit, comme s'il était personnellement insulté par cette attaque.

— Je suis heureux de savoir que votre fiancée s'est complètement remise.

Edmond ne demanda pas comment le limier le savait. Après tout, c'était son travail de s'informer.

— Cela a été un coup de chance qu'elle ne soit pas plus grièvement blessée, ou même tuée.

Sa voix trahissait la froide fureur qui l'habitait. Quelqu'un paierait pour avoir blessé Brianna.

— Je n'ai pas l'intention de laisser une chose pareille se reproduire.

Chesterfield hocha la tête.

— Moi non plus.

— Vous aviez un homme surveillant mon cousin ?

— Deux, en fait. Malheureusement, aucun d'eux n'était dans le jardin et n'a pu voir l'assaillant.

Edmond jeta son cigare dans le feu avant de frapper le manteau en marbre du plat de la main. Jusque-là, il n'avait pas mesuré combien il dépendait de cet homme pour avoir des informations, un indice qui pourrait le mettre sur la bonne voie.

— Bon sang.

— L'un d'eux, cependant, a aperçu une voiture qui s'éloignait rapidement de la maison juste après le coup de feu. C'est pourquoi je n'ai pas pris contact tout de suite avec vous. J'espérais en découvrir davantage sur l'attelage et celui qui le conduisait.

Edmond réprima sévèrement une bouffée instinctive d'espoir. Depuis son retour en Angleterre, il n'avait connu que retards, obstacles et déceptions, les uns après les autres.

Pourquoi ceci serait-il différent ?

— Et l'avez-vous fait ?

— Je n'en ai pas découvert autant que je l'aimerais.

Chesterfield mit la main dans la poche de sa simple redingote noire et en sortit un bout de parchemin froissé.

— Voilà.

Edmond fronça les sourcils devant le plan grossier dessiné sur le papier.

— Qu'est-ce que c'est ?

— Gill a tenté de suivre la voiture. C'est l'endroit où il l'a perdue de vue.

— On dirait Piccadilly.

Edmond secoua la tête.

— Le scélérat aurait pu aller n'importe où, de là.

L'enquêteur fit une grimace.

— C'est pour cela que j'ai tardé à vous joindre. Mon

homme parcourt les rues à la recherche de la voiture. Il est certain de la reconnaître s'il la revoit.

— C'est peu probable.

— Peut-être pas.

Avec un soupir, Chesterfield alla se servir une autre rasade de cognac.

— J'ai également interrogé les voisins de lady Montgomery et leurs domestiques. Il se pouvait qu'ils aient remarqué quelque chose, sans se douter que cela a de l'importance.

Edmond croisa les bras sur sa poitrine.

— Que pensez-vous du coup de feu ?

Le limier vida le cognac d'un trait. Puis il pivota et étudia Edmond d'un air grave.

— Avant de répondre, j'aimerais savoir ce qui s'est passé entre votre cousin et vous avant le coup de feu.

D'une manière concise, Edmond relata les événements conduisant au moment de l'attentat.

Chesterfield écouta en silence, son visage s'assombrissant.

— Ainsi, c'était votre idée d'aller sur le balcon, pas celle de Summerville ?

— Oui.

— Et ni vous ni votre cousin n'avez invité miss Quinn à vous rejoindre ?

Edmond grinça des dents.

— Certainement pas.

— Alors, il semble peu probable qu'elle ait été la victime désignée.

— Bien sûr que non.

— Vous en paraissez très certain.

L'enquêteur posa son verre vide.

— Je...

Edmond s'interrompit brusquement, une idée subite lui venant. Il avait déjà écarté la possibilité que Thomas Wade fût impliqué dans le coup de feu. L'horrible individu voulait Brianna vivante et dans son lit. Mais il n'avait pas considéré la notion que le seul fait d'être sa fiancée pouvait la mettre en danger. Après tout, il avait supposé que si quelqu'un voulait en finir avec ses fiançailles il serait la victime choisie. Il ne lui était jamais venu à l'esprit que quelqu'un pourrait être assez désespéré pour tuer Brianna, à la place.

— Bonté divine.

Chesterfield hocha la tête.

— Tout à fait.

Edmond s'éloigna de la cheminée pour arpenter la pièce encombrée. Non. Il ne pouvait s'appesantir sur cette idée. Ce n'était pas le moment de se laisser distraire.

Le limier de Bow Street écarta les mains en signe de défaite.

— Je vous accorde que cela n'a guère de sens.
— Pensez-vous que Howard soit responsable ?
— Non.

Chesterfield mit de nouveau la main dans sa poche et en tira un petit calepin. Il le feuilleta, l'air concentré.

— Je l'ai fait surveiller constamment, et il n'a rencontré aucun associé douteux qui pourrait vouloir tuer ses parents.

— Il a peut-être d'autres moyens de les joindre. Ou il a pu leur donner des ordres avant que vous commenciez à le filer.

— Certes, mais à ce que j'ai découvert Summerville ne compte pas toucher une fortune dans l'immédiat. Au contraire.

Trouvant la page qu'il cherchait, l'enquêteur tendit le calepin à Edmond. Ce dernier haussa les épaules en contemplant les mots illisibles et les chiffres griffonnés sur le papier.

— Qu'est-ce que c'est ?
— C'est le nom du bateau sur lequel votre cousin a réservé un passage et la date où il quittera Londres.
— *Le Rosalind.*

Edmond leva la tête pour étudier Chesterfield d'un air frustré.

— Où se rend-il ?
— En Grèce. Apparemment, la femme de Howard

Summerville a un oncle qui possède une villa près d'Athènes et est prêt à les accueillir.

Ainsi, son cousin se préparait à fuir le pays. Et sous quinze jours.

Cela voulait-il dire qu'il était assez intelligent pour avoir un plan de secours, s'il ne parvenait pas à obtenir la fortune ducale par des meurtres ? Ou était-il plus probablement un lâche qui envisageait de détaler comme un lièvre ?

Damnation.

Edmond n'était pas plus près de découvrir qui diable avait appuyé sur la détente dans le jardin.

Malgré les ennuyeux sermons soutenant qu'elle ne pouvait être assez bien pour quitter la maison, Brianna revêtit une robe vert jade ourlée de gaze noire, un spencer assorti, et demanda fermement qu'une voiture soit avancée.

Qu'importait-il que Janet traîne derrière elle avec une expression renfrognée, ou que lady Aberlane ne se soucie pas de cacher son inquiétude tandis qu'elles partaient pour Bond Street ?

Il fallait qu'elle quitte Huntley House, ne fût-ce qu'un petit moment. Elle ne pouvait supporter de rester dans sa chambre, à s'appesantir sur les longues heures qu'Edmond avait passées à lui faire l'amour, et au plaisir stupéfiant qu'elle avait découvert dans ses bras.

Elle espérait se changer les idées.

Malheureusement, quel que soit le nombre de boutiques qu'elle visita, le nombre de bonnets qu'elle admira, le nombre de connaissances avec qui lady Aberlane s'arrêta pour bavarder, elle ne put chasser de son esprit les obsédantes pensées relatives à Edmond Summerville.

Peut-être était-ce le cas pour toutes les jeunes filles. Après tout, une femme ne perdait sa virginité qu'une fois dans sa vie. Peut-être était-il normal qu'elle soit obsédée par son amant.

Ou peut-être était-elle une faible créature qui avait non

seulement remis son innocence à Edmond sur un plateau d'argent, mais aussi ses esprits.

Par le ciel, elle s'était promis que cela n'arriverait jamais.

Elle, mieux que quiconque, comprenait les dangers qu'il y avait à se laisser ensorceler et distraire par un homme comme Edmond. Ou, pire, à… s'attacher à lui.

Pas quand elle était si près d'obtenir l'indépendance à laquelle elle avait aspiré depuis son enfance.

Finalement, dégoûtée de ne pouvoir contrôler son esprit rebelle, Brianna rappela la voiture et rentra à la maison avec Janet et lady Aberlane.

Elles firent le trajet en silence, Brianna ressassant ses traîtresses pensées et maudissant son corps plus traître encore qui réclamait toujours les caresses d'Edmond, tandis que sa soubrette et son chaperon échangeaient des regards inquiets.

Alors qu'elles atteignaient l'élégant quartier de Mayfair, elles venaient de tourner au coin d'une rue quand la jeune femme fut brutalement tirée de ses sombres rêvasseries. Poussant une exclamation, elle pressa son nez contre la vitre et se dévissa le cou pour examiner le coupé noir qu'elles venaient de doubler, arrêté devant une élégante maison de ville.

— Juste ciel, c'était la voiture du duc, dit-elle, plus perplexe qu'alarmée. Edmond a pourtant dit qu'il passerait l'après-midi à son club.

Assise en face d'elle, Janet fit claquer sa langue avec réprobation.

— Peuh. Ce n'est pas un club, je peux vous l'assurer.

— Que voulez-vous dire ?

Dans un bruissement de drap amidonné, Letty passa devant Brianna pour tirer fermement le rideau, le profil inhabituellement sévère.

— Vous savez, Brianna, je ne crois pas qu'il s'agissait de l'attelage du duc.

Brianna fronça les sourcils, une froideur désagréable lui

passant dans le dos. Ses deux compagnes se comportaient étrangement.

— Savez-vous qui habite cette maison, Janet ?
— Vraiment, ma chère, vous vous trompez, insista Letty. Ce n'était absolument pas la voiture des Huntley.

Les protestations de la vieille dame ne firent qu'accroître les soupçons de Brianna. Il y avait quelque chose que lady Aberlane voulait lui cacher.

Elle jeta un regard impérieux à sa soubrette.

— Janet ?

Ignorant la façon dont lady Aberlane soufflait, Janet se pencha en avant, l'expression cynique.

— Elle appartient à La Russa.
— La Russa ?

Brianna se radossa à son siège, un pli lui barrant le front.

— Ce nom m'est familier.

Janet souffla à son tour.

— Evidemment. Cette femme est la plus célèbre catin de tout Londres.
— Janet, je pense que c'est assez, intervint lady Aberlane d'un ton glacé. Dites-moi, Brianna, pensez-vous porter votre robe en satin ivoire, ce soir ? Elle flatte magnifiquement votre beau teint.

Brianna entendit à peine les bavardages de son chaperon. Une douleur à vif, inattendue, lui serrait le cœur.

— Oh, mon Dieu…, dit-elle dans un souffle. La Russa… C'est cette fameuse chanteuse d'opéra. Celle dont on dit qu'elle a refusé la protection du duc de Claredon.

Letty tendit vainement la main pour lui tapoter le bras en un geste de réconfort.

— Eh bien, ma chère, qui n'a pas refusé une offre de protection de cet homme ?

Brianna secoua lentement la tête.

— Pourquoi se rendrait-il chez une telle femme ?
— Si vous voulez mon avis, il y a une seule raison pour laquelle un homme rend visite à ce genre de femme, énonça Janet.

— Personne ne vous le demande, Janet, et je dois dire que je trouve ceci fort déplaisant, dit lady Aberlane d'un ton sec. Nous ne devrions pas spéculer sur ce genre de chose. Cela ne créera que des ennuis.

Brianna serra les mains sur ses genoux, son esprit luttant pour accepter la découverte qu'Edmond avait quitté son lit pour aller chez une courtisane notoire.

Ce n'était pas tant le fait qu'il passe l'après-midi avec La Russa. Quel aristocrate ne pensait pas qu'il possédait le droit divin d'avoir autant de maîtresses qu'il voulait ? Et Edmond n'avait jamais fait mystère de son appétit insatiable pour les belles femmes. Juste ciel, elle avait su toute petite qu'il était un séducteur de premier ordre.

Ce qui la troublait, c'était la douleur intense qui s'étendait de son cœur au creux de son estomac.

Bonté divine. Elle ne voulait pas se soucier de ce que faisait Edmond. Elle ne voulait pas frémir à la pensée de son amant dans les bras d'une belle gourgandine expérimentée. Elle ne voulait pas se sentir si malade de sa trahison que son estomac menaçait de se rebeller.

Voilà exactement pourquoi elle ne voulait pas s'attacher à quelqu'un. Et pourquoi elle ne devrait jamais, jamais se permettre de dépendre d'une autre personne.

Prenant une profonde inspiration, Brianna se força sombrement à ignorer ces périlleuses émotions. Elle ne pouvait modifier le fait qu'elle avait donné son innocence à Edmond. Et, en vérité, elle n'était pas certaine qu'elle le ferait si elle le pouvait. Malgré tous ses défauts, et ils étaient nombreux, c'était un amant magnifique.

Quel autre gentleman aurait pu lui enseigner ainsi les infinis plaisirs de l'amour ?

Ce qu'elle pouvait faire, en revanche, c'était supprimer la dangereuse tentation de le voir autrement que comme un désagrément nécessaire, à supporter jusqu'à ce qu'elle puisse faire valoir l'indépendance qu'elle avait attendue si longtemps.

Se rendant compte que ses compagnes la regardaient

avec un souci évident, elle haussa le menton, laissant une résolution glacée remplacer la pénible douleur qui l'étreignait.

— Oui, vous avez raison, Letty, dit-elle, parfaitement contrôlée. Quelle importance si Edmond choisit de passer son après-midi avec une catin vieillissante ?

La vieille dame fronça les sourcils.

— Brianna...

— Savez-vous, je crois que je porterai ma robe en satin ivoire, ajouta-t-elle en interrompant les protestations de son chaperon. Et peut-être mon nouveau châle en dentelle.

13

La robe ivoire était aussi flatteuse que lady Aberlane l'avait assuré.

Malgré sa simplicité, le corselet était habilement coupé pour mettre en valeur sa minceur et la rondeur de sa poitrine, et elle était semée de perles fines sur les manches ballon et le long de l'ourlet en dentelle paille. Une fois complétée par ses gants de chevreau et ses pantoufles en satin ivoire, Brianna dut reconnaître que la délicate nuance contrastait joliment avec ses boucles brillantes coiffées en chignon au sommet de sa tête.

A première vue, elle semblait être exactement ce qu'elle était censée incarner : une jeune fille sophistiquée sur le point de devenir la duchesse de Huntley.

Rien ne paraissait de la tension qui l'habitait — à moins de noter la pâleur peu naturelle de sa peau et l'éclat fiévreux de ses yeux.

Alors qu'elle contemplait son reflet dans le miroir et s'interrogeait sur la sagesse de mettre un peu de rouge sur ses joues, le bruit d'un déclic l'emplit subitement d'une colère froide.

Elle n'eut pas besoin de tourner la tête pour savoir qu'Edmond arrivait par le passage secret. Non seulement son corps se tendit sous l'effet du trouble familier, mais le chaud parfum de santal de son savon joua sur ses sens, faisant voleter son estomac malgré sa ferme intention de rester indifférente.

Au moins avait-il eu la décence de prendre un bain après

avoir quitté le lit de sa maîtresse, se dit-elle, se rappelant délibérément où il avait passé les dernières heures.

Edmond traversa la pièce et vint s'arrêter derrière elle, ses mains caressant ses épaules nues tandis que son regard admiratif rencontrait le sien dans le miroir.

— Bonsoir, ma souris. Vous êtes...

Ses yeux s'abaissèrent sur la courbe de ses seins, révélée par son profond décolleté.

— ... délectable.

D'un mouvement brusque, Brianna se leva et chassa ses mains en pivotant pour lui faire face.

— Edmond, ne pourriez-vous au moins avoir la politesse de frapper avant d'entrer dans ma chambre ? demanda-t-elle. Il est déjà assez ennuyeux que vous utilisiez un passage secret pour vous faufiler ici... Oh...

Ses mots s'achevèrent en un cri de surprise quand il tendit les mains pour l'empoigner par les bras et l'attirer rudement contre son torse.

— Mais ce n'est pas *votre* chambre, Brianna, gronda-t-il. Elle appartient à la famille Huntley, comme tout ce qui se trouve dans cette maison. Des greniers aux caves.

— Alors, maintenant, je suis juste une partie des propriétés Huntley ?

— Pas des propriétés Huntley.

Ses mains relâchèrent leur emprise sur ses bras pour descendre d'une manière possessive le long de son dos, jusqu'à ses hanches.

— Vous êtes *ma* propriété. Vous m'appartenez, ma souris, corps et âme.

— Sûrement pas, rétorqua-t-elle d'un ton âpre, en ignorant sa petite bouffée de panique devant l'assurance de sa voix.

— Vous semblez oublier, ma chère, que c'était le prix à payer pour avoir le droit de rester sous ce toit, hors des griffes de Thomas Wade, dit-il d'un ton moqueur.

Elle leva les mains pour les presser sur son torse, un effort futile alors qu'il resserrait les doigts sur ses hanches afin de l'attirer encore plus près. Son geste de pur propriétaire, cependant, lui rappela au moins le danger qu'il y avait à céder d'un pouce à cet homme.

— Ah, bien sûr, déclara-t-elle d'une voix traînante. Vous donner ma virginité était le paiement pour ne pas être violée par mon beau-père. Comme je suis sotte de l'avoir oublié.

Elle plissa les paupières.

— Cela ne veut pas dire, toutefois, que je vous ai vendu mon âme. Vous ne l'aurez jamais. Jamais.

— Juste ciel, qu'est-ce que ceci ?

— Quoi ?

— Vous essayez délibérément de me mettre en colère. Pourquoi ?

— J'ai simplement fait remarquer que ce serait de la simple politesse de m'accorder quelque intimité.

— C'est ce que vous désirez vraiment ?

Il noua fermement les bras autour de sa taille, la tirant en arrière, vers le lit.

— De l'intimité ?

Sombrement, Brianna resta retranchée derrière ses murailles de contrôle et de détachement. Elle n'était peut-être pas capable d'étouffer le désir que cet homme pouvait attiser dans son corps, mais elle serait damnée si elle lui laissait attiser autre chose.

Quand il s'en irait, ce qu'il ferait certainement, elle n'éprouverait que du soulagement.

— Oui, marmonna-t-elle tandis qu'il la pressait contre un montant du lit en noyer.

Ses mains caressèrent son dos, et il poussa ses hanches en avant pour presser son érection contre son bas-ventre. Il eut un sourire satisfait quand elle frémit instinctivement sous les sensations de plaisir qui la parcouraient.

— Vous pouvez proférer autant de mensonges que vous voulez avec vos jolies lèvres, Brianna, mais votre corps dira toujours la vérité.

— Quelle vérité ?

— Vous me désirez. Vous voulez que je vous dépouille de vos habits et que j'embrasse chaque pouce de votre peau satinée. Vous voulez que je vous allonge sur ce lit et que je plonge profondément en vous.

Seigneur, son sang était un fleuve de feu dans ses veines.

— Naturellement, répondit-elle d'un ton remarquablement posé. Vous êtes de toute évidence un maître dans l'art de la séduction. Comment une pauvre innocente telle que moi pourrait-elle vous résister ?

Pour une raison quelconque, son calme parut l'irriter considérablement. Comme s'il préférait la voir fulminer et tempêter, plutôt que se montrer distante.

— Je vois.

Son expression était dangereusement crispée quand il la fit pivoter dans ses bras, de telle sorte qu'elle soit face au lit avec lui pressé dans son dos. Alors qu'elle était prise de court, il lui saisit les mains et les noua autour du montant, l'emprisonnant de sa haute silhouette.

— Edmond ?

Elle essaya de libérer ses mains, ne craignant pas qu'il lui fasse du mal, mais d'être elle-même capturée plus profondément dans la toile de sa séduction.

— Non, maugréa-t-il à son oreille. Je suis le maître, vous vous souvenez ?

— Mais on nous attend en bas.

— Le dîner peut attendre.

Ses doigts se resserrèrent sur les siens.

— Ne lâchez pas le montant.

— Que…

Elle retint son souffle quand elle sentit Edmond se mettre à genoux derrière elle, puis, avec une audace choquante, se couler sous ses jupes, ses lèvres semant une traînée brûlante sur l'arrière de ses cuisses, tandis que ses mains écartaient ses jambes. Les doigts de Brianna s'incrustèrent dans le montant de bois, et un frisson de délice la parcourut.

— Oh, Seigneur !

— C'est trop tard pour des prières, marmonna-t-il, mordillant la courbe sensible de son postérieur avant d'écarter encore ses jambes et de trouver la chaleur moite qu'il cherchait.

Brianna émit un cri étranglé, son corps se crispant dans un sursaut de plaisir choqué. Il y avait quelque chose d'extraordinairement érotique à être complètement habillée pendant qu'Edmond lui faisait l'amour avec sa langue et ses dents.

Ses yeux se fermèrent tandis qu'elle se concentrait sur la tension croissante qui montait au creux de son ventre. Elle avait accepté qu'elle ne pouvait se libérer de son désir pour cet homme. Pourquoi ne pas profiter de ce qu'il offrait ?

Encore et encore, il taquinait de sa langue la perle sensible de son plaisir, se glissant parfois entre les pétales de sa féminité avec une adresse qui la faisait rapidement basculer vers l'extase.

Excité par les gémissements sourds et le souffle haletant de Brianna, Edmond se remit brusquement sur pied, relevant l'arrière de sa robe et dégrafant nerveusement la ceinture de ses élégantes culottes.

— Tenez-vous au montant, ordonna-t-il d'une voix rauque, haussant une jambe de Brianna afin qu'elle pose son pied sur le bord du lit.

Elle se sentit offerte et vulnérable.

S'attendant à ce qu'Edmond l'allonge sur le lit, elle jeta un coup d'œil par-dessus son épaule, pleine de confusion, son cœur chavirant devant la ferme détermination inscrite sur ses traits. C'était comme s'il était concentré sur le besoin de lui prodiguer le plus de plaisir possible.

— Je ne comprends pas ce que vous voulez, murmura-t-elle.

— Vous allez comprendre, promit-il, sa main caressant l'intérieur de sa cuisse tandis que son sexe durci se coulait en elle par-derrière.

— Oh !

La tête de Brianna tomba sur l'épaule d'Edmond, son bassin remua tandis qu'il pénétrait profondément en elle. Juste ciel… Elle avait cru qu'il lui avait montré tout ce qu'il y avait à savoir sur la passion amoureuse. Manifestement, il restait encore de délicieuses leçons à apprendre.

Elle se cramponnait au montant, les genoux flageolants, et elle gémit quand ses doigts habiles écartèrent les replis de sa féminité, caressant sa moiteur au même rythme que les farouches assauts de ses hanches.

En bas, lady Aberlane devait attendre dans le salon pendant que les domestiques surveillaient sans doute l'heure qui passait, mais pour l'instant Brianna ne s'en souciait pas. Qu'ils spéculent sur ce qui les retenait, Edmond et elle. Tout ce qui comptait était le contentement qu'elle sentait venir.

Avec un son rauque, Edmond enfouit son visage au creux de son cou, imprimant des baisers brûlants sur sa peau moite.

— Dites-moi ce que vous ressentez, ordonna-t-il. Dites-moi que c'est plus que de la passion.

— Non.

— Dites-moi, Brianna.

Ses assauts se firent plus profonds, plus rapides.

— Dites-moi.

— C'est juste…

Son corps s'inclina en arrière et elle leva les bras pour glisser les doigts dans ses cheveux, tandis que l'extase l'ébranlait tout entière.

— … du désir.

Edmond s'appuyait au manteau de la cheminée, buvant du champagne tiède et ignorant les œillades spéculatives que lui jetaient les nombreux invités de lord Milbank. Il savait qu'ils étaient simplement curieux devant la présence fort rare du duc de Huntley. Stefan n'assistait presque jamais à ces ennuyeuses soirées mondaines, et cela suscitait l'intérêt.

D'autant plus qu'il était arrivé avec une fiancée à son bras.

En ce qui le concernait, ils pouvaient le dévorer des yeux autant qu'ils voulaient. On ne pouvait rien lire sur son expression placide. Des années d'expérience le rendaient capable de tenir cachées même ses émotions les plus violentes.

Et elles étaient violentes, en cet instant.

Se forçant à boire une autre gorgée de champagne, il coula un regard maussade vers la femme qui était responsable de sa mauvaise humeur.

Bonté divine. Il aurait dû être complètement, délicieusement satisfait.

Non seulement il avait assouvi son désir ardent pour Brianna Quinn, mais il avait prouvé à cette donzelle irritante et obstinée qu'elle était incapable de lui résister.

Qu'elle lui appartenait.

Cela avait été démontré par les tremblements de son corps, par la moiteur qu'elle ne pouvait dissimuler lorsqu'il la pénétrait, par ses doux cris de plaisir qu'il entendait encore dans ses oreilles.

Alors pourquoi, grands dieux, avait-il envie de traverser la pièce en trombe et de jeter Brianna Quinn sur son épaule pour la ramener chez lui ?

Parce que, même s'il avait établi qu'elle était l'esclave de sa passion, elle avait réussi à garder son moi intime caché derrière les barrières qui le défendaient.

Maudite soit-elle.

Il n'était pas sûr de savoir pourquoi cela lui importait. Brianna n'était rien de plus qu'un pion à utiliser dans sa chasse du persécuteur de son frère, non ? Et, s'il était assez fortuné pour pouvoir profiter de son délectable corps sans avoir à s'inquiéter qu'elle complique les choses par des émotions malvenues, c'était d'autant mieux.

Mais ce n'était pas ce qu'il ressentait. De fait, cela le rendait fou.

Elle devrait se croire désespérément amoureuse de lui, maintenant. Les jeunes filles confondaient toujours le désir avec ces ridicules sentiments fleur bleue. C'était le plus grand danger pour n'importe quel séducteur expérimenté, et la raison pour laquelle la plupart des gentlemen sensés s'efforçaient d'éviter les innocentes.

Mais bien qu'il ait eu recours à toute son adresse pour la séduire, une adresse qui eût fait flancher la femme la plus aguerrie, il n'avait pas réussi à lui faire admettre qu'elle ressentait pour lui plus que de la passion.

Le fait qu'elle parvienne à rester émotionnellement distante était comme une épine irritante dans son flanc, qu'il ne pouvait déloger.

Apparemment indifférente à son regard lourd, Brianna se mouvait parmi les invités avec une aisance remarquable. Peu auraient pu deviner qu'elle avait mené une vie si isolée avec sa mère. Ou se rappeler qu'elle avait le moindre lien avec un butor comme Thomas Wade.

Elle possédait un charme inné et un intérêt authentique pour autrui qui poussaient même les tenants les plus rigides de l'étiquette à oublier ses malheureuses relations.

Et, bien sûr, le fait qu'elle soit fiancée à l'un des nobles les plus puissants d'Angleterre aidait à cela.

Elle était occupée à amadouer lady Roddick, quand Edmond fit une grimace en voyant sa tante venir vers lui d'un pas déterminé. On ne pouvait se tromper sur l'expression combative de son visage.

Letty s'arrêta à côté de lui et ouvrit son éventail d'un geste sec, frémissant de réprobation.

— Eh bien, j'espère que vous êtes content de vous.

Le regard d'Edmond fut de nouveau attiré par la jeune beauté aux cheveux d'automne, à l'autre bout du salon ivoire et cramoisi.

— Pas particulièrement.

Il s'efforça de ne pas révéler son agacement.

— En vérité, il me serait difficile de me sentir moins content de moi, en ce moment.

— Bien, déclara la vieille dame avec un léger sourire. Je suis heureuse de l'entendre.

Avec un rire sans humour, Edmond ramena son attention sur elle.

— Est-ce juste le plaisir de me voir torturé, ou avez-vous une raison plus spécifique de me vouloir du mal ?

Lady Aberlane haussa un sourcil gris.

— Brianna ne vous a rien dit ?

— Brianna souhaite à peine être dans la même pièce que moi, et a fortiori me dire quoi que ce soit, marmonna-t-il.

— Ce n'est pas surprenant, je suppose, étant donné les circonstances.

Edmond se raidit, plissant les paupières devant l'attitude mystérieuse de sa tante. Il lui suffisait d'endurer la conduite irritante et imprévisible de Brianna. Il serait damné s'il en supportait davantage.

— Si vous avez quelque chose à dire, tante Letty, dites-le. Je suis las des énigmes.

La vieille dame souffla devant sa requête incisive.

— Vous voulez que je vous parle brutalement ?

— Ce serait un changement agréable.

— Fort bien. Alors que Brianna et moi revenions de nos emplettes, cet après-midi…

— Des emplettes ? coupa Edmond, une peur glacée lui tenaillant les entrailles.

Prenant le bras de Letty, il l'entraîna dans une alcôve, très conscient que même son formidable contrôle ne pouvait dissimuler sa fureur incrédule.

— Voulez-vous me dire que, moins d'un jour après avoir été presque tuée, Brianna Quinn se promenait dans les rues de Londres comme si rien ne s'était passé ?

L'expression sévère de lady Aberlane devint méfiante quand elle mesura la colère de son neveu.

— Elle ne s'est pas promenée, répondit-elle, les sourcils froncés. Nous avons visité quelques boutiques et nous sommes rentrées.

— Elle sait qu'elle ne doit pas quitter la maison à moins d'être en ma compagnie, ou celle de Boris.

Letty scruta son expression dure avec une trace de confusion.

— Pour l'amour du ciel, elle n'est pas votre prisonnière.

— Elle pourrait fort bien être en danger, et je ne veux pas qu'elle risque son maudit cou par une imprudence aussi stupide, dit-il d'un ton âpre. Manifestement, je dois lui rappeler que mes ordres doivent être obéis.

Edmond pivota, prêt à aller trouver Brianna et à l'informer qu'elle serait enfermée dans sa chambre, quand sa tante lui barra le passage.

— Non, Edmond, déclara-t-elle d'un ton ferme.
— Letty, écartez-vous.
— Non.

Elle pointa un doigt bagué sur son torse.

— Vous avez déjà assez humilié Brianna pour un jour. Vous ne provoquerez pas une scène parmi ceux qui vont décider si elle est acceptée ou non dans la haute société.

Assez humilié Brianna pour un jour ? Qu'est-ce que cela signifiait, par tous les diables ? La jeune femme n'avait sûrement pas raconté à sa tante leur interlude passionné ? Et, même si elle l'avait fait, ce n'était guère humiliant. Cela avait été… époustouflant.

Il secoua la tête. Quelle que soit l'offense que Brianna lui reprochait, elle devrait attendre.

Il voulait d'abord s'assurer qu'elle ne risquerait jamais plus son joli cou.

— Au diable la société, gronda-t-il. Brianna ne sera pas autorisée à me désobéir. Pas quand j'ai failli…

Il s'interrompit brusquement, sachant que ses paroles en révéleraient plus que ce qu'il était prêt à admettre. Y compris en lui-même.

Letty, bien sûr, était trop fine pour que cette admission lui échappe.

— Quoi ? Quand vous avez failli la perdre ? demanda-t-elle doucement.

Avec un sourire attristé, elle lui toucha légèrement le bras.

— Ce n'est pas votre faute si Brianna a été blessée. La responsabilité incombe à celui qui a appuyé sur la détente.

— Peu importe de qui est la faute, tante Letty.

Il bannit sombrement la culpabilité qui couvait en lui.

— Brianna doit comprendre qu'elle ne doit pas quitter

Huntley House jusqu'à ce que je sois certain que le danger est passé.

Quelque chose qui ressemblait à de la pitié passa sur le visage de lady Aberlane, avant qu'elle pousse un soupir et s'écarte.

— Je suppose qu'on ne peut essayer de vous détourner de cette réaction exagérée, mais j'insiste pour que vous attendiez d'être à la maison pour informer Brianna qu'elle sera tenue en laisse.

— Je vous ai dit que je me moque de la société.

— Pas moi.

Il haussa un sourcil.

— Vous craignez que je fasse une scène ? Vous me connaissez sûrement mieux que cela.

— Pas du tout. Je préférerais simplement qu'il y ait moins de témoins quand Brianna vous tuera. Elle est bien trop délicieuse pour être traînée à la potence.

— Grands dieux, où est passée la loyauté familiale ? Ne devriez-vous pas soutenir votre neveu préféré ?

Elle souffla en commençant à s'éloigner.

— Qu'est-ce qui vous fait penser que vous êtes mon neveu préféré ?

Edmond gloussa quand l'inflexible matrone alla rejoindre les autres chaperons près de la fenêtre.

Comment diable avait-il laissé envahir sa vie par tant de femmes ? Lui, entre tous les hommes, connaissait les dangers entraînés par ce genre de complications. Elles étaient des distractions au mieux et de vraies pestes au pire.

Nul doute que, s'il avait tous ses esprits, il leur ferait faire leurs bagages à la première occasion.

Ignorant la curieuse crispation qui lui serra le cœur à cette idée, il entreprit de traverser la salle, pour être arrêté de nouveau. Cette fois, par un valet en livrée qui s'inclina profondément devant lui.

— Votre Grâce.

— Oui ?

— On a remis ce message pour vous.

— Merci.

Edmond prit le billet plié et l'ouvrit pour parcourir rapidement les mots bien écrits, en prenant une inspiration surprise.

— S'il vous plaît, faites avancer ma voiture, ordonna-t-il au domestique qui attendait.

— Tout de suite, Votre Grâce.

Brianna se raidit dès qu'elle sentit Edmond venir dans sa direction. Durant la majeure partie de la soirée, il s'était contenté de rester appuyé à la cheminée, son regard brûlant tellement concentré sur elle que c'était un miracle qu'elle ne se soit pas enflammée.

Juste ciel, comment les gens du monde ne devinaient-ils pas que l'homme se faisant passer pour le duc de Huntley était un imposteur ?

Stefan était si aimable, si avide de faire passer le bonheur des autres avant le sien. Sa bonté était un attrait brillant, alors qu'Edmond… Même à travers le salon, elle percevait le puissant danger qui couvait en lui avec une énergie palpable.

L'un clair, l'autre sombre. Deux faces d'une même pièce.

Une excitation rebelle la parcourut quand elle sentit sa dure et chaude silhouette s'arrêter près d'elle, et qu'il posa une main possessive dans son dos.

— Ma chère, puis-je vous dire un mot ? murmura-t-il d'un ton lisse.

Brianna réprima un froncement de sourcils agacé quand les élégantes dames qui l'entouraient poussèrent un soupir d'appréciation. Quelle femme ne serait pas enchantée par l'attirante beauté d'Edmond ? Ou par la vibrante sensualité que son bel habit sombre ne parvenait pas complètement à dissimuler ?

Il était impossible de ne pas réagir.

Rassemblant autour d'elle sa fraîche contenance qui était sa seule défense, elle esquissa un sourire anodin.

— Bien sûr.

Lady Roddick émit un petit rire et se pencha pour tapoter le bras de Brianna de son éventail.

— Un conseil, miss Quinn. Il n'est jamais sage de se rendre à toutes les exigences de son mari.

La dame d'un certain âge jeta un coup d'œil avide sur le corps sculpté d'Edmond. La sotte.

— Les hommes ne sont que trop enclins à bousculer une pauvre jeune fille qui manque de cran.

Brianna se força à rencontrer le regard brûlant d'Edmond.

— Je crains que Sa Grâce ne préfère une fiancée docile. N'est-ce pas… Stefan ?

— Ah, si seulement une telle créature existait, lâcha-t-il d'un ton traînant, sa main l'éloignant fermement du groupe. Par ici, ma chère.

N'ayant d'autre choix que de le suivre ou de lui opposer une résistance ridicule, Brianna attendit qu'ils se trouvent près de la table du buffet, qui offrait un assortiment de pâtés de homard, de pigeon en gelée, de champignons à l'étouffée et de diverses crèmes, avant de se tourner vers lui.

— Que voulez-vous ?

— Vous étrangler, pour commencer, répondit-il d'une voix sourde.

— Allez-y.

Elle haussa le menton.

— Je doute que quiconque veuille affronter le courroux du duc de Huntley pour vous arrêter.

Pendant un moment, Brianna craignit qu'il noue vraiment ses mains autour de son cou. Sa colère était une chaleur palpable qui lui donnait la chair de poule et l'emplissait d'un avertissement indéniable.

Finalement, son farouche contrôle domina son humeur, et, marmonnant un juron, il se contenta de lui jeter un regard noir.

— Je n'ai pas de temps à perdre avec ces sottises. Nous devons partir immédiatement.

— Partir ? Pourquoi ?

— J'ai été informé que le scélérat qui vous a tiré dessus a été découvert.

Brianna prit la nouvelle avec un haussement d'épaules.

Sa petite blessure à la tempe lui avait valu beaucoup de sympathie intéressée quand elle était arrivée ce soir, mais elle était remarquablement indifférente au fait qu'elle avait failli être tuée sur ce balcon plongé dans le brouillard.

Ce n'était peut-être pas si surprenant. Elle s'était évanouie si vite qu'elle se souvenait peu du chaos qui avait suivi le coup de feu. Et ces quelques souvenirs avaient aisément été gommés par l'intense passion d'Edmond.

Et, bien sûr, par la vue de sa voiture devant la maison de La Russa.

C'était bien plus douloureux que n'importe quelle balle.

— Ainsi, vous n'avez pas complètement oublié la raison pour laquelle vous êtes à Londres ?

— Quoi ?

Il serra les dents pour contenir sa colère.

— Aucune importance. Bientôt, Brianna Quinn, nous discuterons de mon aversion pour les femmes qui boudent.

— Comme si je m'en souciais.

— Vous vous en soucierez.

Saisissant son bras dans une emprise qui était à deux doigts de lui faire mal, il se mit à l'entraîner vers la porte.

— A présent, rengainez votre langue acérée et souriez pendant que nous présentons nos excuses à notre hôtesse pour partir si tôt.

— Vous n'avez pas besoin de me tirer ainsi, bonté divine, marmonna-t-elle.

Il lui décocha un coup d'œil d'avertissement, les sourcils froncés.

— Estimez-vous heureuse que tante Letty m'ait convaincu de ne pas vous jeter sur mon épaule pour vous emmener.

14

La note qu'Edmond avait reçue de Chesterfield était brève. Juste un mot griffonné indiquant que son employé avait aperçu la voiture du criminel et l'avait suivie jusqu'aux écuries de Piccadilly.

Ce fut assez, néanmoins, pour qu'Edmond prenne la précaution de se faire accompagner par Boris et trois autres gardes avant d'enfourcher son cheval et de quitter Mayfair. Il ne voulait pas courir le risque que le mystérieux assaillant lui glisse de nouveau entre les doigts.

Plus tôt il mettrait fin à la menace qui pesait sur son frère, mieux ce serait.

Alors, peut-être, il pourrait rentrer à Saint-Pétersbourg et reprendre l'existence luxueuse et exotique qu'il avait toujours appréciée. Il était bien préférable de se mêler de la vie des autres que de voir la sienne perturbée.

Il ignora son cœur qui se contractait quand il ralentit sa monture et contempla les écuries plongées dans l'ombre, commodément situées près des hôtels de Piccadilly. Il espérait que le meurtrier se battrait. Il était d'humeur à frapper le scélérat jusqu'à ne lui laisser qu'un souffle de vie.

— Les écuries sont juste devant nous, dit-il, en parcourant du regard la rue éclairée au gaz.

Boris se porta à son côté, l'expression pleine d'anticipation. Il était avide de violence, lui aussi.

— Où devez-vous retrouver Chesterfield ?
— A l'entrée de derrière.
— Attendez ici que les gardes fouillent l'endroit en quête

d'une mauvaise surprise. Quand nous serons sûrs qu'il n'y a pas de piège, nous nous mettrons en position et je sifflerai.

— Ce n'est pas…

Boris se pencha en avant, son corps massif dur et menaçant sous son lourd manteau.

— Ne bougez pas jusque-là.

Edmond fit un geste résigné. Boris était peut-être son employé, mais ce soldat aguerri l'assommerait volontiers s'il le jugeait nécessaire pour le garder en sûreté.

— Allez-y, Boris. J'attendrai votre signal, accorda-t-il de mauvais gré.

Se tenant dans l'ombre d'un bâtiment voisin, Edmond écouta les bruits de la nuit. Le claquement de sabots sur les pavés, les cris de vendeurs offrant leurs marchandises aux passants, les voix étouffées de palefreniers qui attendaient le retour de leur maître.

Les sons habituels d'une ville.

Et les odeurs habituelles.

Il grimaça aux relents de pourriture et d'égouts qui montaient des caniveaux. Il y avait certainement des moments où il comprenait le dégoût de son frère pour Londres.

Sa patience était à bout quand il entendit enfin le sifflement sourd, et il mit son cheval au trot pour rejoindre l'arrière des écuries. Il avait à peine pénétré dans la cour, quand une mince silhouette se détacha de l'ombre.

S'arrêtant, Edmond glissa à bas de sa monture et attacha la bride à un poteau.

— Chesterfield.

L'enquêteur était vêtu des habits grossiers d'un valet d'écurie, le visage maculé de saleté. Un déguisement parfait pour se déplacer dans les rues de Londres sans être remarqué, mais ce fut son sourire spéculateur qui retint l'attention d'Edmond.

— Je me demande bien pourquoi un duc engage des domestiques qui n'ont pas seulement un entraînement militaire, mais des talents convenant mieux à un voleur qu'à un valet.

Edmond haussa les épaules, reconnaissant en lui-même que c'était une chance que Chesterfield soit à son service plutôt qu'à celui de son ennemi. Rien ne lui échappait.

— Je vous conseillerais de ne pas vous interroger sur ce genre de détail, dit-il d'un ton d'avertissement.

Le limier haussa les épaules.

— A partir du moment où les bijoux de la Couronne ne disparaissent pas…

— Votre message disait que la voiture a été retrouvée ?

— Mon employé l'a remarquée devant la pelouse de lord Milbank, mais quand il a voulu s'approcher elle est partie. Grâce au ciel, la circulation dans Londres est si encombrée qu'il a été assez facile de la suivre jusqu'à ces écuries.

— Et le cocher ?

— Il a disparu dans l'hôtel Pultney's.

Chesterfield désigna l'hôtel voisin d'un signe du menton.

— La suite du fond, au premier étage.

— Grands dieux.

L'enquêteur fronça les sourcils.

— Cela vous dit-il quelque chose, Votre Grâce ? Parce que cela ne me dit rien, à moi. D'après mon expérience, les criminels ne prennent pas une chambre au Pultney's.

— Non. Mais il y a quelque chose…

Edmond se concentra. Il cherchait désespérément à mettre le doigt sur le fait qu'il avait pensé à l'hôtel Pultney's quelques jours plus tôt. Mais pourquoi ? Il était assis à la table du petit déjeuner… et, oui, il lisait le journal du matin. Un détail avait accroché son attention. Un ragot quelconque qui lui avait paru déplacé.

Viktor Kazakov ! Le dissident russe que le tsar avait envoyé en Sibérie et qui n'aurait jamais dû se trouver à Londres. Edmond avait adressé un billet à l'ambassadeur de Russie, puis avait écarté l'homme de son esprit.

Une erreur de jugement qui avait failli coûter la vie à Brianna.

Poussant un juron, il se tourna vers son domestique aux aguets.

— Boris.

Chesterfield se racla la gorge quand le Russe s'empressa de s'approcher.

— Vous avez un plan ?

— Boris et moi allons voir le gentleman.

— Pensez-vous que ce soit sage, alors qu'il vous veut mort ? fit remarquer l'enquêteur.

— C'est certainement préférable à le laisser me suivre dans Londres, tirant quand cela lui chante, grommela Edmond. Ou, pire, me menant par le bout du nez.

— Je comprends. Mais pourquoi ne pas me permettre d'accompagner votre serviteur…

— Non.

— Votre Grâce, avez-vous oublié que vous avez failli être tué il y a quelques nuits de cela ?

— Je ne l'oublierai jamais, Chesterfield, vous pouvez en être sûr.

— Alors, pourquoi prendre un tel risque, quand je suis prêt à vous offrir ma protection ?

L'expression d'Edmond se durcit.

— Parce que j'ai des devoirs qui exigent le secret.

— Je vous ai assuré de ma discrétion…

— Vous feriez bien de renoncer, Chesterfield, intervint Boris. On ne peut pas le dissuader une fois qu'il a pris une décision. Cela a sûrement quelque chose à voir avec le sang bleu qui court dans ses veines. Il lui pourrit le cerveau.

Edmond lança à son compagnon un regard offensé.

— Merci, Boris.

Le Russe sourit.

— Pas de quoi.

Hochant la tête, Edmond ramena son attention sur l'enquêteur.

— Restez ici avec vos hommes. J'appellerai si j'ai besoin de vous.

Chesterfield céda avec un petit grognement.

— Très bien.

Edmond prit dans la poche de son manteau son pistolet

de duel et fit signe à Boris de le suivre dans la rue, jusqu'au coin. Il s'introduirait dans l'hôtel par l'entrée de service.

Le Russe resta près de lui, promenant les yeux d'un côté à l'autre.

— Avez-vous découvert quelque chose ?

— Que je suis un idiot, marmonna Edmond, en s'arrêtant brusquement à la vue de deux gentlemen qui se tenaient à l'entrée de l'allée.

Il faisait trop sombre pour distinguer leurs traits, mais on ne pouvait se tromper sur le fait qu'ils parlaient russe.

Edmond s'aplatit contre le mur, tirant Boris à côté de lui. Il ne fut pas du tout surpris de reconnaître la voix grave de Viktor Kazakov.

— Vous saisissez mes ordres ? demandait-il.

— Je ne suis pas stupide, rétorqua son compagnon d'un ton âpre. Je dois quitter Londres à l'aube et aller droit à Douvres où je prendrai le premier bateau disponible pour la France. De là, je me rendrai à Moscou.

— Ne regagnez pas votre chambre et ne parlez à personne, commanda froidement Viktor. Y compris votre maîtresse.

L'autre homme émit un son dégoûté.

— C'est ridicule. Je vous dis qu'on ne m'a pas reconnu.

— Vous avez dit qu'un domestique a essayé de vous approcher. Celui-là même qui a tenté de vous suivre quand vous avez eu la sottise de tirer sur Huntley sur ce balcon.

Boris se raidit près d'Edmond. Il était trop bien formé, cependant, pour surgir de l'ombre et briser le cou de Kazakov. Pas sans un ordre direct de son maître.

L'idée était tentante, mais elle devrait attendre qu'Edmond ait les informations dont il avait besoin.

— Vous m'avez ordonné de faire croire à lord Edmond que son frère est en danger. Quoi de mieux que de loger une balle dans le cœur du duc de Huntley ? En outre, ce domestique aurait pu m'approcher pour n'importe quelle raison, grommela l'inconnu. Il voulait probablement m'inviter à prendre une pinte de cette bouillasse qu'ils appellent bière dans ce pays.

— Nous sommes trop près de la fin du règne d'Alexander Pavlovich pour commettre des erreurs pendables, décréta Viktor. Lord Edmond doit continuer à croire que son frère est en danger.

Edmond serra les poings tandis que ses soupçons devenaient réalité. Grands dieux. Il était un idiot. Un abruti sans cervelle qui méritait d'être abattu.

— Et le croit-il ? demanda l'homme en colère, d'un ton bougon.

— Il est en Angleterre, non ?

Malgré l'obscurité, Edmond percevait la tension qui grimpait entre les deux hommes. Viktor Kazakov avait une révolte sur les bras. Le traître et le scélérat.

— En Angleterre, mais pas à Londres, observa son compagnon, ignorant heureusement qu'Edmond se faisait passer pour le duc de Huntley.

Une petite satisfaction.

— Peut-être reste-t-il dans le Surrey parce qu'il soupçonne que quelque chose ne tourne pas rond.

Viktor se rapprocha de son comparse, la main dans sa poche qui contenait sans nul doute un pistolet.

— A partir du moment où il est loin de Saint-Pétersbourg et du tsar, il peut soupçonner ce qu'il veut.

Il y eut un instant de silence, la violence couvant entre les deux hommes. Puis, avec un geste de défaite, l'inconnu s'écarta.

— Le Commandant ne va pas être content que je sois éloigné de Londres, marmonna-t-il. J'avais l'instruction de le tenir informé de vos progrès ici.

Edmond sourit sombrement en percevant la fureur de Viktor. Ce sot vaniteux et ridiculement pompeux s'était toujours cru supérieur aux autres. Y compris à son tsar.

— C'est moi qui suis responsable, pas le Commandant, déclara Viktor avec un dégoût évident. Et, s'il veut être informé de mes progrès, il n'a qu'à quitter le confort et l'obscurité du palais d'Hiver et venir à Londres.

— Il ne peut pas prendre le risque de s'exposer ainsi, argumenta son compagnon.

— Pourquoi pas ? Il nous demande de prendre bien plus de risques que cela. Pourquoi devrait-il avoir le droit de se terrer dans l'ombre et d'exiger que les autres fassent le travail dangereux ?

— Vous devriez peut-être le lui demander vous-même.

— Je le ferai peut-être, rétorqua Viktor d'un ton glacé. Maintenant, filez, sot que vous êtes.

L'homme marmonna dans sa barbe, mais, visiblement entraîné à obéir aux ordres, il courba les épaules et s'éloigna furtivement dans la rue. Viktor le suivit des yeux jusqu'à ce qu'il disparaisse dans l'obscurité. A ce moment-là seulement, il pivota pour entrer dans l'hôtel.

Edmond et Boris retournèrent vers les écuries, attendant d'être assez éloignés de l'hôtel pour rompre le silence.

— Viktor Kazakov, lâcha Boris comme un juron.

Comme tous les proches d'Alexander Pavlovich, il était bien conscient que l'aristocrate dissident prononçait les mots appropriés en public, mais attisait les germes du mécontentement en privé.

— Il a été banni en Sibérie. Que diable fait-il à Londres ?

Edmond s'efforçait de garder son contrôle tandis qu'ils longeaient la rue sombre.

— Manifestement, il organise une fausse piste si évidente que le plus vert des jeunots aurait pu se rendre compte que c'était un piège, dit-il d'un ton dégoûté. Et moi, qui me targue d'être si intelligent, j'ai suivi comme si je n'avais pas un brin de cervelle. Sapristi ! Comment ai-je pu être aussi stupide ? J'aurais dû soupçonner dès le début que l'on voulait m'éloigner de Saint-Pétersbourg.

Boris le regarda en fronçant les sourcils.

— Vous étiez inquiet pour votre frère.

— Et nous savons tous les deux que les meilleurs leurres sont ceux qui touchent une personne en son point le plus sensible.

Edmond abattit son poing sur sa paume ouverte, en souhaitant que ce soit le visage satisfait de Viktor Kazakov.

— Diantre, je m'en suis servi assez souvent.

— Vous n'aviez d'autre choix que de revenir en Angleterre et d'assurer la sécurité du duc, Summerville. Nul ne peut vous blâmer de votre inquiétude.

— Je m'en blâme, moi. J'ai laissé mes émotions dominer mon bon sens.

— On ne peut pas changer le passé, déclara Boris avec la résignation philosophique propre aux Russes. Qu'allons-nous faire maintenant ? Tuer Kazakov ?

Les lèvres d'Edmond s'incurvèrent en un petit sourire devant l'impatience de Boris d'en finir avec le dissident.

— Pas encore.

— Il complote contre le tsar.

C'était évident, même avec le peu qu'ils avaient entendu. Malheureusement, Edmond connaissait assez bien Viktor Kazakov pour savoir qu'il préférerait mourir plutôt que d'avouer la vérité. C'était un vrai fanatique dans sa détermination de réformer la Russie. Une chose qu'Alexander Pavlovich avait promise autrefois, pour en revenir à la lourde férule de ses ancêtres quand il avait perdu ses illusions et s'était lassé de lutter contre la peur du progrès de ses sujets.

— Oui, mais nous ignorons qui est son contact en Russie. Le Commandant doit être un homme important s'il réside au palais d'Hiver, observa Edmond. Nous ne pouvons révéler que nous sommes au courant de la menace avant de savoir qui est impliqué. Sinon, les traîtres vont simplement se fondre dans l'ombre en attendant de fomenter un nouveau complot.

Boris secoua la tête avec dégoût.

— Les scélérats.

— Mon avis aussi.

En approchant des écuries, Edmond posa une main sur le bras de Boris et s'arrêta.

— Je veux que Viktor Kazakov soit surveillé nuit et jour. Engagez autant d'hommes qu'il vous faut — il ne doit pas se rendre aux commodités sans que vous m'en informiez. Compris ?

— Compris.

— Et envoyez un des gardes derrière son comparse. Il devrait pouvoir le rattraper sur la route de Douvres. Dites-lui de se lier avec l'homme, si possible, sur le ferry menant en France. Il se pourrait que ce traître révèle des informations utiles.

Boris hocha la tête, les paupières plissées.

— Que ferez-vous, vous ?

Edmond fit une grimace. Sa loyauté envers Alexander Pavlovich exigeait qu'il reste à Londres et surveille Viktor. Le dissident devait être en contact avec ses complices russes par un moyen quelconque, et nul n'était mieux à même qu'Edmond de découvrir ce moyen.

Mais, pour une fois, il avait un souci plus pressant que le bien-être de son tsar. Viktor avait déjà prouvé qu'il était prêt à assassiner le puissant duc de Huntley pour exécuter ses desseins. Qui pouvait dire qu'il ne considérerait pas Brianna comme une victime adéquate, également ?

En outre, Thomas Wade était toujours tapi dans l'ombre. Si Edmond se concentrait sur Viktor, il serait incapable de protéger Brianna de ce monstre.

— Je dois retourner dans le Surrey pour quelque temps, annonça-t-il d'un ton bref.

Boris haussa les sourcils, puis un sourire agaçant se peignit sur ses lèvres.

— Vous voulez conduire la femme à votre frère.

Edmond ne se donna pas la peine de confirmer sa supposition.

— Ne me décevez pas.
— Cela m'est-il déjà arrivé ?
— Jamais.

Alors qu'il se détournait, Edmond fut arrêté par son compagnon.

— Edmond.

Il jeta un coup d'œil par-dessus son épaule, s'arrangeant pour cacher son impatience.

— Oui ?

— Emmenez Janet avec vous, aussi. S'il y a du danger, elle fera à coup sûr quelque chose d'imprudent pour essayer de protéger miss Quinn.

Edmond éclata de rire.

— Comme si je pouvais la séparer de sa maîtresse.

Il marqua une pause, redevenant grave.

— Soyez prudent, Boris. Kazakov joue les bouffons arrogants, mais c'est un adversaire dangereux qui n'hésitera pas à vous tuer s'il se rend compte que vous le suivez.

Boris hocha la tête.

— Prenez garde aussi. Les traîtres tiennent Meadowland à l'œil. Vous devez rester vigilant.

— Toujours.

Seule dans sa chambre, Brianna se commandait en vain de dormir. Elle se tourna et se retourna pendant plus d'une heure, avant de finir par renoncer. Elle se leva, enfila une robe de chambre et céda au besoin d'arpenter la pièce.

C'était juste parce qu'elle était encore en colère de savoir qu'Edmond avait rendu visite à une courtisane, se dit-elle. C'était la raison pour laquelle son estomac était noué et sa bouche sèche. Cela n'avait rien à voir avec le fait qu'Edmond était parti dans la nuit sur les traces d'un fou dangereux.

Bien sûr, cette explication raisonnable ne justifiait pas que ses pas la portent constamment vers la fenêtre pour scruter la pelouse obscure, ni qu'elle ait les oreilles aux aguets pour entendre les pas d'Edmond dans le couloir.

Ni que, quand elle les perçut enfin, elle doive se raccrocher à la cheminée tandis que ses genoux fléchissaient de soulagement. Elle appuya son front sur le marbre froid. Pour l'amour du ciel, que lui arrivait-il ?

La porte de sa chambre s'ouvrit doucement et se referma. Pivotant sur ses talons, Brianna considéra Edmond, incrédule.

— Bonté divine, Edmond, voulez-vous ruiner ma réputation ? Il est déjà assez contrariant…

Ses mots moururent quand il s'avança à grands pas, les traits durs et déterminés.

Elle recula vivement, heurtant le mur. Il ne s'arrêta pas avant de se tenir à quelques pouces d'elle, appuyant les mains de chaque côté de sa tête.

— Quand je déciderai de ruiner votre réputation, Brianna Quinn, vous le saurez, assura-t-il, son souffle effleurant sa joue. Pour l'heure, je vous demande de faire vos bagages.

Elle battit des cils, en proie à la confusion.

— Quoi ?

Les brillants yeux bleus d'Edmond parcoururent son visage, comme si ses pensées n'étaient pas vraiment à leur conversation.

— Nous partons pour Meadowland dans une heure.

— Pour Meadowland ? Pourquoi ?

— Quelle importance ? Vous avez péniblement insisté pour qu'on vous conduise là-bas depuis votre arrivée dans cette maison.

Brianna frissonna, la chaleur de son corps la pénétrant à travers ses fins vêtements.

— Et vous avez obstinément rejeté mes demandes, si vous vous en souvenez. Alors pourquoi avez-vous brusquement décidé de partir en pleine nuit ?

Il marqua une pause, pesant visiblement ses mots.

— J'ai des obligations à remplir. Vous serez plus en sécurité sous la protection de Stefan.

Brianna se raidit. Bien sûr, qu'elle était sotte. Il avait rendu visite à sa maîtresse. Qu'avait-il à faire d'une jeune femme inexpérimentée ?

— Je vois. Vous en avez assez de moi et maintenant je dois être remise à quelqu'un d'autre. Il fallait s'y attendre, je suppose.

— En avoir assez de vous ?

Il poussa un grognement sourd, ses yeux étincelant tandis qu'il la pressait contre le mur de son corps dur. Brianna frémit quand il enfouit son visage au creux de son cou, son érection palpitant contre son ventre.

— Vous êtes stupide.

Elle s'accrocha aux revers de sa redingote, le contact de ses lèvres sur sa gorge tendre envoyant des gerbes de feu dans son corps consentant. Ces sensations exquises effaçaient toute résolution de nier le besoin urgent qu'elle percevait en lui et qui le faisait trembler. Elle voulait cela. Sa chaleur, son désir, ses demandes affamées qui étaient plus excitantes que n'importe quelle démonstration de tendresse.

— Nous sommes d'accord là-dessus, dit-elle.

Elle ferma les yeux quand sa bouche descendit pour capturer la pointe d'un sein à travers sa robe de chambre.

— Ma souris.

Son souffle court résonnait dans la chambre tandis qu'il relevait ses vêtements.

— Vous me rendez fou.
— Edmond... vous avez dit que nous devions partir.
— Chut.

Il s'empara de ses lèvres pour la faire taire, ses mains dégrafant nerveusement ses culottes. Il appuya son sexe durci contre sa féminité.

— Me voulez-vous ?

Brianna étouffa un gémissement frustré. Juste ciel, il était si merveilleusement proche, et cependant il attendait de la pénétrer.

— S'il vous plaît, Edmond...
— Dites-le, Brianna, murmura-t-il contre ses lèvres. Dites-moi que vous me voulez.

Levant les mains, elle coula les doigts dans ses cheveux et arqua son corps contre lui.

— Oui, je vous veux.

Il l'embrassa avec une satisfaction farouche et poussa ses hanches en avant, la possédant d'un seul élan.

15

Brianna s'éveilla le lendemain matin avec une sensation de dépaysement. Il lui fallut un moment, à contempler les chérubins peints au plafond, pour se rappeler qu'elle n'était plus dans sa chambre de Huntley House, mais dans une jolie pièce crème et or de Meadowland.

Un coup d'œil vers la fenêtre lui montra que le soleil caressait le tapis persan. Elle avait dormi beaucoup plus tard que d'habitude, mais ce n'était guère surprenant vu sa nuit agitée.

Après leur étreinte passionnée, Edmond l'avait observée en silence pendant qu'elle faisait ses bagages. Ses mains tremblaient tandis qu'elle pliait ses robes de soie et de satin, mais elle avait fermement gardé une contenance impassible. Puis elle était descendue pour s'installer dans la voiture qui attendait.

Edmond avait choisi de chevaucher au côté de l'attelage, laissant Brianna seule face aux questions curieuses de lady Aberlane et de Janet, qui avaient été réveillées pour l'accompagner dans ce voyage inattendu.

Mais elle n'avait pas de réponses. Elle était aussi déroutée que ses compagnes, ignorant pourquoi ils avaient dû quitter Londres dans une telle hâte.

En secouant la tête avec agacement, pour être déplacée ainsi sans explications, Brianna quitta son lit et sonna Janet.

Il n'y avait pas lieu de s'appesantir sur Edmond Summerville ou ses décisions autoritaires. Avec un peu de chance, il aurait déjà quitté Meadowland.

Près d'une heure plus tard, Brianna avait pris un bain et revêtu une robe à rayures blanches et émeraude, qui faisait ressortir le vert de ses yeux et les reflets cuivrés de ses cheveux. Elle la compléta par des bottines en cuir brun et un camée enfilé sur un ruban vert.

Quittant sa chambre, elle longea le long couloir, notant avec tendresse les lambris usés et les corniches sculptées qui avaient vu des jours meilleurs. La même chose pouvait être dite des chaises dorées ou en acajou qui bordaient le tapis rouge élimé. Malgré son irritation contre Edmond, qui l'avait brutalement emmenée de Londres au milieu de la nuit, elle ne pouvait nier son plaisir à retrouver Meadowland.

Ses plus chers souvenirs d'enfance étaient ici. Elle se revoyait se faufilant dans le salon de musique pour écouter la duchesse de Huntley jouer du pianoforte, apprenant les échecs avec Stefan, se rendant dans la cuisine pour voir Mme Slater confectionner ses fameuses tartes au citron.

Cette maison avait été un foyer pour elle au même titre que celle de son père. Peut-être même plus, car elle était toujours emplie d'une si chaude affection entre les membres de la famille, quelque chose qui manquait nettement sous son propre toit.

Oh, son père l'aimait, mais ses soucis constants pour son imprévisible épouse faisaient qu'il avait peu de temps à consacrer à sa fille, et sa mère n'avait jamais pris la peine de s'intéresser à elle.

Atteignant le grand escalier, Brianna descendit au rez-de-chaussée, un sourire incurvant ses lèvres devant la silhouette masculine familière qui se tenait au pied.

Stefan était l'exacte réplique de son intraitable frère, mais la jeune femme sut tout de suite qui l'attendait. Elle le voyait à son expression affable et à son sourire engageant. Et, malgré sa ressemblance avec Edmond, elle constata que Stefan ne la faisait pas penser à l'homme arrogant qui l'irritait tellement.

Elle se jeta dans ses bras avec une affection toute simple et lui rendit son étreinte chaleureuse.

— Bonjour, Brianna.
— Bonjour, Stefan.
Il s'écarta.
— Ma chère, je suis tellement navré.
— Pourquoi seriez-vous navré ?
— Edmond m'a dit tout ce que vous avez souffert aux mains de Thomas Wade. Je n'ai jamais aimé cet homme, mais je n'imaginais pas...
— Vous ne pouviez pas savoir, coupa fermement Brianna.
— J'aurais dû, ainsi qu'Edmond me l'a déclaré sans ambages. C'était mon devoir de vous protéger et j'ai lamentablement échoué.
Il laissa retomber ses mains et carra ses épaules.
— J'ai l'intention de faire tout ce qui sera en mon pouvoir pour me racheter. Je vous le promets.
— Je suis heureuse d'être ici. Meadowland n'a pas du tout changé.
— Oui, c'est ce que l'on m'a dit.
Il parcourut le vestibule du regard avec un petit sourire ironique.
— Je commence à me demander si je ne devrais pas cesser de vivre dans le passé et prendre des mesures pour rénover cette vieille monstruosité.
— Oh, non ! protesta Brianna, en s'avisant aussitôt qu'elle était mal placée pour décider du sort de la charmante propriété. Bien sûr, vous devez faire ce qui vous plaît, mais je dois reconnaître que je préférerais que la maison reste comme elle est. Vous savez, quand je vivais chez Thomas Wade, j'avais l'habitude de fermer les yeux et d'imaginer que je me trouvais à Meadowland. Cela me donnait toujours une impression... de sécurité.
— Ma chère et douce Brianna.
Stefan la reprit dans ses bras.
— J'aurais dû vous faire venir ici dès la mort de votre mère.
Elle savoura avec bonheur la gentillesse de Stefan.
— Vous m'avez manqué, Stefan.

— Comme vous m'avez manqué. Cette maison a été bien trop tranquille sans votre rire, et je suis devenu bien trop maussade sans vos taquineries.

— Eh bien, eh bien. Quelle scène touchante !

Brianna et Stefan se séparèrent en sursautant, comme s'ils étaient des enfants pris en faute et non des amis de toujours.

— Edmond.

Stefan se racla la gorge.

— Je pensais que tu serais parti, à cette heure.

Le regard froid d'Edmond ne quitta pas le visage de Brianna.

— J'ai décidé de rester jusqu'à demain matin. Si je ne dérange pas ?

— Bien sûr que non. J'allais accompagner Brianna pour le petit déjeuner. Veux-tu te joindre à nous ?

Brianna refusa de flancher sous l'éclat des yeux bleus d'Edmond, durs comme du diamant. Elle ne faisait rien de mal et ne le laisserait pas la faire se sentir coupable.

— Je dois d'abord m'occuper de certaines choses, répondit-il d'une voix qui eût tranché de la pierre. Je vous rejoindrai plus tard.

— Très bien.

Regardant son frère tourner les talons, Stefan jeta un coup d'œil curieux à Brianna, puis lui prit la main et la posa sur son bras.

— Venez, ma chère.

Laissant Stefan la conduire à la magnifique salle à manger, Brianna prit un moment pour admirer la grande table en noyer ciré qui pouvait aisément recevoir deux douzaines de convives, ainsi que le buffet ouvragé disposé sous la grande fenêtre qui donnait sur le lac. Le plafond avait été peint sous le règne de Charles II ; il représentait brillamment le blason des Huntley.

C'était une pièce splendide qui résonnait encore des rires d'élégants invités.

Avec un soupir nostalgique, Brianna s'avança pour

prendre un siège, et s'arrêta avec stupeur quand elle fut presque renversée par un grand chien qui bondissait autour de la table.

Poussant une exclamation ravie, elle se pencha pour caresser ses oreilles pendantes, son humeur remontant en flèche devant les démonstrations de joie de l'animal.

— Seigneur Dieu, ce ne peut pas être Puck ?
— De fait, c'est Puck II.

Stefan poussa un soupir chagriné, que son sourire affectueux démentait.

— Il est aussi mauvais chasseur que son père, mais je n'ai pas pu me résigner à ne pas le garder.
— Bien sûr. Vous avez le cœur trop tendre.
— Hmm. Dois-je me sentir flatté, ou offensé ?
— Flatté, évidemment.

Stefan écarta d'un signe de main l'un des nombreux valets en livrée et tira une chaise.

— Si vous voulez vous asseoir, je vais emplir votre assiette.
— Merci, Stefan. Ce n'est pas souvent qu'une femme est servie par un duc.
— Je vous en prie, murmura-t-il en allant garnir deux assiettes d'œufs brouillés, de toasts, de harengs fumés et de jambon.

Regagnant la table, il servit Brianna et s'assit à côté d'elle.

— Après tout, il est normal qu'un homme pourvoie aux besoins de sa fiancée.
— Oh, mon Dieu, je l'avais presque oublié.

Elle tendit la main pour la poser sur son bras.

— Je vous assure, Stefan, que ce n'a pas été mon idée. Je n'aurais jamais voulu vous placer dans une situation aussi embarrassante.
— Je suppose qu'Edmond avait ses raisons, même s'il doit encore me les expliquer. Et, en vérité, je ne trouve pas embarrassant d'avoir mon nom associé à une si belle femme. Cela ne peut qu'améliorer ma réputation en société.

Brianna fit une grimace.

— Pas vraiment. N'oubliez pas, je porterai toujours l'opprobre de ma parenté avec Thomas Wade.
— Ne dites pas cela, Brianna.
— Pourquoi ? C'est la vérité. Si ce n'avait pas été le prestige du nom de Huntley, je n'aurais jamais été admise dans la haute société. Et qui peut en blâmer les gens ?
— Moi, je les blâme. Votre père était un gentleman honorable respecté dans toute l'Angleterre. Vous avez toutes les raisons d'être fière, Brianna.

Elle essuya rapidement ses yeux humides.

— Cela importe peu. Quand vous annoncerez la rupture de ces fiançailles, elles seront vite oubliées.

Il étudia son expression déterminée, ses yeux bien plus aimables que ceux d'Edmond, mais pas moins intelligents.

— Cela ne presse pas.

Il prit sa fourchette.

— Maintenant, dites-moi, ma chère. Edmond vous a-t-il bien traitée pendant que vous étiez à Londres ?
— Oui.

Elle mordit dans un toast, fort consciente du regard de Stefan posé sur elle.

— Vous savez, Stefan, il me semble que je suis partie depuis une éternité. Il faut que vous me donniez toutes les nouvelles du Surrey. J'ai entendu dire que Sarah Pierce a épousé le plus jeune fils de sir Kincaid. Etes-vous allé au mariage ?

L'expression de Stefan indiquait qu'il savait qu'elle cachait quelque chose. Contrairement à son frère, cependant, il avait assez de manières pour ne pas insister. A la place, il lui relata de bon gré les nouvelles qui pouvaient l'intéresser, lui laissant ses secrets sans la condamner.

Brianna se demanda, non pour la première fois, comment deux hommes pouvaient se ressembler autant physiquement et être aussi différents.

Laissant Stefan et Brianna derrière lui, Edmond traversa le cabinet de travail d'un pas raide pour se rendre sur la terrasse par une des portes-fenêtres. Une fois loin des regards inquisiteurs, il passa les doigts dans ses cheveux et prit une profonde inspiration.

Sapristi. Quand il était entré dans le vestibule et avait vu Brianna dans les bras de son frère, sa fureur avait été si vive et si violente qu'il avait presque perdu son contrôle. Il avait tremblé du besoin de se précipiter sur Stefan et de le frapper pour oser poser la main sur la jeune femme. Elle était *à lui*. Et il le prouverait de la façon la plus élémentaire et la plus sauvage qui soit.

Seul le choc causé par sa propre réaction l'avait retenu.

Seigneur, pourquoi n'était-il pas parti à l'aube comme il en avait eu l'intention ? Avec Brianna et sa tante Letty en sûreté auprès de Stefan, rien ne l'empêchait de retourner à Londres et à ses devoirs.

Rien sauf cette maudite réticence à quitter Brianna des yeux.

De nouveau, la fureur l'envahit et il arpenta la terrasse en s'efforçant de contenir des émotions aussi primaires.

Mais alors, comme pour manifester sa capacité à le tourmenter, Brianna sortit d'une porte latérale dans le jardin situé juste au-dessous de la terrasse. Edmond se raidit, buvant des yeux sa mince silhouette tandis qu'elle longeait les statues de marbre qui bordaient l'allée, ses hanches se balançant de façon provocante et ses cheveux brillant de tous les feux de l'automne dans le soleil matinal.

Il descendit les marches de la terrasse avant de s'aviser de ce qu'il faisait, la poitrine étrangement contractée.

— Brianna.

Elle se figea au son de sa voix, les épaules tendues. S'arrêtant juste derrière elle, Edmond perçut son désir de fuir sa présence et résista sagement au besoin de tendre la main vers elle et de la toucher. Cela pourrait fort bien la pousser à rentrer en trombe dans la maison.

Au bout d'un long moment, elle pivota enfin, de mauvais gré.

— Je pensais que vous aviez des affaires urgentes ?
— Pourquoi étiez-vous dans les bras de mon frère ?

Elle sursauta, comme prise de court par sa question.

— Nous avons toujours été de proches amis, vous le savez. Et ce n'est pas la première fois que Stefan me donnait une accolade.
— Vous étiez une enfant, alors.

Les lèvres de Brianna s'incurvèrent en un sourire amer.

— Et vous vous êtes assuré que je n'en sois plus une, n'est-ce pas, Edmond ?
— Espérez-vous que Stefan vous épouse ?
— Comment osez-vous !
— Répondez juste à ma question, Brianna.
— Pourquoi le devrais-je ?

Elle noua ses bras autour de sa taille, avec une expression de défi.

— Cela ne vous regarde pas.
— Cela me regarde grandement. Croyez-vous vraiment que je laisserais mon amante épouser mon propre frère ?
— Je ne suis pas votre amante, riposta-t-elle. Et je ne suis certainement pas le genre de femme à essayer constamment d'attraper un mari. Nous sommes quelques-unes, rares, à comprendre l'avantage d'une vie qui ne soit pas entravée par les diktats d'un homme.

Edmond écarta ses paroles d'un geste de la main.

— Même en présumant que je croie que vous ne sauteriez pas sur l'occasion de devenir la prochaine duchesse de Huntley, mon frère n'est pas un moine, marmonna-t-il.
— Ce qui est censé signifier ?
— Stefan mène une vie très isolée, ici. Amener une jeune femme d'une exquise beauté sous son toit est susceptible d'éveiller des tentations.
— Ah, je vois.

La colère de Brianna se changea en outrage.

— Parce qu'il est solitaire, il pourrait à tort se croire attiré par moi ?

— Il faudrait qu'il soit mort pour ne pas être attiré par vous, mais je pense surtout qu'il est vulnérable. Et il a déjà des sentiments pour vous.

— Contrairement à vous, Stefan est un gentleman et un homme d'honneur. Il n'essaierait jamais de séduire sa propre pupille.

— Non, il ne vous séduirait pas. Il insisterait pour se marier.

— Et m'avoir pour belle-sœur est, bien sûr, inacceptable, ironisa-t-elle.

Il relâcha son souffle entre ses dents serrées.

— Complètement inacceptable.

Elle tourna la tête pour fixer durement la jolie fontaine qui déversait de l'eau par la bouche d'un ange, mais Edmond eut le temps de voir la blessure dans ses yeux.

— Ainsi, je suis assez bonne pour partager votre lit, mais pas assez pour épouser votre frère.

Edmond s'avisa un peu tard qu'il n'aurait jamais dû accoster Brianna alors qu'il était encore sous le coup de la colère de l'avoir vue avec Stefan. Bon sang. Il avait fait un fiasco de la situation et ne pouvait en blâmer que lui-même.

— Cela n'a rien à voir avec le fait que vous soyez assez bonne.

Elle lui refit face, en proie à une extrême frustration.

— Alors, en quoi cela vous importe-t-il ?

— Cela importe parce que je le tuerais, admit-il abruptement. Est-ce assez clair pour vous, Brianna ?

Elle recula en chancelant devant sa menace.

— Vous êtes devenu complètement fou.

— Peut-être.

Edmond lui offrit une courbette de pure forme.

— Gardez cela à l'esprit la prochaine fois que vous vous jetterez dans les bras de Stefan.

16

Après cette scène dans le jardin, Brianna savait qu'il lui serait impossible de rentrer à la maison et de feindre que rien ne s'était passé. A la place, elle continua à longer l'allée gravillonnée qui menait à la charmante grotte offrant une vue magnifique sur le lac.

Cela avait toujours été l'un de ses endroits favoris. Autrefois, elle avait passé des heures à y jouer avec ses poupées ou à faire semblant de servir le thé à Stefan sur le banc en marbre. Elle avait également consacré du temps à espionner Edmond quand il entraînait une de ses nombreuses conquêtes dans le labyrinthe voisin, pour lui voler des baisers et probablement beaucoup plus.

Brianna arpenta les dalles de marbre, s'efforçant de ralentir le rythme de son cœur.

Pourquoi se comportait-il comme un mari jaloux, prêt à attaquer dès qu'il se sentait provoqué ?

Après presque une heure à ressasser, la seule conclusion sensée qu'elle put tirer fut que la possessivité d'Edmond n'avait rien à voir avec elle et tout à voir avec Stefan. Même si les deux frères s'aimaient beaucoup, il ne faisait pas de doute qu'il avait toujours existé une compétition tacite entre eux quand ils étaient plus jeunes. Une simple partie de croquet pouvait se terminer par des coups.

Cette explication, toutefois, ne fit rien pour dissiper sa colère brûlante. Il n'était guère flatteur d'être considérée comme une propriété, néanmoins cela l'aida à restaurer les fragiles barrières qui protégeaient son cœur.

Quoi qu'il existe entre Edmond et elle, ce n'était qu'une folie passagère. Une flamme fugace qui mourrait d'elle-même et ne laisserait rien que des souvenirs s'estompant avec le temps.

Cette pensée rassurante venait à peine de lui traverser l'esprit, quand un bruit de pas qui approchaient la fit vivement regarder vers l'allée. Elle connut d'abord un moment de panique, puis il s'évanouit quand elle s'avisa que le bel homme brun qui se dirigeait rapidement vers la grotte était Stefan, et non Edmond.

— Brianna ? Je vous dérange ?
— Bien sûr que non.

Elle parvint à esquisser un sourire devant son ton hésitant.

— Venez me rejoindre.

Gravissant les marches, Stefan vint se placer à côté d'elle près de la fenêtre ouverte.

— Vous êtes restée ici un temps considérable. Quelque chose ne va pas ?
— Je suis juste déroutée.

Elle reporta son attention sur le lac brillant. Quand elle était petite, Stefan l'emmenait souvent pêcher au bord de l'eau et il lui avait même appris à nager — malgré les rebuffades de sa mère arguant qu'il n'était pas convenable pour Brianna de s'ébrouer en chemise. Une nostalgie légère mais douloureuse de ces jours insouciants lui étreignit le cœur.

— Rien qui doive vous inquiéter.
— Je serais un hôte fort piètre si je ne m'inquiétais pas de voir une de mes invitées aussi malheureuse.

Il passa doucement les doigts sur la courbe de sa joue.

— Que vous a dit Edmond ?

Aussi étonnée de sa caresse inattendue que de ses paroles, elle pivota pour rencontrer son regard scrutateur.

— Quoi ?
— Je vous ai vus. Dans le jardin.
— Oh.

Son visage s'échauffa à la pensée que Stefan avait été témoin de cette dispute ridicule.

— Ce n'était rien.

— Brianna, j'ai été accusé d'être remarquablement borné quand il s'agit de comprendre mon prochain, mais même moi j'ai pu voir que vous vous querelliez.

Brianna poussa un profond soupir, se rendant compte qu'elle ne pouvait dissimuler sa colère subsistante.

— Edmond s'est toujours arrangé pour être le gentleman le plus exaspérant que j'aie jamais rencontré. Même quand j'étais une enfant, il me rendait furieuse.

Elle pinça les lèvres.

— Rien n'a changé au cours des douze dernières années.

L'expression de Stefan resta sceptique.

— Ma chère, il est évident que quelque chose s'est passé entre vous pendant que vous étiez à Londres. Ne me faites-vous pas assez confiance pour m'avouer la vérité ?

Instinctivement, elle lui saisit la main.

— Stefan, je vous confierais ma vie.

Elle soutint son regard en lui pressant la main.

— Vous devez le savoir. Mais…

— Mais ?

— Ceci est entre Edmond et moi, je préférerais qu'il en reste ainsi.

Les yeux de Stefan s'assombrirent tandis qu'il la dévisageait durant un long silence tendu, comme s'il luttait contre quelque émotion intérieure.

— Je vois.

— J'en suis heureuse.

Il y eut un autre silence, puis il carra les épaules et ses traits se durcirent d'une façon inattendue.

— Voulez-vous vous asseoir un moment avec moi ?

Brianna inclina la tête, intriguée.

— Entendu.

Ils parcoururent ensemble la courte distance jusqu'au banc, leurs mains toujours jointes, et Brianna attendit que Stefan prenne la parole.

— Je pense qu'il vaudrait peut-être mieux que j'explique quelque chose à propos de mon frère.

— De fait, j'en sais largement assez, marmonna-t-elle. Il est arrogant, dominateur et tout à fait implacable quand il s'agit d'obtenir ce qu'il veut.

— C'est vrai, mais il est aussi profondément blessé.

Brianna battit des cils sous le choc.

— Blessé ? Edmond ?

Une trace d'une douleur ancienne obscurcit les yeux de Stefan.

— Je sais que c'est difficile à croire. Il prend toujours tellement soin de paraître invulnérable, comme si rien ne pouvait le toucher. Et surtout pas une autre personne.

— Il vous aime.

— Oui, mais il refuse de laisser n'importe qui d'autre devenir proche de lui. Il est... effrayé de s'ouvrir à l'affection.

Brianna se mit en demeure de quitter la grotte. De se lever et de partir.

Edmond avait pris son indépendance, son innocence et la plupart de ses esprits. Il ne pouvait avoir sa sympathie, en plus.

Mais, bien sûr, elle ne s'en alla pas.

A la place, elle se pencha en avant et céda à sa traîtresse curiosité.

— Pourquoi ? demanda-t-elle dans un souffle.

— Vous savez que mes parents se sont noyés dans le naufrage de leur yacht, dans la Manche ?

— Naturellement.

La douleur d'apprendre que le duc et la duchesse étaient décédés avait été beaucoup plus dévastatrice que la mort de sa propre mère. Ils avaient été bien plus que d'aimables voisins ayant pris en pitié une petite fille solitaire. Ils avaient représenté pour elle l'unique preuve que le véritable amour existait dans le monde. La mort de ce couple brillant et aimant lui était apparue comme un coup du sort aux énormes proportions.

— J'ai pleuré pendant quinze jours.

La douleur s'accentua dans les yeux de Stefan. La famille était très unie.

— Ce que la plupart des gens ne savent pas, c'est qu'ils se rendaient à Londres parce qu'Edmond avait été confondu de quelque bêtise avec ses amis et traîné en justice. Ce n'était rien de grave, mais mon père était déterminé à lui faire connaître son déplaisir. Ils... ne sont jamais arrivés.

Les doigts de Brianna se resserrèrent sur sa main.

— Oh, Stefan.

— Cela a été terrible pour moi, mais encore pire pour Edmond. Il se sent coupable, voyez-vous. Dans son esprit, nos parents seraient encore en vie s'il n'avait pas commis cette bêtise. Je ne suis pas sûr qu'il parvienne un jour à enterrer sa culpabilité et à se pardonner.

Stefan secoua la tête.

— Jusque-là, il ne peut prendre le risque de s'attacher à quelqu'un.

Le cœur de Brianna se contracta d'une vive douleur à la pensée du jeune Edmond se coupant du monde et se croyant coupable de la mort de ses parents.

Comment quelqu'un pouvait-il vivre avec une culpabilité aussi lourde ?

Cela devait être comme une maladie lui rongeant lentement l'âme.

Brusquement, elle se rappela son attitude outragée quand Thomas Wade s'était introduit chez lui, sa fureur quand il parlait du danger qui menaçait Stefan, sa terreur quand elle avait été touchée sur le balcon.

— Il craint de manquer aux autres. C'est pourquoi il ne leur permet pas de l'approcher.

Stefan poussa un soupir attristé.

— J'ai essayé de faire ce que je pouvais, mais jusqu'ici cela n'a pas suffi.

— Je ne pense pas qu'Edmond soit le seul à se sentir coupable, Stefan.

Elle lui toucha légèrement la joue.

— Je suis sûre que vous avez fait tout votre possible pour aider votre frère.

Stefan leva la main, couvrit ses doigts et les pressa sur son visage.

— Peut-être, mais cela ne rend pas plus facile de savoir qu'il souffre.

— Oui, je suppose.

— Quoi qu'il en soit, j'ai pensé que cela pourrait diminuer la tension entre Edmond et vous, si vous compreniez pourquoi il rejette les autres.

— Je ne suis pas certaine que quoi que ce soit puisse dissiper cette tension, dit-elle d'un ton sec. Et cela vaut sûrement mieux ainsi.

— Brianna ?

Etrangement réconfortée par son contact, elle sourit.

— Oui ?

— Je veux que vous sachiez que vous aurez toujours un foyer ici, à Meadowland.

Le souffle de Brianna se coinça dans sa gorge devant ses douces paroles. Elle avait été seule si longtemps. Savoir que quoi qu'il advienne dans l'avenir elle aurait toujours un foyer était aussi précieux que les plus beaux bijoux.

— Merci, Stefan. Cela signifie plus pour moi que vous ne pouvez le savoir.

— C'est le moins que je puisse faire après...

Elle pressa les doigts sur ses lèvres.

— Cela appartient au passé.

Il prit légèrement son poignet, caressant doucement son pouls de son pouce.

— Et mon offre n'est pas entièrement désintéressée, vous savez.

Sa main se resserra sur son poignet lorsqu'elle menaça de s'écarter, ses lèvres remuèrent contre le bout de ses doigts.

— Vous êtes devenue une femme incroyablement belle, Brianna. Si belle que vous m'en coupez le souffle.

Elle se figea, ne sachant pas très bien comment réagir à ses paroles surprenantes.

— Stefan ?

Maintenant son emprise sur son poignet, il tourna sa

main de façon à pouvoir poser un baiser, doux et insistant, sur sa paume avant de la lâcher.

— J'ai conscience que vous m'avez toujours vu comme un ami, mais je suis également un homme, ma chère. Un homme tout à fait capable d'apprécier les charmes d'une jeune fille intelligente et délicieuse. Surtout d'une jeune fille qui a toujours possédé une part très importante de mon cœur. Non, ne dites rien.

Il interrompit les mots qui tremblaient sur les lèvres de Brianna et se mit debout. Il abaissa les yeux sur elle avec une expression qu'elle n'aurait jamais pensé voir sur son visage. L'expression d'un homme physiquement attiré par une femme.

— Je souhaitais simplement que vous sachiez que je suis là pour vous, si jamais vous avez besoin de moi. Je dois rentrer à la maison, maintenant. M'accompagnerez-vous ?

Elle secoua lentement la tête, médusée. Elle sentait encore la trace de ses doigts sur son poignet. Pas les sensations brûlantes et dangereuses qu'Edmond provoquait, mais une chaleur réconfortante qui n'était pas déplaisante du tout.

— De fait, je ne pense pas que ce serait sage, finit-elle par marmonner.

— Pourquoi diable ? demanda-t-il, ses sourcils se haussant tandis qu'elle rougissait. Bonté divine ! Vous craignez qu'Edmond en soit froissé ?

Elle haussa les épaules.

— Il est particulièrement obstiné, aujourd'hui. Je préférerais éviter une scène.

— Que vous a-t-il dit, Brianna ?

Les lèvres de Stefan se pincèrent devant son silence buté.

— Laissez-moi le formuler ainsi : a-t-il menacé de s'en prendre à vous, ou à moi ?

Elle secoua de nouveau la tête, se sentant lasse.

— Je vous l'ai dit, cela n'a pas d'importance.

— Cela importe grandement.

— De grâce, Stefan.

Elle s'approcha assez près de lui pour poser la main sur son bras.

— Je ne veux pas qu'Edmond et vous soyez fâchés à cause de moi. Rentrez à la maison et je vous suivrai.

Il parut sur le point de discuter, puis, sentant peut-être qu'elle était à bout, il acquiesça avec réticence.

— Fort bien.

Il se dirigea vers la porte et s'arrêta pour jeter un coup d'œil par-dessus son épaule.

— Brianna.

— Oui ?

Son regard se fixa sur les ombres qui soulignaient les yeux de la jeune femme.

— Je ne crains pas Edmond, et je n'hésiterai pas non plus à le chasser de la propriété s'il choisit de se montrer insupportable. Vous n'êtes pas seulement en sûreté à Meadowland, vous êtes en sûreté avec moi.

Edmond arpentait le cabinet de travail encombré de Stefan depuis près d'une heure quand son frère daigna apparaître enfin, visiblement à contrecœur. Ce qui ne fit rien pour apaiser sa colère noire.

Stefan consacrait religieusement ses soirées à examiner ses ennuyeux livres de comptes ou à étudier le dernier rapport de fermage ; il ne laissait rien le distraire de son rituel, pas même la rare présence d'Edmond à Meadowland. Pourtant ce soir-là, Edmond avait finalement été obligé d'envoyer l'un des nombreux valets pour l'arracher à la contemplation de Brianna jouant du pianoforte.

Il suspectait que son frère était vulnérable, mais il ne se serait pas attendu à ce qu'un homme adulte soupire après un brin de fille comme s'il avait perdu ses esprits.

En attendant approcher ses pas, Edmond prit une profonde inspiration pour se calmer et regarda par une des fenêtres, dans l'obscurité.

Toute la journée, il s'était concentré sur le complot destiné à nuire à Alexander Pavlovich. Il avait écrit une douzaine de lettres pour avertir ses compagnons en Russie, avait envoyé une missive codée au tsar, en Prusse, et dressé une liste de tous les associés connus de Viktor Kazakov. Il ne voulait prendre aucun risque.

Ces tâches auraient dû le tenir pleinement occupé, mais il avait du mal à fixer son attention.

A de multiples reprises, il s'était retrouvé à la porte de la bibliothèque, à peine capable de se retenir de sortir en trombe de la pièce pour aller chercher Brianna, seule la force de son désir l'empêchant de céder à la tentation.

S'abandonner à cette faiblesse prouverait qu'il ne contrôlait plus ses émotions. Une chose que sa fierté n'admettrait pas.

A la place, il s'était caché comme un lâche durant la journée, puis avait sombrement feint l'indifférence durant l'interminable dîner, tandis qu'il observait Stefan et Brianna bavardant avec un plaisir évident.

Finalement, il avait été poussé à se rendre dans ce bureau à l'écart pour attendre Stefan, sa fierté intacte et son humeur aussi noire que le ciel nocturne.

Son frère entra et referma la porte derrière lui.

— Tu voulais me parler ?

Edmond ravala les mots durs qui tremblaient sur ses lèvres.

— Oui. J'ai pensé que tu devais savoir que mes soupçons se sont confirmés. Ces « accidents » qui t'ont poursuivi n'étaient pas des accidents. Ils étaient délibérés.

Stefan s'appuya contre le bord du bureau, paraissant plus déçu que choqué.

— Tu en es sûr ?

— Tout à fait sûr.

— Ciel, c'est incroyable. Ainsi, Howard a vraiment…

— Non, cela n'a rien à voir avec notre méprisable cousin, déclara Edmond. Et c'est bien dommage.

— Alors qui était-ce, par tous les diables ?

— J'ai honte d'admettre que tu as failli être tué dans le simple dessein de m'éloigner de Russie, avoua Edmond, et il révéla tout ce qu'il avait découvert à Londres.

Stefan écouta en silence, secouant la tête d'un air incrédule quand Edmond eut fini.

— Cela semble être un plan incroyablement compliqué juste pour se débarrasser de toi.

Il étudia son frère, les sourcils levés.

— Ils doivent craindre grandement tes capacités.

— Comme tu sais, les Russes sont superstitieux.

Edmond haussa les épaules. Il savait parfaitement que ses talents étaient redoutables, mais il était aussi assez sage pour mesurer qu'il était loin d'être invincible.

— Par une combinaison de chance et d'habileté, j'ai réussi à démasquer un grand nombre de traîtres. Je suppose que je suis devenu une sorte de mauvais augure pour ceux qui complotent de se débarrasser du tsar. Ils espéraient sans doute que leur chance tournerait si j'étais hors du pays.

Stefan se redressa.

— Ainsi, tu as l'intention de retourner en Russie ?

— Bien sûr. Bien qu'Alexander Pavlovich ne soit pas encore rentré de Prusse, j'ai envoyé une note avertissant ses gardes de se tenir en alerte. J'en ai envoyé une autre à Herrick, à Saint-Pétersbourg, pour le prévenir des dangers. Entretemps, j'ai l'intention de regagner Londres pour tenir Viktor Kazakov à l'œil.

Edmond serra les poings.

— Cet homme a consacré les dix dernières années à vouloir renverser les Romanov. Il ne se contentera pas de rester en Angleterre alors que le moment est venu de refermer le piège. Il voudra être présent pour avoir sa part de gloire s'ils réussissent. Je compte le suivre à la trace.

Stefan fronça les sourcils.

— Je n'aime pas penser que tu prends de tels risques, Edmond. Le tsar Alexander dispose d'une cour entière et de milliers de soldats pour le garder en sûreté. Pourquoi ne restes-tu pas ici, où est ta place ?

— Parce que ma place n'est pas ici.

Edmond leva la main pour faire taire son frère qui voulait l'interrompre.

— C'est la vérité. Je n'ai jamais été fait pour la vie d'un gentilhomme campagnard. Je me moque éperdument des champs, des fermiers ou des vaches. Au bout de quinze jours, je chercherais tous les vices disponibles pour apaiser mon ennui. Pour finir, soit un mari cocu me tirerait dessus, soit un jeune homme furieux d'avoir perdu ses gages à la table de jeux.

Stefan ne se donna pas la peine de discuter. Ils savaient tous les deux que c'était plus qu'une ancienne culpabilité qui empêchait Edmond de s'installer dans la propriété familiale.

— Alors, à la place, tu chasses des assassins dans les sauvages contrées russes ?

— Saint-Pétersbourg est loin d'être une contrée sauvage, corrigea sèchement Edmond. De fait, la société russe est autant civilisée que la nôtre.

— Je suppose qu'il n'y a pas moyen de te retenir. Quand pars-tu ?

Le sourire d'Edmond s'estompa. Son devoir était clair.

— Je dois rentrer à Londres demain matin, se força-t-il à dire. Tu seras soulagé de savoir que je ne compte plus me faire passer pour le duc de Huntley, et que je reprendrai mon rôle de pauvre fils cadet.

Stefan écarta ses paroles d'un geste de la main.

— Puis-je faire quelque chose pour t'aider ?

— J'ai besoin que tu surveilles Brianna de près.

Il s'obligea à prononcer ces mots, les lèvres roides.

— Tu crains qu'elle soit en danger ?

— Je crains que vous soyez tous les deux en danger. Ces hommes sont des fanatiques dans leur désir de prendre le pouvoir au tsar. Il n'y a pas grand-chose qu'ils n'oseront pas faire, s'ils pensent que cela sert leur but.

— Elle sera en sécurité sous ma garde. Je peux te l'assurer.

C'était précisément ce qu'Edmond souhaitait. Avec la vaste armée de serviteurs qui emplissait Meadowland, Stefan et Brianna seraient hors d'atteinte de Viktor Kazakov. Ils seraient en sûreté et il serait libre de se concentrer sur le complot visant à renverser le tsar.

Ce ne fut pas le soulagement, cependant, mais une colère sombre et implacable qui l'envahit devant la promesse solennelle de son frère.

— Je ne doute pas qu'elle recevra les soins les plus attentionnés, dit-il, les dents serrées.

Stefan s'écarta du bureau.

— Ce n'était pas ton objectif quand tu l'as amenée ici ?

— Je ne sais fichtrement pas quel était mon objectif.

Les lèvres d'Edmond se pincèrent en un sourire sinistre.

— Ce qui est assez courant, ces derniers temps.

Stefan s'avança, l'air sombre.

— Retourne à Londres et à tes devoirs, Edmond, commanda-t-il. Je m'occuperai des affaires ici.

Edmond pivota pour saisir le cadre de la fenêtre.

— Tu comptes que cela me réconforte ? lança-t-il d'un ton âpre.

— C'est pour le mieux.

— Je t'ai vu, ce matin, dit-il, ses doigts se crispant sur le bois jusqu'à ce que ses articulations blanchissent. Tenant Brianna dans tes bras.

— Je n'avais pas mesuré avant son retour combien elle m'avait manqué. J'ai été un sot de ne pas la faire venir à Meadowland beaucoup plus tôt.

Les paroles de Stefan n'apaisèrent pas la colère d'Edmond.

— C'était certainement ton devoir, comme c'est ton devoir maintenant de te rappeler que tu es son tuteur.

— Oui, j'en ai conscience. Et être son tuteur signifie davantage que de lui prodiguer un abri. Je dois aussi considérer ce qui est le mieux pour son avenir. Une jeune fille aussi belle et aussi innocente attirera à coup sûr l'attention des débauchés les plus méprisables, comme Thomas Wade l'a déjà prouvé. Sans parler de séducteurs patentés.

Edmond se détourna, la poitrine si oppressée qu'il pouvait à peine respirer.

— Et que considères-tu au juste comme le mieux pour son avenir ?

Stefan soutint son regard accusateur avec assurance.

— Je nourris des espoirs grandissants qu'elle ait plaisir à rester à Meadowland.

— Comme ta pupille ?

— Comme mon épouse.

Bien qu'Edmond se fût à moitié attendu à ces mots, ils lui firent l'effet d'un coup physique.

Brianna mariée à son frère ? Toujours sous ses yeux, mais à jamais hors de sa portée ?

— Que diable chantes-tu là ? demanda-t-il, les dents serrées. Tu ne l'as pas vue depuis douze ans, et en quelques heures tu décides que tu la veux pour femme ?

— Elle est jeune, en bonne santé et incroyablement charmante. En outre, elle aime Meadowland presque autant que moi. Peu de femmes me conviendraient aussi bien.

Stefan plissa les paupières.

— Tu es celui qui me rappelle sans cesse que mon plus grand devoir en tant que duc est d'avoir un héritier, pour assurer que tu n'aies pas un jour à endosser le titre.

— Un conseil que tu as toujours ignoré.

— Je suis têtu, mais pas complètement stupide. J'ai bien conscience que je dois me marier et engendrer un fils. Peut-être plusieurs fils et quelques filles.

Edmond frémit tandis que sa fureur incandescente le parcourait ; il était à deux doigts de perdre son contrôle.

— Aie tous les enfants que tu voudras, Stefan, mais assure-toi que leur mère ne soit pas Brianna Quinn.

Stefan refusa de reculer.

— Ce n'est guère à toi de le décider.

— Stefan, n'insiste pas, l'avertit Edmond, ses paroles lentes et pesées.

— Pourquoi ? Parce que tu l'as séduite ?

— Parce que je ne permets pas que ce qui est mien soit volé, même par toi.

— Tu as l'intention de la réclamer ? demanda Stefan.

— Je l'ai déjà fait.

— Non, tu as pris ce que tu désirais sans rien donner. Pas même une promesse d'avenir.

Edmond tressaillit.

— Elle s'en est plainte à toi ?

— Pas du tout. En vérité, elle était très anxieuse de ne pas provoquer de troubles entre nous. Elle possède une conscience, même si tu n'en as pas.

Stefan tourna les talons et se dirigea vers la porte, presque comme s'il ne pouvait plus supporter la compagnie de son frère.

— Stefan.

Ouvrant la porte avec brusquerie, Stefan s'arrêta assez longtemps pour décocher un regard froid à Edmond.

— Pour une fois, fais ce qui est juste, Edmond. Brianna n'est pas une aristocrate qui s'ennuie et cherche une brève diversion. C'est une jeune fille vulnérable qui a toujours occupé une part très importante dans cette famille. Elle mérite sûrement mieux que ce que tu es prêt à offrir ?

Il s'en alla avant qu'Edmond puisse répondre.

Mais, après tout, que pouvait-il dire ?

Qu'était-il prêt à offrir à Brianna ? Quelques semaines, peut-être quelques mois, comme sa maîtresse ? Une poignée de jolis bijoux pour apaiser sa conscience lorsqu'il en aurait fini avec elle ?

Alors que Stefan était prêt à lui octroyer le respect, la fortune, une position, une famille qui serait la sienne.

Quel scélérat égoïste était-il devenu ?

S'emparant de la pendule dorée posée sur la cheminée, Edmond la lança contre le mur, la regardant sombrement exploser en mille morceaux.

17

La coûteuse suite hôtelière était assez confortable. Elle comportait un salon élégant avec de solides sièges anglais gaiement recouverts d'un tissu imprimé, et des tables en noyer impeccablement cirées. A côté se trouvaient une grande chambre meublée d'un lit à baldaquin et d'une armoire française, communiquant avec les pièces adjacentes réservées aux serviteurs.

Non qu'Edmond s'en soucie. Il avait choisi cette suite parce qu'elle était commodément située par rapport à Piccadilly et parce que la porte de derrière donnait directement dans une allée, lui permettant d'entrer et sortir sans être remarqué.

En vérité, depuis son arrivée à Londres trois jours plus tôt, ces pièces avaient pratiquement ressemblé à une prison.

Il n'avait pas voulu risquer d'effrayer Kazakov en se montrant dans Piccadilly, laissant ses domestiques surveiller le traître. Ce qui signifiait qu'il avait eu beaucoup trop d'heures à consacrer à arpenter le parquet et à regretter farouchement ce rare moment de noblesse qui l'avait poussé à quitter Meadowland au milieu de la nuit, abandonnant Brianna derrière lui.

Il n'était pas du genre noble, à se sacrifier. Il savait ce qu'il voulait et l'obtenait toujours. Quoi qu'il en coûte.

Le bruit de la porte du salon qui s'ouvrait fut une diversion bienvenue. Il pivota pour regarder Boris entrer dans la pièce et la traverser pour se verser du whisky posé sur une table basse.

— Eh bien ?

— Vous aviez raison, naturellement. Kazakov vient de rentrer après avoir réservé un passage sur un navire en partance pour les Indes occidentales.

— Et ?

— Et le même jour il est enregistré sur un bateau à destination de la mer du Nord, sous le nom d'Igor Spatrov.

Boris leva son verre en silence, avant de vider d'un trait le puissant alcool.

— Comme vous disiez qu'il le ferait.

Edmond haussa les épaules. C'était une manœuvre assez commune, qu'il avait utilisée lui-même plusieurs fois.

— Quand le bateau part-il ?

— Jeudi.

Edmond ignora le vide pesant qui habitait le fond de son estomac. Sapristi. C'était exactement ce qu'il attendait. Il serait bientôt de retour en Russie et, une fois que la menace contre le tsar serait éliminée, il pourrait poursuivre l'existence qu'il avait si durement œuvré à bâtir.

— Je présume que nous avons aussi des passages réservés ?

— Bien sûr. Vous êtes M. Richard Parrish, un importateur de fourrures russes. J'ai pensé que vous préféreriez voyager comme un riche marchand, plutôt que de frayer avec les masses sales et pouilleuses.

— Sage décision.

Même s'il devrait voyager sous un faux nom, Edmond préférait en effet jouir d'une cabine décente pour supporter des semaines de traversée.

— Viktor n'a pas encore essayé d'envoyer un message à son contact en Russie ?

— Aucun que j'aie réussi à découvrir.

Boris reposa son verre vide.

— Quelque chose doit m'échapper.

Edmond haussa les épaules, sachant fort bien que son compagnon faisait tout son possible pour surveiller les activités crapuleuses de Viktor Kazakov.

— J'ai toute confiance en vos capacités, Boris.

— Alors, qu'est-ce qui vous chagrine ? demanda le

Russe. Votre frère est en sécurité et bientôt nous serons de retour en Russie, où nous serons salués comme des héros pour avoir arrêté un méchant complot pour renverser le tsar.

— Nous ne l'avons pas encore arrêté.

— Nous le ferons.

Edmond ne pouvait guère en discuter. Pas sans sous-entendre qu'il doutait de ceux qui avaient voué leur vie à protéger Alexander Pavlovich.

— Oui.

— Alors, pourquoi…

Cet interrogatoire désagréable fut interrompu par un coup sec frappé à la porte. Les deux hommes échangèrent un bref regard, puis Boris alla se placer derrière la porte, en position pour assommer l'intrus dès qu'il entrerait dans la pièce. Edmond se posta face à l'entrée.

— Oui ? demanda-t-il.

— C'est Jimmy.

Edmond fronça les sourcils à cette voix juvénile.

— Qui ?

— Je travaille pour Chesterfield.

Edmond tendit la main pour ouvrir, sans se soucier qu'il puisse s'agir d'un piège habile. Dès son retour à Londres, il avait modifié la mission de l'enquêteur, lui demandant d'abandonner Howard Summerville, qui ne présentait plus nul intérêt, pour surveiller Thomas Wade. En dépit des événements, il n'avait pas oublié le désir désespéré de ce goujat pour Brianna.

Un mince jeune garçon grossièrement vêtu et arborant un sourire sûr de lui pénétra dans la pièce, cherchant tout de suite des yeux les objets de valeur avec la vivacité d'un voleur entraîné. Mais il ne put retenir un glapissement de surprise quand la grande main de Boris s'abattit sur son épaule.

— Garde tes mains dans tes poches, vaurien, gronda l'imposant Russe.

Edmond se posta devant le jeune garçon.

— Vous avez du nouveau ?

Le garçon déglutit, faisant de son mieux pour ignorer le garde terrifiant qui le retenait prisonnier.

— On m'a dit de venir ici si le gentleman que je surveille quittait la ville.

— C'est ce qu'il a fait ?

— Oui. Il s'est éclipsé de bonne heure ce matin.

— Ce matin ? Pourquoi diable n'êtes-vous pas venu me prévenir tout de suite ?

— Il fallait que je suive la voiture pour m'assurer qu'elle quittait bien la ville, non ? Et ensuite j'ai dû revenir ici. J'ai failli me rompre le cou en courant.

Edmond ne se souciait pas de ce que le garçon avait enduré. Tout ce qui comptait, c'était le fait que Thomas Wade lui échappait.

— Dans quelle direction est-il allé ?

— Vers le sud.

Le Surrey. Cet obscène scélérat essayait de rejoindre Brianna. Une peur aiguë explosa en Edmond tandis qu'il mettait une main dans sa poche pour y prendre une pièce.

— Tenez.

Il jeta la pièce au garçon qui l'attrapa avec une facilité exercée.

— Allez rejoindre Chesterfield.

— C'est un plaisir de travailler pour vous, patron, parvint à marmonner le garçon tandis que Boris lui faisait fermement franchir la porte.

Edmond s'en aperçut à peine ; il traversait la pièce pour prendre son manteau et son chapeau. Wade avait au moins une heure d'avance, sinon deux, sur lui. Il faudrait quasiment un miracle pour qu'il rattrape sa voiture avant qu'elle atteigne Meadowland.

Il avait enfilé son manteau et était à la porte quand Boris l'arrêta.

— Edmond.

Etreint par la peur d'arriver trop tard, Edmond se força à s'arrêter et à jeter un coup d'œil à son compagnon.

— Quoi ?

236

— Nous devons être sur ce bateau.

— Je serai de retour avant jeudi, gronda Edmond, se moquant pour l'heure de Viktor Kazakov et de ses incessants complots.

Il ouvrit violemment la porte.

— Boris.

— Oui ?

— Achetez un autre billet sur ce maudit bateau.

— Vous comptez emmener miss Quinn en Russie ?

— Je n'ai sûrement pas l'intention de la laisser ici. Cette femme a une fichue tendance à courir au désastre.

— Ce qui, à mon avis, serait une raison de ne pas l'entraîner au milieu d'une révolution qui couve.

— Au moins, si elle est à mon côté, je pourrai la protéger.

— Mais…

Edmond jeta sa bourse en cuir à son ami et se prépara à sortir.

— Achetez ce billet, Boris, et assurez-vous de surveiller Viktor Kazakov. Je n'ai pas l'intention de rectifier une stupidité pour en laisser commettre une autre.

L'après-midi était gris et maussade, avec une brise froide qui évoquait l'hiver à venir. Ce n'était pas vraiment le genre de journée qui donnait envie d'aller faire des emplettes au village voisin, mais Stefan avait insisté et Brianna, ne voulant pas décevoir l'homme qui n'avait été qu'aimable avec elle, avait cédé à ses exhortations.

Non que ce soit un énorme sacrifice, dut-elle admettre tandis qu'elle roulait sur l'étroit chemin dans la luxueuse et confortable voiture. Le village était un charmant ensemble de boutiques et de cottages bien entretenus, avec des habitants affables dont elle se souvenait de son enfance. Et, malgré la fraîcheur de l'air, c'était un soulagement de consacrer quelques heures à autre chose qu'à se morfondre à propos d'Edmond.

C'était exaspérant, reconnut-elle. Elle aurait dû être

ravie d'être libérée de son arrogante présence. Stefan ne lui donnait pas des ordres comme si elle était son chien dévoué. De fait, il la traitait avec un tendre respect que n'importe quelle femme adorerait.

Enfin, elle était en sécurité et paisiblement installée dans un endroit où elle se sentait chez elle. Elle n'avait rien d'autre à faire que de planifier son avenir de glorieuse indépendance.

Regardant par la fenêtre, Brianna remarqua à peine les champs détrempés et les quelques bosquets. A la place, elle se représentait Edmond confortablement installé à Londres, et profitant peut-être même de l'après-midi dans les bras de sa maîtresse.

Il fallut que lady Aberlane se penche en avant et lui frappe légèrement le genou de son éventail en ivoire pour l'arracher à ses douloureuses pensées.

— Eh bien, je suppose que nous ne pouvons espérer que la couturière possède les talents de celles de Londres, mais les robes seront sans doute charmantes, babilla la vieille dame, volontairement enjouée. C'est si aimable à Stefan d'insister pour que nous lui rendions visite.

Fort consciente que son chaperon essayait délibérément d'alléger son humeur morose, Brianna se força à sourire.

— Très aimable, mais absolument pas nécessaire. J'ai plus de robes que je n'ai jamais rêvé en posséder.

— Voyons, ma chère, une femme n'a jamais trop de robes.

Letty resserra la couverture autour de ses épaules.

— Et peut-être Stefan souhaitait-il s'assurer que la couturière locale bénéficie de notre visite. Ce n'est pas souvent que Meadowland reçoit des visites féminines.

— En effet.

Stefan vouait sa vie à s'occuper du nombre apparemment infini de gens qui dépendaient de lui.

Les yeux de lady Aberlane pétillèrent.

— Mais après tout peut-être voulait-il vous impressionner par sa générosité.

L'estomac de Brianna se contracta. Elle avait fait de son

mieux pour ignorer les attentions peu subtiles de Stefan, comme si, en prétendant qu'elles n'existaient pas, elles pourraient disparaître. C'était lâche, sans doute, mais elle n'avait pas envie de blesser son plus cher ami.

— Stefan n'a pas besoin de m'impressionner, Letty. Nous avons été amis toute notre vie.

— Ma chère, je suis vieille, mais pas aveugle. J'ai vu la façon dont il vous observe et ce n'est pas celle d'un simple ami.

Sous le regard perçant de Letty, Brianna s'agita inconfortablement sur la banquette en cuir.

— C'est un homme bien, Brianna. L'un des meilleurs que j'aie jamais connus. Comme si être l'un des ducs les plus riches d'Angleterre n'était pas suffisant.

Brianna fit une grimace. Juste ciel, lady Aberlane ne voyait-elle pas qu'elle donnerait n'importe quoi pour répondre aux avances de Stefan ? Elle était fort consciente que son avenir, en tant que duchesse de Huntley, pourrait être divinement facile et sûr.

Cela n'arriverait jamais, toutefois. Et pas seulement à cause de ses sentiments mêlés pour Edmond.

Car le luxe et la protection que Stefan pourrait lui offrir s'accompagneraient des chaînes de la propriété. Certes, ce seraient peut-être des chaînes dorées, mais elle s'était juré qu'elle ne se placerait jamais, jamais sous le pouvoir de quelqu'un d'autre.

— Stefan est un gentleman fort remarquable, accorda-t-elle.

Une trace de déception se peignit sur le visage ridé de Letty.

— Mais vous ne l'aimez pas ?

— Bien sûr que je l'aime. Je l'ai toujours aimé. Mais…

— Vous aimez davantage Edmond ?

— J'ignore ce que je ressens pour Edmond. La plupart du temps, j'ai envie de souffleter son visage satisfait.

— Ah, ma chère.

Brianna se raidit à la pointe de pitié qui perçait dans

l'intonation de la vieille dame. La dernière chose dont elle avait besoin était de la compassion. Elle en avait déjà plus que la plupart des femmes.

— Cela n'importe pas. Stefan m'a promis un foyer, ici, à Meadowland, aussi longtemps que je voudrai. Lorsque je toucherai mon héritage, j'ai l'intention d'acheter ma propre maison.

Letty battit des cils, surprise.

— Vraiment ?
— Oui.
— Et avez-vous parlé de vos plans aux garçons ?

Brianna rit. Seule lady Aberlane pouvait considérer deux des gentlemen les plus puissants d'Angleterre comme des « garçons ».

— Quand j'aurai vingt-trois ans, cela ne les concernera plus. Je serai libre d'agir à ma guise. C'est tout ce que j'ai toujours désiré.

Quoi que la vieille dame pense des plans audacieux de Brianna, cela devait rester un mystère, car le coupé fut soudain déporté violemment quand un coche les heurta sur le côté.

— Oh, mon Dieu, s'exclama lady Aberlane en luttant pour rester assise. Un cocher ivre, je suppose.

— A cette heure ?

Brianna regarda par la fenêtre. Son cœur s'arrêta lorsqu'elle reconnut la livrée bleu et or des postillons de son beau-père.

— Non. Grands dieux, non.
— Qu'y a-t-il ? demanda Letty.
— C'est la voiture de Thomas Wade.

Les mots avaient à peine quitté ses lèvres que des coups de feu retentirent. Brianna se jeta sur la banquette d'en face pour saisir la frêle vieille dame dans ses bras. Son corps réagissait d'instinct, alors même que son esprit refusait d'accepter ce qui arrivait.

C'était comme si son pire cauchemar se réalisait. Et elle ne pouvait rien faire pour l'arrêter.

D'autres coups de feu éclatèrent, terrifiants, et les deux

femmes hurlèrent quand le coupé bascula dans le fossé et s'arrêta dans une secousse. Ils ne se renversèrent pas, grâce au ciel, mais la violence du choc les projeta contre la portière opposée.

— Letty ?

S'écartant, Brianna jeta un regard frénétique à sa compagne.

— Letty, êtes-vous blessée ?

Lady Aberlane leva une main tremblante pour redresser son bonnet.

— Non, non. J'ai juste eu le souffle coupé.

Le soulagement de Brianna fut de courte durée. La portière de la voiture fut ouverte avec brusquerie et la sinistre silhouette de Thomas Wade apparut.

De la bile monta dans la gorge de la jeune femme à la vue de l'expression échauffée de son beau-père et de ses yeux pâles qui luisaient d'avidité.

— Espèce de petite vaurienne, gronda-t-il en tendant la main pour attraper durement le bras de Brianna. Vous pensiez que vous pouviez m'échapper ?

Brianna lutta désespérément tandis que Thomas la tirait vers la portière, mais elle était bien trop frêle pour lui résister.

— Avez-vous perdu l'esprit ? Vous auriez pu nous tuer !

Ses lèvres grasses s'incurvèrent en un vilain sourire.

— Je vous préférerais morte plutôt que hors de mon atteinte.

D'une dernière traction, Thomas la tira hors de la voiture et noua une main autour de sa gorge. Brianna n'eut qu'un instant pour voir qu'au moins deux des valets de Stefan gisaient sur le sol, en sang, et que le postillon était entouré par les hommes de main de Wade.

— Vous m'appartenez, Brianna. Ne l'oubliez jamais.

A peine capable de respirer, Brianna leva les mains et tira en vain sur les doigts qui menaçaient de lui écraser la gorge.

— Si belle. Je vais vous cacher là où personne ne pourra vous trouver, marmonna-t-il, presque comme pour lui-même, en desserrant son emprise.

Brianna oublia sa douleur tandis que l'horreur la submergeait.

— Scélérat, lança-t-elle d'une voix sifflante. Stefan vous fera pendre.

— Il devra d'abord nous attraper. Mon yacht attend de nous emmener loin de l'Angleterre.

Sans prévenir, lady Aberlane apparut à la portière et frappa la tête de Thomas de sa canne.

— Lâchez-la, brigand que vous êtes !

— Assez ! gronda Thomas, en traînant Brianna vers son coche. Nous partons d'ici.

— Non ! s'exclama Brianna. S'il vous plaît…

— Lâchez-la, Wade.

Les mots autoritaires arrivèrent par surprise, arrêtant Wade dans son élan, tandis que les genoux de Brianna fléchissaient de soulagement.

— Edmond, dit-elle dans un souffle, ses yeux s'emplissant de larmes tandis qu'il sortait des arbres, pointant un pistolet sur son ravisseur.

Derrière elle, Thomas se raidit, ses doigts se serrant de nouveau sur sa gorge jusqu'à ce que des points noirs dansent devant ses yeux. Elle savait qu'elle ne tarderait pas à sombrer dans l'inconscience si Edmond ne faisait pas quelque chose.

— Restez où vous êtes, ou je jure que je la tuerai, gronda Wade.

— Le seul qui mourra aujourd'hui, c'est vous, Wade.

— Lâchez ce pistolet ou je lui brise le cou.

Thomas secoua Brianna assez violemment pour lui faire aller la tête d'avant en arrière.

— Lâchez-le.

Edmond s'arrêta, les paupières plissées de fureur. Puis il se pencha lentement pour poser son arme sur la route.

Brianna put sentir Thomas se détendre tandis que la menace immédiate était écartée, et il relâcha même assez son emprise pour qu'elle puisse prendre une inspiration douloureuse.

— Voilà qui est mieux…

Ses paroles satisfaites s'interrompirent quand Edmond se redressa d'un mouvement fluide, lançant le bras en avant et projetant sa dague dans les airs. L'éclair de l'acier brilla dans le brouillard, et la lame passa tout près de la joue de Brianna.

Les doigts de Thomas se serrèrent brièvement sur son cou, puis s'écartèrent.

Durant un long moment, le monde parut figé. Brianna avait conscience de la brise froide qui soulevait sa cape de drap, de l'odeur de feuilles humides, du cri distant d'un oiseau.

Finalement, ce fut Edmond qui rompit ce sortilège cauchemardesque en ramassant son pistolet et en le pointant sur les hommes médusés de Wade.

— Jetez vos armes et rejoignez votre maître, ordonna-t-il.

De façon prévisible, les domestiques s'empressèrent d'obéir à ce commandement glacial. Mais Brianna ne prêta pas attention à leurs efforts frénétiques. A la place, engourdie, elle se tourna vers l'homme qui gisait sur le sol.

Son estomac chavira quand son regard parcourut le corps sans vie et disloqué. Une partie d'elle-même l'avertissait de se détourner, que ce qu'elle pourrait voir lui donnerait des cauchemars pour les années à venir. Mais une autre partie, celle qui avait subi des mois de terreur sous le toit de son beau-père, éprouvait le besoin morbide de s'assurer de la mort de Thomas Wade.

Ravalant la boule qu'elle avait dans la gorge, elle força son regard réticent à remonter. Elle aperçut une écharpe trempée de sang et la dague plantée dans le cou épais de Thomas, avant d'être brusquement écartée et pressée sur la poitrine d'Edmond.

— Non, Brianna, gronda-t-il en posant la main à l'arrière de sa tête pour enfouir son visage au creux de son épaule.

— Il est mort?

— Retournez à la voiture, ma souris, demanda-t-il en lui faisant traverser la route, le visage caché dans les plis de son manteau.

— Non, tout cela est à cause de moi, protesta-t-elle.

Elle éprouvait toujours une nausée au creux de l'estomac, mais les bras chauds et réconfortants d'Edmond lui rendaient son courage.

— Je ne vais pas vous laisser vous occuper du... du...
— Brianna.

Edmond interrompit ses balbutiements. Il s'arrêta et s'écarta, glissant un doigt sous son menton pour la forcer à rencontrer son regard dur.

— Quoi ?
— Ce n'était pas une requête.

Avant qu'elle puisse protester, elle fut soulevée de terre et poussée dans le coupé à côté de lady Aberlane. La portière claqua et Edmond retourna auprès du cocher ébranlé.

— Ramenez-les directement à Meadowland. Tirez sur quiconque essaiera de vous arrêter. C'est compris ?
— Oui, sir.
— Edmond... non.

Brianna attrapa la poignée de la portière, mais ses mains tremblaient tellement qu'elle ne put la tourner. Puis cela n'eut plus d'importance, car le coupé chancela violemment, sortit du fossé et prit à toute allure la route de Meadowland.

18

Edmond se tenait près de la fenêtre du cabinet de travail de son frère, quand le bruit de la porte qui s'ouvrait le fit pivoter. Il regarda Stefan, les sourcils levés.

— Eh bien ?

— Ils survivront tous les deux, grâce au ciel, mais il faudra un certain temps avant que James reprenne son travail, déclara Stefan, parlant des deux valets blessés.

Il alla au bureau, s'assit dans son fauteuil et prit sa plume.

— Je dois établir une note pour me rappeler de m'occuper de sa famille. Je crois qu'il a de nombreux enfants.

Edmond était beaucoup moins concerné par les deux valets que par la nécessité de protéger la femme qui avait failli lui être volée. Brianna en avait assez supporté. Il ne voulait pas qu'elle devienne l'objet de rumeurs déplaisantes si l'on découvrait que Thomas Wade avait essayé de l'enlever.

— Et le docteur ? demanda-t-il.

Stefan le regarda, pâle et les sourcils froncés.

— Quoi, le docteur ?

— Tu lui as raconté notre histoire ?

— Il est convaincu que mon coupé est tombé sur Thomas Wade alors qu'il était attaqué par une bande de voleurs, et que les valets ont été touchés en essayant de les faire fuir.

Edmond hocha la tête. Cette version n'était pas l'une de ses meilleures trouvailles, mais elle était simple et, surtout, impossible à réfuter. Sauf si l'un des participants était assez stupide pour parler à tort et à travers.

— Et tu es sûr que tes domestiques garderont la vérité pour eux ?

Stefan se raidit, offensé.

— Evidemment. Mes serviteurs sont entièrement loyaux. Je suis bien plus inquiet au sujet des gredins qui travaillaient pour Wade.

— Ils savent qu'ils n'ont pas intérêt à contredire ma version, répondit Edmond, ses lèvres s'incurvant tandis qu'il se rappelait les hommes de main à genoux, implorant sa pitié.

Il ne doutait pas qu'ils étaient à mi-chemin de la France, maintenant.

— Ils ont compris que je n'hésiterais pas à les tuer.

— Moi non plus, marmonna Stefan en se levant et en arpentant le tapis usé. Bon sang. Je ne me pardonnerai jamais d'avoir laissé Brianna courir un tel danger.

Edmond ignora son irritation instinctive devant l'inquiétude possessive de son frère. Il n'avait personne d'autre à blâmer que lui-même pour avoir confié Brianna aux soins de Stefan, une erreur qu'il ne commettrait plus.

— Stefan, tu ne pouvais pas savoir que Thomas Wade était assez désespéré pour risquer d'enlever Brianna en plein jour.

— Mais tu le savais, toi.

— Et j'ai failli arriver trop tard. J'ai été un sot de la quitter des yeux.

A ces mots, Stefan sursauta et s'avança d'un pas, les poings serrés.

— Que diable veux-tu dire ?

— J'ai l'intention de la ramener à Londres avec moi.

— Tu plaisantes ?

Edmond croisa les bras sur sa poitrine, les traits contractés par une détermination farouche.

— Elle a besoin de ma protection.

— Elle ne serait pas plus en sécurité à Londres. De fait, tes ennemis représentent un danger bien plus grand que Thomas Wade.

Stefan plissa les paupières.

— Ou as-tu oublié qu'on lui a tiré dessus pendant qu'elle était sous ta surveillance ?

— Prends garde, Stefan.

La voix d'Edmond était dangereusement douce. Il aimait son frère plus que personne d'autre au monde, mais Brianna partirait avec lui. Par la force si nécessaire.

— En outre, nous ne resterons pas à Londres. En tout cas, pas longtemps. Viktor Kazakov doit partir pour la Russie jeudi, et je serai sur le même bateau que lui.

— Bonté divine, Edmond, tu ne peux pas emmener Brianna en Russie !

Edmond refit face à la fenêtre, refusant de rencontrer le regard accusateur de son frère. Une part de lui comprenait le risque qu'il prenait. Non seulement envers Brianna, mais envers ses devoirs vis-à-vis du tsar. C'était la raison pour laquelle il l'avait laissée à Meadowland, pour commencer.

Maintenant, cependant, il n'avait pas l'intention d'écouter son bon sens. Les trois derniers jours lui avaient prouvé qu'être séparé de Brianna était pire que de l'avoir à son côté. Il ne quitterait pas l'Angleterre sans elle. Pas question.

— Nous voyagerons sous une fausse identité, dit-il d'un ton détaché. Personne ne saura qui elle est.

— Et quand vous arriverez à Saint-Pétersbourg ?

— Que veux-tu dire ?

Stefan pinça les lèvres.

— Même en présumant que vous arriviez au palais d'Hiver sans être reconnus, ne disais-tu pas que la cour de Russie est un vrai nid de vipères ? Vas-tu jeter Brianna dans une fosse aussi dangereuse ?

— Je n'ai pas l'intention de présenter Brianna à la Cour.

— Non ? Comptes-tu la garder enfermée dans tes appartements ? Cachée même du tsar ?

Edmond jeta un regard noir au jardin, dehors.

— Ce genre de chose pourra être décidé quand nous atteindrons le palais d'Hiver.

— Pour l'amour du ciel, Edmond, tu as consacré des

années à te faire une place comme le conseiller de confiance d'Alexander Pavlovich. Tu veux vraiment tout risquer à cause d'une étrange obsession pour une femme ?

— Ma décision est prise, Stefan.

— Une décision complètement irresponsable.

Les mots de Stefan firent écho à ses propres pensées, fort sombres.

— Tu ne peux pas traîner une innocente jeune fille avec toi comme si elle était un bagage. Au mieux, sa réputation sera mise en pièces. Au pire, elle sera prise dans un complot pour renverser le gouvernement.

Venant se placer derrière son frère, Stefan lui serra fermement l'épaule.

— Cela ne te ressemble pas, Edmond.

— Peut-être pas, mais je ne me laisserai pas dissuader.

Il y eut un épais silence, puis Stefan laissa retomber sa main et recula.

— Et qu'en est-il de Brianna ?

— Quoi ?

— Si elle ne désire pas être emmenée en Russie ? Elle vient juste de s'installer à Meadowland.

— Elle viendra.

— Parce que tu as l'intention de l'y forcer ?

Tournant les talons, Edmond se dirigea vers la porte.

— Parce qu'elle m'appartient.

Un peu avant le coucher du soleil, Brianna se retrouva dans l'un des élégants coupés de Stefan. Cette fois, cependant, c'était Edmond qui était assis en face d'elle à la place de lady Aberlane, et ils roulaient rapidement vers Londres.

Quelque part au fond d'elle-même, elle savait qu'elle aurait dû être outragée par les manières autoritaires d'Edmond. Juste ciel, il avait fait irruption dans sa chambre en donnant des ordres, et en la surveillant pendant qu'elle faisait ses bagages comme si elle était une enfant.

Ce n'était pas la colère, cependant, qui la maintenait dans cet étrange état d'acceptation tandis qu'ils avançaient à vive allure sur la route en terre.

Elle avait su qu'Edmond lui reviendrait. Et que, lorsqu'il le ferait, elle le suivrait de son plein gré là où il voudrait l'emmener.

Les trois derniers jours lui avaient fait prendre conscience qu'elle ne connaîtrait pas la paix tant que la passion qui flambait entre eux ne se serait pas consumée.

Tant qu'elle s'en souviendrait, se dit-elle, sa liaison avec Edmond ne serait qu'une folie passagère qui passerait bientôt. Pourquoi lutter contre l'inévitable ?

Assis en face d'elle, Edmond était affalé sur son siège, ses longues jambes étendues devant lui et les bras croisés sur la poitrine tandis qu'il l'observait d'un regard sombre. Malgré la fraîcheur de l'air, il avait ôté son manteau et son chapeau, révélant son élégante redingote verte et son gilet rayé qui moulaient son corps avec une précision agaçante.

— Avez-vous l'intention de bouder durant tout le voyage, ma souris ? demanda-t-il d'un ton traînant, en rompant le lourd silence qui emplissait l'habitacle.

Brianna ignora ses mots provocateurs et ramena ses pensées sur la question qui la hantait depuis qu'Edmond était sorti du brouillard au moment où elle avait besoin de lui.

— Comment saviez-vous que Thomas Wade allait essayer de m'enlever ?

— Je ne savais pas exactement ce qu'il projetait, mais je le faisais surveiller. Quand il a quitté Londres, je l'ai suivi.

Ses yeux brillèrent d'un reste de fureur.

— Malheureusement, je ne l'ai pas rattrapé avant qu'il attaque votre voiture.

Brianna hocha lentement la tête. Elle aurait dû savoir qu'Edmond ferait surveiller son beau-père. Il était beaucoup plus qu'un gentleman nonchalant ; il restait en permanence sur le qui-vive et possédait des talents que l'on trouvait d'ordinaire chez les hommes obligés à vivre de leur ingéniosité.

— Pensez-vous vraiment que les gens croiront que Thomas a été tué par des bandits de grand chemin ?

— Qui mettrait en doute la parole du duc de Huntley ?

Elle pinça les lèvres devant sa plate arrogance.

— Je suppose que cela est vrai.

Malgré leurs différences, les deux frères avaient été élevés dans l'idée irréfutable qu'ils étaient seigneurs et maîtres de leur large portion du Surrey. Il ne leur viendrait jamais à l'esprit que l'on pourrait ne pas leur obéir.

— Vous ne devez plus vous soucier de Thomas Wade, Brianna.

— Je suis contente qu'il soit mort.

— C'est sans doute une opinion largement répandue. D'après ce que j'ai pu découvrir, il trichait en affaires, aux cartes et trompait sa femme. Des rumeurs prétendaient aussi qu'il battait ses maîtresses. Un homme parfaitement méprisable. Je doute qu'une seule personne regrette son trépas.

— Certainement pas moi.

Brianna fit une grimace.

— Je voudrais seulement…

— Vous voudriez quoi ?

Elle se força à croiser son regard scrutateur.

— L'avoir tué moi-même.

— Si assoiffée de sang, ma souris ?

— Non. Mais il me déplaît de savoir que j'ai dépendu de vous pour être sauvée. Que vous avez dû vous ruer à mon secours.

— Me ruer à votre secours ? Hmm.

Un sourire passa sur ses lèvres pleines.

— Voilà qui semble bien mélodramatique. Je ne crois pas que quiconque me prenne pour un prince héroïque, ou vous pour une damoiselle en détresse.

Elle se raidit, irritée, sa fierté piquée par son amusement.

— Ne plaisantez pas. Je devrais être capable de prendre soin de moi-même.

L'amusement d'Edmond se dissipa, et il plissa les paupières devant son ton sec.

— Qu'est-ce qui vous dérange, Brianna ? Le fait que vous ayez eu besoin d'être sauvée, ou que ce soit moi qui l'ai fait ?

— Je veux mon indépendance. Est-ce si difficile à comprendre ?

— Pour une dame qui désire son indépendance, vous vous êtes amplement plainte quand j'ai refusé que Janet nous accompagne.

— Janet n'est pas seulement ma soubrette, c'est ma meilleure amie. Il se trouve que j'apprécie sa compagnie.

— Une amie ?

— Oui.

— Et moi, que suis-je ? Ami, ou ennemi ?

Elle serra les dents.

— Voulez-vous vraiment que je réponde à cette question ?

Brianna se força à ne pas fléchir sous son regard dur. Pas même lorsqu'il se pencha en avant, saisissant son menton dans ses doigts.

— Pourquoi êtes-vous venue avec moi ?

Cette question la prit de court.

— Vous me l'avez ordonné, non ?

— Nous savons tous les deux que je n'aurais pas pu vous forcer. Si vous aviez protesté, Stefan serait intervenu pour vous garder à Meadowland.

Brianna réagit à ses paroles. Après tout, elle avait souvent pensé à Stefan pendant qu'elle faisait ses bagages pour retourner à Londres. Elle n'était pas fascinée par Edmond au point d'ignorer le gentleman qui s'était montré si aimable avec elle.

— C'est pourquoi je n'ai pas protesté, répondit-elle.

— Que diable voulez-vous dire ?

— Stefan est la seule personne au monde que je ne blesserais jamais volontairement.

Il resserra ses doigts sur son menton.

— Et vous pensez que vous ne l'avez pas blessé en le quittant ?

— Pas autant que si j'étais restée. Je... je ne peux pas lui donner ce qu'il attend de moi, et il serait injuste de le laisser espérer que je finirai par changer d'avis.

Une satisfaction dangereuse brûla dans les yeux d'Edmond.

— Ainsi, vous n'avez pas l'intention de devenir la prochaine duchesse de Huntley ?

— Non.

Elle n'eut pas à feindre son regret. Seule une sotte ne verrait pas que sa vie serait bien plus simple avec Stefan pour époux.

— Un jour, Stefan rencontrera une femme qui lui fera comprendre que ce qu'il ressent pour moi n'est rien de plus que de l'amitié, et une certaine culpabilité pour m'avoir laissée entre les mains de Thomas Wade. Je n'aurais jamais pu le rendre vraiment heureux.

— Evidemment.

Il desserra son emprise pour caresser la ligne de sa mâchoire.

— Vous n'avez jamais été faite pour la vie routinière de la campagne. Vous avez le tempérament d'une véritable aventurière.

— Certainement pas !

Sa repartie ne fit qu'aiguillonner la nature prédatrice d'Edmond. D'un mouvement souple, il s'assit à côté d'elle et passa les bras autour de sa taille.

— Non ?

Il promena les lèvres sur la cicatrice de sa tempe.

— Quelle autre femme aurait eu l'audace de se glisser dans un bal de courtisanes et de faire chanter l'un des gentlemen les plus craints de Londres ?

Sans réfléchir, elle leva les mains pour saisir les revers de sa redingote. Son corps tout entier prenait délicieusement vie sous son toucher.

— Ce n'était pas de l'audace, c'était du désespoir.

Il gloussa et sa bouche glissa pour explorer son pouls sensible sous son oreille.

— Pourquoi n'admettez-vous pas que vous avez du goût pour l'excitation ?

Brianna relâcha son souffle tandis qu'un frisson de plaisir la faisait presque tomber de son siège. Il serait si aisé de se noyer dans les sensations qui la submergeaient.

Trop aisé.

— Bonté divine, Edmond, ma mère m'a gâché la vie par sa quête de l'excitation, parvint-elle à marmonner. Croyez-vous vraiment que je voudrais suivre sa trace ?

Il abaissa les mains au creux de son dos, caressant son oreille de sa langue.

— Votre mère était une femme faible et frivole qui satisfaisait ses caprices égoïstes sans se soucier de qui elle blessait. Vous ne pourriez jamais lui ressembler.

Il mordilla son lobe.

— Vous possédez du courage.

Ses lèvres glissèrent sur sa joue.

— De l'intelligence.

Il taquina le coin de sa bouche.

— De la force.

Brianna ignora farouchement les volettements de son estomac. Elle souhaitait désespérément fermer les yeux et se laisser couler dans la chaleur intense qu'Edmond offrait, mais la seule mention de sa mère suffisait à durcir sa résolution. Elle ne se laisserait pas gouverner par ses passions.

Jamais.

— Edmond.

Il passa sa langue sur ses lèvres, les forçant à s'entrouvrir.

— Mmm ?

Elle planta les mains sur son torse et s'écarta de lui.

— Vous avez dit que nous allions partir pour la Russie, dit-elle, saisissant la première diversion qui lui venait à l'esprit. Pourquoi ?

— Cela importe-t-il ?

— Naturellement !

Pour la première fois depuis qu'Edmond avait négligemment lâché l'information qu'il avait l'intention de l'emmener en Russie, elle considéra véritablement les ramifications d'un tel voyage. Elle fronça les sourcils en se demandant comment sa présence serait perçue en société.

— Je ne veux pas parader à la cour du tsar comme votre maîtresse.

— Pourquoi ?

Il parut sincèrement intrigué.

— Si vous êtes déterminée à éviter le mariage et à vivre dans une splendide solitude, quelle importance si le monde sait que je vous ai prise pour amante ?

Le sang de Brianna se figea à la pensée des murmures et des doigts pointés qui la suivraient partout. Il serait déjà assez ennuyeux d'être connue comme la femme repoussée par le duc de Huntley. Y ajouter la notion qu'elle avait été abandonnée par Stefan pour finir dans le lit de son frère cadet...

Elle serait aussi tristement célèbre que lady Caroline Lamb.

Non. Elle pressa une main sur son estomac crispé. Elle ne pourrait le supporter.

— Etre une femme indépendante ne signifie pas nécessairement être une femme dévoyée, dénuée de moralité. J'aimerais conserver un semblant de respect en société.

Elle se raidit quand son rire sourd emplit l'habitacle. Par le ciel, céder à cette stupide envie de luxure ne valait pas la peine de sacrifier ses derniers pans de dignité. Elle resterait à Meadowland plutôt que de redevenir une source de railleries.

— Edmond, je suis très sérieuse. J'ai déjà enduré la honte d'être apparentée à Thomas Wade, je ne pourrais pas...

— Personne ne saura que vous êtes en ma compagnie.

Il fit une grimace.

— Bon, peut-être Alexander Pavlovich, s'il revient à Saint-Pétersbourg pendant que nous y sommes. Il est devenu fort suspicieux et n'aime pas que l'on lui cache des secrets, même anodins. Je ne peux me permettre d'attiser son courroux en une période aussi dangereuse.

Elle ignora la pensée dérangeante d'être présentée au tsar, ainsi que la référence d'Edmond à une période dangereuse. A la place, elle se concentra sur l'idée ridicule qu'elle pourrait devenir invisible.

— Et comment comptez-vous cacher ma présence ?

— Très simplement. Nous voyagerons sous une fausse identité.

— Une fausse identité ?

— Je serai un riche marchand et vous serez mon épouse dévouée.

— *Vous*, un riche marchand ?

Elle émit un petit rire incrédule. Edmond était un aristocrate, du haut de ses boucles noires à la pointe de ses bottes champagne. Il pourrait être vêtu de haillons, personne ne le prendrait pour autre chose qu'un noble.

— C'est absurde. Vous ne pouvez voyager déguisé…

Ses mots moururent sur ses lèvres quand elle fut frappée par une pensée subite. Cela n'avait rien à voir avec la protection de son honneur, et tout à voir avec sa mystérieuse détermination à se débarrasser d'elle trois jours plus tôt. Elle savait que quelque chose se tramait.

— Oh, bien sûr. Par tous les diables, que manigancez-vous ?

Elle plissa les paupières quand il ouvrit la bouche pour nier.

— Et n'essayez pas de me convaincre que vous voulez voyager sous une fausse identité simplement pour m'avoir avec vous. Vous me cachez quelque chose.

Les lèvres d'Edmond frémirent tandis qu'il écartait sa cape pour pouvoir passer un doigt taquin le long du décolleté de sa robe de voyage grise.

— Je veux bien vous livrer mes secrets si vous y êtes prête aussi.

Les mamelons de Brianna se durcirent d'anticipation quand son doigt se glissa sous la dentelle de Bruxelles qui bordait sa camisole. Oh, cet homme l'avait sûrement ensorcelée. Comment, sinon, pourrait-il réussir à la faire fondre pendant qu'ils voyageaient dans une voiture glacée ?

— Non, je ne me laisserai pas distraire.

Elle leva la main pour écarter ses doigts de ses seins tendus.

— Dites-moi pourquoi nous allons en Russie.

Il poussa un soupir exagéré.

— Vous êtes une femme dure, Brianna Quinn.

— Dites-moi.

Edmond s'adossa à la douce banquette en cuir et admit avec réticence qu'il devrait avouer au moins une partie de la vérité.

En livrant le moins possible de détails, il révéla ce qu'il avait découvert ces derniers jours et ses plans pour suivre Viktor Kazakov en Russie. Brianna écouta en silence, mais même dans la lumière qui faiblissait il put voir ses sourcils froncés. C'était prévisible, bien sûr. Il n'aurait jamais la chance qu'elle accepte ses projets sans questions ni récriminations.

— Je comprends que vous ayez besoin de prévenir le tsar du danger représenté par cet homme, dit-elle lentement, comme si elle réfléchissait encore à sa confession inattendue. C'est le devoir de n'importe quel citoyen de protéger son souverain. Mais pourquoi vous sentez-vous la responsabilité de mettre votre vie en danger en suivant ce Viktor ? Il existe sûrement des autorités qui seraient mieux à même de prendre la situation en main ?

Edmond fit une grimace.

— Il y a une horde d'autorités, ma souris. Malheureusement, les dignitaires russes ont tendance à être des gens sans imagination, qui n'accepteraient pas l'idée qu'il y ait un traître dans leurs rangs, à moins de voir le tsar assassiné sous leurs yeux.

— Alors, qu'en est-il des gardes du tsar ?

— Ceux qui sont dignes de confiance sont à son côté pendant qu'il voyage en Prusse. Malheureusement, il est fort probable que les conspirateurs essayent de semer le trouble à Saint-Pétersbourg, où les ministres d'Alexander Pavlovich ne sont pas aussi loyaux que l'on pourrait l'espérer.

— Grands dieux.

Edmond sourit légèrement devant son choc, si naïf. Cela faisait combien d'années qu'il ne croyait plus que les gens au pouvoir étaient des individus nobles et altruistes, bénis par Dieu pour protéger le peuple, et que tous ceux qui les entouraient étaient loyaux jusqu'à la mort ?

— La politique est une affaire traîtresse qui se traite derrière des portes fermées, ma souris. Ce qu'on laisse voir au public, c'est un numéro bien orchestré mis en scène par des gens de pouvoir qui préfèrent l'ombre. Et, en vérité, il y a des moments où la cour de Russie ressemble pitoyablement à une nurserie emplie d'enfants difficiles.

Les superbes yeux de Brianna s'éclairèrent soudain d'une lueur de compréhension.

— Et vous êtes un de ces hommes de pouvoir, tapis dans l'ombre ?

Se demandant pourquoi elle avait l'air de quelqu'un qui venait de trouver la réponse à une énigme particulièrement troublante, Edmond haussa les épaules.

— Je me suis gagné une place dans le cercle le plus proche d'Alexander Pavlovich, parce que j'ai développé un réseau d'associés qui me tiennent informé de ceux qui souhaitent renverser le gouvernement russe, révéla-t-il, se surprenant lui-même.

Il ne parlait jamais de son travail secret pour le tsar. Pas même à Stefan.

— Il y a donc tant de traîtres ?

— Chaque pays en compte son lot. Les radicaux, ceux qui sont affamés de pouvoir et ceux qui sont simplement fous.

Edmond secoua lentement la tête. Il était assez honnête pour reconnaître les nombreux défauts de la Russie, mais cela ne diminuait en rien son amour pour la terre de sa mère. Ni sa détermination à écraser ceux qui voulaient la voir détruite.

— La Russie, cependant, se trouve dans un état de transition entre ceux qui voudraient la garder enfermée dans les vieilles traditions et ceux qui sont décidés à la voir changer pour ressembler à ses voisins européens. Cette phase de bouleversements est propice à la traîtrise.

Brianna resserra sa cape autour d'elle avec un petit frisson.

— Cela ne semble guère être un endroit confortable

à choisir pour y vivre. Pourquoi ne restez-vous pas en Angleterre ?

Edmond tendit la main pour passer un doigt sur sa joue pâle. Bonté divine, elle était superbe. Même dans la lumière atténuée du crépuscule, ses cheveux luisaient d'un feu surprenant, des boucles encadrant son délicat visage ivoire.

— Comme vous, je possède l'amour de l'aventure. Je ne pourrais pas supporter l'existence placide à laquelle mon frère tient tant, ni passer mes journées à parader dans Londres, murmura-t-il, son doigt glissant vers le coin de sa bouche pulpeuse. En outre, je suis à moitié russe. Ma mère serait heureuse de savoir que son fils se consacre au bien-être de sa patrie.

L'expression de Brianna s'adoucit.

— C'est pourquoi vous prenez des risques. Pour votre mère.

Edmond se raidit, se rendant compte un peu tard qu'il avait révélé plus qu'il n'en avait l'intention.

Sapristi. Il devrait engager la jeune femme comme un de ses espions. Elle savait extorquer des secrets à l'homme le plus endurci.

— Ne m'attribuez pas un quelconque sens de la noblesse, ma souris. Vous seriez seulement déçue, se moqua-t-il délibérément, ignorant une bouffée de regret quand son expression se durcit et qu'elle s'écarta de lui.

— Ainsi, nous devons suivre ce traître en Russie. Et ensuite ? demanda-t-elle d'une voix glaciale.

Il passa impatiemment les doigts dans ses cheveux bruns. C'était cela, ou attraper Brianna et l'attirer sur ses genoux afin d'apaiser sa sensibilité blessée de la seule manière avec laquelle il était à l'aise. En ce moment, cependant, elle le récompenserait sûrement d'un soufflet.

— Il finira bien par se mettre en contact avec ses complices, répondit-il en remuant nerveusement sur le siège.

Il n'avait pas envie de discuter de Viktor Kazakov, de complots, ni même de leur prochain voyage en Russie.

— Quand je serai convaincu d'avoir identifié la majorité

des conspirateurs, je les remettrai à Alexander Pavlovich pour qu'il les traduise en justice.

— D'une certaine manière, je doute que ce soit aussi simple que vous le présentez.

Les lèvres d'Edmond s'incurvèrent devant son ton acerbe.

— Vous n'avez pas à être effrayée, ma souris. Je vous garderai en sécurité.

— Je ne suis pas effrayée, mais troublée.

— Troublée à quel propos ?

— Pourquoi insistez-vous pour que je vous accompagne ? Je n'ai aucune expérience dans la chasse aux traîtres.

Il haussa les sourcils devant sa question. Elle ne pouvait être naïve à ce point.

— Je ne peux chasser des traîtres à tout moment, fit-il remarquer.

— Ainsi, je dois être un amusement quand vous avez du temps à épargner ? Charmant.

Edmond s'immobilisa, surpris par l'amertume de son ton.

— Suggérez-vous que vous souhaitez être davantage que ma maîtresse ?

Il lui prit le menton et la força à rencontrer son regard scrutateur.

— Brianna ?

— Bien sûr que non.

— Alors, que voulez-vous de moi ?

— Rien.

Cette fois, Edmond refusa de se laisser détourner par sa retraite instinctive.

— Menteuse.

Il se pencha assez près pour que son souffle saccadé effleure sa joue.

— Je vous ai promis que vous ne seriez pas une source de scandale en société. Quoi d'autre peut vous troubler ?

— Je...

Elle humecta ses lèvres du bout de sa langue, ce qui traversa Edmond d'une onde de chaleur.

— Je suis simplement surprise que vous n'ayez pas déjà

une maîtresse attendant votre retour à Saint-Pétersbourg. Ou peut-être est-ce le cas.

Edmond fut sincèrement stupéfait de son accusation.

— Vous pensez que je passerais du temps avec une autre femme quand vous m'attendez dans mon lit ?

Les yeux verts de Brianna étincelèrent.

— Ce ne serait pas la première fois.

— Par tous les diables, qu'est-ce que cela signifie ? demanda-t-il d'un ton sec, en resserrant les doigts sur son menton tandis qu'elle essayait de courber la tête. Oh, non, ma souris, je veux une réponse.

L'expression de Brianna trahissait son obstination mais, quand il refusa de la laisser échapper à son regard perçant, elle poussa un soupir exaspéré.

— Je sais fort bien que vous avez rendu visite à La Russa pendant que nous étions à Londres.

— Juste ciel ! s'exclama-t-il, choqué. Comment avez-vous pu...

Il s'interrompit et secoua la tête. Qu'importait la façon dont elle avait découvert sa brève visite à la célèbre chanteuse d'opéra ? Tout ce qui comptait, c'était que Brianna était visiblement perturbée à l'idée qu'il passe du temps avec une autre femme. La tension nerveuse qui l'habitait s'estompa sous une bouffée de satisfaction qui le surprit. Il desserra son emprise pour lui caresser la joue.

— Brianna, je ne suis pas un saint, mais je n'entretiens pas une flopée de maîtresses. Non seulement elles coûtent cher, mais j'ai des responsabilités hors de la chambre à coucher.

— Vous pouvez dire ce que vous voulez, Edmond, j'ai vu votre coupé garé devant chez elle.

Il rit doucement.

— Je commence à comprendre pourquoi vous étiez si froide ce soir-là. En tout cas, jusqu'à ce que je parvienne à faire fondre votre humeur de glace. Vous étiez jalouse !

Il sentit sa peau s'échauffer sous ses doigts — que ce

soit de colère ou d'embarras au souvenir de leur fougueuse étreinte contre le mur de sa chambre, il ne pouvait le dire.

— Certainement pas.

Il prit l'arrière de sa tête dans sa main et l'attira doucement à lui.

— Ne craignez rien, Brianna. Ma visite à La Russa était purement une visite d'affaires.

Ses narines frémirent de dégoût, mais elle n'essaya pas de se dégager. De fait, son corps mince s'arqua vers celui d'Edmond, tendu par le désir.

— Je sais parfaitement quelles sont les *affaires* de La Russa.

— Brianna, j'étais chez elle dans le seul but de rencontrer un enquêteur de Bow Street qui surveillait mon méprisable cousin, dit-il, se concentrant à peine sur ses mots en passant un bras autour de sa taille et l'attirant sur ses genoux. Je n'ai nul besoin d'une courtisane pour me satisfaire, quand j'ai une femme excitante, au caractère bien trempé et délicieusement belle, avide de me plaire.

Il enfouit son visage au creux de son cou, humant profondément son parfum suave. Un frisson parcourut son corps. Comment avait-il été assez stupide pour croire qu'il pouvait la laisser à Meadowland ? Elle était à sa place avec lui. Elle le serait toujours.

— Laissez-moi vous prouver ce que je veux dire.

Elle passa les bras autour de son cou tandis qu'il semait des baisers fiévreux le long de sa gorge.

— Edmond, nous...

— Plus tard, coupa-t-il en couvrant sa bouche d'un baiser qui exprimait le besoin brûlant courant dans son sang. Nous avons tout le temps du monde.

19

Le voyage de Londres à Saint-Pétersbourg se fit sur un navire anglais à deux ponts solidement construit qui offrait des hublots dans les coursives et un large pont pour ceux qui désiraient se promener. Le temps glacial garda néanmoins la plupart des passagers dans leur cabine durant la majorité de la traversée, et même les quelques jours où la mer du Nord ne fut pas agitée la pluie incessante permit juste de sortir brièvement prendre l'air.

Après ce pénible périple vinrent de nombreux jours de voyage depuis la côte dans un coche encombré, tandis qu'ils poursuivaient Viktor Kazakov à travers des tourbillons de neige qui les aveuglaient.

Brianna ne s'était jamais aventurée plus loin que Londres ou le Surrey, et malgré les avertissements constants d'Edmond, l'enjoignant à ne pas quitter la voiture sans se couvrir le visage d'un châle épais, elle découvrit qu'elle appréciait les paysages peu familiers. Un sentiment d'anticipation croissante l'habitait alors qu'ils parcouraient à vive allure le vaste pays étranger.

Du moins se convainquit-elle que c'était l'anticipation qui la faisait se réveiller avec le sourire aux lèvres, et qui ajoutait de l'entrain à ses pas. Sinon, elle eût été forcée de considérer que c'était la présence permanente d'Edmond qui en était la cause.

Elle était tout à fait prête à accepter qu'elle aspirait à ses caresses expertes durant leurs longues nuits ensemble. Et même qu'elle nourrissait un respect réticent pour sa vive intelligence et ses surprenantes démonstrations d'humour. Mais elle refusait d'admettre qu'il se faufilait inexorablement dans son cœur méfiant.

Ce serait de la folie.

Heureusement, tout malaise devant les sensations étranges et entêtantes qui lui faisaient tourner la tête fut oublié lorsqu'ils arrivèrent à Saint-Pétersbourg.

Datant d'à peine plus d'un siècle, la grande et belle ville était construite au bord de la Neva, qui se jetait dans le golfe de Finlande.

On disait que les nombreux canaux qui parcouraient la région marécageuse avaient inspiré Pierre le Grand pour bâtir sa capitale à l'image de Venise, et qu'avec un mépris implacable pour la misère de son peuple il avait exigé que quarante mille moujiks soient envoyés chaque année pour achever son chef-d'œuvre.

Et c'était un chef-d'œuvre, Brianna devait l'admettre, tandis que le coche les transportait le long de la perspective Nevsky.

Elle n'avait jamais vu autant de flèches et de dômes dorés étincelant sur un ciel d'un bleu pur, et offrant un contraste séduisant aux statues et monuments en bronze érigés en l'honneur de Pierre le Grand.

Elle n'eut qu'un aperçu fugace du palais d'Hiver bleu et blanc, avec sa profusion de colonnes et de pilastres et sa coupole dorée surmontant la cathédrale, avant qu'ils passent devant la cathédrale Kazan avec son dôme exotique en forme de bulbe et s'enfilent dans une rue étroite bordée de petites boutiques — Gostinny Dvor, d'après Edmond.

La voiture ralentit enfin au quai Fontanka, près du palais baroque appelé « résidence Sheremetev », puis tourna à gauche et suivit la rue en croissant vers la Neva.

Brianna fronça les sourcils lorsqu'ils s'arrêtèrent devant une spacieuse maison de ville où un grand nombre d'invités élégants semblaient arriver, bien qu'il fût encore tôt pour des visites.

— Quel est cet endroit ? demanda-t-elle.

Edmond abaissa son chapeau sur son front et enfila ses gants.

— C'est la maison d'une amie, répondit-il.

Il y avait une indéniable trace d'affection dans sa voix, et Brianna serra les dents.

— Est-elle belle ?

— Elle est délicieuse.

Il rit doucement en voyant ses paupières se plisser.

— Il se trouve aussi qu'elle est assez âgée pour être ma mère.

La vive bouffée de soulagement que Brianna éprouva fut presque aussi agaçante que la lueur satisfaite qui brillait dans les yeux d'Edmond.

— Je croyais que vous aviez l'intention de garder votre arrivée à Saint-Pétersbourg secrète, lança-t-elle d'un ton coupant, reportant son regard sur la grande maison qui bourdonnait d'activité. Ceci ne ressemble guère à une résidence clandestine.

— Au contraire, accorda aisément Edmond. Vanya Petrova est connue pour recevoir en grande pompe. Il est rare que sa maison ne pullule pas d'invités.

Il enroula un foulard autour de son cou, recouvrant le bas de son visage.

— Ce qui signifie que l'addition de deux hôtes de plus sera à peine remarquée.

— Qu'en est-il des autres invités ?

Il haussa les épaules.

— La foule qui fréquente ses salons littéraires est discrètement confinée dans les pièces de réception, et elle a promis de ne garder chez elle que ceux qui sont entièrement fiables. Ils ne souffleront pas mot de notre présence.

Brianna pivota, ouvrant la bouche pour informer cet homme ridicule que colporter des ragots était la distraction favorite de n'importe quel invité, quand une idée la frappa subitement.

— Oh… Cette Vanya Petrova fait partie de vos associés, n'est-ce pas ?

Il marqua une pause, réfléchissant visiblement à ce qu'il pouvait révéler.

— De fait, il serait plus exact de dire que je suis l'un des siens, répondit-il enfin. Vanya compte parmi les plus farouches partisans d'Alexander Pavlovich depuis qu'il a accédé au trône. Elle a pris contact avec moi à mon arrivée à Saint-Pétersbourg afin que je l'aide dans ses efforts pour tenir les chacals à distance.

Brianna constata que son irritation fondait sous une vague de fascination. Juste ciel ! A quoi cela ressemblait-il de savoir que le destin d'un pays entier dépendait de vos efforts ? Que chaque jour vous faisiez une différence dans des milliers et des milliers de vies ?

Pendant tant d'années, elle avait été obsédée par ses propres besoins et désirs, alors qu'Edmond se consacrait aux autres. Qui eût pu s'en douter ?

Bien sûr, le fait qu'il soit le dernier gentleman à pouvoir être suspecté de se soucier de ses concitoyens était sans doute la clé de son succès.

— Pourquoi a-t-elle pris contact avec un Anglais pour protéger le tsar de Russie ?

De la chaleur brilla dans les yeux bleus d'Edmond, son affection pour leur hôtesse évidente.

— Elle était une proche amie de ma mère quand elles étaient jeunes.

Il fit un geste de la main.

— Et, peut-être imprudemment, Alexander Pavlovich a toujours préféré s'entourer de conseillers étrangers. Cela m'a rendu la tâche facile pour obtenir une place parmi les intimes du tsar.

Brianna fit une grimace. Elle avait toujours envié les gens au pouvoir. Pour une jeune fille qui était trop souvent à la merci d'autrui, il semblait ne rien y avoir de mieux que d'être dans une position de commandement, sans avoir à s'incliner devant l'autorité de quiconque.

Néanmoins, elle s'avisait maintenant que le pouvoir se payait très cher.

— Savez-vous, je me sens navrée pour ce pauvre homme. Elle frissonna.

— Comment quelqu'un peut-il supporter de vivre en sachant que des traîtres se terrent partout dans l'ombre, attendant l'occasion de prendre sa place ou même de le tuer ?

— C'est un fardeau qu'il porte le cœur lourd. Il y a des moments où je crains…

— Quoi ?

— Rien.

Sachant qu'Edmond n'en révélerait pas davantage, Brianna jeta un coup d'œil vers la somptueuse demeure, et sentit son courage la quitter.

— Qu'avez-vous fait de Boris ? s'enquit-elle, souhaitant auprès d'elle la solide présence du taciturne soldat.

Au cours des dernières semaines, elle en était venue à compter sur sa rassurante compagnie.

— Il reste sur les traces de Viktor Kazakov. Je présume que sa destination est Saint-Pétersbourg, mais je ne veux pas être pris de court. J'ai l'intention de le faire surveiller de près.

Les lèvres d'Edmond s'incurvèrent.

— En outre, je suis las de ses plaintes incessantes d'avoir été privé de la compagnie de Janet. Votre soubrette a à répondre de beaucoup de choses.

— Je vous avais averti de l'emmener avec nous.

— Et être privé du plaisir de vous déshabiller ? Ne soyez pas sotte.

Les joues de Brianna s'empourprèrent.

— Edmond.

Tendant la main, il abaissa le voile de son bonnet sur son visage et ouvrit la portière de la voiture.

— Venez. Vanya va commencer à s'inquiéter.

Ils entrèrent par la porte d'entrée, mais à peine avaient-ils pénétré dans le vestibule de marbre qu'un domestique en livrée les dirigea vers un escalier latéral et les fit monter à l'étage supérieur de la grande demeure.

Plus étonnamment encore, Brianna fut fermement

escortée vers un appartement privé, malgré les protestations d'Edmond.

Avec un sourire, elle ferma la porte devant son visage outragé et explora avec plaisir les belles pièces mises à sa disposition.

Le salon était décoré avec une pointe d'influence européenne dans le mobilier de bois de citronnier, qui comportait une table incrustée de laiton et des fauteuils garnis de velours. Les murs étaient tendus de panneaux lilas, mais l'amour russe de l'excès se voyait dans les corniches dorées et dans les figurines serties de pierres précieuses.

Même dans la chambre, on trouvait des dizaines de boîtes à priser en émail et des pendules en bronze posées sur la cheminée de marbre. Chacun de ces objets aurait nourri une famille entière pendant un an.

Brianna ôta sa cape et son bonnet. Elle se tenait devant le poêle en porcelaine pour réchauffer ses mains glacées, quand la porte s'ouvrit et qu'une grande femme bien en chair, avec des cheveux gris et de très beaux traits, entra dans la pièce.

Brianna s'empressa de faire une révérence, pensant qu'il devait s'agir de son hôtesse.

— Milady.

Vêtue d'une robe de soie vert pomme rayée d'argent, l'arrivante s'avança pour lui prendre la main et la conduisit à l'un des petits sofas.

— De grâce, appelez-moi Vanya, murmura-t-elle enfin dans un anglais parfait.

Ses yeux bleu pâle étudiaient Brianna avec une intensité troublante.

— J'espère que ces pièces vous conviennent ?

Brianna sourit. Bien que le décor lilas et doré lui paraisse assez flamboyant, il possédait une élégance stylée qui manquait définitivement à la maison de Thomas Wade.

— Elles sont superbes, répondit-elle avec sincérité.

Vanya gloussa, visiblement satisfaite.

— Ah, une femme de goût. Edmond, bien sûr, est

furieux contre moi. Il insistait pour que vous partagiez sa chambre, mais je l'ai informé qu'une femme a parfois besoin de son intimité.

Brianna rougit.

— Je suppose que vous devez vous étonner que… que je voyage seule avec…

— Juste ciel, qu'y a-t-il d'étonnant ? coupa Vanya avec un charmant sourire. Edmond est un très bel homme. Si j'avais dix ans de moins, je me battrais contre vous pour obtenir son attention. Certes, mon lit est bien rempli pour le moment, et bien que l'on puisse priser un amant jeune et viril j'en suis venue à apprécier des gentlemen plus âgés, qui sont moins enclins à désirer des droits exclusifs. Après tout, la variété est le sel de la vie.

Les yeux bleus pétillèrent quand la rougeur de Brianna s'accrut.

— Vous ai-je choquée ?

Brianna réprima un rire nerveux. Ce n'était pas la pensée que cette femme mûre entretienne une flopée d'amants qui la prenait de court. On prétendait que les dames de la haute société londonienne profitaient des attentions de maints gentlemen lorsqu'elles avaient donné naissance à un héritier. De fait, Brianna n'aurait pas été surprise d'apprendre que sa propre mère avait eu des amants.

Mais, quelle que soit sa moralité douteuse, une Anglaise n'aurait jamais osé révéler ses faiblesses.

Elle s'éclaircit la gorge.

— Non, bien sûr que non.

Vanya lui tapota la main.

— Vous découvrirez, ma petite que, bien que l'on me considère comme peu conventionnelle et excentrique, je ne suis pas hypocrite. Je mène ma vie comme je le choisis et ne juge jamais les autres.

Brianna sentit fondre son embarras sous les fermes assurances de Vanya. Il y avait une telle aisance et un tel charme chez cette femme qu'il était impossible de ne pas se sentir à l'aise en sa présence.

La vie de Vanya Petrova était manifestement pleine de liberté et d'aventure, et habitée par un rare objectif. Précisément ce que Brianna avait toujours désiré pour elle-même.

— Merci, murmura-t-elle.

— Et, encore mieux, je suis une femme du monde qui est tout à fait prête à vous conseiller dans la meilleure manière de manipuler un homme aussi difficile qu'Edmond.

— Cette manière comprend-elle le fouet ? plaisanta Brianna.

Vanya poussa un soupir forcé.

— Une idée tentante, mais cela ne ferait sans doute que le buter encore plus. Il vaut mieux utiliser une approche plus subtile.

Elle agita sa main chargée de bagues.

— C'est justement pourquoi j'ai insisté pour que vous ayez vos propres appartements.

— Je crains de ne pas comprendre.

— Il n'est jamais bon de laisser un gentleman vous prendre pour acquise. Si Edmond veut vous rejoindre dans cette chambre, il devra s'assurer de ne rien faire qui vous pousse à verrouiller votre porte.

Brianna rit à la pensée qu'une serrure ou qu'un verrou pourrait empêcher Edmond d'entrer où il voulait.

— Vous supposez qu'il n'enfoncerait pas la porte, tout simplement.

Vanya marqua une longue pause, comme si elle considérait les paroles de la jeune femme.

— J'avoue que cette idée ne m'était pas venue à l'esprit. Edmond n'est guère homme à se donner tant de mal pour une femme.

Un lent sourire incurva ses lèvres.

— En tout cas, pas jusqu'à vous, ma petite. Il n'a jamais laissé une femme voyager avec lui. Ni demeurer sous le même toit. Je crois bien qu'il enfoncerait nombre de portes fermées pour être avec vous.

Le cœur de Brianna virevolta dangereusement, avant qu'elle réprime cette réaction avec fermeté.

Elle voulait accepter leur relation avec un frais détachement qui lui permettrait de s'en aller en emportant seulement des souvenirs agréables.

C'était, sans nul doute, la façon dont Vanya Petrova conduisait ses liaisons.

— Seulement parce qu'il me considère comme un défi. Et parce qu'il ne peut supporter l'idée que quelqu'un d'autre puisse m'avoir.

Sans prévenir, Vanya renversa la tête en arrière pour rire joyeusement.

— Juste ciel, que vous êtes innocente.
— Croyez-moi, Vanya, Edmond est peut-être...

Elle chercha le mot qui convenait.

— ... attaché à moi, mais il ne ressentira jamais plus que cela. Il préférerait se trancher la gorge plutôt que de laisser quelqu'un devenir proche de lui. Je suis peut-être innocente, mais même moi je comprends que le désir et l'amour sont des choses entièrement différentes.

Vanya ouvrit la bouche comme pour répliquer, puis elle croisa le regard inflexible de Brianna et poussa un petit soupir.

— Je suppose que c'est vrai. Pauvre garçon. Je voudrais qu'il comprenne que ses parents n'auraient jamais voulu qu'il se blâme de leur mort. Ce n'a été qu'un tragique accident.

Brianna ignora fermement une bouffée de sympathie pour Edmond. Il ne désirait rien d'autre d'elle que son corps, et c'était tout ce qu'elle avait l'intention de lui offrir.

Elle haussa le menton en un geste de fierté involontaire.

— En outre, je ne souhaite rien d'autre qu'une liaison temporaire.

Vanya battit des cils, déconcertée par cette déclaration affirmée.

— Vraiment ?
— Oui, vraiment.

Il y eut un moment de silence, puis la belle Russe pressa les doigts de Brianna.

— Ma petite, ce n'est pas si souvent qu'une femme a la chance d'attirer l'attention d'un homme si beau et si riche. Vous seriez stupide de le repousser sans songer à votre avenir.

Ce conseil était manifestement bien intentionné, mais Brianna frémit à la seule idée de troquer son corps contre la sécurité. Peu importait combien elle pouvait désirer Edmond. Ou n'importe quel autre homme.

— Je dois toucher un héritage que je compte utiliser pour acheter une maison, dit-elle, la voix douce mais pleine d'une dignité inébranlable. Je ne dépendrai jamais d'un homme pour mon confort.

Les beaux traits de Vanya s'éclairèrent d'un sourire de plaisir.

— Ah, une femme indépendante. Celles que je préfère, et de loin. Nous devons vraiment passer du temps ensemble, ma petite. Je peux vous dire…

— Peut-être vaudrait-il mieux garder vos conseils pour vos invitées moins innocentes, Vanya, intervint une sombre voix masculine. Je préférerais que Brianna ne soit pas entièrement corrompue durant notre séjour.

Les deux femmes se tournèrent tandis que la haute silhouette d'Edmond traversait la pièce et venait s'arrêter devant le sofa. Durant leur brève séparation, il s'était changé pour revêtir une sobre redingote grise, des culottes noires et des bottes lustrées. Ce style sévère mettait en valeur la perfection de son corps et sa beauté ténébreuse.

— Ah, Edmond.

Vanya Petrova se leva pour le saluer. Elle lui tendit sa main à baiser.

— Je pensais que vous deviez sortir pour rencontrer Herrick Gerhardt ?

— En temps voulu.

Posant les lèvres sur les doigts de son amie, il lâcha sa main et se redressa avec élégance.

— Je voulais d'abord m'assurer que Brianna était confortablement installée.

La belle Russe haussa un sourcil argenté.

— Et vous assurer que je ne cherche pas à la convaincre qu'elle serait bien plus heureuse avec un amant plus respectueux ?

L'air se figea, et les traits d'Edmond se contractèrent sous la colère.

— Vanya, je vous aime tendrement mais, si l'un de vos hôtes est assez stupide pour essayer d'entrer dans ces appartements, je lui logerai une balle dans le cœur.

Le manque absolu d'émotion dans sa voix était troublant.

— Vous souhaiterez peut-être éluder mon avertissement, mais vous voilà prévenue. Je n'aimerais pas qu'un incident déplaisant se produise.

Brianna se mit instinctivement sur ses pieds, mais Vanya se contenta de sourire. Visiblement, elle avait le goût du danger.

— Grands dieux, mon garçon, vous êtes carrément indigeste.

Elle marqua une pause délibérée.

— Vraiment, vous vous comportez presque comme un mari.

Brianna poussa un cri étranglé. Juste ciel ! Cette femme ne connaissait-elle pas la crainte ?

Ne possédait-elle pas de raison ?

Heureusement, Edmond ne fit que plisser les paupières.

— Ne devez-vous pas vous occuper de vos invités, Vanya ?

En gloussant, leur hôtesse se dirigea vers la porte, s'arrêtant pour lui jeter un dernier regard.

— Je m'en vais, Edmond, mais n'oubliez pas que je suis la maîtresse de cette maison et que mes sympathies iront toujours à mes compagnes. Si je décide que vous ne traitez pas Brianna avec le respect voulu, je vous mettrai dehors.

Edmond attendit que la porte se referme sur elle et secoua la tête d'un air affligé.

— Vivre ici me semblait une bonne idée quand nous

étions à Londres. Maintenant, je commence à me demander si je n'ai pas commis une erreur.

Avec un effort pour paraître détachée, Brianna marcha vers la table dorée qui supportait une collection de figurines de jade.

— Pourquoi ? demanda-t-elle. Vanya me plaît.

— Je n'en suis pas surpris, marmonna-t-il. Cette femme est convaincue que les hommes doivent être traités comme des animaux familiers, bien dressés, qu'elle peut rejeter dans le caniveau quand elle se lasse d'eux.

— Et quel mal y a-t-il à cela ? C'est ainsi que les femmes ont été traitées pendant des siècles.

Sans prévenir, Edmond pressa Brianna contre le mur, son corps dur lourdement appuyé sur le sien.

— Edmond…

— Je ne plaisantais pas, ma souris, dit-il d'un ton âpre, en lui saisissant le menton. Je ne suis pas un chien en laisse, et la maison de Vanya est fort peu conventionnelle, c'est le moins qu'on puisse dire. Nombre de gentlemen seront avides d'avoir une si belle jeune femme à leur portée. Je ne tolérerai pas qu'ils vous fassent des avances.

Brianna maudit la bouffée de satisfaction qui l'envahit devant son ton possessif.

— Pour l'amour du ciel, Edmond, nous ne sommes pas au Moyen Age ! se força-t-elle à dire. Je ne suis pas votre cheptel.

Il couvrit ses lèvres d'un baiser farouche, ses doigts tirant sur les boutons de sa robe.

— Cheptel ou pas, vous êtes à moi, murmura-t-il contre sa bouche. Ne l'oubliez jamais.

Brianna étouffa une exclamation quand il ouvrit brusquement son corselet et glissa les doigts sous l'étoffe afin de taquiner ses seins.

— Vous le rendez difficile à oublier, marmonna-t-elle, baissant les paupières tandis qu'il semait des baisers comme une traînée de feu sur sa gorge.

— Difficile ?

Il pressa ses lèvres sur son pouls, à la base de son cou.
— Je compte le rendre impossible.

La neige qui avait menacé toute la journée commençait à tomber sérieusement tandis que l'élégant traîneau emportait Herrick Gerhardt et Edmond loin de l'agitation de Saint-Pétersbourg. Mais l'air glacé ne pénétrait pas les fourrures qui doublaient l'intérieur du traîneau, et les routes glissantes ne ralentissaient pas la douzaine de gardes à cheval qui les accompagnaient.

Herrick menait souvent ses entretiens confidentiels loin des regards indiscrets du palais d'Hiver, et était assez sage pour veiller au confort de ses interlocuteurs.

S'adossant à la large banquette, Edmond but une gorgée du cognac parfaitement vieilli et s'obligea à écarter ses pensées de la femme qu'il avait laissée couchée dans son lit chez Vanya Petrova.

Bonté divine. Leur fougueuse étreinte l'avait secoué. Mais il n'avait pas craint de faire mal à Brianna. Au contraire, elle lui avait murmuré des encouragements à chaque assaut frénétique.

Ce qui l'avait ébranlé, c'était son besoin tout-puissant de la satisfaire si complètement qu'elle ne puisse penser qu'à lui, ne désirer que lui.

Comme s'il pouvait la marquer de sa passion.

Ce qui était aussi ridicule que dérangeant.

— Edmond?

En secouant la tête, Edmond finit son cognac et porta son attention sur le gentleman assis face à lui.

— Vous avez réussi à joindre Boris et à faire suivre Kazakov à sa descente du bateau? demanda-t-il.

Un sourcil argenté se haussa à sa question. Herrick commettait rarement des erreurs. Et voyait encore plus rarement ses formidables capacités mises en doute.

— Bien sûr. Comme vous le suspectiez, il s'est rendu directement chez son cousin.

Edmond fit une grimace. Fedor Dubov était une pâle imitation de son cousin. Il ne posséderait jamais la position, la fortune ou le charisme de Viktor, mais c'était un individu fiable qui était souvent utilisé par les autres.

— Le scélérat.

Herrick leva une main maigre.

— Il y a plus.

— Quoi ?

— Je ne me suis jamais fié à l'acceptation apparente de Fedor Dubov du refus du tsar de le prendre dans son conseil.

Edmond eut un rire âpre à l'idée d'offrir un poste de confiance à ce benêt.

— Sapristi ! Il a prétendu qu'Alexander avait assassiné son propre père. Pensait-il que ce serait oublié ?

Resserrant sa cape doublée de fourrure autour de lui, Herrick haussa les épaules.

— Beaucoup d'autres ont dit la même chose, et certains d'entre eux occupent des places de pouvoir au gouvernement.

— Ils étaient au moins assez sages pour chuchoter leurs soupçons en privé, et non les proclamer publiquement devant toute la Cour. Dubov a eu de la chance de ne pas être livré au peloton d'exécution.

Herrick sortit de sa cape une feuille de parchemin pliée qu'il tendit à Edmond.

— Sa chance touche peut-être à sa fin.

Edmond déplia la feuille en fronçant les sourcils.

— Qu'avez-vous découvert ?

— Ce message a été envoyé au palais d'Hiver tout de suite après l'arrivée de Kazakov à Saint-Pétersbourg

L'écriture était grossière, presque illisible, mais Edmond réussit à reconnaître la citation de Voltaire, avec un bref message à la fin : « Tous les meurtriers sont punis à moins qu'ils tuent en grand nombre et au son des trompettes. Le moment est venu... J'attends votre appel. »

Son sang se glaça.

— Comment avez-vous eu cela ?

— Comme je le disais, je ne me suis jamais fié à Fedor

Dubov, alors j'ai payé un certain nombre de ses domestiques pour me tenir informé de ses mouvements et de ceux qui lui rendent visite.

Herrick désigna le billet.

— L'un d'eux a été assez prompt pour copier le message avant qu'il soit envoyé. Je l'ai reçu il y a peu.

Edmond jura à mi-voix. Visiblement, Kazakov ne voulait pas perdre un instant pour réclamer le pouvoir qu'il avait toujours vu comme son dû.

— A qui était destiné le message ?

— Je crains que le serviteur ne le sache pas. Kazakov a envoyé son valet personnel au palais et ce dernier est péniblement loyal.

Les yeux bruns, acérés, se plissèrent avec une sombre détermination.

— J'ai ordonné à ceux qui surveillent la maison de Fedor Dubov de suivre le valet la prochaine fois qu'il sortira.

— Sapristi.

Edmond froissa le billet et le jeta sur le sol du traîneau. Il avait l'impression de se trouver face à une avalanche qu'il était impuissant à arrêter, une sensation insupportable qu'il n'avait pas éprouvée depuis la mort de ses parents.

Le regard d'Herrick était avisé tandis qu'il étudiait la frustration qui crispait l'expression d'Edmond.

— Nous découvrirons qui est derrière cette traîtrise.

Edmond saisit la bouteille de cognac rangée dans un petit compartiment près de son compagnon. D'un geste fluide, il la porta à ses lèvres et but une longue gorgée. La brûlure bienvenue de l'alcool aida à dissiper le froid logé au fond de son estomac.

— Avez-vous des nouvelles du tsar ?

Herrick inclina la tête.

— Il est en sûreté et bien gardé.

— Je ne nierai pas que je suis soulagé que vous soyez revenu à Saint-Pétersbourg, plutôt que de rester avec Alexander Pavlovich. Je crains que l'on ait un plus grand besoin de vous ici.

— Le traité a été signé et les formalités accomplies. Je n'avais pas de raison de m'attarder. En vérité, je pressentais que des troubles couvaient.

Edmond souffla.

— Dommage que l'empereur n'ait pas partagé votre sentiment d'urgence. Bien que je ne souhaite pas le voir en danger, sa place est ici, parmi son peuple. Alors, peut-être, ses ennemis ne se montreraient pas si téméraires.

Herrick lissa instinctivement son expression. Même s'il aurait confié sa vie à Edmond, il ne révélerait jamais son opinion la plus intime sur le tsar. Sa loyauté était aussi constante et inébranlable que les pyramides d'Egypte.

— Nous savons tous les deux que la couronne pèse à Alexander. Il trouve de l'apaisement dans ses voyages.

Edmond secoua la tête en un geste de frustration. Ce n'était pas qu'il n'éprouvait pas de sympathie pour le tsar. Alexander Pavlovich avait voulu faire des réformes, mais avait été contrecarré par son propre peuple et, maintenant qu'il en était revenu à la rigide répression de ses ancêtres, il existait la menace permanente de révolte. Quels que soient ses efforts, il semblait ne pas pouvoir se gagner l'amour de ses sujets.

Toutefois, il avait un devoir qu'il ne pouvait continuer à ignorer.

— Son peuple a besoin de lui.

Herrick leva sa main fine, une trace de tristesse sur le visage.

— Nous faisons tous de notre mieux, mon ami. C'est tout ce que nous pouvons demander.

Edmond eut envie de protester. Alexander Pavlovich devait faire plus que son mieux. Il fallait qu'il émerge des cendres de son insécurité et devienne le chef fort et déterminé dont la Russie avait si désespérément besoin.

— Je parlerai à mes associés, dit-il, ravalant son désir d'exiger qu'Herrick envoie chercher l'empereur.

Alexander ne reviendrait à Saint-Pétersbourg que lorsque cela lui conviendrait.

— Peut-être ont-ils des informations.
— Vous me tiendrez au courant.
— Bien sûr.

Herrick se pencha pour regarder par la fenêtre gelée, et fit un signe au cavalier le plus proche. Le traîneau reprit la direction de la ville.

Pendant un moment, les gentlemen restèrent silencieux, tous deux ressassant leurs sombres pensées. Puis, avec un effort évident, Herrick essaya d'alléger l'atmosphère.

— Parlez-moi donc de cette femme.
— Je vous demande pardon ?
— Boris m'a dit que vous avez amené une compagne anglaise en Russie.
— Il devrait apprendre à se taire.
— Est-elle belle ?

Herrick fit claquer sa langue.

— Une sotte question, reprit-il. Bien sûr qu'elle est belle. Quand avez-vous choisi une femme qui ne soit pas délicieuse ?
— Elle est belle, mais pour une fois cela importe peu. Ma fascination pour elle n'a rien à voir avec la ligne de sa joue ou la courbe délectable de ses lèvres.

Herrick toussa, surpris.

— Un aveu dangereux, mon ami.

Dangereux, en effet. Quand un homme se mettait à parler d'une femme autrement que comme un morceau savoureux à goûter et à oublier, cela signifiait d'ordinaire qu'il était sur le point de commettre quelque chose d'incroyablement stupide.

— Le nier n'a servi à rien, admit Edmond avec réticence. J'espère que la proximité se révélera plus efficace.
— Vous pensez que vous vous lasserez de sa compagnie ?
— C'est la conclusion inévitable de toutes les liaisons.

Herrick inclina la tête sur le côté, avec curiosité.

— Et si vous ne vous en lassez pas ?

Edmond ignora la voix moqueuse, à l'arrière de son esprit,

qui lui assurait qu'il avait bel et bien été vaincu par un brin de fille qui pouvait changer son humeur d'un seul sourire.

— Alors, elle restera ma maîtresse, grommela-t-il. Pour toujours.

20

Edmond demanda à Herrick de le déposer près de la cathédrale Notre-Dame-de-Kazan. L'église avait été commandée par le tsar Paul Ier et édifiée sur le modèle de Saint-Pierre de Rome. Elle tenait son nom de l'icône de Notre-Dame de Kazan qui était censée avoir miraculeusement sauvé Moscou en 1612.

Ce n'était pas la beauté du dôme ou des colonnades arrondies qui attirait Edmond vers elle. C'était sa proximité avec la perspective Nevsky et Gostinny Dvor.

Gardant son chapeau abaissé sur son front et son épais foulard drapé sur le bas de son visage, il traversa avec précaution la rue enneigée vers un petit café situé près des magasins animés. Il entra dans la chaleur enfumée et, la tête basse, se fraya un chemin parmi les clients vers une salle privée, au fond.

Il s'était à peine débarrassé de son manteau et de son chapeau couverts de neige, quand un grand homme robuste aux cheveux et aux yeux noirs entra dans la petite pièce, vide à part un bureau et une chaise de bois, et ferma la porte derrière lui.

— Bienvenue et bon retour parmi nous, commandant, lança-t-il d'une voix grave, en s'avançant pour saisir Edmond dans une accolade chaleureuse.

Edmond rit en se dégageant des bras épais qui menaçaient de lui écraser les côtes. Serguey avait servi avec lui pendant la guerre et avait prouvé sa loyauté en prenant dans l'épaule une balle qui lui était destinée. Quand il avait dû quitter l'armée, Edmond lui avait acheté ce café, sachant que le fier soldat n'accepterait jamais son argent.

— Sapristi, je n'avais pas idée qu'un café puisse attirer tant de monde. J'ai craint d'être piétiné par les clients.

Serguey passa ses grosses mains sur l'étoffe coûteuse de sa veste.

— Ah, les habitants de Saint-Pétersbourg sont assez sensés pour reconnaître un bon établissement.

— En effet.

Sachant que le sociable cafetier pouvait parler toute la journée, Edmond considéra la meilleure manière d'en venir au but de sa visite.

— Dites-moi ce que vous avez entendu dire.

L'expression joviale de Serguey se dissipa, remplacée par une inquiétude lasse.

— L'agitation dans les rues est aussi mauvaise que ce que je l'ai jamais vue, commandant.

Edmond fronça les sourcils.

— Que disent les gens ?

— Les plaintes habituelles à propos des nobles qui dilapident leur fortune pendant que leurs serfs meurent de faim. Les paysans sont pauvres, mais pas aveugles. Leurs voix se font plus fortes chaque jour.

— Cela se comprend, mais, comme vous dites, c'est habituel.

— Il y a également une colère grandissante parmi les commerçants, continua Serguey. Ils ressentent la mode d'importer des biens étrangers au lieu d'acheter leurs marchandises aux artisans locaux. Les bateaux européens encombrent notre port et inondent les marchés de leurs cargaisons.

Edmond haussa les épaules. C'était plus ou moins ce à quoi il s'était attendu. Trop de gens vivaient dans la misère, pendant qu'une poignée de riches dépensaient leur fortune avec une largesse criante. Pour le moment, cependant, ils ne pouvaient rien faire.

— Viktor Kazakov ne s'appuiera pas sur des serfs ou des commerçants pour renverser le tsar.

Il secoua la tête.

— Ils marmonnent peut-être des menaces de trahison, en douce, mais ils sont trop craintifs pour une révolte ouverte.

Serguey croisa les bras sur son torse massif.

— Nul doute que le gouvernement français pensait ce genre de chose avant la Révolution.

— Peut-être, mais les Russes ne possèdent pas un Rousseau capable de soulever les masses en un bain de sang.

L'estomac d'Edmond se contracta à cette pensée. Il avait beau désirer une meilleure existence pour les serfs, il ferait tout ce qui serait en son pouvoir pour éviter une révolution sanglante.

— Du moins, pas encore.

— C'est vrai.

Les yeux bruns du cafetier se durcirent de haine.

— Ils ne suivraient jamais Viktor Kazakov. Sa brutalité envers ses serfs est bien connue.

Edmond savait qu'une même haine se reflétait dans ses yeux. Viktor était accusé depuis longtemps de traiter ses serfs comme des bêtes, de violer des petites filles de pas plus de neuf ans et de battre ses ouvriers à mort. Edmond s'assurerait qu'il meure avant de pouvoir réclamer le pouvoir.

— Exactement.

— Vous avez des soupçons sur ceux qui sont prêts à soutenir Kazakov ?

— Plutôt… une vague crainte.

— Voulez-vous la partager ?

Edmond réprima un sourire devant cette requête autoritaire. Apparemment, un officier restait un officier.

— Rassemblez les associés que vous avez encore dans l'armée et interrogez-les avec soin. Je veux savoir précisément ce qui se dit et ce que l'on ressent dans les baraquements.

Serguey inspira vivement.

— Bonté divine.

Edmond leva une main.

— Je n'ai pas de raison logique à mon malaise. Juste une intuition que Viktor Kazakov est assez sensé pour savoir que ceci est sa dernière chance de saisir le pouvoir qu'il a toujours désiré. S'il échoue, sa vie sera condamnée.

Il serra les poings.

— Il ne peut compter sur une douteuse révolte des serfs qui ne se produira peut-être jamais. Il devra frapper dur et vite au cœur même du gouvernement.

— Un coup d'Etat militaire, lâcha Serguey dans un souffle.

— Pas si nous avons quelque chose à dire sur ce sujet, Serguey.

Le soldat brandit un poing serré.

— Il se trouve que j'ai beaucoup de choses à dire, mon ami.

Brianna dormit près de deux heures après le départ d'Edmond. Pourtant, lorsqu'elle se leva, elle constata qu'elle se sentait encore étrangement léthargique, avec un soupçon de nausée. Elle en blâma entièrement Edmond et son étreinte intense. C'était un miracle qu'elle soit capable de quitter son lit, se dit-elle en se glissant hors des couvertures et en revêtant promptement une robe de soie rose. Elle eut du mal à fixer ses épaisses boucles sur sa tête sans l'aide de Janet, mais elle répugnait à déranger les domestiques de Vanya. D'après les sonores bruits de voix qui provenaient des salles de réception, il y avait apparemment assez d'invités pour les tenir occupés.

Ouvrant la porte, Brianna quitta ses appartements, espérant se débarrasser de cette pesante lassitude. Elle évita le grand escalier qui conduisait à la partie la plus publique de la grande maison et longea le corridor jusqu'à ce qu'elle tombe sur ce qui semblait être un salon de musique.

Elle sourit devant le parquet brillant, le clair mobilier de bois de citronnier et les tapisseries de valeur accrochées au mur. L'atmosphère avait quelque chose d'intime et de confortable, mais elle était prête à parier que ce décor avait coûté une fortune en roubles.

Passant devant une harpe dorée, elle alla à l'embrasure de la fenêtre qui donnait sur les jardins. L'air était frais près des hautes fenêtres, mais il semblait soulager son estomac dérangé. Drapant sur ses épaules le lourd châle en cachemire qu'elle avait emporté, elle contempla la neige qui tombait doucement, en un mouvement hypnotique.

Elle perdit la notion du temps, son front appuyé sur la vitre gelée, et laissa dériver son esprit. C'était la première fois qu'elle était complètement seule depuis des semaines, et le silence assourdi lui faisait du bien.

Naturellement, cette paix ne pouvait durer longtemps. Brianna entendit un bruit de pas qui approchait, et avant qu'elle puisse songer à se retirer dans ses appartements un grand étranger entra dans la pièce et la considéra avec un sourire narquois.

C'était un gentleman distingué, avec un beau visage et des cheveux noirs striés de gris. Son élégante redingote mauve et ses culottes grises indiquaient qu'il s'agissait d'un homme riche, ainsi que le gros diamant qui brillait dans les plis de son écharpe. Mais Brianna n'avait nul moyen de savoir s'il s'agissait d'un des invités de confiance de Vanya, ou d'un visiteur égaré qui pourrait mettre en cause sa présence dans la maison.

— Ah, vous devez être miss Quinn, murmura-t-il, en levant la main devant son expression méfiante. Ne craignez rien. J'ai des ordres stricts de ne révéler à personne votre présence en Russie, et croyez-moi, quand Vanya donne un ordre, un gentleman sensé s'empresse de lui obéir.

Le malaise de Brianna se changea en surprise quand il s'arrêta juste devant l'embrasure de la fenêtre.

— Vous êtes anglais.
— Je l'avoue.

Il fit une profonde courbette.

— M. Richard Monroe, à votre service.

Elle l'étudia un long moment. Une noblesse indéniable

imprégnait ses beaux traits, mais ses yeux sombres contenaient une amabilité qui dissipa sa tension.

— Que faites-vous à Saint-Pétersbourg ?
— La vérité ?

Brianna battit des cils, confuse.

— Si ce n'est pas un secret.
— Non, ce n'est pas un secret.

Son sourire s'emplit de dérision.

— Vanya est venue à Londres voilà près de dix ans, et j'ai été assez stupide pour tomber éperdument amoureux d'elle. Depuis lors, je la suis comme un chien fidèle, attendant qu'elle se rende et accepte de devenir ma femme.

— Dix ans ?

Il gloussa devant son expression incrédule.

— Etonnant, n'est-ce pas ?
— Je... Oui, tout à fait étonnant.
— Miss Quinn ? Ai-je dit quelque chose qui vous a troublée ?
— Dix ans est une longue période. Vous devez être un gentleman fort patient.

Il poussa un soupir affligé.

— A l'occasion, je perds espoir et retourne chez mon frère dans le Kent, mais je reviens toujours.

Il leva les deux mains.

— Ma vie est morne et ennuyeuse sans Vanya pour l'éclairer.

Brianna resserra son châle autour d'elle tandis qu'un frisson la parcourait. Ce devait être l'air frais, se dit-elle.

Sûrement.

— Vivez-vous dans cette maison ?
— Non, je dispose d'appartements au palais d'Hiver, ce qui est bien sûr la raison pour laquelle Vanya continue à supporter ma compagnie.
— Je ne comprends pas.

Il haussa les épaules.

— Ma position dans la maison impériale m'assure de pouvoir tenir à l'œil ceux qui sont les plus proches du tsar.

Brianna prit une vive inspiration. Entourée par un tel confort et un tel luxe, il lui avait été facile d'oublier que Vanya était profondément impliquée dans le monde dangereux de la politique russe.

— Oh, bien sûr.

Elle contempla son interlocuteur avec une pincée de curiosité. M. Richard Monroe était visiblement un homme riche et puissant, et elle n'était pas insensible à son charme. Ce gentleman pouvait choisir parmi les débutantes les plus recherchées que Londres ou Saint-Pétersbourg avaient à offrir. Alors, pourquoi repoussait-il tout cela pour une femme qui non seulement refusait de l'épouser, mais qui déclarait en outre ouvertement qu'elle aimait entretenir de nombreux amants ?

— Cela ne vous dérange-t-il pas ?

— Que Vanya me voie seulement comme un instrument à utiliser dans sa lutte pour garder les Romanov au pouvoir ?

— Oui.

Une lueur s'alluma dans les yeux sombres. Pas de la douleur, mais plutôt une aspiration mélancolique.

— Parfois, mais en règle générale je suis trop heureux d'avoir une place dans sa vie, fût-elle petite.

— Vous devez beaucoup l'aimer, dit doucement Brianna.

Il pencha la tête de côté, une expression étrange sur le visage.

— Existe-t-il un petit amour ? Ou vous aimez, ou vous n'aimez pas.

Avant que Brianna puisse répondre, il secoua la tête et carra les épaules.

— A présent, assez de ma triste histoire. Je suis bien plus intéressé par vous. Parlez-moi de vous, ma chère.

— Je crains qu'il n'y ait pas grand-chose à dire. J'ai toujours mené une vie très protégée.

Il la regarda d'un air ironique.

— Pas si protégée, si vous avez été enlevée de chez vous par l'un des gentlemen les plus puissants d'Angleterre et jetée au milieu d'une révolution qui couve en Russie.

— Edmond possède certainement un talent pour rendre l'existence d'une femme un peu plus excitante.

Richard gloussa.

— Plus qu'un peu, j'imagine. Edmond ressemble beaucoup à Vanya, bien qu'ils ne soient pas apparentés. Ils sont tous deux dotés de cette allure fascinante qui est fatale pour nous, pauvres âmes faibles.

La poitrine de Brianna se contracta subitement. Non. Elle ne serait jamais comme M. Richard Monroe. Elle ne passerait pas sa vie à nourrir un amour non retourné.

— Je suppose, marmonna-t-elle finalement.

Mesurant son malaise, Richard plissa les paupières.

— Vous ne paraissez pas particulièrement contente.

Il l'étudia durant un long et pénible moment.

— Vous n'avez pas été amenée ici contre votre gré, n'est-ce pas ?

— Non.

Elle battit des cils, choquée par cette question inattendue.

— Non, bien sûr que non.

Il ne parut pas entièrement convaincu.

— Miss Quinn, je veux que vous sachiez que, si vous avez besoin d'un ami, vous pouvez compter sur Vanya ou sur mon humble personne. Vous êtes peut-être loin de chez vous, mais vous n'êtes pas seule.

— Vous êtes très aimable, mais…

— Je voue une grande admiration à Edmond, mais je ne suis pas indifférent à son habitude implacable de plier les autres à sa volonté, coupa Richard, doucement mais fermement. Une jeune femme innocente n'est pas en mesure de résister à sa formidable détermination.

Brianna ne put s'empêcher de glousser en se rappelant la façon dont elle avait forcé Edmond à la garder à la résidence Huntley, et avait même exigé qu'il lui procure un chaperon.

— Je vous assure, monsieur Monroe, Edmond ne m'a pas obligée à l'accompagner. C'était mon choix de venir à Saint-Pétersbourg.

Sans prévenir, Richard tendit la main pour passer un doigt sur sa joue froide.

— Alors, pourquoi êtes-vous si pâle ?

Elle secoua lentement la tête.

— Je ne me sens pas très bien. Je pense que le voyage a été plus fatigant que je ne le mesurais.

Elle avait à peine fini de parler, quand il traversa la pièce pour emplir un verre d'un liquide sombre, d'un pichet posé sur le poêle en porcelaine. Revenant près d'elle, il s'assit dans l'embrasure de la fenêtre et pressa le verre dans sa main.

— Tenez.

Le verre était chaud sur sa peau et emplissait l'air d'un parfum de clous de girofle.

— Qu'est-ce que c'est ?

— Rien de plus qu'un punch épicé. Il va vous réchauffer.

Prenant la main de Brianna dans la sienne, il porta le verre à ses lèvres.

— Buvez lentement.

Elle prit une gorgée prudente, et faillit grogner de plaisir quand le punch glissa dans sa gorge avec une chaleur bienvenue, calmant sa nausée.

— Oh… C'est délicieux.

Savourant la chaleur qui se répandait dans son corps, Brianna ne remarqua pas qu'ils n'étaient plus seuls. Jusqu'à ce qu'une toux étouffée résonne dans la pièce.

Elle tourna la tête et découvrit Vanya debout au centre du salon, l'attitude soigneusement gardée tandis qu'elle considérait l'intimité involontaire qu'ils partageaient dans l'embrasure de la fenêtre.

Malgré l'innocence de la situation, Brianna se sentit rougir. Peut-être parce qu'elle percevait que la belle Russe était loin d'être indifférente sous son apparence calme et détachée.

— Vous voilà, Richard.

Elle sourit et lissa le velours couleur de mûre de sa robe.

— Je vois que vous vous êtes présenté à ma belle jeune invitée. Se passe-t-il quelque chose ?

Indifférent à la tension qui régnait soudain dans la pièce, Richard abaissa sa main et se mit lentement debout.

— Miss Quinn ne se sentait pas bien.

L'expression de Vanya s'adoucit et se fit inquiète.

— Oh, ma petite, comme c'est terrible. Avez-vous besoin d'un médecin ?

— Non, non. Je vous en prie, ce n'est rien.

Embarrassée que sa nausée cause tant d'histoires, Brianna secoua fermement la tête.

— Je vais déjà mieux.

Vanya s'avança, gardant son regard inquiet rivé sur Brianna même si ses pas semblaient la porter instinctivement au côté de Richard. Elle posa même une main possessive sur le bras du gentleman.

— Je vais vous faire porter un bain chaud dans votre chambre. Rien n'est plus apaisant.

— Oh, ce serait délicieux.

Brianna n'eut pas à feindre sa gratitude. Cela faisait si longtemps qu'elle se lavait rapidement à l'eau froide. Se levant, elle fit une petite révérence.

— Cela a été un plaisir de vous rencontrer, monsieur Monroe.

Il lui offrit son doux sourire.

— Tout le plaisir a été pour moi, miss Quinn.

Vanya porta son attention sur le gentleman, une expression étrangement sombre passant sur son beau visage.

— Ne faites pas attention à lui, ma petite, murmura-t-elle. C'est un séducteur impénitent.

— Comment pouvez-vous dire une chose pareille ? s'insurgea Richard en portant sa main à ses lèvres pour poser un baiser appuyé sur ses doigts. C'est vous, mon amour, qui êtes maîtresse dans l'art de la séduction.

Vanya se lova contre lui avec l'aisance propre à de vieux amants.

— Jamais avec vous, Richard.

L'expression du gentleman était si tendre qu'elle était à même de toucher le cœur le plus endurci.

— Oui, murmura-t-il doucement, c'est ce qui continue à me donner de l'espoir.

Se sentant de trop, Brianna s'éclipsa de la pièce et retourna sans bruit dans ses appartements.

Un sourire amusé flotta sur ses lèvres tandis qu'elle pénétrait dans le somptueux salon et refermait la porte derrière elle. Malgré les déclarations affirmées de Vanya concernant ses nombreux amants et sa farouche indépendance, il était évident qu'elle était très attachée à M. Richard Monroe.

Peut-être même plus qu'attachée.

Mais, manifestement, elle était trop entêtée pour admettre ses sentiments. Même vis-à-vis d'elle-même.

Cette réflexion fit passer un frisson dans le dos de Brianna.

21

Le soleil baissait à l'horizon, quand Brianna entendit la voix d'Edmond dans le couloir.

Pas certaine du tout d'être prête à lui faire face, elle attendit que la porte de ses appartements se referme. Puis elle enfila une lourde cape doublée d'hermine qu'Edmond avait insisté pour lui faire acheter avant de quitter l'Angleterre, et prit un manchon fourré. Sa capuche remontée, son visage était dans l'ombre. Délaissant son voile, elle quitta sa chambre et se dirigea vers le petit jardin situé au-dessous.

Même préparée au froid, elle eut le souffle coupé par l'air glacial. Durant un instant, elle considéra la sagesse de retourner se mettre au chaud chez elle. Aussi vivifiant que soit le froid, il était si brutal et pénétrant qu'il menaçait de la geler jusqu'à la moelle.

Puis elle aperçut la Neva toute proche et, alors, toute pensée de rentrer disparut.

Fascinée par la vision de conte de fées des patineurs, des traîneaux, des marchands ambulants et des piétons qui se déplaçaient sur le fleuve gelé, elle alla au bout du jardin désert. Malgré le froid mordant, des centaines de personnes se mêlaient les unes aux autres, l'écho de leurs rires portant jusqu'au jardin et faisant sourire Brianna.

Soudain, elle entendit derrière elle le bruit d'une porte-fenêtre qui s'ouvrait sur la terrasse, et le crissement de pas sur la neige glacée.

Elle ne prit pas la peine de se détourner.

— Brianna?

Elle ne bougea toujours pas.

— Hmm ?

— Que faites-vous dehors ?

En vérité, elle n'en était pas sûre. Sa sortie n'avait pas été due qu'au désir d'éviter Edmond. Elle savait en quittant ses appartements qu'il viendrait la chercher. Si elle souhaitait vraiment esquiver cet homme obstiné, elle devrait aller bien plus loin que le jardin.

Finalement, elle saisit l'excuse la plus commode qui lui vint à l'esprit.

— J'avais besoin de prendre l'air.

— De prendre l'air ? Il est glacial.

Edmond posa les mains sur ses épaules et la fit fermement pivoter vers son regard scrutateur.

— Rentrez vous mettre au chaud.

— Dans un moment.

Ses sourcils sombres se froncèrent devant son refus de lui obéir, mais, étonnamment, il parut plus soucieux qu'en colère.

— Vanya m'a dit que vous ne vous sentiez pas bien.

— Je suis remise.

Elle eut un sourire contraint tandis qu'il continuait à la fixer comme si elle risquait de s'évanouir à tout moment.

— Vraiment, Edmond. Ce n'était qu'un malaise passager.

Il s'approcha plus près, levant la main pour effleurer les cernes sous ses yeux.

— Vous n'êtes pas habituée à un voyage aussi pénible, ma souris. Il faut que vous vous reposiez durant les prochains jours.

— Je n'ai fait que me reposer toute la journée. Cela fait du bien de sortir un peu de la maison.

Curieusement agacée par son inquiétude, Brianna chercha à détourner son attention. Elle se dégagea de son emprise, refit face à la grille en fer forgé et désigna l'île située au centre de la rivière gelée.

— Qu'est-ce que c'est ?

Il y eut un bref silence pendant qu'Edmond se plaçait

derrière elle, passait les bras autour de sa taille et l'attirait fermement contre son corps dur.

— C'est la cathédrale Petropavlovsky, murmura-t-il. Le lieu de sépulture des tsars de Russie.

— Il y a tant d'arbres, observa-t-elle. Ont-ils une signification religieuse ?

Il rit doucement.

— De fait, on les a laissés pousser pour le cas où les soldats auraient besoin de bois de chauffage si la forteresse entourant la cathédrale était assiégée. Quand j'en aurai fini avec les traîtres, je vous emmènerai visiter l'île. Il n'y a pas seulement à voir les tombes des tsars, mais aussi un trésor et la résidence du Gouverneur.

Brianna renversa la tête en arrière pour le considérer avec surprise.

— Vous voulez m'emmener faire du tourisme ?

— Oui. Je compte aussi vous emmener patiner sur la Neva.

— Patiner ? Vous ?

Il se pencha pour poser un baiser sur le bout de son nez.

— Pourquoi paraissez-vous si choquée ? Il se trouve que je suis un bon patineur.

Ramenant son attention sur les patineurs qui couraient sur la rivière avec aisance et élégance, Brianna imagina facilement Edmond parmi eux.

— Naturellement, dit-elle d'un ton sec.

Il resserra ses bras autour d'elle.

— Ou, si vous préférez, nous pouvons simplement nous mêler aux vendeurs ambulants qui viennent chaque jour faire des affaires sur la rivière. Vous n'avez jamais rien goûté d'aussi bon que leur pain d'épice frais.

— Il est étrange de voir les traîneaux glisser sur la rivière comme si c'était une route.

Elle le sentit hausser les épaules.

— Durant la majeure partie de l'hiver, c'est la voie la plus importante de Saint-Pétersbourg, car la plupart des ponts sont condamnés quand la rivière gèle. Ah !

— Qu'y a-t-il ?
— Regardez le ciel, ordonna-t-il.
— Pourquoi ?
— Un peu de patience.

Se demandant s'il devait y avoir un feu d'artifice sur la ville, Brianna renversa docilement la tête en arrière, attendant les explosions. Ce qu'elle vit à la place, ce fut un lent kaléidoscope de couleurs s'étendant dans le ciel tandis que le soleil disparaissait à l'horizon. Du rose au lavande en passant par le mauve le plus profond, la magnifique palette se déployait au-dessus des flèches et des dômes de la cité, et la jeune femme retint son souffle, émerveillée.

— Oh... Je n'ai jamais rien vu d'aussi beau.

Elle sentit le torse d'Edmond se gonfler et il poussa un doux soupir.

— Moi non plus.

Tournant la tête, Brianna constata qu'il contemplait son profil, et non le spectaculaire coucher de soleil. Son cœur cogna fortement dans sa poitrine tandis qu'une tension palpable s'installait entre eux. Avec un léger grognement, il courba la tête pour capturer ses lèvres en un baiser plein d'ardeur.

Elle s'accorda le plaisir de savourer le goût du cognac sur ses lèvres, le délice de sa langue plongeant dans sa bouche, ses mains fortes serrées sur sa taille tandis que son corps se durcissait de désir.

Finalement, elle se rendit compte qu'ils étaient en vue de la maison et elle s'écarta avec une exclamation étouffée.

— Edmond, on va nous voir.

Privé de ses lèvres, il repoussa sa capuche pour promener sa bouche sur la courbe de sa joue.

— Qu'ils nous regardent. Je ne m'en soucie pas, dit-il d'une voix rauque, son souffle brûlant sur sa chair froide. *Moya duska.*

Ces mots russes s'immiscèrent dans les sensations enivrantes qui parcouraient le corps de Brianna. Elle enfonça les doigts dans ses bras, tandis que ses genoux fléchissaient.

— Qu'avez-vous dit ?

— Je disais que, si vous trouvez magnifique un coucher de soleil hivernal, attendez l'été et les nuits blanches, mentit-il aisément, ne voulant manifestement pas révéler le sens de ses paroles altérées. Le tsar nous invitera sans doute à sa célébration annuelle du solstice.

Pivotant dans ses bras, Brianna haussa le menton et se força à croiser son brillant regard bleu.

— Non.

— Brianna, vous ne pouvez ignorer une invitation d'Alexander Pavlovich, même si ses mondanités sont ennuyeuses, protesta Edmond. Elles équivalent à un ordre royal.

— Cela n'a rien à voir avec l'invitation.

— Alors quoi ?

— Je ne peux rester en Russie jusqu'à l'été.

Edmond laissa retomber ses bras et recula, son expression aussi glaciale que l'air qui s'engouffrait sous la cape de Brianna.

— Pourquoi ?

Elle frissonna, mais pas seulement de froid.

— J'aurai vingt-trois ans en mai. Je dois être à Londres pour signer les papiers et toucher mon héritage.

— Cela peut être réglé par un avoué.

Elle plissa les paupières.

— Vous savez combien c'est important pour moi, Edmond. Je veux régler cette affaire en personne.

Il crispa les mâchoires, luttant contre son désir d'émettre un ordre et d'être obéi.

— Fort bien. Nous pouvons retourner à Londres pour quelques semaines. Le printemps est l'unique saison supportable dans cette ville, et Stefan est toujours heureux que je vienne en visite.

Brianna ne put nier son étonnement devant cette concession. Ainsi que M. Monroe l'avait récemment fait remarquer, Edmond était un gentleman habitué à en faire à sa tête. En tout.

Toutefois, une petite voix à l'arrière de son esprit l'avertissait de ne pas fléchir devant son impétueuse déclaration. Richard Monroe n'avait pas fait que mettre en évidence l'arrogance d'Edmond. Sa seule présence à Saint-Pétersbourg révélait l'avenir d'une personne assez sotte pour se laisser gouverner par ses passions.

Un avenir qu'elle était déterminée à éviter. Quel meilleur moyen pour cela que de fixer une date pour chasser Edmond de sa vie ?

— J'ai l'intention de rester à Londres, Edmond, dit-elle en nouant les bras autour de son corps frissonnant. Avec mon héritage, je pourrai acheter une petite maison et commencer à construire la vie que j'ai toujours désirée.

Les yeux d'Edmond brûlèrent d'une fureur dangereuse.

— Cherchez-vous à m'irriter, ma souris ?

Elle eut un petit sourire ironique, malgré les picotements d'alarme qui parcouraient sa peau.

— Il semble que je vous irrite chaque fois que j'exprime mes propres opinions. Peut-être, Edmond, seriez-vous plus heureux avec une femme plus docile que moi.

— Je serais plus heureux avec une femme qui ne lutte pas constamment contre son désir d'être avec moi.

Il lui saisit le menton entre ses doigts.

— Vous me voulez. Vous voulez être avec moi. Pourquoi essayez-vous de le nier ?

— Je n'ai jamais nié que je… vous désire, murmura-t-elle. Mais cela ne signifie pas que je doive consacrer le reste de ma vie à être votre maîtresse. J'ai d'autres choses à accomplir.

— Quelles choses ?

Se sentant harassée, Brianna se libéra de son emprise et pivota pour fixer d'un œil noir les réverbères à gaz qui étaient allumés le long des rues glacées.

— Je dois encore le décider, admit-elle de mauvais gré.

Peut-être ne changerait-elle pas le destin, mais Londres

était une ville pleine de gens pauvres et sans défense. Il devait y avoir maintes œuvres de charité ayant besoin d'aide.

— Mais je le ferai.

Elle entendit son souffle siffler entre ses dents serrées.

— Alors, vous avez l'intention de me quitter pour vivre dans une maison étriquée au milieu de Londres, sans famille ni amis, et avec l'espoir de réaliser un vague accomplissement ?

Elle courba les épaules. Il faisait tout paraître si… solitaire. Presque pathétique.

Bonté divine. Elle pouvait être heureuse, et même comblée, sans cet homme dans sa vie.

Elle le pouvait.

— J'aurai Janet, dit-elle, plus dans un effort pour se réconforter que pour le convaincre de son merveilleux avenir.

— En êtes-vous certaine ? releva-t-il. Je crois que Boris pourrait avoir son mot à dire.

Elle le fusilla d'un regard frustré.

— Bien, alors je vivrai seule. Ce sera mieux que…

— Mieux que quoi ?

Il grommela un juron tandis qu'elle gardait obstinément le silence.

— Grands dieux, que vous a dit Vanya ?

Elle baissa ses longs cils. Qu'il suppose que Vanya l'avait convaincue des délices à trouver dans une vie indépendante. C'était préférable à admettre qu'elle était terrifiée à l'idée de devenir une sorte de petit chien fidèle, incapable de le quitter.

— Rien.

— Brianna…

Le bruit d'une porte qui s'ouvrait fut comme un cadeau du ciel, et Brianna étouffa un soupir de soulagement quand la voix de Vanya flotta dans l'air glacé.

— Edmond.

Le dur regard bleu ne se détacha pas du visage méfiant de Brianna.

— Pas maintenant, Vanya.

— Pardonnez-moi de vous déranger, mais je viens de recevoir un message de Richard.

Leur hôtesse refusa fermement de se laisser écarter.

— Il a tout mis en place, mais vous devez partir maintenant si vous voulez vous glisser dans le palais sans être vu.

Brianna prit une vive inspiration, son cœur se serrant d'inquiétude.

— Juste ciel, vous comptez vous glisser en douce dans le palais d'Hiver ?

Il haussa les épaules d'un air détaché, une étrange expression sur le visage tandis qu'il étudiait ses yeux anxieux. Comme s'il était satisfait de savoir qu'elle s'inquiétait de le voir en danger.

— Ce ne sera pas la première fois.

Elle ne fut pas surprise de cet aveu, mais cela ne fit rien pour dénouer son estomac crispé.

— Et les gardes ?

Il fit une grimace.

— Malheureusement, le palais est bien trop vaste pour le protéger des intrus. Surtout d'un intrus qui dispose d'un complice à l'intérieur.

Ce complice devait être M. Monroe.

— Qu'est-ce qui est si important pour que vous preniez ce risque ?

— Fedor Dubov a reçu une invitation à dîner. J'ai l'intention de découvrir avec qui il s'entretient.

Un froid sourire d'anticipation se dessina sur ses lèvres.

— Les traîtres ont beau se croire prudents, ils livrent toujours quelques indices, ne fût-ce que par la façon dont ils évitent un autre invité.

— M. Monroe n'est-il pas capable d'une telle tâche ? demanda Brianna, acerbe.

Edmond haussa un sourcil, mais avant qu'il puisse répondre Vanya vint se placer au côté de la jeune femme.

— Edmond est convaincu que lui seul peut reconnaître un conspirateur, dit-elle sèchement.

— Ce n'est pas cela du tout.

Elle le regarda avec scepticisme.

— Non ?

— Monroe sera parmi les convives. Il lui sera impossible de surveiller sans cesse Fedor Dubov sans susciter les soupçons.

Frappée d'une idée soudaine, Brianna fronça les sourcils.

— Et où avez-vous l'intention d'être ?

L'expression d'Edmond se détendit et un lent sourire malicieux incurva ses lèvres.

— Vous ne pouvez attendre que je livre tous mes secrets, ma souris.

Il parcourut son corps d'un regard intime.

— Qui sait si je ne devrai pas un jour vous surveiller ?

Brianna se raidit, ses joues se colorant tandis que Vanya riait doucement. Sapristi, il la regardait comme si elle était nue devant lui.

— Si vous osez m'espionner, je...

— Vous quoi ? la provoqua-t-il.

— Vous ne pouvez attendre que je livre tous *mes* secrets, rétorqua-t-elle, lui renvoyant ses paroles.

Le rire de Vanya résonna dans le jardin.

— Touché, Edmond.

Il lui jeta un coup d'œil.

— Vous suivez un chemin dangereux, Vanya.

— Pas aussi dangereux que vous, mon ami, dit-elle, un sourire satisfait sur les lèvres.

Elle retourna vers la maison.

— Je vais dire aux écuries que votre monture doit être sellée.

En entrant dans les écuries de Vanya, Edmond ne fut pas surpris de découvrir Boris l'attendant avec une expression acide. Le grand soldat n'avait pas été content d'apprendre qu'il ne devait pas se joindre à son maître. Il vouait sa vie à pourchasser des traîtres.

A présent, il bloquait la stalle de sa masse imposante, les bras croisés sur la poitrine.

— Je devrais vous accompagner.

Un rapide regard sur l'obscurité qui sentait le foin assura à Edmond qu'ils étaient seuls.

— J'ai besoin que vous teniez Kazakov à l'œil. Il n'ose pas se montrer dans les rues de Saint-Pétersbourg, mais cela ne signifie pas qu'il ne prépare pas quelque méfait. S'il a un visiteur, je veux le savoir.

— C'est sûrement la tâche de Gerhardt ?

Edmond grimaça.

— Il n'a pas été capable d'éviter la requête du prince lui demandant d'apparaître au palais d'Hiver, en tout cas sans révéler la vérité. Une chose qu'il répugne à faire, même vis-à-vis du frère du tsar.

— Soupçonnez-vous que la conspiration dispose de connections aussi élevées ? demanda Boris, stupéfait.

— Certaines rumeurs le laisseraient entendre, mais non, je ne crois pas que les Romanov soient impliqués.

Edmond marqua une pause.

— Du moins, je l'espère. Je ne pense pas qu'Alexander Pavlovich se remettrait d'une telle traîtrise.

— Alors, je dois passer la nuit dans une rue glacée, à surveiller un gentleman qui ne sort pas de chez lui ?

Edmond prit son compagnon par l'épaule.

— Vous savez que cela pourrait être pire, mon ami.

— Pire ?

— Vous pourriez dîner au palais d'Hiver.

Boris pivota pour rejoindre la stalle voisine d'un pas furieux, ses jurons résonnant dans l'air.

Pour la plupart des visiteurs, le vaste palais d'Hiver était un dédale impressionnant de marbre, de dorures et de parquets cirés. Même dans les salles de réception, il était aisé de se perdre parmi les galeries sans fin, les pièces et les escaliers. Heureusement, Alexander Pavlovich possédait un large bataillon de serviteurs en livrée qui se tenaient à chaque porte, prêts à aider le flot d'invités qui arrivaient chaque soir.

Edmond, toutefois, avait depuis longtemps mémorisé les plans complexes des lieux, y compris les antichambres privées du tsar et les réduits des domestiques.

Vêtu d'une livrée gris et mauve qui le faisait passer pour un valet personnel de Richard Monroe, il parvint à se glisser dans le palais et dans les appartements de l'aristocrate sans attirer l'attention. Une tâche facile, étant donné que Monroe avait délibérément choisi des chambres qui possédaient une terrasse privée, avec un escalier menant directement aux jardins de derrière.

Entrant dans le salon décoré de meubles en bouleau et de murs peints d'une délicate nuance ivoire, Edmond traversa le parquet incrusté pour rejoindre Monroe appuyé à son bureau encombré, avec tout l'air d'un noble dans son habit de soirée.

Bien qu'il n'ait pas de fonction officielle, Monroe était la voix de l'Angleterre dans les affaires trop délicates pour faire intervenir un ambassadeur. Son intelligence aiguisée, sa calme aptitude à raisonner sous la pression et son adresse dans les négociations faisaient de lui un atout sans prix pour le roi George.

Edmond tenait peu de gentlemen en plus haute estime.

S'arrêtant au milieu de la pièce, il passa une main sur sa veste avec un sourire ironique.

— Je dois vous remercier de m'avoir fait parvenir ma livrée, même si je trouve les boutons un peu ordinaires.

Il toucha un simple bouton doré.

— Vous auriez sûrement dû les faire frapper de vos armes ?

Etonnamment, l'expression du gentleman resta sévère pendant qu'il étudiait Edmond.

— Cette livrée dupera les gens à distance, mais votre visage est trop familier pour ne pas être reconnu. Vous devrez rester hors de vue.

Edmond plissa les paupières devant cet avertissement inattendu. Même si les conseils étaient bien intentionnés, il n'appréciait pas qu'on lui dise comment conduire ses affaires.

— Y a-t-il une raison pour que vous me sermonniez comme un écolier juste sorti de la nurserie, Monroe ? demanda-t-il d'un ton sec.

Monroe se redressa, le regard ferme.

— Les gentlemen distraits sont enclins à commettre des erreurs dangereuses, expliqua-t-il.

— Distraits ?

— J'ai eu le plaisir de rencontrer miss Quinn cet après-midi, dit l'aristocrate sans chercher à se montrer subtil. Elle est délicieuse.

Edmond s'avança d'un pas. Logiquement, il pouvait comprendre le souci de Monroe, mais la pensée de n'importe quel homme, fût-il un ami proche, essayant d'intervenir dans sa relation avec Brianna le courrouçait.

— Oui, elle l'est. Que voulez-vous dire ?

— Depuis que je vous connais, c'est-à-dire des années, c'est la première fois que vous révélez vos secrets à une femme. Vous ne l'auriez jamais fait si elle n'était pas importante pour vous.

— Ma relation avec Brianna ne regarde personne.

— Ce n'est pas entièrement vrai.

Monroe ajusta distraitement la manchette de sa redingote noire.

— En l'amenant chez Vanya, vous nous avez tous mis en danger.

Marmonnant un juron, Edmond s'avança encore.

— Sous-entendez-vous qu'elle pourrait nous trahir ?

Monroe leva la main en un geste d'apaisement.

— Tout doux, Edmond. Je fais simplement remarquer que vous l'avez manifestement jugée digne de votre confiance. Un honneur que vous n'avez accordé jusqu'ici à aucune femme hormis Vanya.

Se rendant compte que sa réaction exagérée en révélait plus que ce qu'il désirait, Edmond haussa les épaules.

— Je connais Brianna Quinn depuis qu'elle est née. Cet irritant brin de fille est peut-être entêté, désagréablement indépendant et incapable d'admettre que je sais ce qui est le mieux pour elle, mais elle ne me trahirait jamais.

Sa voix contenait une foi absolue. Brianna Quinn était peut-être la plus exaspérante des femmes, mais il lui confierait sa propre vie.

— Elle est incapable d'une telle duperie, ajouta-t-il.
— Une femme de valeur, alors.
— En effet.

Les yeux sombres de Monroe prirent un air entendu.

— Comme je le disais… une distraction.
— Il est sûrement temps que nous nous rendions au dîner ?

Le gentleman s'avança pour poser une main sur l'épaule d'Edmond.

— Soyez sur vos gardes, Edmond. Je sens une tension dans le palais, ce soir.

Quand Edmond ouvrit la bouche, il secoua la tête.

— Et, avant que vous me demandiez de m'expliquer, sachez que j'en suis incapable. Ce n'est rien d'autre qu'une impression dans l'air. Comme si la foudre allait frapper.

— Ou un baril de poudre exploser sous nos pieds, murmura Edmond, se rappelant les mots d'Herrick quelques mois plus tôt.

— Exactement.

Attendant d'être certaine qu'Edmond était bien parti pour le palais d'Hiver, Brianna enfila une chemise de nuit et se glissa dans son lit avec un soupir de soulagement.

Une part d'elle-même aurait peut-être dû être ennuyée, parce qu'elle était bannie des salles de réception comme si elle était un secret honteux à cacher, mais, en vérité, elle était simplement contente de ne pas avoir à revêtir une belle robe et à se mêler à une foule d'étrangers. Son estomac était de nouveau sensible et son corps si las qu'elle ne souhaitait rien d'autre que de se pelotonner sous les couvertures et dormir pendant quinze jours.

Une heure plus tard, on frappa légèrement à sa porte et Vanya passa la tête dans la chambre.

— Puis-je entrer ?

Se sentant embarrassée d'être surprise au lit de si bonne heure, Brianna s'assit.

— Bien sûr. Je serais ravie de votre compagnie.

Vanya ouvrit la porte plus grande et franchit le seuil, portant un plateau en argent.

— Je vous ai apporté une petite surprise.

L'embarras de Brianna s'accrut.

— Juste ciel, vous n'avez pas à vous occuper de moi, Vanya.

La belle Russe se contenta de sourire et vint s'asseoir sur le bord du lit, posant le plateau sur les genoux de Brianna.

— J'aime m'assurer que mes invités ont tout ce qu'il faut.

— Mais votre soubrette m'a déjà apporté à dîner, protesta la jeune femme, tandis que Vanya servait le thé chaud et y ajoutait quelques cuillerées de sucre.

— Et vous n'avez rien mangé, rétorqua Vanya. Ma pauvre cuisinière était presque en larmes.

— Oh.

Brianna tressaillit en se rappelant les plats délicieux qu'elle avait renvoyés. La simple odeur du canard rôti et des langoustes au beurre lui avait retourné l'estomac.

— De grâce, assurez votre cuisinière que ce repas était parfait, mais mon estomac est défaillant, aujourd'hui.

Vanya ôta la serviette blanche qui recouvrait une assiette, révélant des biscuits au gingembre tout chauds.

— Peut-être qu'une tasse de thé et un biscuit vous aideront.

Brianna inspira profondément, soulagée de ne sentir qu'une légère bouffée de faim.

— De fait, ils sentent délicieusement bon, murmura-t-elle en mordant dans un biscuit avant de boire une gorgée de thé.

Vanya observa Brianna avec une expression étrange tandis qu'elle finissait un deuxième biscuit et terminait le thé.

— Vous vous sentez mieux ?
— Oui.

S'adossant à la tête de lit, Brianna poussa un soupir satisfait.

— C'est tellement stupide. Je ne suis jamais malade. Ma mère disait toujours que je suis aussi robuste qu'un cheval.

Vanya prit le plateau et le posa sur la table de chevet.

— Avez-vous songé qu'il pourrait y avoir une raison à votre… malaise actuel ?

Brianna haussa les épaules.

— Je suppose que j'ai pris froid durant le voyage. Cela a été un périple très pénible.

— Peut-être.

Son hôtesse semblait loin d'être convaincue, et Brianna fronça les sourcils, troublée. Elle sentait que quelque chose tracassait Vanya, et que cela la concernait.

— Vanya ? demanda-t-elle doucement.

La belle Russe se releva brusquement, tournant nerveusement ses riches bagues autour de ses doigts.

— Je pense que vous devriez considérer la possibilité que vous soyez enceinte, ma petite.

22

Debout dans l'ombre de l'antichambre qui offrait une vue parfaite de la salle à manger, Edmond essaya de ne pas s'agacer tandis qu'il observait le ballet des convives que l'on installait aux petites tables rondes, avec un oranger posé au milieu. Même en l'absence du tsar, un dîner au palais d'Hiver était toujours une affaire formelle, mortellement ennuyeuse, avec une infinité de plats servis par des mamelouks qui se déplaçaient dans la vaste pièce avec une dignité silencieuse.

De son poste d'observation, il lui était facile de tenir à l'œil Fedor Dubov, qui partageait une table avec des dignitaires de moindre importance à la lisière de la salle. Le petit gentleman corpulent arborait son sourire exercé, cachant son indéniable ennui à être placé si loin du frère cadet du tsar, le prince Michael, et de la famille impériale. Mais le regard aiguisé d'Edmond notait le tremblement nerveux de ses mains tandis qu'il lissait son écharpe et la façon dont il parcourait la salle des yeux.

Fedor n'avait jamais possédé l'habileté de Viktor à embrasser la joue de son ennemi tout en lui plantant une dague dans le dos. Si l'un des conspirateurs devait commettre une erreur, Edmond comptait sur lui.

A 10 heures précises, les quelques membres de la famille impériale se levèrent de leur table et quittèrent la salle, signalant la fin du repas. Edmond se renfonça dans l'ombre, et sourit quand Fedor adressa un discret signe de tête à quelqu'un, puis se dirigea négligemment vers la porte latérale qui donnait sur une salle de bal déserte.

D'un mouvement agile, Edmond se glissa de l'antichambre dans l'escalier voisin, soulagé que les domestiques soient distraits par la foule des convives que l'on guidait vers l'Hermitage pour un concert.

Atteignant la galerie supérieure, il prit soin d'éviter la lumière des bougies et se coula dans l'ombre de la balustrade en marbre qui dominait le petit couloir menant à la salle de bal. Il avait à peine repris son souffle que Fedor franchit la porte, suivi de près par un militaire massif qui portait l'uniforme du régiment d'infanterie Semyonoffski.

Edmond prit une vive inspiration. Grigori Rimsky avait été connu dans ses jeunes années pour ses sympathies envers le mouvement d'indépendance polonais mais, depuis qu'il était entré dans le régiment que le tsar considérait comme le sien, il s'était révélé un commandant courageux qui s'était élevé rapidement dans la hiérarchie pendant la guerre avec Napoléon. Edmond n'avait jamais douté un instant de sa loyauté.

Ce qui faisait de lui le genre de traître le plus dangereux.

L'officier lourdement décoré jeta un coup d'œil sur le corridor désert, avant de décocher un regard furieux au nerveux Fedor.

— N'avez-vous aucun bon sens ? gronda-t-il, sa voix grave portant jusqu'à la galerie. Nous ne pouvons parler ici. Si on nous voit ensemble…

— Je ne peux prendre le risque d'un autre billet, coupa Fedor, en sortant un mouchoir pour essuyer la transpiration de son visage rond. Ma maison est surveillée.

— Par qui ?

Fedor haussa les épaules.

— Gerhardt, sans doute.

— Ainsi, il sait que Viktor Kazakov est rentré à Saint-Pétersbourg ?

— Cela n'aura guère d'importance dans quelques heures.

Edmond ravala son choc. Quelques heures ? Sapristi !

Il avait beau brûler d'en finir avec cette vilaine histoire, il n'était pas prêt à arrêter la mystérieuse révolte. Il avait besoin d'informations. Et rapidement. Même si cela signifiait se dévoiler et traîner ces deux traîtres dans le cachot le plus proche. Grigori aurait peut-être le courage d'affronter la mort plutôt que de révéler leur sinistre complot, mais Fedor était beaucoup plus faible. Quelques coups de fouet et il supplierait de tout avouer.

— En outre, reprit Fedor, Gerhardt n'est pas notre plus grand souci.

— Que voulez-vous dire ?

— Lord Edmond est ici.

Grigori siffla entre ses dents tandis qu'Edmond se figeait, choqué. Bon sang. Comment avaient-ils découvert sa présence ?

— A Saint-Pétersbourg ? aboya le militaire.

— Oui.

Fedor s'essuya de nouveau le visage, sa tension palpable dans l'air.

— Viktor a un espion chez Vanya Petrova.

Edmond se jura en silence d'interroger personnellement chacun des domestiques de Vanya. Quand il en aurait fini avec eux, ils prieraient que la garde du tsar arrive et les jette dans un cachot.

Grigori s'avança à grands pas vers une élégante statue grecque, les poings serrés sur les côtés comme si son attitude stoïque était sur le point de craquer.

— Viktor m'avait promis que lord Edmond Summerville serait trop occupé à protéger son frère pour nous ennuyer.

— Il semble que mon cousin se soit trompé.

Grigori pivota et fusilla son interlocuteur du regard.

— Ne prenez pas la chose à la légère, Fedor. Votre famille est visiblement incapable de tenir son rôle, aussi simple qu'il soit. Vous avez laissé ce gredin comprendre que le danger visant le duc de Huntley n'était qu'une ruse.

Il eut un rire grinçant.

— Bon sang, j'aurais dû savoir que je ne pouvais pas vous faire confiance. Vous nous avez tous mis en danger.

Fedor pâlit, le menton tremblant. Il était peut-être un lâche, mais il n'était pas stupide. Il comprenait aisément que le militaire furieux était bien capable de lui rompre le cou.

— Lord Edmond ne sera pas un problème, balbutia-t-il.

— Comment pouvez-vous en être certain ? Il s'est joué de nous en trop d'occasions.

Fedor s'essuya encore le visage de son mouchoir.

— Dans l'hypothèse improbable où il découvrirait nos plans, Viktor et moi nous sommes assurés qu'il n'interviendra pas.

Edmond fronça les sourcils, tandis que Grigori émettait un son dégoûté.

— Vraiment ? Vous allez lui loger une balle dans le cœur ?

— Une idée séduisante, bien que je ne sois pas assez sot pour l'affronter au pistolet, marmonna Fedor. Il paraît qu'il a tué au moins douze adversaires.

— Peu m'importe qu'il en ait tué un millier. Comment comptez-vous l'empêcher de causer notre ruine ?

— Lord Edmond n'est pas venu seul en Russie. Il a amené la fiancée de son frère.

— La fiancée de son frère ? releva moqueusement Grigori. Vous vous trompez. Tout le monde sait que cet homme est un implacable scélérat, mais qu'il ferait n'importe quoi pour son précieux frère. C'est pourquoi nous avons décidé de lui faire croire que Huntley était en danger.

— Ce qui signifie qu'il doit tenir désespérément à cette femme, dit Fedor, la voix aiguë de nervosité. Et être prêt à tout pour la protéger.

— Vous l'avez ? demanda Grigori.

— J'ai reçu un message pendant le dîner, disant que Viktor se préparait à aller l'enlever chez Vanya Petrova.

— Se préparer à l'enlever et y réussir sont deux choses très différentes. Elle ne sera pas sans protection.

— Viktor disait dans le message qu'il avait surpris le domestique de Summerville, Boris, devant chez moi et qu'il l'avait ligoté dans la cave en attendant que je revienne et que je m'en débarrasse discrètement. Elle n'est pas aussi bien protégée qu'on pourrait le croire.

— Où...

Le militaire s'interrompit sur un juron. Prenant Fedor par le bras, il le tira vers la porte.

— Quelqu'un vient. Rejoignez les autres à l'Hermitage. Je dois mettre les choses en route.

— Maintenant ?

— On ne laissera pas interférer lord Edmond, cette fois.

Grigori sortit à grands pas du couloir, ses dernières paroles flottant derrière lui.

— *J'aurai* mon trône.

Au-dessus des deux hommes, Edmond posa son pistolet par terre tandis qu'il peinait à respirer.

Une très petite partie de lui comprenait qu'il était de son devoir de suivre Grigori et de découvrir les autres traîtres, pour qu'ils puissent être rassemblés par les gardes en attendant le jugement du tsar. Le complot était sur le point de s'achever, et Dieu seul savait combien d'innocents seraient blessés s'il n'était pas arrêté.

Cette petite partie de lui, cependant, ne pesait rien face à la folle panique qui lui serrait le cœur.

Brianna.

Ce scélérat de Viktor Kazakov avait l'intention de se faufiler chez Vanya et de poser ses sales mains sur...

Non. Oh, non.

Il le tuerait.

Il le tuerait, puis il lui arracherait le cœur et le donnerait aux vautours.

La nausée de Brianna revint avec une force brutale, mais, avec l'impression qu'elle suffoquait, elle lutta pour écarter les lourdes couvertures et descendit du lit en chancelant.

— Non.

Elle pressa une main sur son ventre en marchant vers une armoire lourdement sculptée.

— C'est… impossible.

Vanya restait debout près du lit, ses traits marqués par l'inquiétude.

— En êtes-vous certaine ? Absolument certaine ?

Brianna s'obligea à réfléchir par-dessus la panique qui submergeait son esprit. Les dernières semaines avaient été épiques et il n'était pas surprenant qu'elle n'ait pas accordé d'attention aux fonctions naturelles de son corps.

A quand remontaient ses dernières menstrues ?

La réponse vint, rapide et choquante.

A trop longtemps.

D'un pas mal assuré, elle gagna une chaise voisine avant que ses genoux ne flanchent.

— Oh, mon Dieu.

— Brianna.

Dans un bruissement de soie, Vanya s'approcha d'elle et lui tapota doucement l'épaule.

— De grâce, ne vous minez pas.

— Ne pas me miner ? Et si c'est vrai ? Si je porte l'enfant d'Edmond ?

— Alors, vous vous assiérez avec lui et discuterez de ce que vous voulez pour votre avenir, répondit Vanya d'un ton pratique.

Brianna écarta la seule pensée de dire à Edmond qu'elle était enceinte. A la place, elle se concentra sur la panique noire qui lui étreignait si fortement le cœur qu'elle craignait qu'il s'arrête.

— Quel avenir ? chuchota-t-elle en pressant les doigts sur ses tempes douloureuses. Juste ciel, il était déjà assez difficile de rentrer à Londres et d'établir ma propre maisonnée sans être bannie par la société. Maintenant, ce sera impossible.

— Vous serez la bienvenue si vous voulez rester ici, avec moi, jusqu'à la naissance du bébé.

Brianna leva la tête pour rencontrer le regard ferme de Vanya.

— Et ensuite ?

— Ensuite, vous pourriez confier l'enfant à une bonne famille et rentrer à Londres sans que personne ne sache rien.

Confier ? Brianna bondit sur ses pieds, la peur qui paralysait son esprit laissant étrangement passer une vague de choc. Non, ce n'était pas exactement du choc. C'était plutôt... de la détresse.

— Abandonner mon bébé ?

Un sourire mélancolique se peignit sur les lèvres de Vanya.

— C'est une situation assez courante, ma petite.

— Elle ne l'est pas pour moi, marmonna Brianna, surprise de sentir une larme rouler sur sa joue. Bonté divine.

— Brianna.

Vanya entoura ses épaules d'un bras réconfortant.

— Nous ne savons rien encore. Il se pourrait fort bien que cette maladie ne soit qu'un refroidissement.

Brianna, cependant, ne voulait pas se raccrocher à la vague chance que cela ne soit qu'un malaise momentané. Sa mère avait été prête à parier son avenir sur une prière et un espoir. Elle était bien trop pratique pour ce genre d'ineptie.

D'un geste agacé, elle essuya ses larmes et carra les épaules.

— Je ne suis pas une sotte, vous savez, dit-elle, la voix rauque d'émotion. Je savais qu'il y aurait forcément des complications quand je suis devenue la maîtresse d'Edmond. Mais je pensais d'une certaine manière que notre histoire ne durerait pas assez longtemps... pour un enfant.

Ses lèvres se crispèrent en un sourire amer.

— Ma mère était mariée à mon père depuis près de dix ans quand j'ai été conçue, et elle n'a pas eu d'enfant avec Thomas Wade.

Vanya lui pressa l'épaule.

— Chaque femme est différente, comme chaque homme est différent.

Brianna prit de nouveau conscience de la mélancolie qui enveloppait sa compagne, et elle fut frappée par une idée subite.

— Qu'en est-il de vous ? demanda-t-elle doucement.
— Je vous demande pardon ?
— Avez-vous...

Vanya laissa brusquement retomber son bras, ses yeux s'obscurcissant d'une douleur à vif avant qu'elle parvienne à recouvrer son contrôle.

— J'ai une fille, dit-elle d'une voix soigneusement posée. Elle vient d'avoir neuf ans.
— Oh.

Brianna regarda la belle Russe, les sourcils froncés. Elle n'était pas précisément choquée que Vanya ait eu un enfant. C'était assez inévitable vu le nombre de ses amants. Mais elle ne s'attendait pas à la blessure brûlante que cette femme mûre ne pouvait pas entièrement cacher.

— Vit-elle ici avec vous ?
— Non.

Vanya tira distraitement sur un médaillon en or agrafé à son corsage.

— Je l'ai placée chez un avocat voisin et sa femme, qui ne pouvaient pas avoir d'enfants. Naturellement, je contribue à son entretien et à son éducation. Ils l'ont appelée Natacha.
— Sait-elle que vous êtes sa mère ?

Vanya tressaillit, même si sa contenance restait parfaitement stoïque. Elle avait perfectionné ses défenses d'une manière poignante.

— Quand je l'ai eue, j'ai pensé qu'il valait mieux qu'elle ne connaisse jamais la vérité. Même avec un foyer confortable et de l'argent, il eût été difficile pour elle de surmonter le scandale de la bâtardise.

Vanya prit une inspiration tremblante tandis que Brianna tendait la main pour lui toucher légèrement le bras.

— Elle a toujours cru qu'elle était la vraie fille de ses parents.
— C'est sans nul doute pour le mieux, dit Brianna, ses mots sonnant faux à ses oreilles.

Manifestement, quelque chose était mort en Vanya à la perte de sa fille. Quelque chose de précieux.

Se rendant compte qu'elle n'avait pas réussi à duper Brianna par sa feinte indifférence, Vanya laissa s'adoucir son expression figée et montra une terrible nostalgie.

— Pour elle, je pense que cela a été le mieux. Pour moi… cela a été difficile. L'avoir si près et ne pas pouvoir la connaître réellement comme ma fille. Au moins, je peux l'apercevoir de loin, et ses parents ont la bonté de m'envoyer de petits cadeaux qui me font participer à sa vie.

D'un geste maladroit, Vanya défit le médaillon de son corsage et l'ouvrit pour révéler le minuscule portrait d'une jolie petite fille aux cheveux noirs et aux yeux bruns rieurs.

— Voici Natacha.
— Elle est magnifique.

Se penchant en avant pour mieux y voir, Brianna se figea. Le portrait était une miniature, mais il montrait clairement la forte ligne de la mâchoire de l'enfant et la douce courbe de ses lèvres. Des traits qui étaient aisément reconnaissables.

— Oh.

Les lèvres de Vanya s'incurvèrent devant la rougeur de la jeune femme.

— Oui, Richard est son père.
— Le sait-il ?
— Non.

Vanya serra le médaillon dans sa main.

— Quand j'ai découvert que j'étais enceinte, il était retourné en Angleterre. A l'époque, je pensais qu'il ne reviendrait jamais.

Brianna se rappela la confession ironique de Richard, disant qu'il fuyait de temps en temps la Russie pour les domaines de son frère, et son cœur se serra d'une pitié poignante.

Quelle que soit la douleur éprouvée par Vanya en abandonnant sa fille, ce n'était rien comparé à la perte de Richard. On ne lui avait jamais permis de savoir qu'il avait une fille. Jamais laissé l'occasion de l'apercevoir de loin ou de porter son portrait dans un médaillon.

C'était sûrement une traîtrise pour un gentleman qui était si désespérément seul ?

Brianna secoua lentement la tête.

— Pourquoi ne le lui avez-vous jamais dit ?

A petits pas vifs et nerveux, Vanya alla à la fenêtre, l'expression crispée par la douleur.

— Parce qu'il ne me pardonnerait jamais de l'avoir abandonnée, répondit-elle, la voix tendue par le regret.

Brianna réprima une exclamation.

— Je ne prétends pas bien connaître M. Monroe, mais il vous aime et il n'y a rien que l'amour ne puisse pardonner, dit-elle doucement.

— Peut-être que si j'avais été honnête quand il est revenu…

Vanya donna un brusque coup de tête.

— Mais le temps que je me rende compte qu'il… Il était trop tard.

Brianna fut frappée par une soudaine pensée.

— C'est pour cela que vous avez refusé de l'épouser toutes ces années ? Vous craigniez qu'il puisse découvrir la vérité ?

— Oui.

— Vanya, il n'est pas trop tard…

Les mots de réconfort de Brianna furent brutalement interrompus quand un mince étranger aux cheveux noirs entra dans la pièce, un pistolet pointé sur le cœur de Vanya.

— Ah, Vanya Petrova, pardonnez mon intrusion, mais vous avez quelque chose dont j'ai besoin.

Jetant toute prudence aux quatre vents, Edmond parcourut la galerie au pas de charge, l'esprit si concentré sur le besoin d'atteindre Brianna qu'il manqua presque la haute silhouette qui sortit de l'ombre alors qu'il se ruait vers la porte.

— Edmond, j'attendais…

Herrick émit un grognement surpris quand Edmond passa

en trombe près de lui, l'attrapant par le bras et l'entraînant vers la porte qui donnait sur la terrasse.

— Venez, ordonna-t-il, pas étonné que le gentleman lui emboîte le pas sans protester.

Herrick était un homme qui s'adaptait avec une calme efficacité à toutes les crises.

— Où allons-nous ?

— Aux écuries.

Edmond ignora les domestiques qui se fondaient dans l'ombre à la vue du Prussien, refusant de ralentir sa course folle tandis qu'il franchissait la porte donnant sur la terrasse.

— Vous devez faire arrêter Grigori Rimsky. C'est le chef des conspirateurs.

— Rimsky ?

Herrick chancela brièvement, l'expression choquée.

— Vous en êtes sûr ?

Edmond dévala les marches en marbre pour descendre dans le jardin gelé.

— Je l'ai entendu parler à Fedor Dubov.

Marmonnant des jurons, Herrick s'efforça de rester à la hauteur tandis qu'Edmond se dirigeait droit vers les écuries.

— A-t-il les militaires derrière lui ? demanda-t-il, conscient du risque d'avoir de puissants officiers à la tête de la rébellion.

— Il doit être convaincu que certains le soutiendront.

— Rimsky. Dans quel régiment sert-il ?

L'haleine d'Herrick formait de la buée dans le clair de lune. Edmond ouvrit un portail en fer forgé logé dans la haute haie et ils pénétrèrent dans la cour pavée des écuries, le Prussien prenant une vive inspiration alors que la mémoire lui revenait.

— Non. Le régiment Semyonoffski ne trahirait jamais Alexander Pavlovich.

Sans prévenir, Herrick attrapa le bras d'Edmond et le força à s'arrêter.

— Il est leur chef.

— Un chef qui n'a pas mis les pieds à Saint-Pétersbourg

depuis des mois et qui a laissé son régiment aux mains de cette brute d'Akartcheyeff, dit Edmond d'un ton âpre, en chassant la main de Herrick pour continuer vers les écuries.

En cet instant, il était trop soucieux de rejoindre Brianna pour songer à la conspiration. Ou au sentiment de trahison qu'éprouverait le tsar si l'on prouvait que son régiment en faisait partie.

— Nous savons tous les deux que, aussi difficile que ce soit à accepter, ils sont mûrs pour une révolte.

— Damnation, marmonna Herrick, chassant sombrement les serviteurs anxieux qui regardaient Edmond prendre la bride du cheval le plus proche et sauter en selle.

— Prenez assez d'hommes pour capturer Rimsky, mais pas assez pour attirer l'attention d'Akartcheyeff ou, Dieu nous en préserve, du prince Michael. Plus nous pourrons arrêter les conspirateurs discrètement, mieux ce sera, commanda Edmond dans un murmure.

Le militaire félon ne pouvait pas être loin.

— Et envoyez quelques soldats chez Fedor Dubov. Ils trouveront Boris ligoté dans la cave. Avertissez-les de prendre garde quand ils le libéreront. Il sera à coup sûr d'une humeur noire, et je ne veux pas d'accident.

Herrick fronça les sourcils.

— Vous ne m'accompagnez pas ?

— Non. Je dois me rendre chez Vanya.

— Pourquoi ?

— Viktor Kazakov a l'intention d'enlever Brianna.

— Comment savait-il…

Les paroles de Herrick furent interrompues brusquement tandis qu'il tirait un poignard de sa redingote et se tournait vers la porte. Edmond, lui, avait son pistolet à la main, et observait les paupières plissées le grand gentleman qui entrait précipitamment.

Indifférent au danger de s'immiscer dans la conversation privée d'Edmond, Richard Monroe s'arrêta près du cheval que le jeune homme s'apprêtait à voler.

— Que se passe-t-il ? demanda-t-il, les ayant visiblement suivis depuis le palais.

— Herrick vous expliquera, je dois rejoindre Brianna.

— Attendez... Je viens avec vous.

Ignorant les efforts hâtifs de Monroe pour prendre un cheval, ainsi que les ordres criés par Herrick aux gardes les plus proches, Edmond planta les talons dans les flancs de sa nerveuse monture et sortit en trombe des écuries dans le vent mordant qui soufflait dans les rues glacées.

Une part distante de lui avait conscience des gardes qui se précipitaient vers les écuries, du claquement de sabots derrière lui, tandis que Monroe le suivait, et même des réverbères à gaz qui jetaient des ronds de lumière sur la neige. Mais son esprit était uniquement concentré sur le besoin d'arriver chez Vanya avant Viktor Kazakov.

Parvenant à parcourir les rues glissantes sans se rompre le cou, il s'arrêta devant la porte de Vanya, sautant de sa selle sans se soucier que son cheval s'enfuie.

Il y eut un bref moment de tension quand il franchit la porte en trombe et qu'un certain nombre de domestiques essayèrent de l'arrêter. Seul l'ordre autoritaire du majordome évita que le sang soit versé tandis qu'Edmond écartait les valets stupéfaits et se ruait dans l'escalier.

Il s'arrêta un instant dans sa course frénétique, cependant, quand il s'avisa que la porte des appartements de Brianna était grande ouverte et qu'un garde en uniforme se tenait sur le seuil.

Une peur sauvage et glacée lui étreignit l'estomac tandis qu'il bousculait le domestique pour passer, son regard concentré balayant le salon avant de se fixer sur Vanya qui arpentait la pièce d'un pas nerveux. On n'eut pas besoin de lui dire que Brianna était partie. Il le sentait dans le vide pesant qui emplissait la pièce. Dans la douleur sourde qui habitait sa poitrine.

— Brianna.

Poussant un petit cri, Vanya se détourna pour le regarder d'un air surpris.

— Edmond.
— Où est-elle ?

La femme mûre pressa une main tremblante sur sa poitrine.

— Viktor Kazakov l'a emmenée.
— Où ?

Il ne se rendit même pas compte qu'il avait avancé avant de crisper les mains sur les épaules de Vanya et de fixer durement son visage pâle.

— Où l'a-t-il emmenée ?
— Doucement, Edmond.

Un bruit de pas résonna derrière lui et Richard Monroe vint se placer à côté de Vanya, le visage soigneusement composé tandis qu'il dégageait son amante de l'étreinte d'Edmond.

— Nous sommes aussi anxieux que vous d'assurer le bon retour de miss Quinn.

Edmond ravala ses paroles furieuses devant l'intervention du gentleman. Vanya était visiblement bouleversée et avait besoin du réconfort de son ami. Il serait sans doute plus facile de l'interroger si elle pouvait s'appuyer sur Monroe.

— Dites-moi ce qui s'est passé.

Avec un effort, Vanya prit une profonde inspiration et mit de l'ordre dans ses pensées paniquées.

— Il… il est juste apparu sur le seuil des appartements de Brianna, un pistolet à la main. Il a exigé qu'elle l'accompagne.

Vanya tendit la main pour révéler un morceau de parchemin froissé.

— Il a laissé ceci pour vous.

Lissant le papier, Edmond lut le message bien écrit à haute voix :

— « Un sacrifice ne vaut rien s'il ne se paye pas par le sang. A vous de choisir. Votre cœur ou votre âme. Votre maîtresse ou votre pays. L'une ou l'autre saignera. »

Richard poussa un grognement dégoûté tandis qu'Edmond jurait et jetait le billet par terre.

— Comme les Russes peuvent être ridiculement mélodramatiques.

Dans d'autres circonstances, Edmond aurait pu rire de cette menace ampoulée. Même pour Viktor Kazakov, les mots étaient absurdement théâtraux, comme s'il voulait les faire lire sur une scène ou les crier par-dessus les toits.

Et c'était peut-être le cas.

Bon sang. Edmond passa les doigts dans ses cheveux emmêlés. Nul doute que Viktor envisageait déjà le jour où il serait au pouvoir et où les événements de cette soirée seraient célébrés comme une grande victoire sur la tyrannie. Ce benêt était assez vaniteux pour avoir écrit cette note avec la pensée qu'elle serait encadrée dans un musée, un jour.

— S'il cause une seule meurtrissure à Brianna, je l'étranglerai, marmonna-t-il, serrant les poings tandis qu'une fureur noire l'habitait. Lentement.

Avec un petit cri douloureux, Vanya s'avança, agrippant les muscles tendus de l'avant-bras d'Edmond.

— Oh, Edmond, pardonnez-moi.

— Qu'y a-t-il, Vanya ?

— J'aurais dû faire quelque chose pour arrêter Viktor, dit-elle, les joues humides de larmes. Je me suis toujours crue si courageuse, et capable de gérer n'importe quelle situation. Mais j'ai craint qu'il devienne violent si j'appelais les domestiques, et je l'ai laissé l'emmener sans lever une main pour protester. Quelle maudite lâche je suis.

Sachant que la belle Russe se torturerait pour avoir échoué à protéger Brianna, Edmond la prit dans ses bras et la serra brièvement.

— Chut, Vanya, c'est bon, marmonna-t-il. Je ramènerai bientôt Brianna saine et sauve.

— Comment ?

Renversant la tête en arrière, Vanya le dévisagea avec une expression terrifiée.

— Juste ciel, Edmond, comment la retrouverez-vous ?

23

Pressée dans un coin de l'élégant coupé, les bras noués autour de son corps tremblant, Brianna luttait contre la panique qui menaçait de la consumer. Céder à la terreur ne la mènerait à rien, se répétait-elle sans cesse. Pas tant que Viktor Kazakov serait assis en face d'elle, un pistolet à la main et un désir de violence brillant dans ses yeux noirs.

Non, s'abandonner à l'hystérie ne réglerait rien. Elle se mordit l'intérieur de la lèvre jusqu'à sentir le goût du sang et s'obligea à considérer la situation avec autant de logique qu'elle pouvait en rassembler.

Elle ne croyait pas un instant que ce gentleman était entré par hasard chez Vanya ce soir-là. Ni qu'elle avait été choisie pour être enlevée parmi les nombreux invités. Kazakov devait savoir qu'Edmond l'avait suivi à Saint-Pétersbourg et qu'elle était sa maîtresse.

Ce qui signifiait qu'il l'avait enlevée pour tenter de faire plier Edmond. Ou, pire, pour le conduire dans un piège. Elle ne laisserait arriver ni l'un ni l'autre.

Brianna restait silencieuse tandis qu'ils quittaient Saint-Pétersbourg à vive allure et se dirigeaient vers le sud. Elle savait qu'il serait futile d'essayer de s'échapper. Non seulement Viktor Kazakov pourrait aisément la maîtriser, mais elle ne pouvait se tromper sur le bruit de sabots qui résonnait derrière eux. Deux cavaliers au moins les suivaient, peut-être plus.

Et elle ne se risquerait pas à se jeter d'une voiture en marche dans la neige gelée. Pas quand il y avait la moindre chance qu'elle porte l'enfant d'Edmond. Elle n'était pas prête à faire certains sacrifices.

Sa seule option semblait être de convaincre son ravisseur que son existence avait beaucoup moins de valeur pour Edmond qu'il le supposait.

— Vous êtes étonnamment calme pour une femme qui vient d'être prise en otage, dit alors Viktor, rompant le silence glacé.

Il plissa les paupières pour étudier le visage indéchiffrable de Brianna.

Maintenant son calme apparent, elle haussa légèrement les épaules. Bien que son ravisseur soit négligemment étalé sur la banquette de cuir, elle était consciente de l'aisance avec laquelle il gardait le pistolet pointé sur son cœur, et de la tension de sa mâchoire. Viktor Kazakov appuierait sur la détente sans hésitation.

— Préféreriez-vous que je me lamente, que je grince des dents ou m'évanouisse de terreur? demanda-t-elle, heureuse que sa voix ne révèle pas la panique qu'elle contrôlait de justesse.

— Ce serait une réaction beaucoup plus prévisible pour une jeune femme de bonne éducation qui se retrouve dans une telle situation.

Son ton moqueur aida Brianna à redresser le dos.

— Je suis peut-être bien élevée, sir, mais je puis vous assurer que l'année dernière m'a ôté toute faculté de m'évanouir.

Elle pinça les lèvres, laissant dériver ses pensées vers Thomas Wade, Edmond Summerville et Viktor Kazakov. Les trois gentlemen l'avaient tous voulue pour une raison ou pour une autre, aucune d'entre elles ne visant à la satisfaire.

— Je suis habituée à voir des hommes surgir dans ma vie et m'utiliser dans leurs propres buts. Si je ressens quelque chose, c'est de la résignation.

— Vraiment?

— Et peut-être de l'agacement devant le fait que vous

ayez choisi une nuit si désagréable pour m'enlever, continua Brianna avec un frisson théâtral.

Elle avait été emmenée de chez Vanya vêtue de sa seule robe de chambre et de ses délicates pantoufles brodées.

Avec un rire rauque, Viktor attrapa une couverture pliée sur la banquette près de lui et la lui jeta d'un geste détaché.

— Vous n'êtes pas du tout ce que j'attendais, dit-il, en l'observant entre ses paupières mi-closes tandis qu'elle drapait la couverture autour d'elle. Il n'est pas étonnant que vous ayez réussi à séduire Edmond.

Brianna remonta la couverture sous son menton, autant pour cacher son corps au regard échauffé de Kazakov que pour se protéger du froid mordant.

— Ce n'est guère un exploit, marmonna-t-elle. Tout ce qui porte des jupes le séduirait.

— Non. J'ai beau détester cet homme, je ne peux nier qu'il a toujours choisi des maîtresses absolument délicieuses. Il possède un goût…

Il promena délibérément son regard sur les boucles qui tombaient sur les épaules de Brianna.

— … parfait.

Les doigts de Brianna se resserrèrent sur la couverture devant son attitude familière, mais elle était plus déterminée à le convaincre qu'elle n'avait pas d'importance pour Edmond qu'à le fustiger de la traiter comme une vulgaire catin.

— Je dois m'en tenir à ce que vous dites. En vérité, je sais fort peu de choses sur Edmond.

Elle baissa les yeux, comme si elle était embarrassée.

— Enfin, très peu de choses à part l'évidence. Ce n'est pas comme si nous passions notre temps ensemble à parler.

Brianna entendit un léger bruissement, puis un doigt mince se posa sous son menton et la força à rencontrer le regard sombre et pénétrant de Viktor.

— Je suis tout à fait certain que vous possédez maints talents, miss Quinn, mais la duperie n'en fait pas partie.

Elle résista à l'envie de se dégager, sentant qu'il serait satisfait de savoir qu'il la troublait.

— Je vous demande pardon ?

Il caressa du pouce sa lèvre inférieure.

— Vous êtes une très mauvaise menteuse.

Le cœur de Brianna se contracta de peur. Son toucher était doux, mais elle ne doutait pas un instant que ces doigts minces pourraient se nouer autour de son cou et l'étrangler.

— Je n'ai pas la moindre idée de ce que vous voulez dire.

— Vous êtes beaucoup plus qu'une maîtresse ordinaire.

Il appuya son pouce sur ses lèvres entrouvertes.

— Et, avant que vous tentiez de me convaincre que vous ne comptez pas pour Edmond, laissez-moi vous informer que j'ai consacré des mois à l'observer, au point de connaître ses habitudes mieux que les miennes.

— Une façon plutôt ennuyeuse de passer votre temps.

— Mais nécessaire.

Un sourire froid passa dans ses yeux noirs.

— Le seul moyen de vaincre un ennemi est d'étudier à la fois ses forces et ses faiblesses. Et vous, ma belle, êtes certainement une de ses faiblesses.

— C'est absurde. Je ne suis rien pour lui.

Il y eut un long silence agaçant tandis que Viktor examinait les traits pâles de Brianna. Puis, d'un mouvement souple, il se radossa à la banquette, glissant le pistolet dans la poche de son manteau. C'était un geste évident visant à montrer qu'il contrôlait la situation, et qu'elle ne pouvait rien y faire.

— Je suis curieux de savoir comment Stefan a réagi à la trahison de son frère, lâcha-t-il d'un ton traînant. Ils sont notoirement attachés l'un à l'autre, mais je pense que voir Edmond séduire sa fiancée a de quoi irriter même le tempérament affable du duc.

Brianna fit une grimace. Le diable emporte Edmond et son insistance à prétendre qu'ils étaient fiancés pendant qu'il se faisait passer pour le duc de Huntley. Elle avait su dès le départ que c'était une mauvaise idée.

Elle supporterait les ragots qui pourraient ternir son nom, mais Stefan méritait mieux. Beaucoup mieux.

— Que voulez-vous de moi ? demanda-t-elle.

— Rien de plus que le plaisir de votre compagnie.

Un sourire satisfait et déplaisant incurva les lèvres fines de Viktor.

— Et, bien sûr, l'assurance de la bonne conduite d'Edmond.

Il n'était pas besoin d'être très malin pour comprendre que le plaisir de Kazakov à l'idée de vaincre Edmond était beaucoup plus que la satisfaction d'un adversaire prenant le dessus sur un autre. Il était trop farouche, trop personnel.

Pour le moment, cependant, Brianna s'intéressait plus à la raison pour laquelle elle avait été prise en otage.

— Sa bonne conduite ? releva-t-elle.

— Comme je suis sûr que vous le savez, miss Quinn, votre amant a pris l'ennuyeuse habitude d'interférer dans des affaires de la cour de Russie qui ne le regardent pas.

— Des affaires telles que la trahison ?

Le sourire satisfait de Kazakov ne faiblit pas.

— Il ne s'agira de trahison que si nous échouons. Lorsque nous réussirons, nous serons considérés comme des libérateurs.

Brianna résista à l'envie de lever les yeux au ciel. Cet homme possédait sûrement assez d'arrogance pour placer une couronne sur sa tête. A supposer qu'il puisse en trouver une assez large pour lui aller.

— Et vous croyez qu'en me retenant en otage vous allez réussir ?

— Cela empêchera au moins lord Edmond d'intervenir dans nos plans.

Brianna réprima une exclamation quand la voiture dérapa dans un tournant, basculant dangereusement avant de retomber sur ses quatre roues. Il semblait tout à fait possible qu'elle finisse dans un fossé, le cou brisé, d'ici à la fin de la nuit.

— Juste ciel, je pensais que vous prétendiez avoir étudié Edmond. Si cela est vrai, alors vous êtes un piètre observateur, dit-elle, n'ayant pas à feindre la dérision.

Il devait sûrement savoir que, quel que soit le penchant

instinctif d'Edmond à protéger les autres, sa loyauté irait toujours d'abord au tsar.

Les yeux noirs étincelèrent de fureur.

— Il y a une différence entre la hardiesse et la stupidité, miss Quinn. Vous m'irritez à vos risques et périls.

Brianna afficha un sourire plein de raideur, sachant qu'elle ne devait pas le provoquer davantage.

— Je fais seulement remarquer qu'Edmond s'est donné pour but de protéger Alexander Pavlovich de tout mal, déclara-t-elle. Il ne laisserait jamais une menace, même mon enlèvement, le détourner de son devoir.

— Non, gronda Viktor devant la sincérité inébranlable de sa voix, et refusant de croire qu'il avait pu faire un mauvais calcul. Edmond a risqué tout ce à quoi il tient, y compris son frère, pour vous garder avec lui. En outre, je vous ai vus dans le jardin.

Elle frissonna sous la couverture.

— Vous nous espionniez ?

— Bien sûr.

Il retrouva son sourire.

— Et je dois dire que j'ai été bien amusé par l'expression anxieuse d'Edmond tandis qu'il se préoccupait de vous avec une tendresse si touchante. Il est évident qu'il est troublé par ses émotions pour vous.

Brianna s'empressa d'étouffer le chaud picotement qui gagnait son ventre. Quelle importance si Viktor Kazakov était assez sot pour confondre le désir avec la tendresse ? Ce n'était certainement pas son cas.

— Troublé ou non, il ne se laissera jamais distraire de ses responsabilités, dit-elle d'un ton plus acerbe qu'elle en avait l'intention. Il est incapable de s'autoriser à échouer.

Une colère dangereuse raidit Kazakov.

— Vous feriez bien d'espérer pour notre bien à tous que vous vous trompez, ma belle.

Brianna se mordit la lèvre, l'estomac contracté par l'appréhension. Elle savait qu'elle n'avait pas intérêt à poursuivre cet argument. Viktor Kazakov était convaincu d'avoir empêché Edmond d'interférer dans le complot, et suggérer que son enlèvement ne servirait à rien ne ferait que l'irriter davantage.

Et, en vérité, elle n'était pas sûre de ce qui lui arriverait quand l'homme serait forcé d'admettre que son stratagème avait échoué.

Rien de bon, c'était certain.

Tremblant sous l'effet de la peur et du froid, elle ravala la boule qu'elle avait dans la gorge.

— Où m'emmenez-vous ?

Un sourire cruel se dessina sur les lèvres de Kazakov, comme s'il était content de l'inquiétude qu'elle ne pouvait cacher complètement.

— C'est une question qui m'a tourmenté la plus grande partie de la journée, répondit-il d'un ton traînant. Malgré votre modeste refus d'admettre qu'Edmond est complètement captivé par vous, je ne doute pas un instant qu'il se mettra à votre recherche. J'ai promis à mes… amis que je l'éloignerais de Saint-Pétersbourg, peut-être même aussi loin que Novgorod.

Brianna retint un grognement désespéré. Juste ciel, à quelle distance se trouvait Novgorod ? Une heure ? Un jour ? Une semaine ?

Et surtout comment reviendrait-elle à Saint-Pétersbourg ? En supposant qu'elle réussisse à se libérer de Viktor Kazakov avant qu'il…

Non.

Elle ne céderait pas au désespoir.

Au prix d'un effort, elle desserra les dents et considéra ses options. Elles étaient pathétiquement limitées, mais pas inexistantes, se rappela-t-elle fermement tandis qu'elle essayait frénétiquement de se souvenir de tout ce qu'Edmond lui avait dit sur le conspirateur.

Il avait déclaré que l'homme était rusé, puissant et obsédé par l'idée de renverser le tsar.

Il avait dit également qu'il était vaniteux, égoïste et qu'il désirait désespérément la gloire. Ce qui signifiait sûrement qu'il ne devait guère être heureux de son simple rôle d'appât pendant que d'autres conduisaient la révolte.

— Si loin ? murmura-t-elle, plissant le front en feignant l'étonnement. J'aurais cru que votre présence était essentielle durant un moment aussi capital.

Il garda son sourire, mais elle vit à la lumière des lampes à gaz que ses yeux s'obscurcissaient.

— J'ai assuré par mes efforts que tout soit en place.

— Je vois...

La voix de Brianna exprimait un doute.

— Ainsi, vous n'êtes pas le chef des conspirateurs ?

Une rougeur colora les pommettes hautes de Kazakov. Que ce soit de l'irritation devant ses questions ou de l'ennui de ne pouvoir revendiquer la paternité de la révolte, c'était impossible à définir.

— Je ne nierai pas que je suis... déçu de ne pas avoir le plaisir d'assister à la destruction finale des Romanov. Après tout, c'est ce pourquoi je me suis battu depuis qu'Alexander Pavlovich a pris le trône par un meurtre.

— Oui, il semble assez injuste que vous soyez confiné dans une misérable voiture pendant que d'autres célèbrent votre victoire, murmura Brianna. Et font peut-être plus que la célébrer.

Le Russe plissa ses yeux noirs.

— Qu'entendez-vous par là, ma belle ?

Brianna n'eut pas à feindre un frisson. Malgré l'épaisse couverture, elle sentait l'air glacé lui geler le sang dans les veines. Elle n'avait pas eu si froid depuis son enfance, quand elle avait réussi à s'enfermer dans la glacière de son père. Elle frissonna de nouveau en se rappelant que c'était Edmond qui avait entendu ses appels à l'aide et l'avait sauvée.

Cette fois, elle n'aurait personne sur qui compter à part elle-même.

Etonnamment, cette sinistre pensée lui fit redresser l'échine.

— Si vous réussissez à renverser le tsar, il y aura une

lutte acharnée pour le pouvoir, non ? Vous ne pourrez guère réclamer votre part si vous êtes à Novgorod.

Elle élargit les yeux, comme frappée par une idée subite.

— Oh. Mais c'est sans doute la raison pour laquelle vous avez été chargé de m'emmener, pour commencer.

— Vous ne savez rien de mes compagnons. Je leur confierais ma vie.

Il serra les poings sur ses genoux, démentant par ce geste son attitude nonchalante.

— Et il n'y aura pas de lutte acharnée, comme vous le dites. Le trône sera transmis à celui qui conviendra le mieux pour gouverner.

— Et qui est-ce ?

— Une affaire aussi importante sera décidée par les nobles russes, bien sûr.

Les paroles de Kazakov étaient assez lisses pour révéler qu'il les avait répétées à plusieurs reprises, mais Brianna percevait la sombre avidité qu'elles recouvraient. Le traître était peut-être disposé à exprimer des sentiments convenables, mais son cœur aspirait au pouvoir. Une aspiration partagée par plus d'un conspirateur, Brianna n'en doutait pas.

Le soupçonnait-il ?

On pouvait penser que oui.

— Bon, eh bien, je suis certaine que vous savez à quoi vous en tenir.

Le visage étroit de Kazakov se crispa.

— Je sais ce que vous cherchez à faire.

— Vraiment ?

Elle haussa les épaules.

— Et qu'est-ce que c'est ?

Le rire sec du dissident résonna dans l'habitacle.

— Vous n'avez pas pu me convaincre que vous étiez une simple passade dont Edmond se moquait, alors maintenant vous essayez de m'inquiéter pour que je retourne à Saint-Pétersbourg, craignant une trahison de mes frères d'armes.

Brianna ne prit pas la peine de le nier. Qu'il soupçonne

ou non qu'elle attisait délibérément sa méfiance, elle savait que ses paroles avaient un profond impact sur la peur qui l'habitait.

Cela se voyait aux muscles crispés de sa mâchoire, à la façon nerveuse dont il tapotait son genou de ses doigts, à son souffle rapide et irrégulier.

— Même vous, vous devez admettre qu'il est plutôt ironique de se fier à des complices qui se sont rassemblés sous l'étendard de la traîtrise, poursuivit-elle, implacable. Une telle cause n'attirerait guère des gens d'une haute moralité. De fait, je présumerais qu'un objectif aussi contestable doit être destiné à séduire des individus sans conscience ni scrupules.

— J'ai déjà été insulté en maintes occasions et en maintes langues, mais jamais avec une innocence aussi experte.

Kazakov plissa les paupières avec une fureur froide qui indiqua à Brianna qu'elle était allée trop loin.

— Pauvre Edmond. Vous êtes une jeune dame très intelligente et très dangereuse.

Brianna se tourna pour regarder par la fenêtre, notant à peine la neige qui tombait. Tout lui semblait préférable à rencontrer le regard fiévreux et presque fou de Viktor tandis qu'elle essayait de détourner sa colère.

— Pas vraiment intelligente, considérant que je me suis laissé prendre en otage et que je meurs de froid dans une voiture qui sera sans doute bloquée dans une congère bien avant que nous atteignions Novgorod.

Elle le sentit remuer nerveusement sur son siège. La tension qui régnait dans l'habitacle s'épaississait avec chaque lieue qui les éloignait de Saint-Pétersbourg.

— Vous pouvez tirer du réconfort de la pensée que, si nous sommes coincés dans une congère, votre amant nous découvrira aisément et me logera une balle dans le cœur, ironisa-t-il en cherchant à dissimuler son agitation croissante. Alors, vous serez libre de retourner à Saint-Pétersbourg et à tout le confort que vous désirez.

— Même en présumant qu'Edmond soit prêt à tout risquer pour me sauver, comment voulez-vous qu'il puisse nous suivre ? demanda-t-elle. Lui avez-vous laissé des indications ?

Viktor émit un grognement dégoûté.

— Peut-être ne connaissez-vous pas lord Edmond Summerville aussi bien que je le pensais. Ce scélérat possède une sinistre capacité à hanter chacun de mes pas. Je ne peux pas éternuer sans qu'il le sache. Par moments, je me demande s'il ne dispose pas de pouvoirs de sorcellerie.

Brianna fut assez sage pour cacher son sourire devant son ton dépité.

— Si c'est vrai, alors pourquoi n'êtes-vous pas inquiet qu'il nous rattrape sur la route ?

— Il lui faudra du temps pour découvrir que vous avez été enlevée et plus encore pour détecter notre piste. En outre, je me suis assuré que mes hommes montent la garde. Ils ont l'ordre de tirer sur quiconque semble nous suivre. Avec un peu de chance, l'un d'eux parviendra à…

— Non, coupa Brianna, tournant brusquement la tête vers son compagnon pour lui jeter un regard farouche.

Les lèvres de Viktor s'incurvèrent et il leva une main fine.

— Pardonnez-moi. Il semble qu'Edmond ne soit pas le seul à être la proie des affres de l'amour.

Il eût été bien plus facile de nier ses paroles, si le cœur de Brianna ne lui avait pas donné l'impression d'être brutalement écrasé à l'idée d'Edmond en danger de mort.

Oh… juste ciel ! Elle était une telle sotte.

— Que se passera-t-il quand nous atteindrons Novgorod ? s'enquit-elle, voulant écarter ses pénibles pensées.

Viktor jeta un coup d'œil à la fenêtre, le visage durci par la détermination.

— De fait, je suis convaincu qu'il n'est pas utile d'aller aussi loin.

Brianna se figea, une bouffée d'espoir traversant son corps transi.

— Alors, nous faisons demi-tour ?

Il la considéra avec un sourire moqueur.

— Pas « nous ».

— Que voulez-vous dire ?

— Il suffit que j'aie éloigné Edmond de la ville.

Il haussa les épaules.

— Il y a une église pas loin d'ici. Je vous y laisserai, ligotée et bâillonnée, pendant que je rentrerai à Saint-Pétersbourg.

L'espoir de Brianna se changea en angoisse tandis qu'elle posait une main sur son ventre. Elle ne savait rien du fait d'attendre un enfant. Ce n'était pas un sujet dont on parlait en société, et sa mère ne lui avait certainement rien dit à ce propos.

Mais elle était assez intelligente pour comprendre qu'une vie aussi minuscule devait être une chose fragile, qui pouvait aisément être blessée.

— Je vais mourir de froid, dit-elle dans un souffle, sans se soucier de cacher sa terreur.

— On peut espérer que vous serez trouvée par un prêtre, ou même qu'Edmond arrivera avant qu'un tel sort ne vous accable.

— S'il vous plaît... Vous ne pouvez pas...

Brianna retint ses paroles implorantes tandis que Viktor plissait les paupières avec dégoût. Il semblait tout à fait possible que cette brute sans cœur la jette simplement hors de la voiture si elle l'ennuyait.

Elle s'était crue si maligne en le convainquant que ses complices allaient le trahir. Elle avait pensé que, s'il rentrait à Saint-Pétersbourg, il l'emmènerait avec lui.

Elle était vraiment stupide.

— Vous faites bien de ne pas vous lamenter, dit Viktor d'une voix dure, en sortant son pistolet pour le pointer de nouveau sur son cœur. Je ne peux supporter une femme geignarde.

Se pressant encore plus dans le coin de la voiture, Brianna resserra la couverture autour d'elle et tenta d'ordonner ses pensées frénétiques.

D'une manière quelconque, elle avait l'intention de survivre.

Quoi qu'elle doive faire.

24

Le petit bouquet d'arbres avait semblé à Edmond l'endroit parfait pour attendre le retour de Boris. Non seulement il était assez près de la route pour lui permettre de surveiller les rares voyageurs qui osaient affronter les lourdes chutes de neige et les températures glaciales, mais il offrait aussi une certaine protection contre le vent violent.

Bien qu'assez minime, convint-il en frissonnant sous son manteau.

Vanya, évidemment, avait essayé de lui faire prendre sa voiture et ses gardes, allant même jusqu'à l'avertir que Brianna ne serait pas ravie d'être sauvée à dos de cheval, sans même une couverture pour se protéger du froid.

Toutefois, Edmond s'était montré indifférent aux adjurations et réprimandes de la belle Russe. Une fois que Brianna serait dans ses bras, il se soucierait de trouver une voiture et assez de couvertures pour recouvrir la mer Baltique. Jusque-là, tout ce qui comptait était de rattraper Viktor Kazakov le plus vite possible.

Il marmonna un juron quand son cheval remua sous lui, le souffle de l'animal nerveux se changeant en buée dans l'air glacé. A travers les arbres, il distingua la vague silhouette de Boris, qui était arrivé juste avant qu'Edmond se lance à la poursuite de Kazakov et avait insisté pour l'accompagner. Pour l'heure, son compagnon interrogeait le jeune paysan qui se tenait devant le relais de poste pour aider les voitures bloquées par la neige.

Cela faisait quelques minutes seulement que Boris était

parti questionner le domestique, mais les entrailles d'Edmond étaient nouées par une terrible appréhension. A chaque battement de son cœur, Brianna s'éloignait plus de lui. Le plus petit délai lui donnait envie de hurler de frustration.

Malheureusement, les informations qu'il avait reçues des différents individus qui avaient vu Viktor Kazakov s'enfuir de chez Vanya n'avaient pu le conduire qu'au sud de Saint-Pétersbourg. Il avait beau brûler de s'élancer comme un fou à travers la neige et la glace, il possédait encore assez de jugement pour se rendre compte qu'il pouvait coûter sa vie à Brianna si sa précipitation frénétique lui faisait perdre sa trace.

Il ne voulait pas prendre ce risque.

Dans un effort pour se distraire de son angoisse, Edmond ramena son attention sur la route qui était à peine visible à travers les épais flocons. Près de soixante ans auparavant, la tsarine Catherine avait suivi cette route pour son voyage de couronnement entre Saint-Pétersbourg et Moscou. On racontait que son traîneau était assez grand pour comporter une chambre et une bibliothèque, et qu'elle avait lancé plus d'un demi-million de pièces d'argent à la foule amassée le long de la route.

La princesse allemande avait mieux compris le peuple russe que son petit-fils, reconnut sombrement Edmond. La procession somptueuse et les gestes grandioses de générosité avaient constitué un excellent moyen de gagner le cœur des paysans. Tout aussi important, les manifestations spectaculaires auxquelles elle tenait étaient un subtil avertissement aux pays voisins que la Russie était une puissance à respecter, sinon à craindre.

Alexander Pavlovich pouvait déplorer ces dépenses extravagantes vidant les coffres impériaux, mais il ne bénéficierait jamais de l'amour ou de la loyauté que Catherine avait si aisément inspirés.

Regrettable, vraiment. Il existait peu de monarques dans le monde qui se souciaient si profondément de leur peuple que le tsar actuel. Sa sincérité, cependant, ne pouvait compenser entièrement ses doutes constants. Et elle n'empêchait pas ses ennemis de tirer profit de sa faiblesse.

Préparé à ressentir une bouffée de remords à la pensée d'Alexander Pavlovich et du fait qu'il avait abandonné ses devoirs en laissant Herrick s'occuper des traîtres, Edmond n'éprouva qu'un vague espoir que son compagnon réussirait à en finir avec les conspirateurs.

Après des années à se vouer au tsar et aux Romanov, il se rendit compte que sa loyauté appartenait maintenant complètement à un petit brin de fille aux yeux émeraude et à la chevelure d'automne.

Ce n'était pas une loyauté destinée à remplir le vide douloureux laissé par la mort de ses parents. Ni une loyauté visant à donner un sens à son existence.

Non, c'était une chaude et constante dévotion qui s'était emparée de lui sans prévenir. Une dévotion qui n'avait rien à voir avec les ombres qui le hantaient et tout à voir avec miss Brianna Quinn.

Son cœur se contracta d'une violente douleur quand l'image de ses beaux traits pâles s'insinua dans son esprit. Grâce au ciel, Boris choisit ce moment pour revenir à travers les arbres.

— Eh bien ? demanda impatiemment Edmond sans attendre que le Russe arrête sa monture près de lui.

Le soldat aguerri resserra le foulard qui lui couvrait le bas du visage.

— La voiture de Viktor a été vue passant par ici il y a moins d'une heure. Le domestique est certain qu'elle a pris à gauche à la fourche de la route. Il s'en souvient, car elle a failli verser dans le fossé et il s'est représenté une belle récompense pour les aider à se dégager.

— Alors, il a l'intention de se diriger vers Novgorod, pas vers Moscou, marmonna Edmond.

— En supposant qu'il ne s'agit pas d'une ruse.

Boris jeta un regard offensé à la route qui disparaissait presque sous la neige.

— Vous savez qu'il est tout à fait probable que Kazakov ait

délibérément laissé voir sa voiture fuyant Saint-Pétersbourg à toute allure pour attirer l'attention ? Nul doute que ce scélérat se cache à présent dans un coche de location pour disparaître en douce.

Edmond secoua la tête avant que Boris ait fini de parler.

— Non, son but est de m'inciter à le suivre pour que je ne puisse pas interférer dans les plans de Grigori. Il ne se risquera pas à une feinte avant d'être certain que je suis bien éloigné de Saint-Pétersbourg.

— J'espère que vous avez raison. Si ce malotru nous échappe…

— Assez ! Nous retrouverons miss Quinn, n'en doutez pas.

Tirant brusquement sur sa bride, Edmond fit sortir sa monture de l'abri des arbres et la poussa sur la route. Boris se porta prestement à son côté, plaçant son corps massif de façon à lui offrir la meilleure protection possible.

— Comme vous voudrez, accorda-t-il, sachant qu'il n'avait pas intérêt à poursuivre son argument.

Lorsqu'ils eurent dépassé le relais de poste et les valets qui s'affairaient à ôter la neige de la route, Edmond jeta un coup d'œil à son compagnon.

— J'avoue que vous me surprenez, Boris.

— Pourquoi ?

— Je me serais attendu à ce que vous essayiez de me convaincre de rester à Saint-Pétersbourg, pour que vous puissiez aider à arrêter les traîtres et être considéré comme un héros.

Boris souffla, ses yeux allant d'un côté à l'autre de la route en une vigilance incessante.

— Nous avons étouffé bon nombre de révolutions, et je n'ai jamais été traité en héros. Bon sang, je ne me souviens même pas d'un merci dans la plupart des cas.

C'était assez vrai. La plupart du temps, seule une poignée de personnes savaient qu'un désastre avait été évité. Néanmoins, Boris s'était toujours farouchement consacré à la poursuite de conspirateurs pour les faire traduire en justice. Peut-être même plus qu'Edmond.

Cela ne lui ressemblait pas de ne pas se plaindre d'être privé de son sport favori.

— Je suppose que je peux toujours demander au tsar de vous remettre une médaille, dit sèchement Edmond. Il apprécie ce genre de cérémonie.

Boris n'eut pas à feindre son horreur.

— Dieu m'en préserve.

Edmond contourna soigneusement une congère, se rappelant le ferme refus de son compagnon d'être laissé en arrière quand il avait annoncé son intention de poursuivre Viktor Kazakov.

— Vous n'avez pas répondu à ma question, Boris. Pourquoi êtes-vous si anxieux de sauver miss Quinn, au lieu de combattre les traîtres ?

Le Russe lui décocha un regard irrité, avant d'admettre de mauvais gré qu'Edmond ne se laisserait pas détourner.

— Kazakov m'a fait assommer par un homme de main et ligoter dans une cave — n'est-ce pas une raison suffisante pour le poursuivre jusqu'en enfer ?

— J'ai promis de le ramener à Saint-Pétersbourg, pour que vous puissiez vous venger.

— Je préfère ne pas attendre. Plus tôt j'aurai les mains sur son sale cou, mieux ce sera.

— Se pourrait-il que vous ne vous fiiez pas à ma capacité de l'arrêter ?

— Ne soyez pas ridicule, Summerville.

— Alors, dites-moi la vérité.

Boris poussa un soupir exaspéré.

— D'une part, il se trouve que je me suis très attaché à miss Quinn, grommela-t-il. De l'autre…

— Oui ?

— Janet m'a envoyé une lettre avant que je quitte Londres, me menaçant de me faire castrer si sa maîtresse bien-aimée subit le moindre mal pendant qu'elle est en Russie.

Le rire étouffé d'Edmond résonna dans l'épais silence qui recouvrait la campagne. Boris était l'un des soldats les plus craints et les plus respectés à porter la tunique rouge et or de la cavalerie, mais il avait vu comment un simple regard de la pétulante Janet pouvait le mettre à genoux.

— Une puissante incitation à la sauver.

Il y eut une brève pause avant que Boris se racle la gorge.

— Ce n'est pas la plus puissante.

— Voilà qui est surprenant.

Edmond jeta un coup d'œil à son ami.

— Je crains presque de vous demander quelle est l'autre.

— Vous.

— Boris, je suis peut-être un employeur exigeant, mais je puis vous assurer que je ne vous menacerai jamais de vous faire castrer, protesta-t-il.

Boris secoua lentement la tête.

— Je ne pourrais pas supporter ce que cela vous ferait si quelque chose arrivait à miss Quinn.

La conversation s'interrompit sur ces mots bien sentis, Boris continuant à monter la garde, Edmond luttant pour dominer les émotions qui explosaient en lui. Ce n'était pas la peur que quelque chose arrive à Brianna. Il ne voulait même pas envisager cette possibilité. C'était plutôt le fait de savoir que toute son existence dépendait maintenant du bonheur de la belle et mince jeune femme.

Ils continuèrent en silence, ignorant la neige qui tombait sans répit et le froid mordant. Edmond conservait une allure soutenue, sachant que la voiture de Kazakov lutterait pour éviter d'être bloquée par la neige. Il lui coûtait d'avancer si péniblement, mais ils devraient rattraper Brianna d'ici une heure, à partir du moment où il ne casserait pas une jambe à son cheval et n'atterrirait pas dans un fossé.

Il garda cette pensée à l'esprit tandis que ses mains s'engourdissaient de froid et que le vent perçant lui piquait les yeux.

— Il y a une voiture devant nous, annonça enfin Boris, doucement, en indiquant une ombre distante sur le bord de la route. Est-elle bloquée ?

— Je l'ignore, mais j'ai l'intention de le découvrir,

marmonna Edmond en glissant de son cheval et en attachant la bride à un arbre. Restez ici.

— Sûrement pas.

Boris descendit de sa monture, l'expression déterminée.

— Pour le cas où vous ne l'auriez pas remarqué, il y a une demi-douzaine de cavaliers attendant au bord de la route.

— Bien. Mais pour le moment, je veux juste m'assurer que c'est la voiture de Viktor et qu'il ne s'agit pas d'un piège.

Boris hocha la tête, et ensemble ils se glissèrent le long de la route.

Ils avaient atteint l'arrière de la voiture, quand la portière s'ouvrit et que la vague silhouette d'une femme mince drapée dans une couverture fut poussée sur le marchepied et dans le chemin couvert de neige qui partait sur le côté.

— Brianna, dit Edmond dans un souffle, tandis que Boris lui saisissait fortement le bras.

— Attendez, lui grommela le Russe à l'oreille, pendant que Kazakov sortait derrière elle, une main pressée sur le bas de son dos. Il a un pistolet.

Boris lui tint solidement le bras et ils regardèrent le traître pousser Brianna dans le chemin enneigé. Edmond fronça les sourcils, levant brièvement les yeux vers les bulbes et les pignons d'une église. L'édifice de bois ressemblait à tous ceux que l'on trouvait dans la campagne russe. Alors, pourquoi diable Kazakov conduisait-il Brianna dans celui-là ?

— Une église ? marmonna Boris, exprimant la question qu'il se posait lui-même.

— Il doit avoir l'intention de la cacher là pour pouvoir retourner à Saint-Pétersbourg.

— Alors, il nous suffit d'attendre qu'il parte. A moins…

Les doigts de Boris s'incrustèrent dans le bras d'Edmond et les deux hommes échangèrent un regard de compréhension tacite. Ils venaient d'avoir la même idée.

Comme toutes les églises orthodoxes de Russie, celle-ci était bâtie en forme de croix avec l'autel tourné face à l'est.

Feignant de trébucher sur le seuil, Brianna s'accorda un instant pour jeter un rapide regard sur la petite nef.

Elle vit les pupitres habituels supportant des icônes à l'avant de l'église, ainsi que des rangées de bougies en cire d'abeille dont une poignée seulement étaient allumées, et de l'encens pour honorer à la fois les icônes et les défunts. Contrairement aux églises européennes, cependant, il n'y avait pas de bancs. Les fidèles devaient rester debout en signe de respect, et seule l'icône du jour était dressée au centre de la nef.

Il n'y avait rien de disponible à utiliser comme arme, ni de cachette possible, si elle parvenait à se libérer de son ravisseur.

Comme s'il devinait que son hésitation était plus qu'une simple maladresse, Viktor la poussa de la pointe de son pistolet.

— A moins que vous vouliez que je vous jette sur mon épaule, vous feriez bien de cesser de lambiner, l'avertit-il, claquant la lourde porte de bois derrière eux.

— Je ne lambine pas. Mes membres sont gelés.

Il lui donna un rude coup dans le dos.

— Allez à l'autel.

— A l'autel ?

Brianna jeta un coup d'œil aux paravents de bois qui séparaient la nef du sanctuaire. Elle savait peu de choses sur les églises russes, mais elle comprenait que l'écran qui comportait trois portes menant à l'autel était sacré. Selon d'anciennes traditions, chaque porte était réservée aux prêtres, et les femmes ne devaient jamais franchir les paravents.

— Voulez-vous me faire frapper par Dieu ?

Il fronça les sourcils et la poussa en avant.

— Vous êtes orthodoxe ?

— Non, mais j'aimerais mieux ne pas tenter le sort, répondit-elle sèchement. Surtout avec un pistolet pressé dans le dos.

— Une idée sage, sans nul doute. Si vous faites ce que

je dis, vous pourrez peut-être vivre assez longtemps pour assister aux développements de l'Histoire.

Brianna franchit la porte en vacillant, n'ayant pas besoin de feindre son manque d'agilité. Elle ne sentait plus ses pieds depuis longtemps.

— Une manière élégante de décrire une révolution sanglante, marmonna-t-elle.

— Le sang purifie.

— J'observe que ce n'est pas votre sang qui est offert en sacrifice.

— Bien sûr que non. Ce sera le sang impur des Romanov qui coulera dans les rues. A ce moment-là seulement, notre glorieux empire pourra s'élever et prendre sa place dans le monde.

— Avec vous comme empereur ?

— Peut-être.

— Charmant.

Brianna s'arrêta près de l'autel chargé de dorures et pivota pour voir Kazakov s'immobiliser à côté d'elle. Allait-il lui tirer dessus et la laisser mourir seule ? Ou le dissident aurait-il assez de compassion pour juste l'abandonner dans l'église pendant qu'il rentrerait à Saint-Pétersbourg ?

Elle fut prise de court quand Kazakov glissa une main sous son manteau et en sortit une corde.

— Mettez-vous à genoux, ordonna-t-il.

Elle fit un pas effrayé en arrière.

Il la saisit par le bras pour la ramener rudement à lui.

— Comme je l'ai dit, si vous faites ce que je vous demande, il n'y a pas de raison pour que je vous tue. Toutefois, j'ai l'intention de m'assurer que vous ne puissiez donner l'alarme avant que je sois largement en route pour Saint-Pétersbourg.

— Vous... vous voulez me ligoter avec cette corde ?

— Apparemment, vous êtes aussi intelligente que vous êtes belle, se moqua-t-il.

— Je vous en prie...

Elle fut contrainte de s'arrêter pour s'éclaircir la gorge.

— Et si Edmond ne suit pas ? Avec ce blizzard, il pourrait se passer des jours avant que quelqu'un vienne à l'église.

Viktor tendit la main pour lui caresser la joue d'un geste provocant.

— Vous possédez un surprenant manque de foi dans votre amant, ma belle.

Elle s'écarta brusquement de son contact, sa peau glacée se crispant de dégoût.

— Je vous ai dit qu'il a voué sa vie au tsar.

— Ce serait dommage, dit-il en déroulant délibérément la corde et en s'avançant vers elle. Edmond sera sans nul doute hanté le reste de ses jours par la pensée de votre pauvre corps glacé gisant sur l'autel, vos beaux yeux figés à jamais dans le vain espoir de voir arriver votre sauveur.

— Avez-vous jamais songé à devenir comédien ?

Le regard sombre étincela de colère devant son dédain à peine dissimulé.

— A genoux.

Edmond pénétra dans l'église avec une adresse qu'il avait perfectionnée durant la dernière décennie, franchissant le seuil et refermant prestement la porte latérale avant qu'un courant d'air ne fasse vaciller les bougies.

Pressé contre le mur, il parcourut du regard la nef déserte, comprenant que Viktor avait forcé Brianna à traverser les paravents.

Pourquoi diable voulait-il la conduire à l'autel ?

Essayant d'ignorer le froid qui l'envahissait, il s'avança prudemment vers l'avant de l'église, le lourd parfum de l'encens et de la cire d'abeille assaillant ses sens tandis qu'il approchait de l'écran de bois.

La froideur qui l'habitait s'accrut lorsqu'il bougea pour jeter un coup d'œil à travers l'étroite ouverture.

Tout d'abord, tout ce qu'il put voir fut Viktor debout près de l'autel, son profil durci par la détermination et un pistolet à la main. Edmond s'avança d'un autre pas et aperçut Brianna, son corps gracile drapé dans une couverture et son visage très blanc perdu dans le nuage de boucles enflammées qui tombaient sur ses épaules.

Son expression lui glaça le sang dans les veines.

Ce mouvement obstiné et plein de défi de son menton, et la ligne dure de ses lèvres sensuelles. Elle était sur le point de commettre quelque chose d'incroyablement stupide.

Alors que cette pensée lui traversait l'esprit, il la vit avec horreur laisser tomber la couverture et chasser le pistolet de la main de Viktor. Puis elle pivota et se mit à courir vers le fond de l'église.

— Brianna, non ! cria-t-il tandis qu'il se ruait sur Viktor, qui essayait de rattraper le pistolet qui avait glissé sous l'autel.

Il se frayait un chemin à travers le paravent quand Kazakov resserra les doigts sur la poignée de l'arme et la leva vers la silhouette de Brianna qui s'enfuyait.

Edmond entendit l'explosion du coup de feu, qui se réverbéra dans son cœur comme une dague. A travers la nef, il vit avec une terreur impuissante Brianna s'arrêter, puis, en un lent et gracieux mouvement, s'affaler sur le sol de pierre.

25

Non !

Edmond se précipita en vacillant vers le corps menu, voulant seulement être à son côté, pour la prendre dans ses bras et ne plus jamais la lâcher.

Alors qu'il arrivait près d'elle, il s'avisa que Viktor Kazakov l'avait déjà rejointe, ayant jeté son pistolet déchargé pour prendre une dague mortelle.

— Elle vit, milord, mais restez en arrière ou je finirai ma tâche.

— Scélérat !

Edmond se força à s'arrêter, une froide fureur remplaçant sa peur poignante. Elle n'était pas morte.

— Ecartez-vous d'elle, Kazakov, ou je vous étriperai et vous jetterai aux loups.

Viktor pâlit sous la menace déterminée d'Edmond, mais, d'un air bravache, il baissa les yeux sur la femme inconsciente qui gisait à ses pieds.

— Je savais que vous la poursuivriez.

— Vraiment ?

Edmond plissa les paupières et glissa une main dans sa poche pour saisir la poignée de son pistolet chargé.

— Et comment pouviez-vous en être aussi certain ?

— Je vous ai vus tous les deux dans le jardin de Vanya Petrova.

Viktor émit un rire moqueur qui résonna dans la pénombre.

— Je dois dire que j'ai rarement éprouvé autant de

plaisir qu'à vous observer regardant miss Quinn avec un désir si pathétique.

— Alors, vous savez que je vous tuerai pour avoir osé poser la main sur elle.

Viktor déglutit fortement, de la sueur couvrant son front malgré l'air glacé.

— Jetez-moi ce pistolet que vous cachez dans votre poche.

Il pointa la dague sur Brianna.

— Avec précaution.

Serrant les dents, Edmond sortit le pistolet et se pencha pour le faire glisser sur le sol jusqu'à son ennemi.

— Voilà.

— Très bien.

Supposant visiblement qu'il avait réussi à reprendre le dessus, Kazakov se baissa pour prendre le pistolet et le pointa sur le cœur d'Edmond, un sourire satisfait sur ses traits minces.

— Savez-vous, lord Edmond, je pourrais m'habituer à vous donner des ordres. Quand je serai installé au palais d'Hiver, je vous garderai peut-être auprès de moi pour me servir de bouffon.

— Le palais d'Hiver.

Edmond n'eut pas à feindre son amusement. La seule chose plus agréable que d'étrangler Kazakov était de lui révéler que ses pathétiques espoirs de régner sur la Russie étaient destinés à échouer.

— Croyez-vous vraiment que Grigori Rimsky vous offrira ne fût-ce qu'une place dans les écuries, quand il aura pris le pouvoir ?

— Comment avez-vous...

Viktor tituba sous le choc, le visage cendreux en comprenant qu'Edmond avait découvert l'identité du chef secret de la révolution. Puis, au prix d'un effort visible, il essaya de se reprendre.

— Non, cela n'a pas d'importance. Il est trop tard pour que vous arrêtiez le soulèvement. D'ici à demain matin, la Russie rejettera le joug des Romanov.

Un sourire froid et sec incurva les lèvres d'Edmond.

— Je n'ai pas eu besoin de m'en occuper personnellement, Viktor. Herrick a été ravi de prendre les commandes de la situation. D'ici à demain matin, Grigori, votre cousin et tous les soldats du régiment Semyonoffski assez sots pour se joindre à votre complot seront enfermés dans les baraquements pour attendre le retour du tsar.

— Comment… ? commença Kazakov d'une voix rauque, son dédain habituel remplacé par un désespoir croissant. Comment avez-vous su ?

— Fedor Dubov est un imbécile.

— Je savais que je n'avais pas intérêt à me fier à cet abruti.

Edmond haussa les épaules, regardant en douce Brianna qui remuait sur le sol.

— Vous avez joué et perdu, Viktor, dit-il sombrement. Il ne vous reste plus qu'à accepter la défaite avec dignité.

— Dignité ?

Kazakov fixa Edmond avec un mépris évident.

— Oh, Summerville, vous ne croyez sûrement pas que j'irai en enfer la tête haute ! Je suis disposé à sacrifier n'importe quoi et n'importe qui pour sauver ma peau.

— Que voulez-vous ?

— Je veux fuir ce maudit pays avec la tête sur les épaules, répondit Viktor en scrutant fiévreusement la pénombre comme si les murs commençaient déjà à se refermer sur lui.

Edmond haussa les sourcils.

— Vous ne pouvez être sérieux. Vous avez commis une trahison. Vous ne pouvez échapper nulle part à la justice.

— Oh, j'y échapperai.

Le conspirateur se lécha les lèvres.

— Parce que vous allez m'aider.

— Ah, oui ?

— Oui, à moins que miss Quinn n'ait eu raison et que vous teniez plus à votre précieux tsar qu'à la survie de votre maîtresse.

Sapristi ! Brianna avait-elle vraiment cru qu'il la laisserait mourir ? Qu'il la sacrifierait de son plein gré par devoir envers Alexander Pavlovich ?

Mais après tout pourquoi ne le croirait-elle pas ?

Sur le point d'agréer la demande outrancière que Kazakov s'apprêtait à présenter, quelle qu'elle soit, Edmond se raidit en constatant que Brianna avait réussi à se mettre sur le côté et qu'elle l'observait avec des yeux qui paraissaient bien trop grands dans son visage pâle. Ce ne fut pas la douleur qu'il lut dans son regard, cependant, qui lui fit bondir le cœur.

Ce fut la vue de sa main qui se tendait vers la dague que Viktor avait posée à ses pieds quand il avait pris son pistolet.

Seigneur Dieu. Elle allait essayer de le distraire. Et fort probablement les faire tuer tous les deux dans cette absurde tentative.

— Eh bien, milord, allez-vous…

Viktor s'interrompit avec un cri aigu quand Brianna réussit à lever le bras assez haut pour planter la dague dans l'arrière de sa jambe, juste au-dessus de sa botte.

Sans attendre que Kazakov comprenne qui l'attaquait, Edmond se rua en avant. Il empoigna le Russe qui, malgré sa blessure, se débattit farouchement. Et ils tombèrent tous deux à terre.

Ils heurtèrent les dalles avec assez de force pour que la tête de Viktor craque contre la pierre. En se redressant, Edmond constata que le choc lui avait fait perdre connaissance.

Avec un juron de dégoût, il se remit debout et se précipita au côté de Brianna.

S'agenouillant près d'elle, il sentit son cœur tambouriner dans sa poitrine à la vue du sang qui tachait sa robe de chambre. Elle avait l'air d'une fleur blessée, avec ses boucles brillantes étalées sur le sol et sa peau si pâle qu'elle paraissait translucide à la lumière des bougies. C'était la crispation de ses traits fins, cependant, qui indiquait la souffrance qu'elle devait endurer.

Il hésita au moment de la prendre dans ses bras. Ayant été lui-même touché par une balle en plus d'une occasion, il savait que la blessure devait ressembler à un pique-feu brûlant lui fouillant l'épaule. La dernière chose dont elle avait besoin était d'être inutilement bousculée.

Il se contenta d'écarter doucement une boucle de sa joue livide.

— Est-il mort ? demanda-t-elle d'une voix tendue.
— Pas encore.

Edmond marmonna un juron quand elle essaya de se relever.

— Non, Brianna, ne bougez pas. Viktor Kazakov ne vous fera plus jamais de mal. Je vous le promets.

Avec un grognement, elle se laissa retomber.

— Edmond...

Elle s'arrêta pour s'éclaircir la gorge.

— Vous ne devriez pas être ici.

Refusant d'être blessé par ses paroles, il ôta son manteau et le drapa soigneusement sur son corps tremblant.

— C'est une belle chose à dire au gentleman qui a risqué de geler ses attributs les plus précieux et d'abîmer une bonne paire de bottes pour courir au secours de sa dame en détresse, rétorqua-t-il en adoptant un ton léger.

Une trace de désespoir se peignit sur le visage de Brianna.

— Vous devez retourner à Saint-Pétersbourg.
— J'ai bien l'intention de le faire, dès que je nous aurai trouvé une voiture.

Il écarta de nouveau une boucle de sa joue.

— Pour l'instant, je vous supplie d'être patiente.
— Non.

Elle secoua la tête, ce mouvement la faisant tressaillir.

— J'ai juste été enlevée pour vous éloigner de la ville. Ils projettent le coup d'Etat ce soir.
— Chut.

Il pressa doucement un doigt sur ses lèvres.

— Je connais leurs plans.
— Alors, vous savez que vous devez être là-bas pour les arrêter.
— Cette tâche incombe à un autre.

Il prit son menton dans sa main, capturant son regard nerveux.

— Pour cette nuit, vous êtes tout ce qui compte.

— Mais...

Edmond posa sa main sur sa bouche quand la porte latérale s'ouvrit en grinçant derrière lui. Toujours à genoux, il se tourna, son pistolet pointé sur la silhouette sombre qui entrait.

— Bon sang, Edmond, ne tirez pas, maugréa Boris en se secouant pour se débarrasser de la neige qui le recouvrait. Même si je préférerais une balle dans les reins à retourner dans ce maudit blizzard.

— N'êtes-vous pas censé surveiller les cavaliers de Kazakov ?

Jetant un regard au conspirateur inconscient et à la jeune femme blessée, Boris fit une grimace.

— Je pensais sottement que vous voudriez peut-être savoir qu'ils se tiennent près de l'entrée, en ce moment, discutant s'ils doivent ou non pénétrer dans l'église pour s'assurer que leur chef va bien.

— Sacrebleu.

Edmond baissa les yeux sur le visage blême de Brianna et ses cils épais qui reposaient sur ses joues, comme si elle était trop lasse pour les relever.

Mesurant qu'ils ne pourraient simplement s'enfuir avec la jeune femme si gravement blessée, Boris tira son pistolet et regarda la nef vide.

— Combien de fois vous ai-je dit qu'une église convenable devrait avoir des bancs ? marmonna-t-il. Qui peut savoir quand un gentleman peut avoir besoin de bloquer la porte ?

— Je pensais que vous désiriez des bancs pour pouvoir somnoler durant l'office.

— Il y a de cela.

Boris se tourna vers le chœur.

— Qu'en est-il de l'autel ? Y a-t-il quelque chose dont on peut se servir pour barrer la porte ?

— Non, sauf si une clé est cachée parmi les dorures et l'encens.

— D'accord. Alors, nous devrons les tuer.

— Je crois que j'ai une autre suggestion.

Edmond jeta un coup d'œil à son fidèle compagnon, ses doigts caressant distraitement les cheveux de Brianna.

— Eh bien ? fit le Russe comme il hésitait. Quelle est cette suggestion ?

— J'ai besoin d'une diversion.

Boris fronça les sourcils.

— Je peux en éloigner quelques-uns de l'église, mais je doute de pouvoir tous les convaincre de me suivre.

— Ils le feront s'ils croient que Viktor leur commande de vous prendre en chasse.

— Peut-être. Malheureusement, il ne semble guère en état de coopérer, pour l'instant.

— Nous allons voir.

Boris observa en silence Edmond qui s'approchait de Kazakov, lui arrachait brusquement son lourd manteau et l'enfilait. Il ne put réprimer son scepticisme, cependant, quand Edmond mit son chapeau sur sa tête et drapa son foulard autour de son cou.

— Vous croyez qu'un manteau et un chapeau vont vous faire passer pour Viktor Kazakov ?

— Faites-moi confiance, murmura Edmond en ramassant la couverture que Brianna avait laissée tomber en s'enfuyant.

Avec précaution, il la drapa autour d'elle, prenant soin de garder son propre manteau sur elle.

Elle gémit de douleur quand il la souleva de terre et la blottit contre son torse.

— Tenez bon, ma souris, chuchota-t-il.

Boris s'avança.

— Que voulez-vous que je fasse ? demanda-t-il.

— Je veux que vous retourniez à votre cheval. Quand j'ouvrirai la porte et me mettrai à crier, je veux que vous partiez au galop sur la route en faisant le plus de bruit possible.

Le soldat plissa les paupières.

— Et vous ?

— Quand les cavaliers vous auront pris en chasse, je porterai Brianna à la voiture et ordonnerai au cocher de nous ramener à Saint-Pétersbourg.

Edmond leva la tête pour arrêter les protestations de son ami d'un regard farouche.

— Dans la confusion et le blizzard, les hommes me prendront aisément pour leur chef.

Prompt à cacher ses doutes derrière un sourire crispé, Boris mit son pistolet dans sa poche et se tourna vers la porte latérale.

— Je suppose que c'est tellement absurde que cela peut réussir.

— Ou nous faire tous tuer, admit Edmond, prononçant les mots qu'ils pensaient tous les deux.

— Alors, plus tôt nous serons fixés, mieux ce sera. Donnez-moi dix minutes pour rejoindre mon cheval avant de vous mettre à crier.

— Boris, ajouta doucement Edmond. Dès que vous serez loin de l'église, je souhaite que vous vous débarrassiez de vos poursuivants et retourniez à Saint-Pétersbourg.

Un sourire d'anticipation éclaira le visage du soldat.

— Occupez-vous de miss Quinn et laissez-moi m'occuper de moi-même.

— Boris…

La porte se referma et Edmond porta Brianna jusqu'à l'entrée principale.

Comptant à voix basse, il s'obligea à attendre jusqu'à ce qu'il soit certain que Boris ait eu le temps de rejoindre son cheval. Puis il ouvrit la lourde porte de bois et sortit vivement dans la tourmente de neige, gardant la tête basse.

— C'est Summerville ! cria-t-il aux hommes tandis que Boris passait en trombe, les sabots de son cheval soulevant des gerbes de neige et de glace. Ne le laissez pas échapper ! Après lui, sots que vous êtes ! Tous !

Durant un battement de cœur, Edmond osa à peine respirer. S'ils devinaient qu'il n'était pas Viktor Kazakov ? Si…

Les cavaliers sautèrent comme un seul homme sur leurs montures et s'élancèrent derrière Boris. Prompt à profiter du chaos, Edmond piétina la neige épaisse et, au prix d'un effort, réussit à ouvrir la portière de la voiture sans lâcher son précieux fardeau.

— Ramenez-moi à Saint-Pétersbourg ! ordonna-t-il au cocher assis sur son siège.

— Et Summerville ?

— Ne me questionnez pas.

— Je… Bien, sir.

26

Ils rentrèrent à Saint-Pétersbourg sans incident, et après une brève et brutale échauffourée avec le cocher de Viktor Edmond arriva chez Vanya pour découvrir que la belle Russe avait préparé son retour.

Le plus discrètement possible, Brianna fut portée dans sa chambre où le médecin personnel du tsar l'attendait. Il y eut un moment un peu difficile quand le docteur demanda stupidement qu'Edmond s'en aille pendant qu'il traitait sa patiente, mais, lorsqu'il comprit qu'il serait passé par la fenêtre avant de se débarrasser de l'anxieux aristocrate anglais, il retira adroitement la balle de l'épaule de Brianna et nettoya la blessure avec soin.

Ses doigts habiles s'attardèrent un instant sur la cicatrice qui marquait la tempe de Brianna, mais il se contenta de décocher un regard réprobateur à Edmond, rassembla ses affaires et se mit en quête de Vanya.

Au cours des heures qui suivirent, Edmond veilla sans discontinuer la jeune femme endormie.

Ce n'était pas la culpabilité qui le rendait incapable de s'éloigner d'elle de plus de quelques pas, même s'il savait qu'il devrait vivre avec ses regrets lancinants pour l'éternité. Ni même l'inquiétude qu'elle ne se remette pas. Déjà, ses joues reprenaient des couleurs et elle respirait régulièrement.

Non, c'était tout simplement un besoin inébranlable de l'avoir à sa portée. Si elle devait échapper à sa vue, il craindrait qu'elle disparaisse dans le brouillard glacé qui enveloppait la ville.

Certes, il comprenait que cette crainte était illogique. Le médecin avait prévenu que Brianna pourrait dormir jusqu'au lendemain matin. Et, même si elle s'éveillait, elle était trop faible pour quitter son lit.

Néanmoins, cela ne dissipait pas la panique qui lui serrait le cœur.

Il entendit quelqu'un entrer dans le salon voisin et une odeur de pain chaud emplit la pièce, lui faisant gargouiller l'estomac de faim. Toute la journée, Vanya avait envoyé une cohorte de domestiques avec des plateaux pour essayer de le tenter, allant même jusqu'à lui apporter personnellement son dessert favori, du pudding chaud. Il avait refroidi sur la table de nuit.

A présent, Edmond attendait avec résignation un autre sermon, et ses sourcils se haussèrent de surprise quand un mince gentleman aux cheveux gris entra à la place de sa soucieuse hôtesse.

— Comment va-t-elle ? s'enquit Herrick Gerhardt.

Le regard d'Edmond caressa le pâle profil de Brianna, s'attardant sur ses cils épais reposant en éventail sur sa joue.

— A partir du moment où il n'y a pas d'infection, le docteur pense que la blessure guérira en quelques semaines.

— A-t-il aussi déclaré qu'elle ne pourrait pas guérir si vous ne la couvez pas comme une mère poule ? demanda sèchement le Prussien.

Edmond se leva et massa les muscles crispés de sa nuque.

— Que voulez-vous, Herrick ?

— Je pensais que vous seriez peut-être anxieux de savoir ce qui est arrivé à Grigori et aux autres.

— Etant donné qu'il n'y a pas de batailles dans les rues, je suppose que vous avez réussi à arrêter le complot.

— Bon, si cela ne vous intéresse pas…

— Attendez.

Poussant un profond soupir, Edmond se pencha pour poser un baiser sur le front de Brianna. Puis il se redressa et ramena Herrick dans le salon. En passant près du plateau posé sur une table près du poêle en porcelaine, il se versa une bonne mesure de cognac et l'avala d'un trait.

— Dites-moi ce qui s'est passé, demanda-t-il.

Avec un léger sourire, Herrick vint lui prendre son verre et le fit asseoir dans le fauteuil près du plateau.

— Mangez.

— Je n'ai pas faim.

— Peut-être, mais vous ne ferez aucun bien à miss Quinn si vous mourez d'inanition.

Le Prussien désigna du doigt le bol de ragoût savoureux.

— Mangez, répéta-t-il.

— Qui se comporte comme une mère poule, maintenant ? marmonna Edmond en prenant la cuillère.

Il mangea méthodiquement le délicieux ragoût et d'épaisses tartines de miel, ce qui ne lui procura pas la chaleur anesthésiante du cognac, mais aida à dissiper le brouillard de son esprit.

Ecartant enfin le plateau, il s'adossa à son siège et contempla Herrick les paupières plissées.

— Dites-moi ce qui s'est passé.

Le gentleman laissa un sourire sinistre se dessiner sur ses lèvres.

— Grâce à votre avertissement, j'ai pu capturer Grigori Rimsky avant qu'il atteigne ses baraquements.

— Est-il encore en vie ?

— Il y a eu une assez méchante bagarre qui s'est soldée par un nez éclaté et quelques os cassés, mais il respire toujours.

Le sourire d'Herrick s'élargit.

— Au moins jusqu'au retour d'Alexander Pavlovich.

Edmond se leva pour se servir un autre verre de cognac. Son corps était douloureux de fatigue, mais il ne pouvait se permettre de se détendre. Pas tant que Brianna pouvait avoir besoin de lui.

— Je n'ai jamais douté un instant que vous réussiriez à appréhender ces vauriens sans incident.

Herrick fit une grimace.

— En vérité, ce n'a pas été complètement sans incident.

Edmond se figea, mis en garde par la voix coupante de son interlocuteur.

— Que voulez-vous dire ?

— Malheureusement, même sans leur chef, une poignée de soldats se sont arrangés pour troubler la parade matinale.

— Sérieusement ?

Herrick poussa un gros soupir et alla regarder par la fenêtre.

— Ce n'aurait été qu'un incident sans gravité si le prince Michael ne s'était pas trouvé là.

Edmond reposa son verre avec assez de force pour fendre le cristal. Son seul réconfort dans cette situation dangereuse avait été l'espoir qu'ils empêchent la lourde main des Romanov d'aggraver les choses.

Cet espoir était anéanti.

— Que diable le prince faisait-il là ?

Herrick haussa les épaules.

— Je ne l'avais pas invité, je vous l'assure, mais je pouvais mal lui commander de rester au palais.

Edmond frémit à l'idée du prince, imprévisible et très émotif, réagissant au moindre soupçon d'insubordination. Contrairement au tsar, le jeune membre de la famille impériale n'avait pas encore appris la sagesse d'une réponse tempérée et pesée à ses sujets.

— Sapristi.

— Exactement. Sa réaction a été… excessive, dit Herrick après un instant de réflexion.

— Dites-moi le pire.

— Il a autorisé le général à les dénuder et à les battre devant tout le régiment, puis à les traîner par les talons jusqu'aux baraquements.

— Y a-t-il eu des morts ? demanda Edmond d'une voix rauque.

— Non, mais ce traitement brutal a poussé les autres soldats à lui en vouloir de ses ordres. Nous avons été fortunés de circonscrire l'émeute à quelques membres du régiment.

Edmond se passa les mains sur le visage. Sapristi. Il n'avait pas besoin d'être dans les baraquements pour comprendre le ressentiment qui pouvait couver et provoquer le bain de sang qu'ils s'étaient donné tant de mal à éviter.

— Nous savons tous les deux qu'ils n'oublieront pas, ni ne pardonneront. Je crains que nous ayons seulement retardé le jour du règlement de comptes.

— Peut-être, admit Herrick à contrecœur.

— Vous savez, Herrick, la plupart des pays seraient plus facilement gouvernés s'ils étaient laissés aux mains des roturiers.

Le Prussien prit une expression indéchiffrable. Quelle que soit son irritation contre le prince Michael, il resterait stoïquement loyal.

— Un gentleman avisé garderait de telles pensées pour lui.

Sachant qu'il valait mieux ne pas discuter, Edmond ramena son attention sur des questions plus urgentes.

— Et Viktor Kazakov ?

Le sourire revint sur les lèvres d'Herrick.

— On l'a trouvé dans l'église où vous l'aviez laissé. Comme les prisons étaient déjà pleines, je crois qu'il est enfermé dans une chambre du palais avec son cousin, Fedor Dubov.

Edmond eut un rire bref, savourant l'image de Viktor retenu prisonnier dans une pièce luxueuse. Ce serait plus vexant pour lui qu'un cachot humide.

— Ah, ainsi il a réussi à obtenir ses appartements au palais. Il doit être si content.

— Pour être honnête, il ne paraissait pas particulièrement content, déclara sèchement Herrick. De fait, il vous menaçait de toutes sortes de rétributions, ainsi que toute votre descendance. Si vous voulez, je peux vous arranger une rencontre pour que vous puissiez lui arracher la langue et mettre fin à ses ennuyeuses rodomontades.

— J'ai d'autres questions plus importantes à régler. Je compte sur vous pour l'interroger et découvrir si d'autres comparses étaient impliqués.

— Bien sûr.

Herrick étudia Edmond un long moment, la mine étrangement sombre.

— Oui ?

— Cette femme…

— Brianna, le reprit vertement Edmond.

— Brianna, répéta docilement le Prussien. Est-elle pour vous plus qu'une simple passade ?

Edmond alla d'un pas vif jusqu'au poêle, la rigidité de ses épaules indiquant que cette question ne lui plaisait pas.

— Vous savez que je ne discute jamais de mes affaires privées.

— Et cela ne m'intéresserait pas, tant que cette affaire m'apparaîtrait comme une… passade.

Il y eut une pause embarrassée.

— Toutefois, si vous avez l'intention de garder miss Quinn comme plus que votre maîtresse, vous devez considérer non seulement sa réputation, mais aussi la vôtre.

— Dites-moi clairement ce que vous avez à l'esprit, Herrick.

— Même si vous désirez oublier vos devoirs envers votre tsar, ils ne peuvent être tous ignorés. Le plus important étant la présentation de votre fiancée en société.

Fiancée.

Un frisson glacé parcourut Edmond. Il avait consacré des années à se convaincre qu'il était maudit. Ce destin exigeait qu'il reste seul, en punition d'avoir causé la mort de ses parents.

Une peur irrationnelle, peut-être, mais qu'il ne pouvait dominer. Encore moins après avoir vu Brianna manquer mourir deux fois dans ses bras.

— Je ne parlerai pas de cela !

Herrick fronça les sourcils, visiblement perplexe devant le ton acerbe d'Edmond.

— Je comprends que vous soyez encore inquiet pour la sécurité de miss Quinn, mais les traîtres ont été arrêtés, et le seul danger qui la menace maintenant est d'être dévoilée comme votre maîtresse avant que nous puissions faire taire les rumeurs. Vous savez que le tsar pardonnera toute incartade, à condition qu'elle puisse être cachée sous un voile de pureté.

Il tendit la main pour presser l'épaule d'Edmond.

— Nous devons installer miss Quinn dans une maison moins… excentrique et lui procurer un chaperon au-delà de tout soupçon.

— Elle restera ici avec moi, Herrick.

— Mais…

— Assez !

Edmond se détourna avec colère pour se verser un autre cognac.

— Brianna ne sera jamais ma femme.

— Et qui a jamais dit que je voulais être votre femme, par tous les diables ? demanda une voix féminine, acerbe, depuis le seuil.

Le verre glissa des doigts d'Edmond tandis qu'il pivotait vivement pour voir Brianna appuyée faiblement au montant de la porte.

Avec son corps menu perdu dans les plis de la robe de chambre de Vanya et ses cheveux tombant autour de son visage pâle, elle paraissait terriblement jeune et fragile. On ne pouvait se méprendre, cependant, sur la fureur blessée qui étincelait dans ses beaux yeux verts, ni sur la façon dont son dos se raidit quand Edmond avança instinctivement d'un pas.

— Ma souris…

Il n'avait aucune idée de ce qu'il voulait dire tandis qu'il se précipitait vers sa silhouette chancelante, et finalement cela n'eut pas d'importance. Lui décochant un regard aussi coupant qu'une dague, Brianna rassembla les forces qui lui restaient et lui claqua la porte au nez.

Si Brianna ne s'était pas sentie si faible et si étrangement défaite, elle aurait fort bien pu faire un grand éclat. Après tout, il y avait de nombreuses figurines de valeur disséminées dans la pièce qui seraient parfaites à lancer contre la porte. Et, si elle épuisait ses munitions, elle pourrait toujours se rabattre sur les bustes en marbre posés sur les étagères.

A la place, elle tourna la clé dans la serrure et se glissa sous ses couvertures.

Et elle voua lord Edmond Summerville aux gémonies.

Comment osait-il l'humilier en déclarant à ce gentleman aux cheveux gris qu'il ne la prendrait jamais pour femme ?

Ce n'était pas comme si elle le harcelait pour qu'il l'épouse. Ou se lamentait pour faire restaurer sa réputation détruite. Ou même demandait à être assurée que leur relation était plus qu'une passade.

Pour l'amour du ciel, elle n'avait même pas dit à cet irritant personnage qu'elle pouvait porter son enfant.

Et heureusement, chuchota une petite voix dans son esprit. La dernière chose dont elle voudrait était ses attentions coupables, ou, pire encore, l'offre d'un dédommagement en argent, alors qu'il était si évidemment préparé à se débarrasser d'elle.

Fermant les yeux, Brianna lutta contre la déception qui menaçait de l'engloutir.

Rien n'avait vraiment changé, même s'il avait accouru à son secours, et s'il avait écarté son devoir envers son pays et sa farouche loyauté envers le tsar pour le faire.

Ou même s'il avait passé toute la nuit à son chevet, caressant doucement ses boucles en lui murmurant des paroles de réconfort.

Elle avait été une sotte de se réveiller avec le chaud sentiment d'être merveilleusement chérie. Et plus sotte encore de forcer son corps endolori à quitter son lit pour pouvoir être plus près de lui. Elle n'aggraverait pas les choses en se laissant blesser par le constat qu'elle n'était rien de plus que la femme qui partageait actuellement sa couche.

Cette pensée courageuse venait juste de lui traverser l'esprit, quand un poing frappa impatiemment le bois de la porte.

— Brianna, ouvrez cette porte.

Si elle l'ignorait assez longtemps, il finirait par disparaître. Rien n'était plus certain.

Presque deux heures plus tard, les faits lui donnèrent raison. Edmond disparut. Ou du moins cessa-t-il de frapper sans arrêt et d'exiger qu'elle le laisse entrer.

Poussant un soupir de soulagement, Brianna rabattit ses couvertures sur sa tête et se concentra sur la douleur lancinante de son épaule.

Son humeur morose fut interrompue par un coup léger à la porte, suivi par la voix de Vanya.

— Brianna ? Brianna, je vous apporte des douceurs, dit-elle. Puis-je entrer ?

Brianna sortit la tête des couvertures.

— Etes-vous seule ?

— Juste avec ma soubrette.

— Un moment.

Sur le point d'essayer de se lever, Brianna fut arrêtée par la ferme adjuration de Vanya.

— Non, ne vous levez pas, j'ai une clé.

Il y eut un raclement de métal sur du métal, puis la porte s'ouvrit devant Vanya et une jeune soubrette aux joues roses et aux yeux bleus pleins de curiosité.

— Voilà, ma chère.

D'un geste impérieux, Vanya fit signe à la servante d'avancer et de poser un grand plateau sur les genoux de la jeune femme. Après quoi la soubrette fit une courbette hâtive et s'éclipsa de la chambre.

Brianna inhala profondément les odeurs délicieuses qui flottaient dans l'air. La légère nausée qui était revenue dans l'heure précédente ne suffit pas à dissiper son soudain appétit.

— Est-ce du pain d'épice ?

Elle souleva la serviette pour révéler un bol de bouillon, des tranches de pain et une assiette de pain d'épice encore chaud.

— Il sort du four, mais j'ai dû promettre à ma cuisinière de vous empêcher d'en mordre une bouchée tant que vous n'aurez pas terminé son fameux bouillon de poule, qui d'après elle guérit toutes les maladies.

Docilement, Brianna prit la cuillère et goûta le bouillon, qui glissa dans sa gorge et répandit une chaleur bienvenue dans son corps encore transi.

— C'est très bon, murmura-t-elle en terminant le potage et une tartine de pain, avant de tendre la main vers le pain d'épice et de s'adosser à ses oreillers.

Tandis qu'elle savourait le dessert, elle prit conscience du regard soucieux de Vanya.

— Comment vous sentez-vous ?
— Faible.
— Souffrez-vous ?
— Mon épaule me fait mal, bien que je m'habitue malheureusement aux blessures par balle.

Vanya sourit et s'assit sur le bord du lit.

— Ce n'est pas une habitude que je recommanderais.
— Moi non plus.

Brianna baissa les yeux sur l'assiette de pain d'épice, cachant délibérément son expression à son hôtesse.

— Grâce au ciel, j'ai toute confiance qu'une fois de retour à Londres mon avenir sera beaucoup plus paisible.
— A Londres ? Vous comptez quitter Saint-Pétersbourg ?
— Bien sûr. La Russie est un très beau pays, malgré ses frimas, et vous m'avez très bien accueillie, mais l'Angleterre est mon chez-moi.

Vanya s'agita, visiblement prise de court par la ferme affirmation de Brianna qu'elle allait partir.

— Je comprends certainement votre désir de rentrer chez vous, mais Edmond ne voudra sûrement pas voyager avant que vous soyez complètement remise ?

Mettant le dernier morceau de pain d'épice dans sa bouche, Brianna reposa l'assiette sur le plateau. Puis, avec une sombre détermination, elle leva la tête pour rencontrer le regard scrutateur de sa compagne.

— Mes projets de voyage n'incluent pas Edmond, Vanya.

Sa voix se durcit.

— Et mon avenir non plus.

Fronçant les sourcils, la belle Russe serra les doigts de Brianna en un geste de réconfort.

— Oh, ma chère, j'espère que vous ne blâmez pas Edmond pour ce qui vous est arrivé ? Il ne pouvait pas savoir.

Brianna haussa les épaules. Elle ne le blâmait pas de son enlèvement. En tout cas, pas directement. Il ne pouvait pas savoir, en effet, que Viktor Kazakov était si désespéré.

Mais elle le blâmait de s'être introduit de force dans sa vie et dans son cœur, les laissant tous les deux dans un état pitoyable.

Quelque chose qu'elle n'avait pas l'intention d'avouer à quiconque. Pas même à cette femme aimable et compréhensive.

— Peut-être pas, mais je peux vous assurer qu'on ne m'avait jamais tiré dessus, enlevée ou attaquée avant qu'Edmond insiste pour que je joue le rôle de sa fiancée.

Vanya haussa un sourcil, le regard interrogateur.

— En vérité, ce n'est pas entièrement exact, n'est-ce pas ?
— Que voulez-vous dire ?
— Edmond a mentionné que votre beau-père a essayé de vous enlever quelques jours avant votre départ pour la Russie.

— Juste ciel, j'avais presque oublié, murmura Brianna, stupéfaite.

Thomas Wade et la peur qu'il lui avait inspirée semblaient très loin.

— Ce qui prouve seulement combien les dernières semaines ont été éprouvantes.

— Et vous en blâmez Edmond ?

Brianna cacha un sourire réticent devant la réprobation que Vanya ne pouvait entièrement dissimuler. Son hôtesse s'était peut-être attachée à elle, mais sa loyauté appartenait toujours à Edmond.

— Ce n'est pas une question de blâme.
— Non ?
— C'est…

Brianna poussa un profond soupir.

— Je veux juste retourner à l'Angleterre et à ma vie tranquille, sans incident. C'est ce que j'ai toujours désiré.

Vanya resserra son emprise sur ses doigts.

— Et si vous portez l'enfant d'Edmond ?

Brianna ne frémit pas devant cette question abrupte. En réalité, elle avait beaucoup réfléchi à ce problème durant les dernières heures.

Elle devrait attendre des semaines avant d'être sûre d'être enceinte ou non, mais elle avait l'intention d'être bien préparée. Elle ferait tout ce qui serait nécessaire, tous les sacrifices, afin d'assurer un foyer chaleureux et sûr à son enfant.

— Alors, je choisirai un cottage dans un petit village où personne ne me connaît, dit-elle. J'ai assez d'argent pour entretenir une maisonnée et il sera très simple de prétendre que je suis veuve.

— Et Edmond ?

— Quoi, Edmond ?

Vanya la dévisagea avec incrédulité.

— Vous ne pouvez croire réellement qu'Edmond vous laissera disparaître dans un petit cottage ? Surtout s'il découvre que vous portez son enfant ?

— Pourquoi ne le ferait-il pas ? rétorqua Brianna, refusant de reconnaître la douleur aiguë qui lui perforait le cœur. Notre relation a toujours été destinée à être une affaire temporaire. Edmond l'a établi clairement. Nul doute qu'il cherche déjà une autre femme pour me remplacer.

Vanya renversa la tête en arrière pour glousser d'un air amusé.

— Grands dieux, Brianna, vous êtes vraiment innocente.

Brianna rougit d'irritation.

— Pas aussi innocente que je l'étais, riposta-t-elle d'un ton sec.

Vanya lui tapota la main.

— Ma chère, puis-je vous donner un conseil ?

— Si vous voulez.

Les lèvres de la belle Russe s'incurvèrent, comme si elle sentait que Brianna luttait pour rester polie.

— Je n'ai jamais prétendu être extraordinairement avisée, mais la vie m'a appris quelques dures leçons, dit-elle d'une voix douce, inspirée. La plus importante étant que l'amour est un cadeau rare et merveilleux que l'on ne doit jamais prendre pour acquis.

Brianna serra les dents contre la vague de souffrance qui la prenait d'assaut au souvenir du ferme refus d'Edmond de la considérer comme sa fiancée.

Il n'aurait pas pu rendre son manque d'égard plus clair s'il l'avait gravé dans la pierre.

— Edmond ne m'aime pas.

— De fait, je n'en suis pas aussi certaine que vous, mais je ne me réfère pas seulement au fait d'accepter l'amour des autres. Je parle de laisser l'amour grandir dans votre propre cœur.

Les yeux de Vanya s'embuèrent de larmes.

— Dans ma crainte et ma fierté, j'ai écarté mes sentiments pour ma fille, sans mentionner un homme bon et correct qui ne m'a offert qu'une loyauté inébranlable. Ne faites pas la même erreur que moi, Brianna. Ne niez pas les émotions que vous avez dans le cœur. Ce chemin ne conduit qu'aux regrets.

Brianna ignora avec détermination le petit frisson qui la parcourut à l'avertissement de Vanya, et se concentra à la place sur la femme qui regrettait visiblement son passé.

Contrairement à elle, Vanya avait un homme qui l'aimait au-delà de toute mesure. Un homme qui ne désirait rien tant que de l'avoir pour épouse.

— Il n'est pas trop tard, Vanya, insista-t-elle doucement, alors que son hôtesse libérait fermement sa main et se levait. M. Monroe vous adore, et je ne doute pas qu'il vous pardonnera si vous lui en laissez l'occasion.

— Mais je dois d'abord me pardonner à moi-même, ma chère.

Un sourire mélancolique se peignit sur les lèvres de Vanya tandis qu'elle regagnait la porte.

— Réfléchissez au moins à mes paroles. Edmond arpente le salon, à côté. Il est au désespoir de vous voir.

— Non.

Brianna secoua vivement la tête, et frémit à la douleur qui lui traversa l'épaule.

— Non, je ne veux pas lui parler.

— Très bien.

Vanya poussa un petit soupir.

— Reposez-vous, ma chère. Tout s'arrangera.

Tout s'arrangera ?

Brianna frissonna tandis que Vanya quittait la chambre et fermait la porte.

27

Edmond s'appuyait avec lassitude contre la cheminée tandis qu'il attendait que Vanya sorte de la chambre de Brianna. Il pouvait sentir sa barbe naissante sous ses doigts et savait qu'il devait avoir l'air aussi mal en point qu'il en avait l'impression.

Il ne pouvait se rappeler la dernière fois où il avait dormi, ou mangé un vrai repas. Certainement pas durant les deux derniers jours. Pourtant, il ne pouvait se contraindre à quitter les appartements de Brianna. Pas avant d'avoir réussi à…

A quoi ?

Ses sombres pensées furent interrompues quand la porte s'ouvrit et que Vanya quitta la chambre. Il s'avança, mais pas assez vite. Avant qu'il atteigne le milieu de la pièce, la belle Russe tourna la clé dans la serrure et la mit dans sa poche.

— Comment va-t-elle ? Est-elle réveillée ? A-t-elle mangé ?

Vanya haussa les sourcils.

— Elle est faible, mais réveillée. Et oui, elle a mangé.

— Alors, je vais la voir.

Il tendit une main impérieuse pour avoir la clé.

— Non, Edmond. Elle ne veut pas vous voir.

— Bon sang, Vanya ! J'ai besoin d'être avec elle.

Vanya esquiva la silhouette imposante d'Edmond pour aller se verser un petit verre de xérès.

— Oui, vous avez clairement établi vos besoins, Edmond.

Pivotant vers lui, elle le considéra d'un air réprobateur.

— Mais pour l'instant je suis plus concernée par ceux de Brianna.

— Elle est bouleversée. Elle ne sait pas ce qu'elle veut vraiment.

— De fait, elle semble particulièrement certaine de ce qu'elle veut, et surtout de ce qu'elle ne veut pas. Et c'est d'être en votre compagnie.

Vanya plissa les paupières d'un air soupçonneux.

— Que lui avez-vous fait ?

Se sentant étrangement sur la défensive, Edmond passa les doigts dans ses cheveux emmêlés.

— Rien.

Il haussa vaguement une épaule.

— Elle m'a simplement entendu parler avec Herrick.

— Vous discutiez d'une autre femme ?

— Juste ciel, bien sûr que non !

— J'ignore pourquoi vous paraissez si surpris, dit sévèrement Vanya. Brianna est convaincue que vous êtes sur le point de la remplacer.

— Jamais.

— Il doit y avoir une raison pour laquelle elle est fâchée contre vous. Qu'avez-vous dit ?

Edmond hésita, curieusement embarrassé d'avouer la vérité.

— J'essayais d'empêcher Herrick d'arranger mon mariage imminent.

— Avec Brianna ? demanda Vanya à voix basse, pour ne pas être entendue de la chambre voisine.

— Oui.

— Et elle vous a entendu refuser de la considérer comme votre fiancée ?

Avec une bouffée d'agacement, Edmond alla à la fenêtre, pas surpris de trouver les carreaux givrés. Il était plus de minuit et la nuit était très froide.

— Je n'ai jamais caché ma détermination de ne jamais me marier, comme vous le savez, Vanya, répondit-il d'une voix rude. Cela n'a rien à voir avec Brianna.

— Non, bien sûr que non, déclara Vanya d'un ton sec.

Il pivota pour fusiller son amie du regard.

— En outre, Brianna m'a informé une bonne demi-douzaine de fois qu'elle ne désire pas avoir un mari ou une famille, alors sa colère défie toute logique.

Vanya écarta ses paroles d'un geste.

— Une femme n'a pas besoin d'être logique, et, de toute façon, toute femme serait offensée en entendant son amant proclamer au monde entier qu'il ne veut pas d'elle pour épouse. Cela lui fait se demander si elle est inapte.

— C'est justement pourquoi je veux lui parler.

— Et que lui diriez-vous, Edmond ?

Vanya s'avança, l'air troublé.

— Qu'elle vous convient pour badiner avec vous quand l'envie vous en prend, mais qu'elle n'est pas digne d'occuper une place permanente dans votre vie ?

— Préféreriez-vous que je lui mente, Vanya ? Que je lui fasse des promesses que je ne pourrai pas tenir ?

— Pourquoi ?

La belle Russe agita sa main lourdement baguée.

— Brianna est charmante, belle, et de toute évidence elle vous rend heureux. N'importe quel gentleman doté d'un brin de bon sens serait fier de l'appeler sa femme.

— Je ne veux pas…

Edmond s'arrêta, refusant d'admettre que sa réticence à prendre Brianna pour épouse venait de sa peur qu'un sort terrible l'attende. Vanya le prendrait pour un fou.

— Vous ne voulez pas quoi ?

— Me marier.

— Pourquoi, mon cher ?

Les sourcils froncés, Vanya s'approcha assez près pour poser une main sur son bras.

— Il est évident que vous tenez beaucoup à Brianna. Pourquoi êtes-vous si opposé à l'idée de l'épouser ?

— Je n'en discuterai pas, Vanya.

Il s'écarta avec raideur, les traits durs.

— Ni avec vous ni avec quelqu'un d'autre.

— Bien.

Secouant la tête d'un air agacé, Vanya alla à la porte qui donnait sur le couloir.

— Alors, vous allez la perdre.

— Que dites-vous ?

— Que vous allez la perdre, répéta la belle Russe, s'arrêtant pour lui décocher un regard résigné. Brianna prévoit déjà son retour en Angleterre.

— Je sais qu'elle désire rentrer à Londres pour rencontrer son avoué et prendre possession de son héritage, dit lentement Edmond. Je l'accompagnerai lorsqu'elle sera complètement guérie.

— Elle n'a pas mentionné votre présence. De fait, elle est très déterminée à rentrer seule, pour pouvoir organiser sa maisonnée et sa vie sans interférences.

— C'est seulement parce qu'elle est momentanément fâchée contre moi. Lorsqu'elle aura retrouvé une humeur égale, elle se rendra compte que c'est ridicule.

Vanya soupira.

— Edmond, je vous aime comme si vous étiez mon fils, mais parfois j'ai bien envie de vous souffleter. Laissez filer le passé avant qu'il soit trop tard, mon cher.

— Cela n'a rien à voir avec le passé !

— Oh, Edmond.

Avec un dernier regard de pitié, Vanya s'éclipsa du salon et disparut dans le couloir.

Resté seul, Edmond se laissa lentement choir dans un fauteuil et baissa ses épais cils noirs. Maudits soient ses prétendus amis et leurs interventions malvenues.

Trois jours plus tard, Edmond fut obligé de reconsidérer son arrogante supposition que Brianna reprendrait ses esprits et lui pardonnerait. L'obstinée donzelle restait déterminée à le tenir à distance.

Quel que soit le nombre de ses visites, elle demeurait stoïquement lointaine, le visage pâle et ses beaux yeux vides d'expression.

C'était presque comme si son spectre se trouvait allongé

sous les couvertures, tandis que son essence s'était retirée si profondément qu'il ne pouvait plus la toucher.

Il avait essayé par tous les moyens de provoquer une réaction. En la taquinant, en la provoquant, en essayant même de la soudoyer, mais rien ne pouvait la tirer de son étrange léthargie. Vu l'attention qu'elle lui accordait, il aurait aussi bien pu être invisible.

Le quatrième matin, il pénétra en trombe dans la pièce du petit déjeuner, tendue de damas vert et décorée de beaux vases chinois et de figurines de jade. Il fut soulagé que Monroe ait été appelé au palais, lui permettant de parler en privé à son hôtesse.

Il n'arrivait pas souvent que lord Edmond Summerville se retrouve perdu, et sa fierté avait déjà pris assez de coups sans qu'il reconnaisse publiquement sa défaite.

Vanya était assise dans une bergère en bouleau, près d'une table dorée qui disparaissait presque sous un grand plateau chargé d'œufs, de toasts et d'anguilles fumées. Vêtue d'une riche robe en brocart avec plusieurs grosses émeraudes cousues sur le corselet, ses cheveux relevés en boucles compliquées autour de son beau visage, elle incarnait totalement l'aristocrate russe, une image qui fut encore renforcée lorsqu'elle haussa simplement un sourcil devant sa furieuse irruption.

— Bonjour, Edmond. Voulez-vous du thé ?

— Non, refusa-t-il d'un ton coupant, les talons de ses bottes lustrées résonnant bruyamment sur le parquet ciré. Je veux que vous me disiez pourquoi Brianna me traite comme si je n'existais plus.

— Je ne puis converser avec vous pendant que vous arpentez mon salon comme un animal en cage, déclara Vanya. Ayez au moins la correction de vous asseoir afin que je ne sois pas obligée de me dévisser le cou.

— Bon sang, Vanya, je ne suis pas d'humeur à me montrer poli.

— Oui, je le vois.

Buvant une gorgée de thé, Vanya rencontra son regard brûlant avec un léger sourire.

— Refuse-t-elle de nouveau de vous voir ?

Edmond passa des doigts impatients dans ses cheveux.

— Cela revient au même. Quand je vais la voir, elle me traite comme si j'étais un vague étranger. Bonté divine, je préférerais qu'elle me voue aux gémonies plutôt que de me regarder avec cette totale indifférence.

— Elle est encore en train de se remettre, Edmond.

Vanya reposa lentement sa tasse.

— Vous devez vous montrer patient.

Cette explication ne fit rien pour apaiser l'agacement d'Edmond. De fait, elle ne fit qu'attiser un autre de ses ressentiments.

— Elle se remet ? releva-t-il, la voix rauque de scepticisme.

Vanya ouvrit la bouche, et il l'arrêta d'un geste de la main.

— Oh, je sais que le médecin prétend que sa blessure guérit et qu'il n'y a pas d'infection, mais je n'ai pas besoin d'être un maudit charcuteur pour voir qu'elle est beaucoup trop pâle et trop mince. Quand je l'ai abordé ce matin, tout ce qu'il a voulu dire est que c'est parfaitement normal et que son appétit reviendra en temps voulu.

Quelque chose passa sur le beau visage de Vanya. Une émotion mystérieuse qui fut trop fugace pour qu'Edmond puisse la saisir.

— Nous devons nous fier à son jugement, dit-elle vaguement.

Edmond plissa les paupières, sentant que l'état de Brianna recouvrait plus que ce qu'on lui disait.

— De fait, je n'ai pas besoin de me fier à ce que dit cet imbécile.

Un sourire froid passa sur ses lèvres.

— J'ai fait appeler le chirurgien d'Herrick pour l'examiner plus tard dans la soirée.

Vanya se leva, une colère inattendue durcissant ses traits.

— Edmond, ce n'est pas du tout nécessaire.

— C'est à moi d'en décider.

— Non, c'est à Brianna d'en décider, et elle est entièrement satisfaite des soins qu'elle reçoit. Elle ne vous saura pas gré de votre intervention.

Les soupçons d'Edmond qu'on ne lui disait pas tout sur l'état de Brianna furent chassés par une intense bouffée de regret.

— Elle ne me saura gré de rien en ce moment. Elle...
— Quoi ?
— Me glisse entre les doigts.

L'expression de Vanya s'adoucit.

— Je vous ai prévenu, Edmond.

Il se remit à faire les cent pas.

— Elle fait cela parce que je ne veux pas l'épouser ?
— Je ne puis dire ce qui est dans le cœur d'autrui, mais je pense que toute femme intelligente serait assez avisée pour se protéger.

Edmond se raidit.

— Je ne ferais jamais de mal à Brianna.
— Pas intentionnellement. Mais, mon cher, je vous connais. Vous avez bénéficié des attentions de dizaines de femmes. Pourquoi Brianna ne se préparerait-elle pas à devenir rien d'autre qu'un souvenir qui s'estompe ?
— Parce que je n'ai sûrement pas l'intention qu'elle le devienne.

Vanya fit claquer sa langue.

— Bien sûr que si. C'est inévitable. Et vous êtes perturbé parce que c'est Brianna qui a choisi de se retirer avant que vous le fassiez. Vous êtes piqué dans votre fierté.
— Pour l'amour du ciel, cela n'a rien à voir avec ma fierté.

Edmond pointa un doigt sur son hôtesse.

— Et je peux vous l'assurer, je ne la laisserai jamais m'échapper. Jamais.

Vanya le dévisagea d'un regard scrutateur, l'expression méfiante.

— Edmond, que dites-vous là ?

L'instinct d'esquiver cette question indiscrète faillit dominer Edmond. Il n'aimait pas donner ses émotions en spectacle. Toutefois, il commençait à s'aviser que révéler ses sentiments était le moindre des sacrifices qu'on lui demandait.

— Je…

Il se força sombrement à continuer.

— Je tiens à Brianna.

Vanya se montra remarquablement peu émue par sa surprenante admission.

— Nous tenons tous à Brianna, dit-elle en agitant sa main baguée. C'est une douce et gentille enfant qui a affronté les difficultés de sa vie avec une dignité étonnante.

— Je ne pense pas que je la qualifierais de gentille, observa sèchement Edmond. Elle possède un cœur de tigresse, et elle ne rechigne pas à se servir de ses griffes quand c'est nécessaire. Savez-vous qu'elle m'a ouvertement fait chanter pour me forcer à l'accueillir à la résidence Huntley ?

Vanya fit de nouveau claquer sa langue.

— Mon avis, c'est que tenir à elle est très différent de se consacrer à elle. Elle est… vulnérable et vous pourriez lui causer de grands torts sans jamais vouloir lui faire du mal.

— Je viens de vous dire que je la veux dans ma vie.

— Pour l'instant.

— Pour toujours.

Vanya haussa lentement les sourcils, la mine sceptique.

— Pardonnez-moi si je trouve votre sincérité difficile à croire, Edmond.

— Pourquoi ?

— Parce que vous refusez de l'épouser, répondit la belle Russe d'un ton accusateur. Si vous étiez vraiment dévoué à elle, vous voudriez rendre votre relation permanente.

— Pour l'amour du ciel, c'est parce que je tiens à elle que je refuse de la mettre en danger !

Il y eut un long silence pendant que Vanya essayait de comprendre ses peurs inexprimées.

— Les traîtres ont été arrêtés, et pour autant que je sache personne d'autre ne veut enlever cette pauvre enfant.

Elle eut un léger sourire.

— Certes, elle peut avoir envie de fuir quand elle sera menacée d'avoir à affronter la cour des Romanov.

Les traits d'Edmond demeurèrent rigides. Alexander Pavlovich et les nombreuses difficultés qu'il y avait à négocier les eaux dangereuses de la cour de Russie étaient des soucis pour un autre jour.

— Vous ne pouvez pas comprendre, marmonna-t-il.

— Pas à moins que vous vous expliquiez, mon cher.

Vanya s'avança pour lui presser légèrement le bras.

— Dites-moi pourquoi vous hésitez. Cela a-t-il à voir avec vos parents ?

Edmond ferma les yeux contre l'ancienne douleur qui l'assaillait brutalement.

— Ils sont morts à cause de moi.

— Non, Edmond. Ce n'a été rien d'autre qu'un accident.

La femme mûre attendit patiemment qu'Edmond rouvre les yeux pour rencontrer son regard ferme.

— Cela n'a rien à voir avec vous.

Edmond avait entendu ces mots futiles trop de fois pour en tirer du réconfort.

— Ils n'auraient jamais été sur leur yacht cette nuit-là si je n'avais pas eu des ennuis avec la justice.

Vanya resserra les doigts sur son bras et secoua la tête avec impatience.

— Et qui peut dire qu'ils ne seraient pas morts dans un accident d'attelage en se rendant à une soirée ? Ou qu'ils n'auraient pas succombé à la mauvaise fièvre qui a ravagé le Surrey quelques semaines plus tard ? Vous n'êtes pas Dieu, Edmond, même si vous vous plaisez à jouer ce rôle. Vous ne possédez pas de pouvoir sur la vie et la mort.

— Vous pouvez dire ce que vous voulez, Vanya, mais ils sont morts à cause de mes fautes. Je ne veux pas que cela arrive à quelqu'un d'autre.

— Quelqu'un d'autre ?

Vanya s'immobilisa, comme frappée par une idée subite et désagréable. Puis, sans prévenir, elle leva la main pour lui tapoter la joue.

— Oh, mon très cher. Quel lourd fardeau vous portez.
— Si c'est un fardeau, j'en suis responsable.
— Non, et vous vous êtes puni assez longtemps.

D'un geste vif, Vanya recula d'un pas et carra les épaules, comme si elle se préparait à une bataille.

— Edmond, j'ai connu votre mère pendant près de quarante ans, et je peux vous dire que ce qu'elle désirait par-dessus tout était que ses fils soient heureux.

Elle plissa les paupières avec une ferme détermination.

— Chercher le bonheur n'est pas trahir vos parents. Au contraire, c'est le seul moyen d'honorer leur mémoire.

D'un pas nerveux, Edmond alla regarder par la fenêtre. Les nuages épais s'étaient enfin écartés pour laisser le soleil matinal se refléter sur la neige avec un éclat aveuglant, donnant l'impression que les rues étaient constellées de diamants. Plus loin, il pouvait distinguer les silhouettes de patineurs et de piétons qui encombraient la Neva.

Il y avait quelque chose de presque magique dans le spectacle de Saint-Pétersbourg par un matin d'hiver, mais Edmond nota à peine la beauté étalée devant lui. A la place, il se contraignit à répondre à l'accusation de Vanya.

— Je ne cherche pas à me punir, dit-il enfin, plus pour se rassurer lui-même que pour convaincre son amie.

Elle secoua la tête.

— C'est exactement ce que vous faites.

Elle marqua une pause.

— Et, pire, vous punissez cette délicieuse jeune femme couchée en haut. Elle mérite mieux.

Edmond se détourna abruptement, forcé pour la première fois de considérer l'idée qu'en voulant protéger Brianna il n'avait réussi qu'à la blesser davantage. Son cœur se contracta à la pensée douloureuse du teint cendreux de la jeune femme et de son regard blessé juste avant qu'elle lui claque la porte à la figure.

Ignorant le regard spéculatif de Vanya, il arpenta lentement le parquet, essayant de mettre de l'ordre dans le chaos de son esprit.

Et si…

L'entrée d'une soubrette le fit s'arrêter.

— Vos invités sont arrivés, annonça-t-elle.

— Merci, Sophie, ce sera tout.

Comme si elle percevait qu'elle avait réussi à semer les germes du doute dans l'esprit d'Edmond, Vanya se dirigea avec majesté vers la porte, un sourire satisfait sur les lèvres.

— Réfléchissez à ce que je vous ai dit, mon cher.

Edmond la regarda sortir avant de pivoter pour jeter un regard noir par la fenêtre. Il était venu demander des réponses à cette femme, pas un sermon comme s'il était un enfant. Et, pour aggraver les choses, il ne pouvait écarter ses reproches cuisants.

Il resta plongé dans ses sombres pensées jusqu'à ce qu'un bruit de pas l'interrompe. Se détournant, il découvrit Boris à la porte, son manteau couvert de neige et ses bottes maculées de boue. D'un geste vif du poignet, le Russe tendit à Edmond un sachet de papier brun, dont montait l'odeur de marrons grillés.

Edmond prit le sachet avec une grimace. Il avait envoyé Boris acheter cette douceur dans l'espoir d'attiser l'appétit de Brianna. Une tâche vaine ces derniers jours.

— Avez-vous mangé de l'anguille avariée au petit déjeuner, Summerville ? demanda le soldat, les bras croisés sur la poitrine.

— Par tous les diables… vous savez que je déteste l'anguille, Boris.

— Alors, il doit y avoir une autre raison pour que vous ayez l'air malade. Je devrais peut-être appeler un docteur.

Edmond fronça les sourcils.

— Je ne suis pas malade, je suis contrarié. Je ne comprends pas pourquoi les femmes doivent compliquer ce qui devrait être une liaison toute simple.

— Courage, mon ami. Ma mère vous dirait que, si une femme ne cause plus de problèmes dans votre vie, c'est qu'elle ne tient plus à vous.

L'estomac d'Edmond se crispa d'appréhension.

— Sapristi.

Boris s'avança, indifférent à la boue qu'il déposait sur le parquet.

— C'était censé vous réconforter. Il n'y a rien de travers avec miss Quinn, n'est-ce pas ?

— Pas physiquement. Le médecin m'a assuré qu'elle guérit de façon convenable.

Edmond afficha un sourire sans joie.

— Vous n'avez pas à vous inquiéter que Janet vous attende à Londres avec un couteau aiguisé.

Boris s'éclaircit la gorge.

— De fait, nous avons décidé que quand le printemps sera là elle viendra en Russie. Le tsar a toujours souhaité que je rentre dans sa garde personnelle, et Janet s'habituera vite à Saint-Pétersbourg. Mon seul souci est de savoir si Saint-Pétersbourg lui résistera.

— Vous avez l'intention de vous marier ?

— Elle n'a pas encore agréé un engagement formel, obstinée comme elle est, mais j'ai confiance dans mes talents de persuasion.

— Bonté divine.

Boris rit devant son choc.

— Etes-vous surpris parce que vous pensiez que je ne me marierais jamais, ou parce qu'une femme veut de moi ?

— Il ne m'est jamais venu à l'esprit que vous pourriez souhaiter fonder une famille.

— Je doute que cela vienne à l'esprit d'un homme, jusqu'à ce qu'il rencontre une femme qui lui révèle le plaisir à trouver dans ce genre d'engagement.

Edmond traversa la pièce pour venir taper sur l'épaule de son ami, ignorant le vide douloureux au fond de son estomac.

— Vous me manquerez, mon vieux.

— Pas si vous avez le bon sens d'accepter ce qui est évident pour tous.

— Juste ciel, pas vous, aussi !

Boris l'étudia, la mine sombre.

379

— Vous vous êtes battu assez longtemps contre l'espoir du bonheur. Il est temps pour vous de déposer les armes et d'accepter ce que le ciel vous offre.

— Ce n'est pas si simple.

— Si, Summerville, c'est précisément aussi simple que cela.

L'heure du déjeuner approchait quand la porte de la chambre s'ouvrit et que Vanya entra, son sourire ne cachant pas complètement son inquiétude lorsqu'elle traversa la pièce et vint s'asseoir sur le bord du lit.

Brianna réprima un soupir en se remontant sur ses oreillers. Elle savait que sa léthargie inquiétait son hôtesse, mais, pour le moment, elle semblait incapable de lutter contre le brouillard qui la retenait captive. Toutefois, elle était certaine que c'était un état passager et qu'elle serait bientôt sur pied, prête à affronter ce que la vie lui apporterait.

Malheureusement, elle paraissait destinée à causer de gros soucis à la pauvre Vanya avant de parvenir à secouer sa lassitude. Quelque chose qu'elle aurait tellement voulu éviter.

— Brianna, ma chère, ceci ne peut continuer, déclara la belle Russe.

S'attendant aux paroles habituelles de réconfort, Brianna fut prise de court par cette réprimande.

— Je vous demande pardon ?

Vanya croisa les mains sur ses genoux.

— Pour votre information, je suis considérée depuis longtemps comme l'une des hôtesses les plus brillantes de tout Saint-Pétersbourg. De fait, une invitation à mon bal du nouvel an est ce qu'il y a de plus recherché en ville. Maintenant, je commence à craindre que de vous voir dépérir ainsi va détruire ma réputation. On murmure déjà que je vous laisse mourir de faim.

— Vous savez bien que j'adore les plats de votre cuisinière. C'est une véritable artiste pour le pain d'épice. C'est juste… que je n'ai pas faim.

Vanya saisit fermement la main de Brianna.

— Est-ce le bébé ? Avez-vous mal au cœur ?

La douleur transperça brièvement la brume qui enveloppait la jeune femme.

— Il n'y aura pas de bébé.
— Vous en êtes sûre ?
— Je saigne.
— Oh, ma chère.

Vanya étudia les traits pâles de Brianna avec sympathie.

— Vous savez qu'il est fort possible que vous n'ayez jamais été enceinte ?

Brianna y avait pensé, bien sûr. Elle n'avait rien eu pour s'occuper l'esprit, à part ressasser, durant les derniers jours. Etrangement, peu importait qu'il y ait eu un bébé ou non. Elle déplorait cette perte, quelle que soit la vérité.

— Oui, je le sais.
— Et c'est sans doute pour le mieux.
— Sans doute.

Vanya soupira, l'expression troublée, et serra si fort les doigts de Brianna que ses bagues lui entrèrent dans la chair.

— Assez est assez, ma chère. Que puis-je faire pour vous contenter ?

Surprenant à la fois son hôtesse et elle-même, Brianna repoussa ses couvertures et se glissa vers le bord du lit. Oui, assez était assez. Ignorant la faiblesse de ses genoux et la douleur de son épaule, elle se mit sur pied et gagna en vacillant la fenêtre qui donnait sur le jardin.

Il lui parut étonnamment agréable d'être hors du lit, malgré le froid des vitres gelées, et, avec un soupir satisfait, elle se laissa choir sur le coussin dans l'embrasure de la fenêtre.

— Brianna ?

Elle tourna la tête pour rencontrer le regard anxieux de Vanya.

— Je veux rentrer chez moi, dit-elle simplement.
— Chez vous ? releva Vanya, l'air médusé. En Angleterre ?

— Oui.

— Mais…

Secouant la tête, la belle Russe vint s'asseoir à côté d'elle.

— Vous devez savoir que c'est impossible. Au moins pour le moment.

Brianna battit des cils devant cette affirmation péremptoire.

— Pourquoi ?

— Non seulement votre santé est trop délicate pour entreprendre un tel voyage, mais le temps ne s'arrangera pas avant quelques mois.

Des mois.

— Je ne peux rester ici aussi longtemps, protesta Brianna dans un souffle.

— Je crains que vous n'ayez pas le choix.

Vanya jeta un regard significatif à la fenêtre, qui laissait voir un paysage de neige et de glace.

— Même le voyageur le plus aguerri rechignerait à affronter l'hiver russe. Vous auriez de la chance si le pire de vos ennuis consistait à être bloquée dans une auberge sans confort pendant des semaines.

Brianna se mordit la lèvre. Comme toute vraie Anglaise, elle avait du mal à saisir à quel point un hiver russe pouvait être brutal et implacable. Ou peut-être ne voulait-elle pas le comprendre.

Elle serra les mains sur ses genoux, en essayant d'esquiver l'idée qu'elle était bel et bien piégée.

— Il doit y avoir un moyen pour moi de partir.

Vanya eut un sourire affligé devant l'horreur qui perçait dans sa voix.

— Ma chère, je dois admettre que je ne suis pas qu'un peu offensée. Non seulement vous vous affamez jusqu'à ressembler à un cadavre, mais à présent vous êtes prise d'hystérie à l'idée de passer encore quelques semaines chez moi. On pourrait croire que je suis un monstre.

Brianna laissa échapper un gloussement contraint.

— Grands dieux, nul ne croirait que vous ne m'avez

pas traitée avec la plus grande amabilité, Vanya. Bien plus d'amabilité que je n'en mérite.

Elle tendit la main pour tapoter celle de sa compagne, une boule se formant dans sa gorge.

— Si les choses avaient été différentes, peut-être…
— Si Edmond avait été différent, voulez-vous dire ?
— Parmi maintes autres choses, y compris moi-même, marmonna Brianna.

Il y eut une brève pause, comme si Vanya soupesait ses paroles. Puis, prenant une profonde inspiration, elle se décida.

— Ma chère, je pense que si vous lui en laissez l'occasion Edmond vous prouvera qu'il a changé, dit-elle, ignorant la façon dont Brianna se raidissait à la seule mention de son nom. Ou, du moins, il peut changer avec votre aide.

— Merci, Vanya, mais peut-être pourrait-on me laisser parler pour moi-même, déclara alors une voix masculine, au timbre grave.

28

C'était précisément ce qu'elle craignait, comprit Brianna quand Edmond s'avança dans la pièce et que son cœur bondit d'excitation. Son curieux sentiment d'irréalité s'effritait pour laisser ses émotions exposées à vif.

Voilà pourquoi elle devait fuir Saint-Pétersbourg.

Bonté divine, il n'avait qu'à entrer dans sa chambre pour que son pouls s'emballe et que son corps tremble d'excitation à l'idée qu'il puisse la séduire. Et quand il lui souriait… son monde tout entier semblait s'éclairer.

Le seul moyen de préserver la paix de son avenir était de retourner en Angleterre, à la vie qu'elle projetait depuis si longtemps. C'était sûrement préférable à laisser Edmond devenir une part encore plus vitale de son existence.

Percevant peut-être son soudain désarroi, Vanya lui tapota doucement la main avant de se lever et de décocher un regard sévère à Edmond.

— Je vous laisserai parler pour vous-même seulement si vous promettez de ne pas en faire un gâchis complet.

Edmond grimaça et passa la main dans ses cheveux décoiffés. De fait, il paraissait remarquablement défait, avec son écharpe dénouée qui révélait la forte colonne de son cou et sa mâchoire ombrée de barbe. Si cette idée n'était pas aussi ridicule, Brianna aurait pensé qu'il avait dormi tout habillé.

— Je ne tiens pas à me lier par une telle promesse. Pas quand l'histoire m'a appris que mes fameuses capacités de négociation ne semblent pas impressionner miss Quinn, dit-il d'un ton désabusé. En revanche, je crois que je préférerais nouer mon propre nœud coulant au lieu de vous le laisser faire à ma place.

— A votre guise.

Vanya s'avança et s'arrêta juste assez longtemps pour tapoter la joue d'Edmond. Puis elle sortit de la pièce et referma derrière elle.

Profitant de cette brève diversion, Brianna retourna à son lit et tira les couvertures sur son corps frissonnant. Ce n'était pas la fraîcheur de l'air qui la faisait se terrer ainsi, ni même sa faiblesse persistante, mais un étrange sentiment de vulnérabilité tandis qu'Edmond la considérait d'un regard intense et troublant.

Bien qu'il ne fît rien pour l'empêcher de se mettre en sécurité, il s'avança lentement pour la regarder de haut avec un sourire en coin.

— Vous ressemblez vraiment à une petite souris, avec vos grands yeux et votre nez qui pointe juste des couvertures. Craignez-vous que je me jette sur vous ?

— J'ai appris à ne pas essayer de prévoir ce que vous pouvez faire.

— Sensé, sans doute.

Sans prévenir, il s'assit sur le bord du lit, ses longs doigts semant une traînée de feu sur sa joue.

— Si pâle, mon Dieu. Si vous voulez me punir en ne mangeant pas, vous avez réussi, Brianna, dit-il d'une voix rauque. J'ai parcouru tout Saint-Pétersbourg afin de découvrir un délice susceptible de vous tenter, mais chacune de mes offrandes a été retournée dans la cuisine à peine touchée.

Brianna parvint à s'empêcher de rougir en comprenant qu'il était responsable des mets exotiques qui lui avaient été servis.

— Je n'avais pas l'intention de vous punir. Avez-vous besoin de quelque chose, Edmond ?

Il y eut un moment d'hésitation avant que sa voix résonne doucement dans l'air.

— De vous.

Le souffle de Brianna se coinça dans sa gorge devant ces simples mots.

— Je...

Elle fut obligée de s'éclaircir la voix.

— Je vous demande pardon ?

Elle s'attendait à ce qu'il rie et écarte son aveu péremptoire comme une plaisanterie ridicule. A la place, il dessina ses lèvres tremblantes du bout des doigts en la regardant d'un air sombre.

— J'ai besoin de vous, Brianna. Je sais que ce n'est pas une déclaration particulièrement élégante ou romantique, mais c'est le cas.

Il soutint son regard incrédule.

— J'ai besoin de vous, répéta-t-il.

Perdue dans la beauté ténébreuse de son regard, Brianna découvrait qu'elle était incapable de forcer son esprit à fonctionner normalement.

— Pour quoi ?

Le sourire d'Edmond se teinta de dérision.

— Pour tout, à ce qu'il semble. Vous n'êtes pas la seule à ne pouvoir manger ni dormir, ma souris et, même si je ne suis pas encore alité, je n'ai pas pu me résoudre à quitter le salon plus de quelques instants, à moins de me fixer une tâche qui puisse vous plaire.

Il tourna la tête pour regarder les fleurs de serre et les petites boîtes de massepain qui avaient été disposées sur la cheminée quand elle s'était réveillée ce matin-là.

— Si je voyais un autre gentleman soupirer pour une femme d'une façon aussi pathétique, cela m'amuserait beaucoup.

Brianna secoua lentement la tête, la douleur de son rejet encore fraîche à son esprit.

— Mais vous...

— Quoi ?

Elle resserra les couvertures autour d'elle.

— Vous avez établi très clairement que vous ne me

considérez que comme un corps commode pour réchauffer votre lit.

— Commode ?

Son rire âpre et bref retentit dans la pièce.

— Miss Quinn, vous êtes de loin la femme la plus pénible, la plus agaçante et la plus intraitable qui a jamais croisé mon chemin.

Stupidement, Brianna se sentit offensée par ses paroles moqueuses.

— Je ne suis certainement pas pénible.

Les lèvres d'Edmond frémirent, mais au prix d'un effort il chassa son amusement.

— A mon avis, je n'ai qu'à franchir cette porte pour découvrir une femme plus commode que vous.

— Alors, pourquoi ne le faites-vous pas ? rétorqua-t-elle d'un ton coupant.

— Parce que, exaspérante fille que vous êtes, je ne veux pas de quelqu'un d'autre.

Il captura ses lèvres en un bref baiser destiné à la punir, puis il s'écarta pour la couver d'un regard brûlant.

— Je n'ai même pas jeté un coup d'œil à une autre femme depuis que vous vous êtes introduite de force chez moi. Et quant à ce que vous m'avez entendu dire à Herrick, eh bien…

Ses traits se durcirent sous l'effet du dégoût qu'il éprouvait pour lui-même.

— Je suppose qu'il n'y a pas d'excuse, sauf que j'étais un ridicule crétin.

Brianna ignora sévèrement le traître bond de son cœur et plissa les paupières d'un air soupçonneux.

— Je n'en discuterai pas.

— Je n'en suis pas surpris.

Ses yeux bleus s'obscurcirent d'un regret sincère quand il prit doucement son visage entre ses mains.

— Brianna, je suis désolé de vous avoir blessée. Ce n'était pas mon intention.

— Je connais vos intentions, Edmond, et vous n'avez jamais essayé de me tromper.

— Non, seulement moi-même, marmonna-t-il.

— Quoi ?

Avec une grimace, il se leva et alla vers la fenêtre, les épaules raides et les mains serrées sur ses côtés.

— Je savais depuis le début que vous étiez plus qu'une autre femme que je voulais dans mon lit, mais j'étais si déterminé à vous séduire que je ne me suis jamais permis de reconnaître que c'était moi qui étais séduit.

Il pressa son poing sur la vitre givrée, la tête tournée pour révéler son profil parfait.

— Même quand j'ai été forcé d'accepter que je ne pouvais être loin de vous sans avoir l'impression qu'une part essentielle de moi me manquait.

Médusée par ces mots prononcés d'une voix rauque, Brianna s'assit, le front plissé à la pensée qu'elle puisse avoir un tel pouvoir sur lui.

— C'est absurde.

— Peut-être, mais indéniable.

Il laissa échapper un son sourd.

— Pourquoi, sinon, aurais-je égoïstement exigé que vous restiez avec moi à Londres, alors qu'il était évident que vous auriez été bien plus heureuse à Meadowland avec Stefan ? Et même quand je me suis suffisamment ressaisi pour vous conduire dans le Surrey, je n'ai pas pu vous laisser en paix.

— Vous êtes venu à mon secours, dit Brianna en défendant instinctivement son rapide retour dans le Surrey, incapable d'oublier la dette qu'elle avait envers cet homme, fût-il insupportable. Sans vous, Thomas Wade m'aurait…

— Ne faites pas de moi un héros, ma souris, coupa-t-il en se détournant pour la fixer d'un regard empli d'ombres. Nous savons tous les deux que j'aurais dû quitter Meadowland une fois que vous étiez en sûreté et vous laisser épouser mon frère, même si j'aurais préféré m'arracher le cœur. Et je n'aurais certainement jamais dû exiger que vous m'accompagniez dans un pays où couvait une révolution. Ce n'est guère un comportement héroïque.

— Vous ne m'avez jamais forcée, Edmond. J'aurais pu refuser de vous accompagner.

Il poussa un soupir las, promenant les yeux sur son corps fluet moulé par les couvertures.

— L'auriez-vous pu ?

— Je ne suis pas une femme sans ressort, d'ordinaire, déclara-t-elle d'un ton vif, embarrassée de mesurer combien elle se montrait impuissante. De fait, je suis lasse de rester dans ce lit comme une couarde.

— Non, pas ça.

En quelques pas rapides, il revint à son chevet et lui toucha la joue.

— Même la personne la plus forte n'aurait pu survivre à ce que vous avez enduré ces dernières semaines sans avoir besoin de récupérer. En particulier quand vous craigniez d'avoir à vous soucier de plus que de vous seule.

Il fallut un moment pour que Brianna, choquée, recouvre son souffle. D'un geste involontaire, elle pressa une main sur son ventre vide.

— Vous saviez ?

— Je vous ai entendue parler à Vanya, tout à l'heure.

— Etes-vous soulagé qu'il n'y ait pas d'enfant ?

— Soulagé ?

Ses yeux bleus étincelèrent d'une émotion si intense qu'elle en oublia de respirer.

— Grands dieux, je ne peux penser à rien qui me ferait plus plaisir que de savoir que vous portez mon enfant.

Brianna avait envisagé la réaction d'Edmond à la nouvelle qu'elle était enceinte. Elle avait imaginé de le lui dire une centaine de fois. Mais même ses rêves les plus fous ne l'avaient pas préparée à cette poignante aspiration qu'il n'essayait pas de cacher.

— Vraiment ?

S'asseyant sur le bord du lit, Edmond lui prit la main.

— Bien sûr, je préférerais que nous soyons dûment

mariés avant que le bébé naisse. Pour l'heure, nous pourrons éviter le pire du scandale en échangeant simplement nos consentements. Ce serait plus difficile si vous portiez notre enfant.

Brianna se raidit. Un silence gêné tomba jusqu'à ce qu'elle s'éclaircisse la gorge.

— Edmond ?
— Oui, je sais.

Son sourire était crispé, presque comme s'il était aussi troublé que Brianna par ses stupéfiantes paroles.

— Ce n'est pas une demande très charmante, mais en vérité j'ai fort peu d'expérience pour prier une femme d'être mon épouse, aussi j'espère que vous serez indulgente avec moi.

— Non...

Une panique glacée étreignit le cœur de Brianna. Il ne fallait pas être très intelligent pour comprendre qu'Edmond se sentait obligé de demander sa main. Ni qu'il serait atrocement malheureux si elle avait la stupidité d'accepter.

— Non, vous ne le voulez pas, Edmond.

Il plissa les paupières.

— Vous pouvez lire dans mon esprit ?
— Pour cela, oui.

Le prenant de court, elle rejeta ses couvertures et sortit du lit. Il marmonna un juron et se porta à son côté, lui entourant doucement la taille d'un bras comme si elle était faite du cristal le plus délicat.

— Brianna, faites attention, grommela-t-il. Vous êtes encore faible.

Elle tressaillit sous ces mots qui retournaient le couteau dans la plaie, la touchant en son point sensible.

— Vous avez pitié de moi.

Elle frémit sous l'effet du froid qui l'envahissait.

— C'est pour cela que vous pensez que vous devez me demander en mariage.

— Avoir pitié de vous ? Vous ai-je jamais paru être un homme compatissant, ma souris ? la provoqua-t-il, affichant un sourire satisfait quand elle flancha sous sa question brutale. Vous voyez… Quoi que je fasse, c'est toujours ce que je désire, et ce qui à mon avis me rapportera le plus gros bénéfice. Ou, dans ce cas, le plus grand plaisir.

Rassemblant son courage, Brianna s'obligea à s'écarter de son emprise chaude et réconfortante. Elle ne pouvait penser clairement quand son corps tremblait de joie de le sentir si proche. Et il n'avait jamais été aussi vital dans sa jeune vie qu'elle garde l'esprit clair.

— Fort bien.

Elle raidit ses muscles, presque comme si elle redoutait un coup.

— Si ce n'est pas la pitié qui a suscité votre proposition, que s'est-il passé ces trois derniers jours pour modifier votre conviction absolue que vous ne me vouliez pas pour femme ?

Avec une détermination implacable, Edmond s'avança, noua les bras autour de sa taille et l'attira contre son corps dur.

— Ce qui s'est passé, c'est l'admission longtemps remise que vous êtes une fièvre dans mon sang dont je ne me débarrasserai jamais. Une fièvre dont je ne *veux pas* me débarrasser.

Une entêtante bouffée de chaleur se répandit dans le corps de Brianna, dissipant ce froid anesthésiant qui l'avait pénétrée ces trois derniers jours. Elle mesura brusquement combien il lui avait manqué de ne pas partager son lit et son corps avec cet homme. Il n'était pas étonnant qu'elle n'ait pas réussi à chasser cette grise léthargie. Elle s'était privée de la seule chose capable de faire battre son cœur et d'embraser son sang de joie.

— Vous n'avez jamais fait mystère du fait que vous me désirez dans votre lit, Edmond, dit-elle, incapable de cacher totalement sa douleur. C'est très différent de me vouloir pour épouse.

Avec un sourire, il prit son menton dans sa main et la força à rencontrer son regard ferme.

— Vous êtes déterminée à me le faire dire, n'est-ce pas ?
— Dire quoi ?
— Que je vous aime.

Ses lèvres s'incurvèrent devant son incrédulité stupéfaite.

— Voilà. Etes-vous heureuse ?

Brianna lutta pour respirer, ne sachant pas si elle était plus sidérée par sa brutale confession ou par la manière inélégante dont il lui avait jeté ces mots au visage.

— Pas quand cela vous rend si manifestement malheureux, marmonna-t-elle.

— Oh, Brianna.

Il poussa un soupir chagriné.

— Ce n'est pas que cela me rend malheureux. Il a simplement été difficile d'écarter ma peur.

— La peur de quoi ?

— La peur d'être destiné à détruire ceux que j'aime. Après mes parents…

— Edmond.

Elle interrompit ses paroles angoissées, levant les bras pour lui enlacer le cou et se presser contre son corps tendu.

— Non, laissez-moi terminer, murmura-t-il, faisant remonter sa main le long de son dos pour la couler dans ses boucles. Quand mes parents se sont noyés, je m'en suis blâmé.

Le cœur de Brianna se serra de sympathie.

— Ce n'a été qu'un tragique accident.

Il frotta distraitement sa joue sur le sommet de sa tête, sa barbe accrochant ses mèches soyeuses et son odeur virile l'enveloppant d'une chaleur familière.

— Logiquement, je le comprends, mais une part de moi croira toujours que si je n'avais pas eu des ennuis avec la justice ils seraient encore en vie.

Il resserra ses doigts sur le creux de son dos avec une émotion douloureuse.

— Et que je ne mérite pas d'aimer quelqu'un.

Brianna enfouit son visage au creux de son épaule,

ne pouvant supporter l'idée de ces longues années où il s'était puni.

— Et maintenant ?

— Maintenant, je me rends compte que je suis bien trop égoïste pour nier mon besoin de vous. Je devrais peut-être être condamné à l'enfer à cause de mon passé, mais j'espère désespérément être béni, à la place.

Il s'écarta et la contempla avec un sourire mélancolique qui aurait pu faire fondre un cœur de granit.

— Brianna, dites que vous serez ma femme.

La joie enivrante qui inondait son corps faillit la dominer. Elle avait envie de dire oui. Malgré sa farouche détermination à devenir une femme indépendante, elle apprenait qu'être entièrement seule était un prix élevé à payer pour avoir la tranquillité.

— Brianna ?

Elle secoua lentement la tête, lissant ses traits pour cacher l'aspiration qui lui poignait le cœur.

— Je ne peux répondre maintenant, Edmond. J'ai besoin de temps pour réfléchir.

Il s'immobilisa, son regard scrutant ses grands yeux méfiants. Mais au lieu de montrer de la colère ses prunelles s'obscurcirent lentement et ses mains se resserrèrent sur elle, tandis qu'un sourire coquin se peignait sur ses lèvres.

— Si mes paroles ne peuvent vous faire fléchir, ma beauté obstinée, je peux peut-être trouver un autre moyen de vous convaincre.

En tirant doucement sur ses boucles, il lui renversa la tête en arrière, son regard brûlant s'attardant sur la couleur qui poudrait ses joues et la douce courbe de sa bouche entrouverte en une invitation silencieuse. Seulement lorsqu'elle s'arqua nerveusement contre son corps dur, il courba enfin la tête et l'embrassa avec un désir tendre et ardent qui lui fit fondre le cœur.

Il continua à l'embrasser pendant un long moment, une main se coulant dans ses cheveux défaits et l'autre moulant la rondeur de son postérieur. Ses lèvres quittèrent lentement sa bouche pour baiser ses joues, ses tempes, son front, et il mordilla le lobe de son oreille avant d'enfouir son visage dans ses boucles.

— Ne vous méprenez pas, vous serez ma femme, Brianna, dit-il d'un ton sourd, son souffle brûlant caressant la ligne de son cou. Je ne vous laisserai jamais m'échapper. Jamais.

29

*Londres, Angleterre
Trois mois plus tard*

La maison de ville de lady Aberlane à Londres, dans St James's Square, était une longue et étroite bâtisse avec une profusion de colonnes corinthiennes, de sols de marbre et de gracieuses fenêtres vénitiennes. Malgré cette élégance rigide, cependant, la vieille dame avait su créer une atmosphère confortable dans laquelle Brianna s'était tout de suite sentie chez elle.

Ce qui pouvait peut-être expliquer pourquoi elle était toujours plaisamment installée chez son chaperon au lieu de chercher sa propre maison, se dit-elle en mordillant un toast, tandis qu'elle attendait que son hôtesse la rejoigne dans la pièce bleu clair décorée de beaux meubles rares incrustés d'argent.

Quand Edmond avait accédé à contrecœur à sa demande de rentrer en Angleterre, il avait insisté pour qu'elle loge chez sa tante. Il fit remarquer que Brianna était beaucoup trop fatiguée par l'épuisant voyage pour s'occuper de la tâche ingrate d'acheter une maison. Et, comme la jeune femme était réellement harassée par le périple glacial et parfois dangereux entre Saint-Pétersbourg et Londres, elle n'avait pas protesté.

Maintenant, toutefois, elle était entièrement remise et une part d'elle-même savait qu'elle n'avait plus de raison de tergiverser. Hormis le plaisir de la charmante compagnie de Letty et des attentions incessantes d'Edmond.

Elle s'était attendue à ce que le gentleman se lasse vite de sa cour une fois qu'ils seraient de retour en Angleterre. Non seulement il y avait une foule de belles femmes pour le distraire, mais le fait qu'elle loge chez Letty signifiait qu'ils ne pouvaient échanger plus que de chastes baisers. Brianna, mieux que quiconque, savait qu'il était un homme passionné. Il eût été très simple pour lui de la remplacer par une autre.

Mais, loin de se lasser, Edmond semblait plus déterminé que jamais à la convaincre que ses attentions étaient sincères.

Chaque matin, un cadeau joliment empaqueté l'attendait sur la table du petit déjeuner, et chaque après-midi à l'heure qui convenait il venait présenter ses respects, lui apportant toujours ses roses roses préférées jusqu'à ce qu'elles menacent d'envahir le parloir de Letty.

C'était… tout à fait romantique.

Brianna réussit à peine à cacher le sourire béat qui s'était inscrit sur son visage quand lady Aberlane entra dans la pièce, ses cheveux blancs relevés en un simple chignon et ses yeux noirs pétillant d'excitation.

Prenant le siège qu'un valet lui offrait, la vieille dame joignit les mains et se pencha en avant.

— Alors, ma chère, est-il arrivé ?

Brianna ne put résister à la taquiner en prenant la théière.

— Bonjour, tante Letty. Désirez-vous du thé ?

Son chaperon agita les mains, ignorant le breuvage fumant qu'elle versait.

— Allons, ne soyez pas cruelle en me laissant dans le suspense. Vous savez combien je suis impatiente de voir vos petites babioles.

— Des babioles ?

Brianna rit avec ironie, se remémorant les pendants d'oreilles en émeraudes, le bracelet de diamants, le collier de saphirs et la douzaine d'autres bijoux qui lui avaient été livrés.

— Seule une famille ducale peut considérer les cadeaux qu'Edmond m'envoie comme des babioles.

Pour prouver ses dires, elle poussa à travers la table l'écrin en velours posé près de son assiette.

— Celle-ci doit coûter une fortune.

Gloussant gaiement, Letty ouvrit l'écrin, et son expression se fit à la fois stupéfaite et incrédule quand elle releva la tête pour rencontrer celui de Brianna.

— Oh… grands dieux.

Le coffret contenait une magnifique bague, un rubis sans tache serti de diamants. Mais le plaisir de Brianna s'estompa face à l'étrange réaction de sa compagne.

— Devrais-je la rendre ? interrogea-t-elle, soudain méfiante.

Elle plissa le nez.

— Même pour mon œil non exercé, c'est visiblement un cadeau beaucoup trop généreux, ajouta-t-elle.

Letty s'éclaircit la gorge.

— Plus que généreux, ma chère.

— Que voulez-vous dire ?

— Cette bague appartenait à la mère d'Edmond.

Refermant l'écrin, la vieille dame le repoussa lentement à travers la table.

— De fait, c'est un bijou de famille.

Le cœur de Brianna tambourina dans sa poitrine, que ce soit de panique ou d'excitation, elle n'aurait su le dire.

Elle aurait dû s'en douter, bien sûr. Un joyau aussi parfait n'était pas le genre de chose qu'un homme entrait acheter dans une bijouterie pour sa maîtresse. Ciel, les diamants qui entouraient le rubis pourraient nourrir la moitié de Londres pendant un an.

Non, un tel objet devait être transmis de génération en génération.

— Seigneur Dieu, à quoi pense-t-il ?

Letty haussa un sourcil d'un air entendu.

— Il désire visiblement que son épouse possède ce qu'il a de plus cher.

— Mais…

Brianna humecta ses lèvres sèches.

— Cela devrait sûrement aller à l'épouse de Stefan ?

— Stefan a reçu les bijoux Huntley, comme il va de soi. Edmond a reçu ceux de sa mère, à transmettre à sa femme et à ses filles.

— Sa femme.

— Oui.

— Il est vraiment l'homme le plus obstiné et le plus intraitable que j'aie jamais rencontré, marmonna Brianna, son ton affectueux démentant ses paroles.

Buvant son thé, Letty l'observa par-dessus le bord de sa tasse en porcelaine.

— Il n'est pas le seul à être obstiné, je pense.

— Vous ne pouvez sûrement vous référer à moi ?

— Je suis peut-être vieille, mais je ne suis pas aveugle, Brianna. Il est évident que vous aimez mon neveu.

Il était inutile de le nier. Malgré sa détermination à feindre l'indifférence, même le sot le plus écervelé pouvait deviner qu'elle était complètement et désespérément éprise de lord Edmond Summerville.

— Oui, je l'aime.

Letty pencha la tête de côté d'un air intrigué.

— Alors, pourquoi continuez-vous à repousser ses propositions ?

Brianna haussa les épaules.

— Au début, c'était parce que je croyais qu'il agissait simplement par culpabilité et pitié. Je ne pouvais supporter l'idée qu'il puisse regretter un jour sa demande impulsive et me blâmer de son malheur.

— Et maintenant ?

— Maintenant ?

Brianna fit une grimace, une trace de couleur teintant ses joues.

— Je suis embarrassée d'avouer la vérité.

— Dites-moi, insista la vieille dame.

Brianna hésita avant de céder devant l'inévitable. Malgré

tout son charme suave, lady Aberlane pouvait ressembler à un chien sur la piste d'un renard, quand elle le voulait.

— Pour être honnête, j'apprécie qu'Edmond me fasse la cour.

Voilà, c'était dit. Brianna carra les épaules, s'attendant à la colère de son chaperon. Après tout, Edmond était son neveu et il n'était guère aimable de sa part de se jouer de lui comme s'il n'avait pas de fierté.

A la place, Letty hocha simplement la tête, avec lenteur.

— Ah.

Sa réaction atténuée ne fit qu'accroître la culpabilité de Brianna, et elle ne put réprimer son besoin d'expliquer son attitude répréhensible.

— A cause de Thomas Wade, je n'ai jamais pu profiter d'une Saison à Londres, ou même d'une soirée, comme les autres jeunes filles, dit-elle en se mordant la lèvre inférieure. Je passais mes journées seule à la maison, à rêver de beaux gentlemen qui ne venaient jamais.

— Je comprends tout à fait, ma chère.

La vieille dame tendit la main à travers la table pour tapoter la sienne.

— Vous souhaitez être courtisée.

— Je suppose que c'est stupide, étant donné les circonstances.

— De fait, je pense que c'est fort sage. Toute femme mérite d'être convenablement courtisée.

S'adossant à sa chaise, Letty offrit à Brianna un sourire encourageant.

— Et en vérité c'est probablement mieux pour Edmond, aussi.

Les lèvres de Brianna s'incurvèrent tandis qu'elle se remémorait les regards brûlants et les gestes appuyés d'Edmond, qui indiquaient qu'il était loin d'être satisfait de leurs platoniques fiançailles.

De fait, elle n'était pas entièrement satisfaite elle-même. Oh, elle éprouvait un plaisir indubitable à voir Edmond lui faire la cour, et à savoir qu'il pouvait apprécier sa compagnie hors du lit. Mais le désir qui palpitait entre eux n'appartenait pas qu'à Edmond, et ses nuits seule dans son lit devenaient presque insoutenables.

— Je crains qu'il ne soit pas d'accord avec vous.

— C'est parce qu'il est habitué à ce que les femmes se pâment pour attirer son attention, déclara Letty sans ambages. Mais Edmond est un gentleman qui apprécie d'avoir à se battre pour ce qu'il désire. Et, ma chère, il vous désire grandement.

— Je n'ai jamais douté de son désir, dit Brianna en jetant un coup d'œil à l'écrin. C'est son cœur que je convoite.

— Vous l'avez aussi, assura la vieille dame. Je ne l'ai jamais vu aussi implacable. Je crois bien qu'il a l'intention de passer le reste de ses jours à vous envoyer des présents et à faire le guet à ma porte si nécessaire.

Le cœur de Brianna bondit douloureusement. Le désir qu'elle avait si étroitement contenu menaçait de se libérer et de la noyer sous une dangereuse vague d'espoir.

Pire encore, elle n'avait plus envie de combattre cet espoir.

— Je pensais vraiment qu'il se lasserait, à la longue, admit-elle doucement.

— Non, ma chère, il est résolu.

Lady Aberlane essaya de paraître résignée, mais elle réussit seulement à avoir l'air aussi satisfait qu'un chat ayant gobé de la crème.

— Je suspecte que vous devrez épouser ce pauvre homme si je dois retrouver la paix dans cette maison.

Avant que Brianna puisse répondre, un valet en livrée entra dans la pièce et fit une courbette.

— Lord Edmond, milady.

— Là… vous voyez, dit Letty avec un sourire entendu. Veuillez le faire entrer, Johnston.

— Très bien.

Résistant au besoin de s'agiter telle une écolière nerveuse, Brianna glissa discrètement l'écrin dans la poche de sa robe et se tourna pour voir entrer Edmond.

Comme toujours, il lui coupa le souffle.

Il traversa la pièce à longues enjambées impatientes, la rejoignit et porta ses doigts à ses lèvres.

— Bonjour, *moya duska*, dit-il d'une voix rauque qui picota l'échine de Brianna.

Après un regard appuyé au corselet décolleté de sa robe de soie lavande, il pivota pour décocher un sourire inquisiteur à sa tante.

— Hmm… Pourquoi ai-je l'impression d'avoir juste été disséqué par-dessus les œufs et les rognons ?

Letty ne battit pas d'un cil.

— Du thé, Edmond ?

— Non, merci.

Il ramena son attention sur une Brianna rougissante.

— De fait, je suis venu inviter miss Quinn à une promenade.

— Il est bien tôt pour une promenade au parc, fit remarquer lady Aberlane avant que Brianna puisse répondre.

— Alors, une chance que nous n'allions pas au parc.

— Où allons-nous ? demanda la jeune femme.

— C'est une surprise.

Elle haussa les sourcils, songeant à la magnifique bague cachée dans sa poche.

— Je pense qu'il y a eu assez de surprises pour un jour, milord.

Un lent sourire tentateur se dessina sur les lèvres d'Edmond.

— Venez, Brianna. Je promets que celle-ci vous plaira.

— Elle ne comporte pas une partie des bijoux de la Couronne, n'est-ce pas ?

Les yeux bleus d'Edmond pétillèrent d'amusement, ce qui arrivait souvent ces dernières semaines. Une chose que Brianna n'eût jamais crue possible chez le gentleman distant et terriblement sévère qu'elle avait rencontré à ce bal de courtisanes.

— Je crains que non, le roi se montre assez possessif avec ses bijoux de famille. Il est bien connu qu'il ne les partage même pas avec la reine.

— Grands dieux, je l'espère bien ! dit Letty, ses propres

401

lèvres frémissant d'humour. Cette horrible petite étrangère les aurait souillés sans retour.

— Voilà qui est parlé comme une authentique Anglaise, tante Letty. Toutefois, cette « horrible petite étrangère » s'est assurée que William Pitt augmente la rente du prince et George était très impatient de mettre la main sur cette fortune.

— Dommage qu'il ne soit pas aussi impatient de mettre les mains sur elle, sinon il aurait pu avoir plus d'un enfant.

— Juste ciel, j'ai amené Brianna chez vous parce que j'étais convaincu que vous seriez un chaperon convenable, Letitia, plaisanta Edmond, en feignant d'être choqué. Manifestement, j'aurais mieux fait de la laisser dans le caniveau.

Letty haussa les épaules.

— Je dis seulement ce que tout le monde pense.

— Oui, et vous le faites en battant si innocemment des cils que personne ne vous reprend jamais. C'est un talent que j'admire depuis longtemps.

La vieille dame émit un de ses petits rires de tête qui persuadaient si aisément les gens qu'elle était écervelée.

— Vraiment, Edmond, je ne vois pas de quoi vous parlez.

— Vous le savez parfaitement, espèce de renarde rusée.

Edmond secoua la tête, mais on ne pouvait se méprendre sur la profonde affection qu'il portait à sa tante.

— Je prie seulement que Brianna n'ait pas été entièrement corrompue.

Lady Aberlane tourna son regard acéré vers la jeune femme silencieuse assise en face d'elle.

— Oh, je crois que Brianna a assez de tempérament pour décider si elle veut être corrompue ou non.

— En effet, accorda Edmond, en tendant une main. Eh bien, ma chère, venez-vous ?

— Je...

Avec un petit signe de tête, Brianna se leva. Malgré ses craintes pour l'avenir, elle ne voulait pas finir comme Vanya

Petrova, regrettant amèrement les décisions du passé. Elle voulait saisir le bonheur qui lui était offert.

— Très bien.

Edmond observa en silence Brianna qui enfilait sa légère cape et coiffait son charmant bonnet orné de rubans en satin et de fleurs de cerisier. Son cœur se contracta d'une émotion familière en voyant le soleil matinal faire briller ses boucles cuivrées et dorer sa peau ivoire.

Le seul fait d'être près d'elle suffisait à améliorer son humeur et à rendre la journée plus éclatante mais, malgré le plaisir qu'il prenait à sa compagnie, une part de lui devenait de plus en plus frustrée par la distance qu'elle maintenait entre eux.

Il s'était montré patient. Il comprenait son besoin d'être certaine que ses sentiments n'étaient pas dictés par quelque culpabilité ridicule, et, surtout, qu'elle pouvait lui confier son cœur vulnérable.

Mais le moment était venu de réclamer la femme qui avait fait irruption dans sa vie et volé son âme.

Refusant de croire que les papillons qui voletaient dans son estomac étaient de la nervosité, Edmond guida sa magnifique compagne au bas des marches et l'aida à s'installer sur le phaéton qui attendait. Il prit place sur le siège à côté d'elle, saisit les rênes qu'un palefrenier lui tendait et attendit que le domestique monte à l'arrière avant de mettre les chevaux bais en branle.

L'air du début de printemps était vif, mais le soleil chaud et Brianna parut satisfaite de profiter de la promenade pendant un long moment. Lorsqu'il obliqua de Pall Mall dans St James Street, cependant, elle tourna la tête pour le dévisager avec perplexité.

— Vous ne voulez pas me dire où nous allons ?

Il sourit en se concentrant pour dépasser un chariot de charbon.

— Non.

— Hmm.

Etonnamment, elle n'insista pas.

— Tante Letty a mentionné que Stefan était ici à Londres.

Edmond haussa les épaules. En vérité, il avait été soulagé de rejoindre son frère à son club la veille au soir et de constater que leurs relations ne s'étaient pas dégradées, malgré sa conduite insensée.

Stefan était non seulement résigné à l'idée qu'Edmond veuille faire de Brianna sa femme, à tout prix, mais il semblait même satisfait que son frère cadet soit si visiblement séduit par la jeune femme.

— Il y a une ennuyeuse loi ou une autre à voter au Parlement, dit Edmond en ralentissant pour tourner dans York Street. Stefan a passé près de trois heures à m'en donner les détails hier soir, mais je dois admettre que je n'ai retenu que des histoires de taxes et de fermiers en colère. Ces affaires lassantes me passent par-dessus la tête.

Brianna souffla à ses paroles décontractées.

— Savez-vous, Edmond, votre tante Letty peut passer pour un simple amateur quand il s'agit de jouer le rôle de l'aristocrate écervelée. Vous êtes orfèvre en la matière. Je vous ai vu arrêter une révolution, si vous vous rappelez.

Une chaleur ridicule envahit le cœur d'Edmond en la voyant prendre sa défense. Cela indiquait sûrement qu'elle avait des sentiments pour lui ?

— De fait, j'ai laissé Herrick arrêter la révolution pendant que je poursuivais ma belle fiancée, murmura-t-il doucement. De temps en temps, j'ai mes priorités.

Elle sourit, mais son expression demeura réservée.

— Je suis assez surprise que vous ne soyez pas retourné en Russie. Ils ont sûrement besoin de vous ?

Edmond fronça les sourcils, se demandant si elle voulait se débarrasser de lui. Ce n'était pas une pensée très encourageante.

— Quand Alexander Pavlovich rentrera à Saint-Pétersbourg, j'y retournerai pour présenter mes respects, mais j'ai écrit à Herrick pour l'informer que je ne veux plus être impliqué activement dans la politique russe.

— Pourquoi ?

— Parce que j'ai des devoirs plus importants qui réclament mon attention, répondit-il en se tournant vers elle avec un regard brûlant.

— Des devoirs, vraiment ?

Une lueur d'amusement brilla dans les yeux émeraude de Brianna.

— Est-ce ce que je suis pour vous ?

L'agacement d'Edmond disparut sous une bouffée de désir. Bonté divine. S'il n'avait pas bientôt cette femme pour épouse et dans son lit, il allait devenir fou.

— Un devoir charmant et séduisant que j'ai l'intention d'accomplir avec un soin parfait, promit-il d'une voix rauque.

Elle baissa la tête, mais il put voir la rougeur qui envahissait ses joues.

— La dynastie Romanov survivra-t-elle sans vous ?

Avec un effort, Edmond ramena son attention sur la route. Cela ne servirait pas sa cour s'il les renversait dans le fossé.

— En vérité, je n'en sais rien. La Russie sera toujours un mélange complexe de tradition et de progrès, de grandeur et de pauvreté, d'émotion explosive et de sévère bon sens. Un tel pays n'était peut-être pas fait pour qu'une couronne repose confortablement sur la tête de son tsar.

Brianna resta silencieuse un long moment, puis elle tendit la main pour toucher légèrement son bras.

— Vous aimerez toujours ce pays, dit-elle doucement.

Il hocha la tête. Il avait éprouvé une douleur douce-amère en rédigeant sa lettre de démission. Ses devoirs envers Alexander Pavlovich lui avaient fourni une raison de se lever chaque matin alors qu'il traversait sa période la plus noire, et il n'oublierait jamais ce qu'il devait à son tsar.

— Et le peuple, ajouta-t-il. Mais je suis autant anglais que russe, et je ne veux plus jouer à des jeux aussi dangereux. Pas quand je possède enfin une raison de vivre.

Tirant soudain sur les rênes, il arrêta le phaéton.

— Nous y sommes.

Brianna fronça les sourcils en considérant la petite maison bien entretenue.

— N'est-ce pas tôt pour une visite ?
— Pas du tout.

Edmond lança les rênes au palefrenier et sauta sur les pavés. Puis, contournant le véhicule, il saisit la taille de Brianna dans ses mains et la souleva doucement de son siège.

— Il n'y a personne.

Debout près de lui, Brianna examina la façade peinte en blanc avec ses pilastres décorés de guirlandes et son imposte au-dessus de la porte fraîchement repeinte.

— S'il n'y a personne, pourquoi sommes-nous ici ?
— Pour que je puisse vous donner votre surprise.

Elle lui décocha un regard intrigué.

— Edmond, vous êtes incroyablement agaçant.
— Et vous perdez du temps. Venez.

Lui prenant fermement le bras, il lui fit franchir la grille en fer forgé et monter le large perron. Ils s'arrêtèrent devant la porte, et Edmond sortit une grosse clé de sa poche.

— Voilà. Je pense que vous devriez faire les honneurs.

Elle battit des cils, fixant la clé posée sur sa paume.

— Que voulez-vous dire ?
— J'ai beaucoup réfléchi au parfait cadeau de noces, ma souris.

— Pour l'amour du ciel, Edmond, vous m'avez déjà offert plus que ce qu'une femme peut désirer.

Il haussa les épaules.

— Des broutilles que n'importe quel homme peut acheter avec un peu d'argent. Ce présent devait être spécial. Quelque chose qui prouve qu'il ne s'agit pas pour moi de culpabilité ni d'une simple passade. Quelque chose qui vous persuade que tout ce que je désire est votre bonheur.

Elle le dévisagea avec de grands yeux, le pouls battant à la base de son cou étant la seule indication qu'elle était affectée par ses paroles.

— Et il se trouve dans la maison ? murmura-t-elle.

Se rendant compte qu'elle était trop médusée pour lui obéir, Edmond ouvrit lui-même la porte et la poussa doucement dans le vestibule de marbre décoré de fauteuils de bois de citronnier et d'une petite table en merisier supportant un vase de roses roses.

— *C'est* la maison.

— Vous…

Elle secoua la tête, stupéfaite.

— Vous m'avez acheté une maison ?

Edmond eut un sourire ironique.

— Eh bien, j'admets que j'espère bien que vous choisirez de vivre avec moi à la résidence Huntley, ou, si vous préférez, nous achèterons notre propre maison de ville. Mais, depuis la nuit où nous nous sommes rencontrés, votre unique désir — insistant, inébranlable et parfois exaspérant — a été de posséder une maison à vous, n'est-ce pas ?

— Oui, mais…

Jetant la clé sur la console, Edmond prit ses mains tremblantes dans les siennes, l'expression grave.

— Je comprends, ma souris. Je comprends ce que cette maison représente vraiment.

Elle le fixa avec de grands yeux vulnérables.

— Vous le comprenez ?

— La sécurité, répondit-il. Savoir de façon absolue que vous n'aurez jamais à dépendre des caprices et des faiblesses de quelqu'un d'autre. Et qu'il y aura toujours un endroit où vous pourrez vous réfugier.

Soudain, des larmes roulèrent sur les joues de Brianna.

— Oui.

Ne supportant pas de la voir pleurer, Edmond prit son visage dans ses mains et essuya doucement ses larmes de ses pouces.

— Ainsi, vous voyez, même si vous m'épousez, vous aurez toujours votre propre maison pour vous y abriter si vous trouvez que je suis insupportable, exaspérant, ou…

Un sourire tremblant se dessina sur les lèvres de Brianna.

— Ou ?

Il courba la tête pour capturer sa bouche en un baiser plein de douceur.

— Ou si nous décidons de varier les endroits où nous ferons l'amour, murmura-t-il contre ses lèvres.

Pendant un instant, elle fondit contre son corps dur, puis elle s'écarta avec une petite exclamation.

— Edmond... les voisins, protesta-t-elle en jetant un coup d'œil à la porte ouverte.

Acceptant que le moment n'était pas encore venu, Edmond recula.

— Alors, visitons la maison, ma souris, avant de choquer les bons citoyens de Londres.

Ensemble, ils se dirigèrent vers l'escalier ciré pour se promener à travers les pièces entièrement meublées, un sourire flottant sur les lèvres d'Edmond alors qu'il observait la réaction émerveillée de Brianna. Elle avait l'air d'une enfant un matin de Noël tandis qu'elle inspectait son domaine, passant les doigts sur les solides meubles anglais comme s'ils étaient des trésors sans prix.

Ils avaient atteint la chambre de maître quand Edmond la fit enfin s'arrêter et pivoter pour rencontrer son regard scrutateur.

— Eh bien ?
— C'est parfait.

Elle poussa un profond soupir, les joues échauffées de plaisir.

— Vous avez vraiment acheté cette maison ?
— J'ai fait une offre aux propriétaires, mais je ne pouvais signer les papiers avant d'être sûr que vous soyez d'accord.

Il tira sur sa main, l'attirant contre son corps tendu par le désir.

— Etes-vous d'accord ?

Avec un sourire plein de malice, Brianna leva la main pour caresser sa mâchoire.

— Dois-je vous épouser pour l'avoir ?

Il inspira vivement, farouchement conscient du grand lit à quelques pas d'eux. Sapristi, il offrirait à cette femme une douzaine de maisons si cela pouvait lui permettre de la jeter sur ce matelas et de mettre fin à ses tourments.

— Cela vous fera-t-il accepter ma proposition ? demanda-t-il, la voix rauque.

— Non.

Avec l'impression d'avoir reçu un coup dans l'estomac, Edmond s'écarta pour la regarder avec désespoir.

— Brianna…

Elle pressa les doigts sur ses lèvres pour arrêter ses paroles peinées. Puis, reculant à son tour, elle glissa la main sous sa cape pour sortir un petit écrin de sa poche.

Souriant toujours, elle l'ouvrit, révélant la bague qu'il lui avait envoyée ce matin-là. Le cœur d'Edmond s'arrêta quand elle posa l'écrin et passa la bague à son doigt.

— Il y a une seule chose qui me fera accepter votre demande, lord Edmond Summerville, dit-elle en tirant sur sa main pour l'entraîner vers le lit. Et vous ne pouvez l'acheter avec votre immense fortune. C'est l'amour que nous partageons.

Poussant un grognement, Edmond prit dans ses bras la petite taquine et les fit choir sur le lit.

Plus tard, il lui donnerait une leçon pour avoir failli le tuer d'angoisse, mais pour l'heure… Ah, pour l'heure il avait l'intention de savourer la femme qui lui avait donné ce qu'il n'aurait jamais cru possible.

Un avenir.

CHEZ MOSAÏC POCHE

Par ordre alphabétique d'auteur

KRISTAN HIGGINS — *L'Amour et tout ce qui va avec*

LISA JACKSON — *Ce que cachent les murs*

ROSEMARY ROGERS — *Un palais sous la neige*

La plupart de ces titres sont disponibles en numérique.

Composé et édité par les
éditions **HARLEQUIN**
Achevé d'imprimer en février 2014

CPi
BRODARD & TAUPIN

La Flèche
Dépôt légal : mars 2014

Imprimé en France